Nachthaut

Sabine Friedrich

Nachthaut

Roman

Eichborn.

Für Herbert und Elfriede Loh
Für die Fehlenden: deren Abwesenheit
uns begleitet haben wird

Die Deutsche Bibliothek – CIP-Einheitsaufnahme

Friedrich, Sabine:
Nachthaut : Roman / Sabine Friedrich. – 1. Aufl. – Frankfurt :
Eichborn, 2000
ISBN 3-8218-0843-8

Umschlaggestaltung: Moni Port unter Verwendung einer
Fotografie von Betsie van der Meer
Gesamtherstellung: Fuldaer Verlagsagentur, Fulda

Verlagsverzeichnis schickt gern:
Eichborn Verlag AG, Kaiserstr. 66, D-60329 Frankfurt
www.eichborn.de

Dieses Werk wurde vermittelt durch die Literarische Agentur
Thomas Schlück GmbH, 30827 Garbsen

Vorbemerkung

Das I Ging ist zitiert nach: I Ging – Das Buch der chinesischen Weissagung, O. W. Barth Verlag. Alle Zitate sind inkorrekt und unvollständig, ebenso wie manche Zitate von Songtexten.

Die Zeichensetzung ist gelegentlich inkorrekt, mit Absicht.

Schriftstil, Gänsefüßchen und ähnliche Ausdrucksmittel sind nicht unter Aspekten der Einheitlichkeit verwendet worden. Ich bin der Meinung, daß Gänse generell keine völlig einheitlichen Füße haben.

Wörter aus Fremdsprachen, die ich nicht beherrsche, sind rein lautliche und eventuell unübliche Transskriptionen.

Die Fehlerhaftigkeit mancher englischen Sätze ist keine. »You makes your choice and you pays your price« etwa ist eine feststehende Redewendung. »Dissentry« ist eine lautliche Transskription von »Dysentery« (Ruhr): einer besonders unangenehmen Erkrankung, der es völlig egal ist, ob und wie ihr Gastgeber sie transskribiert.

Ein lunghi ist ein Tuch, das dieselben Zwecke erfüllt wie Arthur Dents Handtuch, darüber hinaus kann man es aber auch anziehen.

Die Insel Susannes ist ungefähr Sylt, oder möglicherweise auch Amrum.

Die Insel Isas mag Gomera sein: das Gomera der frühen Achtziger vielleicht, wie ich es mir vorstelle.

Dies sind die Fakten.

Aber wenigstens ist der Rest frei erfunden.

Die Anreise

Abiturjahrgang 1977. Vierzehn Mädchen, die teils blasiert, teils entgegenkommend in die Kamera blicken. Der Fotograf hat sie auf die Stufen postiert, die zur Turnhalle führen, eigentlich müßten es fünfzehn sein: Aber eine fehlt. Isabella Niemann hat die Schule abgebrochen. Nur ein paar Monate vor dem Abitur ist sie nach Berlin abgehauen, Susanne Karcher steht irgendwo vorn in der ersten Reihe.

Die anderen halten etwas Abstand zu ihr, oder ist das Einbildung? Susannes linker Fuß ist leicht einwärts gedreht, so daß die Zehen auf den Spann des anderen Fußes deuten wie bei einem kleinen Mädchen. Hör doch auf, Susanne! hat Isa gesagt. Wieso muß ich mich irgendwelchen Dingen stellen, bloß weil es sie gibt? Das Leben kann doch nicht sein wie einer dieser gräßlichen Kindergeburtstage, wo die Mama eine Spieleliste vorbereitet hat, und die wird jetzt abgearbeitet. Antreten zum Topfschlagen! Wer nicht will, ist ein Spielverderber. Und man steht da und will nicht topfschlagen, und man will auch keinen anderen sinnvollen Vorschlag machen, an dem alle Spaß haben, sondern man will sich ganz allein raus in den Garten schleichen und heimlich über die Mauer türmen! Isa ist getürmt. Susanne blickt in die Kamera. Ihr Mund lächelt, mit fest geschlossenen Lippen, Irmgard Bauer lächelt nicht. Sie steht ganz außen in der hintersten Reihe. Sie hat den Kragen ihrer Lederjacke hochgeschlagen, ihr Blick geht knapp am Fotografen vorbei: schräg nach nirgendwohin. Als wäre außer ihr niemand da.

Susanne Karcher sitzt übrigens im Zug. ICE Hamburg-München, Großraumwagen. Raucher, Susanne raucht. Sie muß wirklich mit der Qualmerei aufhören! Aber jetzt ist auch nicht der richtige Moment dafür. Das ist das Ekelhafte bei Angewohnheiten: Es gibt keinen richtigen Moment zum Aufhören. Solange man unvernünftig ist, erscheint einem das Vernünftige wie eine Strafe.

Das denkt Susanne, während der Zug sie immer weiter von ihrer Nordseeinsel wegbringt. Susanne ist auf dem Weg in ihre Heimatstadt, wo morgen abend ein Klassentreffen stattfinden soll. Ein Jubiläum: fünfzehn Jahre Abitur. Susanne hat eigentlich keine besondere Lust, aber sie fährt trotzdem. Warum? Susanne war viele Jahre lang nicht mehr in ihrer Heimatstadt. In dem verfluchten Nest an der Ostgrenze, wie Isabella und Irmgard zu sagen pflegten, es gibt das Nest gar nicht mehr! Die Ostgrenze gibt es nicht mehr, also kann es auch die Stadt nicht mehr geben, die von ihr definiert wurde: Aber wohin fährt Susanne dann überhaupt? Susanne sieht aus dem Fenster. Draußen rattert die Norddeutsche Tiefebene vorbei. Sprühregen, feuchtes Grün, ein paar Pferde auf einer Koppel. Ein Fahrradfahrer in einem weiten gelben Regencape, das der Wind zu einem Pilz bauscht. Zu einem gelben Pilz aus Maries Kramkiste, mit Rädern dran zum Hinterherziehen, Susanne hat Glück gehabt: Sie hat einen Einzelplatz ergattert, obwohl der Zug überfüllt ist. Es ist Ferienzeit, lauter Familien sind unterwegs. Von irgendwoher riecht es nach Leberwurst. Auch Susanne kriegt allmählich Hunger. Sie packt ihr Mittagessen aus: Bio-Vollkornbrot, Naturjoghurt mit rechtsdrehender Milchsäure, natürlich erwägt sie nicht, sich etwas von dem Wägelchen zu besorgen, mit dem sich ein älterer Mann gerade wieder durch den von Reisetaschen, Aktenmappen, Kleinkindern verstopften Mittelgang quält.

Pappbrötchen, Staubkuchen, zermalmte Tierabfälle in Darm? Susanne ist etwas heikel, was das Essen betrifft, das war sie schon immer. Oder jedenfalls seit der Geburt ihrer Tochter, und das ist so gut wie immer: Marie ist im letzten Herbst sechs geworden, und an ein Leben, in dem Susanne nicht Maries Mutter war, kann sich Susanne kaum mehr erinnern. Natürlich muß es das gegeben haben. Immerhin hat es Susanne 28 Jahre lang gegeben, bevor es Marie gab, aber das war eine andere Susanne. Eine, an die Maries Mutter nicht gerne denkt.

Susanne lehnt sich zurück. Sie überlegt, ob sie dem Mann mit dem Wägelchen nicht wenigstens einen Kaffee abkaufen sollte. Er ist so offensichtlich entschlossen, sich von seinem Job nicht unterkriegen zu lassen, Susanne neigt dazu, Leuten etwas abzukaufen, die sich nicht unterkriegen lassen wollen: fliegenden Händlern, obdachlosen Zeitungsverkäufern, vorbestraften Hausierern, sie weiß, daß sie nicht viel ausrichtet mit dem Erwerb einer überteuerten Seife, eines krude geschnitzten Holzpferdchens! Sie weiß, ihre milden Gaben werden die Welt nicht retten, es ist das System, das sich ändern müßte. Susanne denkt manchmal noch in solchen Begriffen: das System. Dennoch stapeln sich in ihrem Keller Postkarten aus Behindertenwerkstätten. Fensterleder, Wurzelbürsten. An der Tür abonnierte, nie gelesene Zeitschriften.

Das ist schon in Ordnung, sagt Scribbo zu ihr. Zumindest schadest du damit keinem. Scribbo ist auch so eine Angewohnheit, die Susanne hat. Allerdings eine nützliche. Es gibt ja durchaus nützliche Angewohnheiten, Zähneputzen zum Beispiel, und Scribbo kann schreiben. Scribbo ist ein mageres und potthäßliches Ding, mit Maushaaren und schlechtgeschnittener Kleidung, aber schreiben kann Scribbo, über alles und jedes. Susanne kann nicht schreiben. Das heißt, natürlich kann sie schreiben, sie hat an der Uni sogar sehr gute Seminararbeiten und Abhandlungen geschrieben, und sie hat das Staatsexamen gemacht, aber sie kann nicht über Leute schreiben oder über etwas, was sie sich ausgedacht hat, oder über sich selber. Sie würde es furchtbar gern können! Aber sie kann noch nicht einmal über sich nachdenken: zumindest nicht in der ersten Person. Vielleicht liegt es daran, daß sie sich zu lange bemüht hat, schön zu werden. Wirklich und wahrhaftig schön, so wie Isa. Vielleicht liegt es auch an etwas anderem, jedenfalls kommt Susanne sich selbst nie unter die Oberfläche. Sie geht sich nie unter die eigene unvollkommene Haut. Dazu ist eben Scribbo da. Scribbo denkt über Susanne nach, über Susannes Leben. In der dritten Person. *Susanne Karcher saß im Zug und aß einen Naturjoghurt* denkt Scribbo für Susanne, *während draußen die Norddeutsche Tiefebene vorbeiratterte:* dritte Person, und Imperfekt. Manchmal redet Scribbo Susanne auch in der zweiten Person an. *Da hast du ja wieder eine Scheiße verzapft! sagt Scribbo. Verdammt, hättest du nicht besser aufpassen können? Zum Teufel noch mal, du müßtest doch langsam wissen, wie Jens reagiert, wenn du dich so aufführst!*

Und dann, während Susanne erschöpft das Gesicht wegdreht, es hinter ihren Händen verbirgt, damit Jens nicht sieht, daß sie mit Tränen kämpft, dann sagt Scribbo: *Sie verbarg das Gesicht in den Händen und kämpfte gegen die aufsteigenden Tränen an.*

Theatralischer Schwachsinn. Kitsch! So etwas läßt Susanne Scribbo natürlich nicht durchgehen. Scribbo neigt zum Ausufern, und deshalb kommt es Susanne zu, Scribbos Texte zu redigieren. Also, sagt sie scharf, so geht es nicht, Scribbo, das siehst du doch ein! Aufsteigende Tränen, wirklich, ich bitte dich. Hör zu, wie wäre das? *Sie ver-*

bot sich das Losheulen, niemand mußte voll Zorn bei ihr bleiben, bloß weil sie litt. Sie stand auf und verließ den Raum. Besser, das mußt du zugeben, Scribbo, oder? Und dann nimmt Susanne die Hände vom Gesicht, verbietet sich das Losheulen, steht auf und verläßt den Raum. In dem Jens immer noch am Fenster steht, mit dem Rücken zu ihr.

Oder so war es, früher. Heute käme Susanne natürlich nicht mehr auf die Idee, wegen Jens zu heulen. Jens lebt nicht auf Susannes stürmischer Nordseeinsel und schon gar nicht mit Susanne und Marie und Maries Katzen und Kaninchen und Meerschweinchen in Susannes baufälliger Kate, sondern in einer aufgeräumten, etwas kargen Dreizimmerwohnung in Hamburg. Das sagt Jens: Deine baufällige Kate! Dabei bräuchte das Häuschen lediglich einen neuen Anstrich. Wenn Susanne Jens besucht, ist sie immer verblüfft darüber, wie aufgeräumt Jens' Wohnung ist. Was ist nur aus all seinen Socken, Hemden, Kaffeetassen, Lilapause-Papierchen, Zeitschriften geworden? Verkriechen sie sich schnell in den Schubladen, bevor Susanne kommt, damit keiner sie wäscht oder wegschmeißt? Aber Jens hat natürlich eine Putzfrau, die allmorgendlich hinter ihm herräumt, er hat Karriere gemacht in einer Computerfirma. Und er hat Katrin, seine Freundin, die so nett ist, daß Susanne sich gelegentlich fragt, warum Katrin Jens freiwillig erträgt.

Aber Susanne hat Jens ja auch ertragen, fast sechs Jahre lang. Susanne und Jens sind seit vier Jahren getrennt, gelegentlich fragt man Susanne, ob ihr nicht irgend etwas fehlt in ihrem Leben. Meistens stellt sie sich dumm: Was soll ihr fehlen? Sie hat ihr Kind, ihren Beruf, ihren Garten, sie engagiert sich für den Nationalpark Wattenmeer. Sie hat Haustiere, Freunde! Aber was die Leute meinen, ist etwas anderes. Sie meinen, ob Susanne ein Mann fehlt. Fehlt dir nicht was, zum Beispiel die Beulenpest? Susanne reicht es schon völlig, mit Jens zu streiten. Jens und Susanne können noch immer miteinander streiten, auch nach Jahren der Trennung. Das liegt daran, daß es Marie gibt. Wegen Marie sind sie einander noch immer nicht fern genug, um dauerhaft Frieden zu halten, was ist Jens für einer? Scribbo zuckt die Achseln: Ein Mann wie jeder Mann, harmlos.

Harmlos? sagt Susanne. Harmlos!

Scribbo nickt und sagt, Ja, bedauerlicherweise. Auch wenn er gemein werden kann oder zum Herumbrüllen neigt oder damals die Fernbedienung nach dir geworfen hat. Ich finde, dies wäre eine prima Inschrift für Jens' Grabstein: Hier ruht Jens Appel. Er war harmlos, wenn er nicht gerade gewalttätig war.

Scribbo kann auch über Jens ganz wunderbar nachdenken. Viel besser als Susanne selbst! Das liegt vielleicht daran, daß Scribbo weder weiblich noch männlich ist, oder möglicherweise beides, und deswegen begreift Scribbo Dinge, die eine Frau allein nicht verstehen würde. Und ein Mann schon gar nicht, das sagt jedenfalls Scribbo.

Dennoch fragt sich Susanne, was das mit Jens' Grabstein jetzt soll. Nach menschlichem Ermessen braucht Jens vorerst keinen Grabstein. Er war erst vor ein paar Tagen bei Susanne und wirkte ausgesprochen lebendig.

Er war da, um Marie abzuholen. Marie wird die ganzen Sommerferien bei ihrem Vater verbringen. Marie wird mit Jens in den Zoo gehen, ins Schwimmbad, zu McDonald's. Sie wollen sogar eine Woche nach Italien fahren: Jens, Katrin und Marie, alle zusammen, wie eine richtige Familie. Das hat Jens gesagt. Marie hat nicht zugestimmt, nicht vor Susanne, dafür ist sie zu taktvoll. Aber sie freut sich, Susanne kann es ihr ansehen. Susanne freut sich auch, für Marie. Susanne weiß, wie es ist, keinen Vater zu haben:

Ihr eigener Vater ist tödlich verunglückt, als Susanne zwei war. Sie erinnert sich nicht an ihn. Aber sie weiß, daß sie sich als Kind jeden Abend vor dem Einschlafen vorgestellt hat, er wäre noch am Leben, und eines Tages würde er kommen und Susanne zu sich holen. Eines Tages würde es klingeln, und Susannes Vater steht vor der Tür. Mein liebes kleines Mädchen! sagt er, während er Susanne in die Arme schließt, mein über alles geliebtes Kind! Jetzt bleibst du bei mir, für immer. Dann ist Susanne endlich zu Hause. Dann ist sie angekommen, und alles wird ein gutes Ende genommen haben, dergleichen Qualen bleiben Marie erspart. Marie hat Jens, was fällt es da ins Gewicht, daß Susanne ihre Tochter vermissen wird?

Obgleich, vermissen ist nicht das richtige Wort. Es ist eher so, daß Susanne niemals allein ist, seit es Marie gibt. Seit Marie anfing, in Susannes Bauch zu wachsen, ein Klümpchen Froschlaich, ein Kaulquäppchen, ein Lurch, ein Schatten auf den Ultraschallbildern, eine kleine Außerirdische, die Susanne zuwinkte, schließlich ein Kind mit feuerroten verklebten Haaren und tiefblauen Neugeborenenaugen und dicken violetten Striemen quer über das Gesicht von der Zange, die Marie aus Susannes Bauch herausgezogen hatte. Händchen, die sich bewegten wie etwas auf einem Korallenriff. Seeanemonen vielleicht, in einer unsichtbaren Strömung. Sternenkind. Meermädchen. Wenn Marie nicht da ist, ist Maries Abwesenheit da, ebenso fordernd, ebenso gegenwärtig wie sonst Marie. Es ist eine Art seelischer Nabelschnur. Eine Icherweiterung, Kinder sind Icherweiterungen, das hat Susanne irgendwo gelesen.

Dennoch, Marie ist bei Jens und Katrin gut aufgehoben. Und deswegen sollte auch Susanne ihre Ferien genießen, schließlich hat sie jetzt sieben Wochen lang Zeit, für sich ganz allein. Sieben Wochen! Das ist das Schöne an ihrem Beruf, die Ferien. So sagen die Leute, die Susanne um ihre Ferien beneiden. Susanne ist Lehrerin an einem Gymnasium, für Deutsch und Englisch. Sie bringt ihren Schülerinnen und Schülern eine Fremdsprache bei, sie erklärt ihnen, wie man Texte entschlüsselt. Wie man Texte verfaßt, Aufsätze schreibt. Scribbo findet das sehr amüsant: Ausgerechnet Susanne zeigt anderen Leuten, wie man Texte verfaßt! Zur Zeit ist Susanne allerdings müde. Sie sieht müde aus, hat Jens gesagt: fürsorglich, wie er sich gern gibt, wenn Marie dabeisteht und zuhört. Sie soll sich gut erholen in ihren Ferien. Sie soll die Zeit nutzen, um ihren Kummer zu überwinden, schon Marie zuliebe. Immerhin war der alte Mann über achtzig! Sein Ende läßt sich kaum als ein vorzeitiges bezeichnen.

Jens hat natürlich recht. Wem nützt Susannes Trauer? Alte Männer sterben. Susannes Großvater war ein alter Mann, es ist also alles normal. Ein alter, magerer Mann mit fettigdünnen, eisenfarbenen Haarsträhnen, die sich weigerten, elegant weiß zu werden, er hockte auf einem Dünenkamm, das Gewicht auf den Fersen wie ein alter Afghane, blickte mit dem Fernglas übers Wasser und rieb sich den trockenen Krebs am Kinn, der ihn nicht scherte und an dem er nicht gestorben ist. Nicht doch, Suschen, reg dich nicht auf, das ist nur mein Krebs. Die gemächliche Stimme, der ostpreußische Singsang.

Das ist mein Krebs, der tut nichts. Der ist viel zu langsam.

Es klang, als spräche er von einem Schalentier. Einem zahmen Schalentier, bizarr, aber harmlos, das er aus einem Priel gefischt und in einer Plastiktüte nach Hause getragen hatte. Das nun in einem Aquarium lebte, und Susanne konnte es ansehen, es gelegentlich mit der Hand füttern wie früher die Molche und Frösche. Wie die Eidechsen und Kröten, die Tauben und Falken, die Wachteln Zierfische Goldfische Eichhörnchen Kaninchen Meerschweinchen Spitzmäuse Finken, die Goldfasanen und Marder, die sich durch Susannes Kindheitserinnerungen ziehen wie die Figuren einer Papiergirlande. Keine Angst, Suschen, die tun nichts! Aber er hatte recht. Gestorben ist er nicht an seinem Krebs, sondern an einem Aneurysma. Vor zwei Monaten ist das gewesen, ein Blutgefäß im Bauchraum hat sich geöffnet, sein eigenes Blut hat ihn überschwemmt. Ein Gezeitenwechsel: Susanne stellt sich seine Adern als Priele vor, Priele bei Ebbe, dann kam die Flut. Kein Dammbruch, nichts dermaßen Dramatisches, schließlich ist er im Schlaf gestorben.

Er ist allein gestorben, unbemerkt. Am Morgen kommt Susanne in die Küche, und er ist nicht da. Über drei Jahre lang wohnen sie nun schon zusammen, und jeden Morgen macht er das Frühstück, aber heute ist er nicht da. Er steht nicht am Herd. Er schaltet die Kaffeemaschine nicht ein. Er preßt keinen Saft aus Orangen.

Susanne lehnt sich gegen die Kante des Küchentisches. Sie weiß sofort Bescheid. Sie kann ja sehen, was passiert ist: Die Küche ist ein Foto, aus dem der alte Mann herausgeschnitten worden ist. Mit einer Rasierklinge vielleicht oder mit einem sehr scharfen Messer, jedenfalls ist es saubere Arbeit: Der Umriß der Leere ist genau der des alten Mannes. Susanne betrachtet das Foto von ihrer Küche, in dem ein Loch ist. Sie sieht ein Büschel Rosmarin in einem Wasserglas. Sie sieht ein Hackbrett mit ein paar Krümeln. Sie sieht eine dicke weiße Kaffeetasse mit angeschlagenem Rand verkehrt herum in der Spüle stehen. Über die Tasse fährt ein blaues Schiff, verkehrt herum. Susanne blickt durch das Loch in ihrer Küche. Sie sieht den leeren

Anzug ihres Vaters, der auf dem Dachboden hängt. Sie sieht ein kleines Mädchen zusammengekrümmt auf einer Dachbodentreppe. Es hat einen Buntstift in der Hand, der Buntstift malt Häuser. Er malt immer wieder dasselbe Haus, bunte Fenster Gardinen Blumen lachende Sonne, während die andere Hand an den Lippen des Kindes zupft, die Haut von den Lippen des Kindes abzieht, bis sie bluten. Damit sie bluten. Sie sieht ein Dielenfenster. Sie sieht eine Kinderhand, die sich vergeblich bemüht, den Klingelknopf zu erreichen, das unbewegte Gesicht der Mutter hinter dem Vorhang des Dielenfensters. Sie sieht das Kind, das sich wieder und wieder nach dem Klingelknopf streckt, den Blick starr auf das Dielenfenster gerichtet, hinter dem die Mutter steht und dem Kind zuschaut und nicht öffnet, solange es nicht klingelt. Sie sieht ein Kind in einem Schuppen, zusammengekrümmt hinter Gartengerät, und einen alten Mann, der den Schuppen betritt. Er trägt ein schwarzes Kaninchen auf dem Arm. Das Fell des Kaninchens ist weich, weich.

Susanne sieht den alten Mann fortgehen. Er geht auf dem Sandweg zwischen den Gärten, gemächlich. Er pfeift tonlos vor sich hin. In der Hand hat er eine Plastiktüte mit Wasserflöhen. Dann ist er verschwunden. Susanne steht vor seiner Zimmertür. Sie öffnet, ohne anzuklopfen. Sie betritt ein leeres Zimmer.

Meister, fragte der Schüler, was ist das größte Wunder auf der Welt? Hyakujo antwortete: Ich sitze hier, ganz für mich allein.

Isa pflegte das zu sagen, früher. Sie hat es auf jedes ihrer Schulhefte geschrieben, Susanne am Inselstrand sieht den Vogelschwärmen zu, die von den Sandbänken auffliegen. Die Ebbe läßt Schaumspuren zurück, die zu gelben Krusten trocknen. Grau und öde, sagt Scribbo. Öd und leer das Meer, wieso fährst du nicht in Urlaub, Susanne?

Nach Gran Canaria, nach Bali. Nach Honolulu Kenia Aruba, Susanne hat keine Ahnung, das ist das Problem. Aber es ist auch egal. Kalt vom Regen und von der Nacht, auf der Düne, wo der alte Mann zu hocken pflegte, sieht sie den Sterntauchern zu, die über den Sandbänken durcheinanderwirbeln in wüsten Schwärmen.

Unsinn, sagt Scribbo. Im Sommer gibt es keine Sterntaucher hier.

Das stimmt natürlich. Sterntauchern ist es zu warm an Susannes Strand: obwohl die Insel nicht warm ist, sondern kalt und regnerisch. Die Touristen haben Pullover an und Regenjacken und Gummistiefel, wenn sie über den kleinen Inselfriedhof schlendern und die verwaschenen Inschriften auf den Grabsteinen zu entziffern versuchen, die an der Friedhofsmauer lehnen. Ausstellungsstücke. Erinnerungen an Sturmfluten: Die Große Mannsdränke, das versunkene Rungholt, Seeleute, die ihren Frauen erschienen in Sturmnächten, und die Salzwasserpfütze auf der Türschwelle am anderen Morgen galt sogar den Behörden soviel wie ein Totenschein. Tage später wurden dann Planken angespült, Bootsteile. Ölfarbenreste darauf, kaum zu entziffernde Bootsnamen,

Kommt Isa? hat Susanne Irmgard am Telefon gefragt. Habt ihr auch Isa eingeladen?

Eingeladen ja, hat Irmgard gesagt. Oder Gaby Hirmer hat eine Einladung an Isas Tante geschickt, die wird sie schon weiterleiten. Aber daß Isa kommt, kann ich dir natürlich nicht versprechen. Ich meine, du kennst ja Isa.

Was eigentlich nicht wahr ist.

Susanne steht an Gleis 5 des Würzburger Hauptbahnhofs und wartet auf den Anschlußzug, der sie in ihre Heimatstadt nahe der ehemaligen Ostgrenze bringen soll. Sie findet nicht, daß sie Isa kennt, das bildet sie sich nicht ein. Sie hat Isa seit elf Jahren nicht mehr gesehen: seit jenem Sommermorgen 1981, als Isa, die vorübergehend in Susannes Münchner Studentenbude campierte, mal eben zum Brötchenholen ging. Am nächsten Tag fand Susanne eine Karte in ihrem Briefkasten: *Alles klar, mach dir keine Gedanken, bis bald, Isa.* Seitdem hat Susanne nie wieder von Isa gehört.

Auch Isa ist inzwischen vierunddreißig. Das ist eine Tatsache, obwohl Susanne sich eine vierunddreißigjährige Isa schwer vorstellen kann, aber vielleicht fährt Susanne ja deshalb zu diesem Treffen. Vielleicht fährt sie, um ihr Vorstellungsvermögen zu erweitern.

Susanne, an Gleis 5 des Würzburger Hauptbahnhofs, sieht Isa vor der Frittenbude stehen. Isa trägt einen alten Anorak und schwarze Stiefel mit Plateausohlen und schiefgetretenen Absätzen und engergenähte Cordhosen und einen grellgrün-orange gestreiften Pullover aus Kunstfaser. Es ist 1972. Der Radikalenerlaß ist verkündet. An der Ecke beim Coiffeur Haber hat ein Sexshop eröffnet. Baader, Meinhof und Ensslin sind im Gefängnis, Palästinenser haben in München die israelische Olympiamannschaft überfallen, alle Neubauten kriegen ein Flachdach, im Obstladen gibt es zum erstenmal Kiwis, David Bowie hat Silberlidschatten, die meisten anderen Leute auf den Postern in Berners Schallplattenladen sind bereits tot. Isa ist vierzehn. Sie ist gerade erst in Susannes Klasse gekommen. Isas Tante hat in der Gegend ein Haus geerbt, und in dieses Haus ist sie mit Isa eingezogen, in die obere Etage. Die untere ist vermietet, Isas Tante ist arm. Sie ist Malerin, und sie vernachlässigt Isa.

Das sagt Susannes Mutter.

Es ist sträflich, wie die das Kind vernachlässigt! sagt Susannes Mutter zu Gaby Hirmers Mutter. Diese Aufmachung, in der sie das Mädchen herumlaufen läßt! Aber na ja, es ist ja kein Wunder. Ich meine, eine Malerin. Dazu noch erfolglos! Und sie sieht ja selber keinen Deut besser aus.

Die kocht ja noch nicht einmal regelmäßig! sagt Gaby Hirmers Mutter zu Susannes Mutter. Das Kind bekommt zu Hause nie etwas Anständiges zu essen, asoziale Verhältnisse nenne ich das!

Susanne steht daneben und hört zu. Susanne, die Unvernachlässigte. In ihrem Faltenrock, wegen dem die anderen in der Klasse sie immer hänseln, in ihrer weißen Bluse. Sie spürt das warme Mittagessen in ihrem Bauch. Sie schmeckt es noch auf ihrer Zunge, Leber und Stampf. Widerlich mehlige Leber und Stampf, Susanne muß alles aufessen. Auch die Leber muß sie aufessen. Besonders die Leber! Sonst setzt es was. Susannes Mutter steht hinter Susanne, Susanne wird eine fangen, wenn sie auch nur einen Moment lang aufhört, immer weiter Leber zu essen, Aber andererseits! sagt Susannes Mutter nun und erhebt den Finger. Andererseits kann Isa ja noch dankbar sein, daß sie die Tante hat! Schließlich ist sie unehelich, ihr Vater hat sich ja niemals blicken lassen, und ihre Mutter ist kurz nach ihrer Geburt gestorben, wirklich, froh und glücklich kann Isa sein, bei Licht betrachtet!

Die Vaterlosigkeit haben Susanne und Isa also gemeinsam.

Aber Isa vermißt ihren Vater nicht.

Was willst du mit einem richtigen Vater? sagt Isa zu Susanne. Väter erziehen doch bloß an einem herum. Oder sie sind nicht da, genauso als wenn sie schon tot wären, frag mal die Irmi! Die hat schließlich einen!

Irmgard Bauer steht neben Isa. Irmi hat Jeans an und eine Lederweste mit Fransen und auf den Lippen den hellrosa Lippenstift, den alle so schick finden und den Susannes Mutter Susanne niemals erlauben würde, Irmi sagt: Der ist echt nicht die reine Freude, mein Vater. Der macht immer nur meine Mutter fertig, sonst macht er gar nichts. Und ich darf es dann hinterher ausbaden.

Susanne und Irmi und Isa stehen vor der Bude und essen Fritten. Susanne sagt nichts. Sie überlegt, daß es gar nicht so schlecht wäre, wenn zwischendurch mal jemand da wäre, der ihre Mutter fertigmacht. Wenn mal ein anderer Wut und Unwillen der Mutter auf sich ziehen würde: jemand, der nicht Susanne ist. Der aber auf Susannes Seite steht. Der mit Susanne gemeinsame Sache macht, in diesem Moment denkt Susanne nicht an ihren Vater. Sie denkt nicht daran, daß es klingelt und ihr Vater kommt und sie in die Arme nimmt und sie rettet, noch nicht einmal, als jetzt am Horizont eine Staubwolke auftaucht. Staubfahnen, von Pferdehufen aufgewirbelt, fegen über die Prärie auf die einsame Farm zu. Susanne und die, die mit ihr gemeinsame Sache machen, springen auf. Die harten Absätze von Susannes Stiefeln knallen auf den Bretterboden der Veranda. Die Fransen von Susannes Jacke flattern im Wind. Mit der Hand beschattet sie ihre Augen. Sie steht locker, dabei gespannt, eine Hand in die Hüften gestützt, von denen der Faltenrock verschwunden ist. Susanne (während sie nicht an ihren Vater denkt, der kommen und sie retten soll) kann die Reiter jetzt beinahe erkennen. Sie trägt Lederhosen und klirrende Sporen, sie schreitet die Verandatreppe hinunter. Den anderen bedeutet sie mit einer Geste zu warten: Sie kann jeder Gefahr entgegentreten, sie steht nicht allein. Allein tritt sie den Reitern entgegen, die sehr schnell näher kommen. Die jetzt zu einem weiten Halbkreis ausschwärmen, die Farm abriegeln.

Es ist ein Novembernachmittag, grau und eklig wie kalte Brühe. Irmi kickt eine Coladose in den Rinnstein. Isa pfeift einen monotonen Doors-Song: *There's a killer on the road His brain is squirming like a toad*, Susanne ergänzt stumm den Text zu dem, was Isa pfeift.

So hängen sie also vor der Frittenbude herum, mit ketchupbekleckerten Fingern und Tüten in der Hand, die das Fritierfett allmählich aufweicht: während auf Gleis 5 des Würzburger Hauptbahnhofs nun endlich Susannes Anschlußzug einfährt und Irmgard Bauer in ihrem Laden einer Kundin die Funktionsweise eines Korkenziehers erklärt, der aussieht wie eine Fischgräte. Wie das, was von einem fachmännisch zerlegten Fisch übrigbleibt.

Das sagt Irmi natürlich nicht. Das kommt ihr nicht einmal in den Sinn, Irmi denkt, daß der Korkenzieherfisch ein ästhetisch gelungenes und technisch ausgereiftes Gerät ist. Das zu denken ist klug von Irmi. Es ist klug, etwas schön und nützlich zu finden, was man verkaufen will. Irmi ist davon überzeugt, daß der Erfolg ihres Ladens auf ihrer Fähigkeit beruht, selber tief und dauernd an die Schönheit und Nützlichkeit ihrer Ware zu glauben. Das hat nichts mit positivem Denken oder solchem Unsinn zu tun, weiß Gott nicht. Es ist nur so, daß die Leute im allgemeinen nicht so dämlich sind, wie man annimmt. Sie merken es, wenn man ihnen irgendwelchen Müll erzählt, den man selbst nicht glaubt.

Wenn Irmi ihre Kunden berät, dann merkt jeder, daß sie überzeugt ist von dem, was sie sagt. Das ist wichtig, gerade in einer Kleinstadt. Irmis Laden steht in dem Ruf, keinen Allerweltskrempel, kein billiges Kunstgewerbe zu führen, sondern ausschließlich besondere Stücke. Stilvolle Stücke, mit denen sich die stilvolle Besitzerin Irmgard Bauer persönlich identifizieren kann. Es ist Irmis persönliche Integrität, die die Kunden zum Kauf von Vasen, Aschenbechern und Lampen bewegt. Was sonst? Schließlich haben Irmis Kunden schon alles, was sie brauchen. Aber in Zeiten wie diesen, Zeiten sozialer Kälte, sehnen sich die Menschen natürlich nach jemandem, dem sie vertrauen können, Irmi kann ihre Preise glatt um 20, 30 Prozent höher kalkulieren als die Konkurrenz! Irmi hat keine Konkurrenz, dazu ist sie zu teuer. Sie muß teuer sein, sonst ginge das Vertrauen ihrer Kundschaft flöten. Sonst wäre der diskrete kleine Aufkleber auf Irmis Verpackungen, auf dem ihr Name steht und sonst nichts, für immer entwertet. Dann wäre Irmi hoffnungslos out, erledigt.

»Ich habe mir diesen Korkenzieher ja sogar selber genommen!« Irmgard wispert, als weihe sie ihre Kundin in ein persönliches Geheimnis ein. »Sicher, er ist nicht ganz billig, aber ich konnte einfach nicht widerstehen. Es ist kein Allerweltsstück. Ich habe ja überhaupt nur fünf Stück geliefert bekommen!« Während die Kundin nach der Kreditkarte kramt, verpackt Irmgard den Korkenzieher als Geschenk. Dünne Wellpappe, Bindfaden, Bast. Naturmaterialien, recyclingfähig. Der Korkenzieher ist für Thomas Scheling. »Von der Polstermöbelfabrik Scheling, du weißt schon, Irmi, der Thomas wird doch heute fünfzig, kommst du eigentlich auch?« Irmi murmelt etwas, während sie ihre Kundin zur Tür begleitet. Gute Kundinnen bringt sie immer zur Tür, wie liebe Freundinnen. Viele ihrer Kunden sind tatsächlich auch Irmis Freunde. Oder was man eben so Freunde nennt, gute Bekannte.

Als Irmi die Tür öffnet, dringt ein Schwall warmer

Abendluft in den Laden. Das Gartenfest bei den Schelings verspricht zumindest wettermäßig ein voller Erfolg zu werden. Auf jeden Fall ist es ein Erfolg für Irmi, die Schelings nämlich werden heute abend nicht nur den Fischgräten-Korkenzieher, sondern auch einen enorm teuren Federhalter, einen postmodernen Champagnerkühler und einen im Stil der Fünfziger gehaltenen Cocktailshaker nebst professionellem Barmixer-Zubehör von Bast und Wellpappe und dem diskreten kleinen Aufkleber zu befreien haben.

Und den Wein liefert ihnen natürlich Hubertus.

Hubertus ist Irmis Mann. Oder ihr Lebensgefährte, sie sind nicht verheiratet. Früher hat Hubertus mal Biologie studiert, aber das ist lange her. Jetzt ist auch er Inhaber eines Geschäfts, für Weine und italienische Feinkost, auch Hubertus ist konkurrenzlos. Irmi und Hubertus wohnen in einer Altbauwohnung mitten in der Stadt. Renovierter Altbau, sehr stilvoll, und ruhig ist es außerdem: Die Wohnung geht nach hinten hinaus, auf den Park.

In einer Kleinstadt kann man sich so was eben leisten!

Das sagen Irmis Freunde, wenn es sie gelegentlich aus ihren diversen Großstädten hierher verschlägt und sie dann staunend die sieben riesigen Zimmer durchwandern. Sieben Zimmer und zwei Bäder und eine Dachterrasse, für ein kinderloses Paar.

Seid bloß froh, daß ihr auf Nachwuchs verzichtet habt!

Auflachend, aufstöhnend wird diese Bemerkung an jede Anekdote drangeklebt, die Irmgard sich über anderer Leute Kinder anhören muß. Irmgard ist froh. Durchaus! Sie hat sich noch niemals ein Kind gewünscht. Sie liest gern, sie geht viel ins Kino. Sie spielt Tennis, sie läuft Ski. In der Wohnung, in der sie mit Hubertus lebt, hat sie ihr eigenes Arbeitszimmer, ihr eigenes Schlafzimmer, ihr eigenes Bad.

Und sie ist ja auch nicht immerzu hier. Schließlich muß sie einkaufen, Trends erforschen, auf dem laufenden bleiben. Das kann man nicht von der Provinz aus, beim besten Willen nicht. Irmi ist eine Menge unterwegs, London Milano Paris Madrid, eigentlich ist es ein Wahnsinn! Die Zeit, die Kosten, und immer nur für höchstens drei Tage! Nun ist es Irmi, die lacht und stöhnt. Schon die lange Fahrt bis zum nächsten Flughafen! Freilich, man lebt hier nun mal in der tiefsten Provinz, ja natürlich lebe ich gern hier, aber ehrlich! Wenn ich nicht hin und wieder hier rauskäme, dann würde ich blöd.

Irmi macht keinen Hehl daraus, daß es ihr manchmal in ihrer Geburtsstadt zu eng wird. Warum auch? Es ist ja reiner Zufall, daß sie hier lebt. Vor neun Jahren ist ihr Vater gestorben und hat ihr eine ziemlich große Summe hinterlassen, und so hat sie eben den Laden eröffnet. Natürlich hätte sich Irmi damals auch allein aus dem Sumpf ziehen können, da ist sie ganz sicher. Irmi hat schon oft genug vor dem Abgrund gestanden, und bisher ist ihr noch jedesmal etwas eingefallen! Aber Tatsache ist, daß es ihr damals nicht allzugut ging.

Das hat nichts damit zu tun, daß Irmi ihren Vater übermäßig betrauert hätte. Wie kann man um jemanden trauern, der seine Familie ein Leben lang mit eingebildeten Krankheiten terrorisiert hat? Der sich tagtäglich mit Irmis Mutter darüber stritt, wer in dieser Ehe mehr litt und also ein Recht auf die schlimmeren Krankheiten hatte. Nun also, er hatte endlich gesiegt! Er war zuerst tot, was gab es da groß zu betrauern? Und Irmi hatte damals mit ihren eigenen Schmerzen zu tun. Mehr als genug, ihr Leben war ja völlig im Eimer! Ihr Schlüsselbein war gebrochen, ihr fehlte ein Zahn. Irmi war fertig, damals.

Irmi ist auf dem Weg nach Hause. Sie beeilt sich nicht,

sie schlendert. Die Straßen sind noch immer belebt, es herrscht Feststimmung, weil es so heiß ist. Die Straßencafés sind überfüllt, Weißbier Prosecco Cappuccino Soft Frozen Yoghurt, Irmi schnappt Gesprächsfetzen auf, Gelächter dringt zu ihr. Sie wird von vielen gegrüßt, grüßt zurück. Sie geht übrigens nicht auf das Schelingsche Gartenfest. Thomas Scheling hat ihre Absage sehr bedauert, aber er wird Irmi nicht vermissen, er war lediglich höflich. Wie sollte er Irmi vermissen, bei über hundert geladenen Gästen! Irmi findet es manchmal sehr anstrengend, unter Leuten zu sein. Wo sie doch schon den ganzen Tag im Laden von Leuten belagert wird, die sie vollquatschen. Die an sie ranreden bis zum Schwindligwerden, was erwartet Irmi denn? Irmis Kunden berichten von ihren Männern, ihren Kindern. Ihren beruflichen Zielen, sie schmieden Urlaubspläne in Irmis Laden: Sie wissen, was sie vom Leben erwarten. Sie erzählen Irmi, wie es gewesen sein wird, ihr Leben, wenn es eines Tages vorbei ist. Und bis dahin leben sie gern hier.

Auch Irmi lebt gern hier! Natürlich tut sie das, sonst gäbe es doch überhaupt keinen Grund für sie, hierzubleiben. Bloß möchte sie heute lieber auf ihrer Dachterrasse sitzen, es reicht schon, daß morgen dieses Klassentreffen ist! Irmi hat ernsthaft überlegt, ob sie überhaupt hingeht. Warum soll sie sich einen Haufen gealterter Abiturientinnen ansehen? Die sich zweifelsohne alle miteinander nette, aber meist abwesende Ehemänner, Kinder im Gymnasium, gutbürgerliche Berufe, Abos im Fitneßstudio, kreative Hobbys und Krähenfüße zugelegt haben, Irmi kann sich doch denken, was aus ihnen geworden ist. Und ohnehin kann Irmi darauf verzichten, den Lebensweg von Leuten weiterzuverfolgen, von denen sie sich längst verabschiedet hat. Nostalgie gehört nicht zu Irmis Lastern, Irmi durchwühlt keine Fotoalben auf der Suche nach der verlorenen Zeit. Sie fotografiert nicht einmal. Sogar auf ihren Reisen hat sie nie fotografiert, viele Leute sind davon schockiert: Irmi ist um die Welt gefahren, ohne ständig ein Auge zuzukneifen! Aber sie hat ihr Leben nicht danach ausgerichtet, daß ihre Motivwahl die Zurückgebliebenen beeindruckt. Sie hat ihre Erfahrungen nicht in nachträglich glorifizierbare Bilder zerlegt, um sie erst dann zu erleben, wenn sie vorbei sind, gefahrlos und chemisch gereinigt, wie auch? Bei Irmis Erfahrungen!

Irmi schließt die Wohnungstür auf und streift die Schuhe ab. Sie geht in die Küche und nimmt eine Flasche Campari aus dem Kühlschrank, dabei ruft sie: »Hubertus?« Es ist nur der Form halber, Hubertus ist natürlich nicht da. Er ist auf dem Schelingschen Sommerfest und trinkt den Wein, den er Thomas Scheling gestern geliefert hat. Daß Irmi keine Lust auf die Schelingsche Meute hat, heißt schließlich nicht, daß Hubertus zu Hause bleiben muß, Hubertus und Irmi sind nicht albern: In einer Beziehung muß man dem anderen Freiräume lassen. Und davon abgesehen wäre es Irmi natürlich auch lästig, wenn Hubertus jetzt heimkäme und sich neben ihr auf einem Liegestuhl ausstrecken würde, Irmi liebt Hubertus! Natürlich tut sie das, aber sie ist sehr gern allein. Irmi hat Shorts angezogen und ein T-Shirt von Hubertus, gegenüber, auf der anderen Seite des kleinen Parks, blitzen ein paar Fensterscheiben in der Abendsonne auf. Der Himmel ist wolkenlos, man wird heute nacht die Sterne sehen können. Wenn Irmi zu dem Klassentreffen geht, könnte sie Susanne einladen, ein paar Tage zu bleiben und mit ihr hier draußen zu sitzen.

Andererseits, wozu sollte das gut sein? Wahrscheinlich würden sie nach dem obligatorischen Austausch diskret geschminkter Kurzbiographien doch nur von früher reden.

Wovon sonst? Irmi hat Susanne seit der Schulzeit nicht mehr gesehen. Sie kann sich allerdings gut an Susanne erinnern: an die fusseligen blonden Haare, die sie zu lang trug, an Susannes etwas staksige Grazie, das bewegliche Gesicht. Ein sehr dünnes Gesicht, verletzlich, vor ein paar Tagen hat Susanne bei Irmi angerufen. Sie hat nach Isa gefragt, Irmi ist sehr froh, daß es Susanne gutzugehen scheint! Aber Irmi hat auch keine Ahnung, wo sich Isa herumtreibt. Sie hat seit elf Jahren nichts mehr von Isa gehört (seit 1981. Seit jener letzten Karte), es ist einigermaßen unwahrscheinlich, daß Isa ausgerechnet zu diesem Klassentreffen wieder hier auftaucht. Und wer wird Isa denn schon vermissen? Niemand, außer Susanne natürlich.

Außer Susanne und Irmi. Oder?

Nun. Es wäre sicherlich spannend, Isa wiederzusehen. Aber es wäre auch ein wenig wie das Jüngste Gericht: die Stelle, wo sich die Gräber öffnen und die Toten auferstehen. Das kommt einem nicht zu jedem Zeitpunkt gelegen, daß die Toten auferstehen: und dann, was würde Isa wohl dazu sagen, daß Irmi hier lebt? In der verfluchten kleinen Stadt an der Ostgrenze! In dem Nest, in dem sie zusammen aufwuchsen, dem baldmöglichst zu entfliehen sie einander versprachen, in das niemals zurückzukehren sie sich schworen und in das Irmi zurückgekehrt ist. Was würde Isa wohl dazu sagen?

Irmi und Isa lümmeln auf Isas Matratze herum, der alten Matratze mit dem räudigen Flokati darauf, die Isa als Bett dient. Sie sind sechzehn oder siebzehn. Isa lehnt in einer Ecke. Über ihr hängt ein Poster von Armstrong auf dem Mond, Armstrong sieht man allerdings nicht: Isa hat ihn überklebt, mit einer Reklame für Teflonpfannen. Isas

Haare sind fettig, sie hat sie mit Klemmen zurückgesteckt und sich das Gesicht bemalt: Um die Augen herum ist alles blau und schwarz, der Rest ist kalkweiß. Punkt Punkt Komma Strich, Isa sieht selbst aus wie ein Mond. Allerdings wie einer, der ein paar aufs Auge gekriegt hat, Isa hat ihr I Ging auf dem Schoß und liest vor, was das I Ging über Irmis derzeitige Lage zu sagen hat. Sü, das 5. Kua.

Der Ratsuchende ist in der Notwendigkeit, zu warten, liest der Mond. *Die Vorhersage ist indessen doch glücklich. Das Warten wird nicht vergeblich sein. Ruhig beobachtet der begabte Mensch die steigende Wolke, die am Himmel wartet und endlich den Regen bringt.*

Irmi sieht die Wolke über dem Horizont aufsteigen, regenschwer. Asphaltschwarz, vielversprechend. Die Hitze brütet. Die Luft steht, knistert vor Elektrizität. Irmi ist nicht ruhig, sie findet die Warterei zum Verrücktwerden! Irgendwann muß es doch endlich anfangen. Was? Das Gewitter. Der Sturm. Der Platzregen. Irmis Leben!

Der begabte Mensch gebraucht Gerechtigkeit und Geradheit, um in seine Einsamkeit zu gehen, liest Isa. *Von nichts zurückgehalten, fern und ungebunden in der Einsamkeit, weiß er aus ihr Nutzen zu ziehen. Es wird von Vorteil sein, einen großen Flußlauf zu überqueren.*

Isa klappt das Buch zu und steht auf.

Komm schnell, sagt sie zu Irmi.

Wenige Minuten später rennen Isa und Irmi über die Brücke, die alte Brücke unten bei der Apotheke.

Aber das ist doch kein großer Flußlauf! ruft Irmi. Das ist ein winzig kleiner Flußlauf, ein ganz verdammt winzig kleines mickriges Rinnsal von einem Flußlauf!

Eben! ruft Isa zurück. Deswegen überqueren wir ihn ja auch so oft!

Die Farbe auf ihrem Gesicht bröckelt ab, weil sie lacht.

Irmi steht auf und holt sich einen weiteren Campari aus ihrer Küche. Sie hat in ihrem Leben so manchen Flußlauf überquert, soviel ist wahr. Die Frage ist allerdings, ob das immer von Vorteil war. Und jedenfalls ist es kein Grund, jetzt an Gino zu denken (an Gino in einem Boot. Sie überquerten den Flußlauf in einem Boot, in der Windstille vor Sonnenuntergang hing das Segel schlaff), Irmi möchte jetzt nicht an Gino denken. Sie denkt an Gino, weil sie an Isa gedacht hat, und natürlich schreckt sie nicht vor der Erinnerung an Gino zurück, das ist Unsinn. Aber es würde ihr den Abend ruinieren, an Gino zu denken (der sich umdreht. This is the right moment! sagt er. Seine Hand umspannt ihren Fußknöchel. Sie sind an der Grenze zu Maharashtra, der Fluß mündet hier ins Arabische Meer), Gino muß vorsichtig erinnert werden, dosiert, selbst an ekelhaften Novemberabenden, wenn es eigentlich ohnehin egal ist, ob einen Unruhe und Trauer überschwemmen oder nicht. Irmi denkt nicht an Gino, sondern an Hubertus.

Sie denkt daran, daß sie Hubertus dankbar ist. Doch! Hubertus hat Irmi niemals bedrängt: Das hat ihr von Anfang an so an ihm gefallen. Kennengelernt haben sie sich bei gemeinsamen Freunden, Hubertus war damals neu in der Stadt. Er hatte ein Haus geerbt, das Haus, in dem heute sein Laden ist.

So ein ulkiger Zufall, hat Irmi damals gedacht. Genau wie bei mir und bei Isas Tante damals, wirklich, der Tod anderer Leute scheint der einzige Grund zu sein, warum man in diese Gegend zieht.

Beinahe hätte sie laut aufgelacht.

Am nächsten Tag ruft Hubertus sie an.

Danach gehen sie öfter mal miteinander aus, Hubertus und Irmi. Sie gehen zum Essen, ins Kino, manchmal ins

Theater. Sie gehen auch miteinander ins Bett. Irmi lebt damals schon lange allein, von ein oder zwei unbedeutenden Sachen mal abgesehen. Sie denkt am Anfang, daß auch Hubertus solch eine unverbindliche Sache ist. Aber eines Abends sieht Irmi Hubertus an, wie er redet. Und dann beobachtet sie nur noch seinen Mund beim Reden, ohne weiter auf die Worte zu hören, weil plötzlich ein komisches kleines Gefühl von Zärtlichkeit da ist und sie denkt: Für dich ja.

Zuerst weiß sie selbst nicht genau, was sie damit meint. Hubertus hat jetzt aufgehört zu reden, er sieht Irmi an, und dann sagt er: Ich glaube, ich habe mich in dich verliebt.

So ähnlich muß es gewesen sein. Irmi ist sich nicht mehr ganz sicher, die Erinnerung macht ja aus allem eine Anekdote, wenn man nicht aufpaßt. Aber zumindest weiß sie, was sie damals gemeint hat mit ihrem ›doch, für dich ja‹: Ich würde dir niemals etwas antun. Dich will ich nicht leiden sehen. Aber sie denkt auch jetzt nicht an Gino (an Orangenschalen, die sich auf dem Ofen krümmen. An den Widerschein des Feuers auf Ginos Gesicht, dem Gesicht eines Fremden, die Schatten unter den Wangenknochen sind so dunkel, als hätte ihn einer geschlagen, aber erst später sind diese Wangenknochen zertrümmert, erst später quillt Blut zwischen diesen Lippen hervor und Kotze, noch nicht, dies ist eine Zwischenstation, es ist eine Pritsche in einem heruntergekommenen Guesthouse in Kabul, das inzwischen in Trümmern liegt, es ist die Hochebene von Kabul, über die der Februarwind fegt, die Russen sind noch nicht da, Irmis Stiefel stehen bereit, sie kann sie sofort wieder anziehen), sie mag nicht. Wozu der Vergangenheit gestatten, daß sie sich in Irmis Leben hineindrängt? Oder der blödsinnigen Hoffnung auf irgendeine

Zukunft. Irmi will keine Zukunft, das fehlte noch! Nostalgien, Utopien, Worthülsen, die vor zwanzig Jahren en vogue waren, Sehnsucht nach dem, was es nie gegeben haben wird: Irmi weiß längst, Utopia heißt Nirgendwoland. Sie kennt jede Straße, jeden Feldweg im Nirgendwoland! Irmi will nicht, daß das Unerwartete über sie hereinbricht. Sie will auf ihrer Terrasse liegen und zusehen, wie es dämmert und die ersten Fledermäuse über dem Park auftauchen. Sie will glücklich darüber sein, daß sie Hubertus hat und ihren Laden und ihre schöne Wohnung und ihre Freunde, natürlich, gelegentlich haben auch Hubertus und Irmi einander verletzt. Das ist nun mal so, die Abmachung, einander nichts anzutun, muß gebrochen werden: Die Ernsthaftigkeit, die Liebe entsteht mit der ersten Verletzung, die man verzeiht.

Die man natürlich verzeiht, was bleibt einem übrig? Aber Hubertus ist nicht der Typ für schwere Konflikte. Hubertus ist kühl, er überlegt lange, bevor er handelt. Er ist souverän: Das sagt Irmi von ihm. Er giert nicht danach, daß das Unerwartete über ihn hereinbricht, er ist seßhaft. Hubertus' souveräne Kühle ist in gewisser Weise die Voraussetzung ihrer Beziehung: Irmi behält ihren Körper, mit Hubertus. Freilich leiht sie ihn aus: aber nur zum Vögeln, und da ist es der Sache durchaus dienlich, daß Hubertus ein ausgezeichneter Liebhaber ist. Danach nimmt Irmi ihren Körper wieder in Besitz. Danach wäscht sie ihn, füttert ihn, zieht ihn an, macht ihn wieder wie unberührt, und Hubertus ist klug genug, das Warnschild nicht zu mißachten: *Do not trespass.*

So soll es bleiben. Irmi hat abgeschlossen mit dem Leidenschaftsblues! Mit der Sehnsucht nicht nach einem bestimmten Kerl, der nett plaudert und einen guten Charakter hat, sondern nach einem bestimmten Hintern. Nach ganz bestimmten Schenkeln, nach genau diesen Schultern, Armen, Handgelenken, Fingern, nach diesen Beinen und dem Schwanz zwischen den Beinen, nach dem Geschmack dieses Schwanzes, dem Geruch dieser Achseln, nach diesem Gewicht auf dem eigenen Körper, dem den Nerven aufs Gramm bekannten Gewicht. Die Fußzehen biegen sich in den Schuhen nach innen, die Muskeln von Hintern und Vagina spannen sich an, und so soll man einkaufen gehen? So soll man Gemüse putzen, telefonieren, mit der Freundin einen Cocktail trinken? Es ist nicht angenehm! Es ist eine Zumutung, wenn man nicht mehr man selbst ist. Wenn man nicht mehr allein sein kann, fern und ungebunden in seiner Einsamkeit, und alles nur wegen einer bestimmten Männervisage, der man sich entgegenwenden will wie der Wintersonne, wegen eines bestimmten scheißarroganten Lächelns, wegen einer Stimme, die eines Nachts rauh wurde und gebrochen und dann etwas gesagt hat, was sie wieder sagen soll, wieder und wieder, und dergleichen kann man sowieso nie besitzen! Noch nicht mal, wenn man sich und den anderen um den Verstand vögelt. Gesichter, Stimmen haben nichts zu tun mit dem Schwanz, den man sich immerhin aneignen kann. Aber das reicht einem ja nicht mehr, wenn man bis hinauf in die Gebärmutter glaubt, daß man so einen Kerl liebt.

Und natürlich geht man davon aus, daß das Liebe ist. Liebe kriegt man von jemandem, wie den Schnupfen. Von jemandem mit einem Namen, einem Wintermantel, einer Vergangenheit, und der soll nun diesen Schmerz füttern. Er ist eine Ansteckungsquelle, eine Bakterienschleuder! Und er soll einen um Himmels willen nicht etwa gesundmachen. Er soll den Schmerz füttern und selber unter ihm leiden, soll lautlos in sich hineinstöhnen, Irmi will das nie wieder haben! Sie will keine Sehnsüchte mehr, sie ist fertig damit.

Es ist inzwischen sehr dunkel geworden auf Irmis Terrasse. Aber Irmi kann sich nicht dazu entschließen, ins Bett zu gehen. Sie ist jetzt unruhig, sie steht auf, aber dann setzt sie sich wieder, sie weiß ja nicht, wo sie hingehen soll. Es ist immer noch sehr warm. Am liebsten würde sie jetzt doch noch auf Thomas Schelings Gartenfest gehen, aber dazu ist es natürlich zu spät. Oder Hubertus soll zu ihr kommen, sofort! Aber dazu ist es wiederum noch viel zu früh.

Das Klassentreffen

Susanne sitzt in einer Buchhandlung. Es ist die Buchhandlung am Markt, die vor 15 Jahren schon hier war, aber inzwischen gibt es ein paar schwarze Plastiksesselchen in einer Ecke, auf denen man sich niederlassen kann. Susanne hat ein Buch auf dem Schoß. Einen Bildband: *Die deutsche Nordseeküste*. Es ist lächerlich! Das weiß sie selber. Aber Susanne ist niedergeschlagen. Sie hat eine gräßliche Nacht hinter sich mit allem, was dazugehört, mit Herzrasen, Schweißausbrüchen und dem endlosen süddeutschen Kirchenglockengebimmel, das Schlaflosigkeit in Viertelstunden mißt, Susanne erinnert sich daran aus ihrer Kindheit: elf, Viertel nach, halb, Viertel vor, Mit-ter-nacht, zwischen den Schlägen versucht man sich eilig zum Einschlafen zu zwingen und horcht dabei in die Stille und wartet darauf, daß es wieder losgeht. Ping! So quälend wie ein tropfender Wasserhahn, wieso sitzt Susanne hier eigentlich? In der Buchhandlung, in der sie als Kind Schulhefte gekauft hat, wieso schläft sie in dem Hotel, in dessen Festsaal ihre Konfirmation gefeiert wurde? Was tut sie in dieser Stadt, die Susannes Erinnerungen totkonserviert hat wie die fünfmal geliftete Wange einer amerikanischen Vorstadtgattin den Jugendschmelz? Die ihre Vergangenheit aufgespießt hat wie einen Schmetterling, mit ihren Stiefmütterchen in Betonkübeln und der blankgescheuerten Fußgängerzone mit den Billigläden und dem bißchen Geschichte in pastellrenoviertem Sandstein, dies ist keine Rückkehr, sondern eine Mumienausstellung! Pompei: Die Hohlräume, die die Toten hinterlassen haben, sind mit Gips ausgegossen worden. Es sind nicht einmal mehr Tote da, die man ansehen kann: nur die Gipsformen ihrer endgültigen Abwesenheit.

Du bist verbohrt! sagt Scribbo. Das ist das Problem. Du willst aus der Reihe tanzen, und dann weißt du nicht, wie. Schließlich gibt es für Besuche wie diesen ein festes Programm. Punkt eins: das Haus aufsuchen, in dem man aufgewachsen ist, und wehmütig die fremden Gardinen hinter den Fenstern betrachten. Punkt zwei: der alten Schule einen Besuch abstatten und auf dem Korridor dem ehemaligen Lieblingslehrer begegnen, oder von mir aus der ehemaligen Intimfeindin, je nachdem, wie die Geschichte weitergehen soll. Punkt drei: einen beinahe vergessenen Freund anrufen. Die Nummer stimmt noch, man könnte einander wiederfinden. Womöglich würde dieser Moment das ganze Leben verändern! Bogey und Ingrid fallen einem ein, Dr. Schiwago … wer weiß! Aber niemand hebt ab. Das Telefon läutet in einer leeren Wohnung.

Punkt drei immerhin hat Susanne bereits erledigt: Sie hat vorhin die Nummer von Isas Tante im Telefonbuch des Hotels nachgeschlagen. Es ist noch dieselbe Nummer, Scribbo hat recht. Und das Telefon hat tatsächlich in einer leeren Wohnung geklingelt. Keiner hat abgehoben.

Susanne weiß, man muß durch den Fledermausflügel sehen. Durch die Nachthaut. Susanne vergißt das allerdings manchmal. Sie vergißt ihre Nachthaut: so wie andere Leute ihren Regenschirm vergessen. Dann muß sie sie wiederfinden. Dann muß sie sich auf die Socken machen und in den Läden und Kneipen der Vergangenheit vorstellig werden, bis sie ihre Nachthaut wiedergefunden hat, aber was haben die fremden Gardinen am Dielenfenster ihrer früheren Wohnung damit zu tun? Das Dielenfenster würde sie bloß deprimieren! Obwohl fremde Gardinen dahinter hängen und nicht die ihrer Mutter: Susannes Mutter ist ja schon lange fort. Sie hat wieder geheiratet und ist mit ihrem Mann nach Freiburg gezogen. Die beiden sind viel unterwegs, Susannes Mutter ist nicht einmal zur Beerdigung ihres Vaters gekommen. Sie war gerade auf Mallorca und sah keinen Grund, ihren Urlaub abzubrechen. Sie hat nur Geld geschickt, für die Begräbniskosten. Für einen Kranz.

Susanne sieht ihre Mutter selten. Das letzte Mal war zu Maries viertem Geburtstag, es war kein geglückter Besuch: Susanne war zu nervös. Sie konnte einfach nicht aufhören zu beobachten, wie ihre Mutter mit Marie umging. Dabei war ihre Besorgnis vollkommen grundlos, Marie mag ihre Großmutter. Sie mag sie auf eine freundliche, neutrale Art, sie gibt ihrer Großmutter Chancen. Sie überläßt es der Großmutter, diese Chancen zu nützen oder auch nicht, Marie ist völlig unangreifbar! Im Gegensatz zu Susanne. Nach der Abreise ihrer Mutter hat Susanne sich tagelang mies gefühlt, schuldig, ohne zu wissen, wofür, schließlich hat sie ihre Mutter angerufen und vergeblich und wider besseres Wissen um einen weiteren Besuch gebeten.

Sie tut das nach wie vor. Sie glaubt immer noch, alte Wunden dadurch heilen zu können, daß sie sich neue reißt. Vielleicht ist auch ihre Rückkehr hierher solch ein mißglückter Heilungsversuch und wird mit Selbstverletzungen enden. Es ist denkbar! Wenn Susanne jetzt auf ihrer Insel wäre, was würde sie tun? Die Katze füttern, das Kaninchen, sagt Scribbo. Endlich mal die Gummistiefel saubermachen, die seit Tagen dreckverkrustet in deiner Diele stehen. Hör auf mit dem Unsinn! Quatsch dir deine Insel nicht zur Seelenheimat hoch, bloß weil du gerade woanders bist.

Scribbo hat recht. Es ist reiner Zufall, daß Susanne nach der Trennung von Jens ausgerechnet auf ihrer Insel eine Stelle als Lehrerin gefunden hat, Susanne stellt das

Nordseebuch zurück ins Regal, sie kramt in ihrer Tasche nach Kleingeld: Sie möchte Marie anrufen.

Das Telefonhäuschen an der Ecke ist immer noch da. Susanne quetscht sich in die Kabine, in den Geruch von Urin und Asche, sie wählt Jens' Nummer. Das Telefon läutet: Aber keiner nimmt ab. Es läutet in Jens' leerer Wohnung, Susanne geht wieder auf die Straße hinaus, und nun? Ein giftgrün lackierter Trabbi tuckert an Susanne vorbei. Mit Westnummer, vor drei Jahren ist die Mauer gefallen, jetzt gelten die Dinger mit einmal als schick. Ein Mann zerrt ein Kind hinter sich her wie einen schwer beladenen Leiterwagen. Vom Kirchturm schlägt es elf. Es sind noch viele Stunden bis zu dem Klassentreffen. Bis zu jenem Moment, wenn Susanne das Restaurant betreten und sie alle wiedersehen wird: Ute Lang. Irmgard Bauer. Gaby Hirmer.

Gaby, die Klassensprecherin. Den Völkerball-Mannschaftskapitän, Gaby Hirmer war mal Susannes Freundin. In Susannes Poesiealbum hat sie geschrieben: *Froh zu sein bedarf es wenig! Und wer froh ist, der ist König!* Daneben hat sie mit Buntstiften einen König gemalt. Den Karokönig, Gaby hat ihn von einer Spielkarte abgezeichnet. Susanne hat um Gaby geworben. Sie hat ihr kleine Geschenke gemacht: einen Radiergummi mit einem Bild darauf, eine Emaillebrosche, Gaby und Susanne haben in der Pause StadtLandFluß miteinander gespielt. Sie haben sich für den Nachmittag zum Gummitwist verabredet, haben in Gabys »Bravo« den Aufklärungsteil gelesen, den Susannes Mutter aus ihrem Heft immer heraustrennte, aber Susanne war nie Gabys beste Freundin. Gabys beste Freundin war Ute Lang.

Gaby Hirmer und Ute Lang stehen auf dem Pausenhof und stecken die Köpfe zusammen. Sie tuscheln und kichern und sehen zu Susanne herüber, die woanders steht und unbeteiligt tut und am liebsten tot wäre, Ich-bin-nicht-mehr-deine-Freun-din, ichbinnichtmehrdeine-*Freun*-din, was ist passiert? Was hat Susanne sich erlaubt? Hat sie sich wer weiß was eingebildet auf ihr neues Fahrrad, denkt sie seit ihrer Eins in Rechnen, sie wäre wunder wie toll, ist sie affig, weil sie sich schminkt oder nicht schminkt, hat sie sich lächerlich gemacht mit ihrem Faltenrock oder mit den Socken in Shocking Pink? Wenn Susanne es wenigstens wüßte! Dann könnte sie sich bemühen, sie könnte sich ändern. Sie weiß es aber nicht. Sie hat keine Ahnung. Jedenfalls ist es ihr wieder mal nicht gelungen, aufzugehen in dieser amorphen Mädchenmasse, in der die strengsten Regeln der Welt darüber bestimmen, wer es wert ist, geliebt zu werden: Und Susanne ist es nicht wert. Sie sieht es ja selbst ein! Sie war mit Anni und Karin im Schwimmbad. Mit den häßlichen Zwillingen, die die Köpfe beim Lesen vorstrecken müssen wie Schildkröten, obwohl ihre Brillengläser schon so dick sind wie der Boden einer Limoflasche, wirklich, Susanne macht sich einfach unmöglich! Begreift sie nicht einmal das?

Susanne versucht sich an ihre Gesichter zu erinnern. Gaby Hirmer, Ute Lang, wie sahen sie aus? Susanne weiß es nicht. In Susannes Klassenfoto sind Löcher. Jemand hat die Gesichter aus dem Foto entfernt, mit einem Messer herausgeschnitten, jetzt fehlen sie. Susanne versucht, die Gesichter dieser Fehlenden zu betrachten, aber alles, was sie sieht, sind die Löcher: und dahinter eine kleine Susanne.

Oder ein Kaninchen vielleicht. Susanne kauerte in einem Schuppen, hinter einem Berg alten Gartengeräts, der alte Mann kam herein, Suschen? Bist du hier, Suschen? Auf dem Arm hatte er das Kaninchen. Eins von denen, die sich auf die eigenen Ohren treten, Susanne kroch hinter der Schubkarre hervor. Sie hielt das Kaninchen. Draußen tobt ein Gewitter, das Kaninchen drückt sich zitternd gegen Susannes Bauch. Susanne streicht ihm über das Fell. Sein Fell ist weich, weich, es hat nicht verdient, sich so zu fürchten! Aber es ist eben nur ein Kaninchen.

Eine Heulsuse, ein Waschlappen, natürlich gibt es die kleine Susanne nicht mehr! Susanne ist inzwischen selbst eine Mutter, und wenn sie auf dem Pausenhof steht, dann als Lehrerin, Susanne behält ihre Gefühle für sich. Niemand muß voller Zorn bei Susanne bleiben, nur weil Susanne leidet, Susanne hat längst gelernt, ihre Verletzlichkeit sinnvoll einzusetzen. Sie in den Dienst größerer Zusammenhänge zu stellen: Susanne kann wunderbar vermitteln. Sie ist Vertrauenslehrerin an der Schule, sie kann zuhören, verstehen. Es ist die Alchemie des Erwachsenwerdens: Man macht Tugenden aus kindlicher Verzweiflung.

Obwohl, sind es immer Tugenden? Neuerdings ist Susanne nicht mehr so sicher: Marie verbittet sich Susannes Interventionen. Sie will sich streiten können mit ihren Freundinnen, Laß uns in Ruhe, Mama! sagt sie. Misch dich nicht immer ein!

Marie klingt dann wie Jens. Wie Jens, der sagt: Lös doch nicht ewig meine Probleme, was bist du, meine Krankenschwester? Eine weise Großtante, die voll Heiterkeit mit dem Leben abgeschlossen hat?

Susanne weiß wirklich nicht, wie man gleichzeitig ein Kaninchen und eine heitere Großtante und eine erwachsene Susanne sein kann! Susanne geht über den Marktplatz. Etwas fehlt, aber sie weiß nicht, was es ist. Es ist etwas Schweres, sie schleppt es mit sich herum wie einen Stein. Sie schleppt seine Versteinerung mit sich herum: die Versteinerung des Fehlenden, Isa soll kommen!

Wie sie damals gekommen ist: an jenem Septembermorgen 1972, an dem sie zum ersten Mal das Klassenzimmer der 9c des Mädchengymnasiums in der kleinen Stadt an der Ostgrenze betrat, warum ist es mit einmal so wichtig, Isabella Niemann wiederzusehen? Was fällt Susanne ein, wenn sie an Isa denkt?

Natürlich zuerst Isas Schönheit: Denn Isa war schön. Wirklich schön, nicht nur hübsch oder niedlich, ihre Schönheit war eine Deformierung, mit der zu leben sie sich aufrichtig bemühte, aber das war fast unmöglich. Isa wurde laufend auf der Straße von Fotografen angesprochen. Die Fotografen schworen, Isa berühmt zu machen, aber was sollte der Quatsch? Isa litt schon unter allen Nachteilen eines Ruhms, den sie noch gar nicht besaß: Jede wollte so aussehen wie Isabella Niemann. Jede wollte diese hüftlangen rotblonden Haare, diese Riesenaugen haben, diese Backenknochen, den blassen großen Mund, Isa war das fleischgewordene Schönheitsideal der Siebziger, sie sah aus, als wäre sie extra zu diesem Zweck erfunden worden. Jeder wollte sich in ihrem Glanz sonnen. Jeder wollte an ihrem Glanz teilhaben, von ihrer Aufmerksamkeit ausgezeichnet, erhoben werden, und wem das nicht gelang, der wollte sie stürzen, zerschmettert am Boden sehen. Und den meisten gelang es nicht.

Wieso denkst du eigentlich immer, die anderen wären so prima? sagt Isa vor der Frittenbude zu Susanne und wischt sich einen Ketchupfleck von der Backe. Die sind nicht prima, die sind ein Problem. Aber du denkst immer, du selbst wärst das Problem, ich kapiere das nicht.

Vielleicht ist Isa so schön, weil ihre Mutter tot ist. Susanne kann sich das vorstellen, das einzige, was Isas Mutter ihrer Tochter hat mitgeben können, ist schließlich Isas Name: Isabella. Dieser Name ist der einzige mütterliche

Auftrag, die einzige Richtlinie, vielleicht hat Isa sich nur bemüht, diesem Auftrag gerecht zu werden. Susanne hält das für denkbar, sie weiß genau, wie sehr man sich darum bemüht, einem mütterlichen Auftrag gerecht zu werden. Vor allem, wenn man keinen Vater hat.

Aber Isa vermißt ihren Vater ja nicht. Isa vermißt auch ihre Mutter nicht, sagt sie, sie vermißt niemanden. Isa ißt Fritten. Das Geld für die Fritten bekommt sie von ihrer Tante, Susannes Mutter hat recht, die Tante kocht nicht. Sie ist als Malerin nur halbwegs zur Kindererziehung geeignet. Das ist das Wunderbare an ihr, in Susannes Augen. Das Wunderbare ist, daß sie weiß, sie eignet sich nicht zur Kindererziehung, also läßt sie es ganz einfach, das mit dem Erziehen. Es gibt nur zwei Regeln: Man darf ihr nicht in die Quere kommen, wenn sie malt. Und man darf sie nicht beklauen.

Das sagt die Tante zu Susanne, als Susanne Isa das erste Mal besucht: Macht, was ihr wollt, aber stört mich nicht beim Arbeiten. Und bildet euch nicht ein, ihr könnt mich beklauen!

Die Tante hat einen farbbeschmierten Pullover an und eine graue, riesige Männerjacke. Mit ihrer großen gebogenen Nase und den buschigen Brauen sieht sie aus wie ein alter Indianer. Sie legt den Kopf zurück, kneift die Augen zusammen und mustert Susanne.

Isa treibt sich mit Leuten rum, die klauen wie die Raben, sagt sie. Ich hoffe, du gehörst nicht dazu?

Susanne verneint. Sie ist nicht beleidigt, dazu besteht kein Anlaß. Ebensogut könnte man über die Bitte beleidigt sein, im Haus die Schuhe auszuziehen oder den Hund nicht bei Tisch zu füttern.

Du hast eine gute Knochenstruktur, sagt die Tante zu Susanne und nickt. Das ist das Wichtigste, die Knochenstruktur, die läßt sich schließlich nicht ändern. Ansonsten kommt es nur auf deinen Willen an, und auf dein Talent. Verstehst du.

Susanne sagt nichts, sie wüßte nicht was. Die Tante erwartet aber auch keine Antwort. Statt dessen gibt sie Isa Geld, damit Isa und Susanne sich an der Frittenbude etwas zu essen holen können.

Isa ißt immer nur Fritten. Trotzdem ist sie mager. Das ist nach Ansicht der 9c das Beneidenswerteste an Isa: Isa hat Jungenshüften. Einen Giraffenhals. Ihr Bauch ist flach und fest wie ein Brett, die Arme konkav, die Beine von unnatürlicher Länge wie bei Barbarella oder einer Barbiepuppe. Nicht daß Isa ansonsten etwas von einer Barbie hätte, Isa und ein Cocktailkleid? Isa und ein Pudelchen im Picknickkorb, mit Ken in netten Bermudashorts? Isas Klamotten sehen aus wie vom Roten Kreuz. Sie sind zum großen Teil vom Roten Kreuz, aber das ist Isa egal. Isa hat gräßliche Angewohnheiten, die sie mit Hingabe pflegt. Nasebohren. Mit dem Bein wippen. Mit den perfekten Fingern auf dem Tisch trommeln, immer denselben entnervenden Rhythmus. Sie ist genauso unsportlich wie Susanne, aber sie ist es aus Prinzip. Sie findet es prima, unsportlich zu sein. Beim Völkerball bleibt sie ganz allein übrig.

Die Mannschaftskapitäne haben sogar schon Susanne gewählt, als vorletzte, es ist die Qual der Wahl. Der Ausdruck bedeutet, es ist eine Qual, nicht gewählt zu werden, Susanne steht mit heißem rotem Kopf in der Mitte der Turnhalle und starrt das Käfiggitter der Sprossenwände an, die dicken Stricke. Nur die dicke Helga und Brita mit ihrem Hüftgelenkschaden sind jetzt noch übrig: und Susanne und Isa. Sie sind der Ausschuß. Sie sind die angematschten Tomaten, die der Gemüsehändler umsonst obenauf packt. Die man nicht kauft, bloß in Kauf nimmt mit einem Achselzucken, Gaby Hirmers Tonfall ist das akustische Äquivalent eines Achselzuckens, als sie sagt, Na. Dann eben die Helga zu uns.

Susanne sieht zu den Fenstern hinauf. Die Fenster sind viel zu hoch, man müßte schon fliegen können. Wie ein Vogel. Ein kleiner Vogel, ein Grünfink vielleicht. Der Grünfink flattert an der Sprossenwand hoch zum Fenster und schlägt mit dem Kopf gegen die Glasscheibe. Er ist benommen. Er fliegt ganz taumelig, aber er versucht es noch einmal. Der Aufprall klingt dumpf und erstaunlich laut: als hätte jemand einen Schneeball an die Scheibe geworfen. Susanne kann den feinen Blutfaden sehen, der dem Grünfink aus dem Schnabel läuft. Er ist ganz schön blöde! Er kann einfach nicht begreifen, daß da eine Glasscheibe ist, Susanne hört das neuerliche Aufprallen des Vogelköpfchens, während jetzt Brita mit dem kaputten Hüftgelenk ausgewählt wird, Dann eben Susanne, sagt Gaby Hirmer. Susanne kann hören, wie der Grünfinkenkörper auf dem Boden der Turnhalle aufschlägt.

Isa wird überhaupt nicht aufgerufen, sondern der anderen Mannschaft zugeschlagen. Dem ersten Ball, der über das Feld fliegt, hält sie die Hand in den Weg. Es macht die Turnlehrerin rasend, Isa hätte den Ball mühelos fangen können! Isa will aber nicht. Isa will möglichst schnell abgeschossen werden, sie sitzt auf der Bank, graziös wie eine Ballerina auf einem Gemälde, ihr magerer Körper steckt in einem verschossenen Turnanzug vom Roten Kreuz. Es ist der Körper einer Turnerin! Einer Sportlerin, aber soll die Lehrerin Isa auf das Spielfeld tragen? Soll sie sie am Schwebebalken, an der Sprossenwand festbinden?

Isa lächelt die Lehrerin an, mit ihrem perfekten Mund. Ihren perfekten Zähnen. Was hast du denn mit deinen Lippen gemacht? fragt Isa Susanne. Warum bluten dir immer die Lippen, ziehst du da die Haut ab? Du mußt damit aufhören! Du mußt Penatencreme draufschmieren, auf deine Lippen, dann heilen sie. Isa schmiert Penatencreme auf Susannes Lippen. Sie schmiert sich selber Penatencreme auf die Lippen, es sieht aus, als trügen Susannc und Isa Lippenstift, den hellrosa Lippenstift, den Irmi hat und den Susannes Mutter Susanne niemals gestatten würde. Aber gegen Penatencreme kann Susannes Mutter nichts einwenden. Susannes Lippen heilen. Susanne bringt es nicht fertig, sich die Haut abzuziehen, auf die Isa ihre Creme streicht: Deshalb heilen Susannes Lippen, während Susanne verhungert.

Susanne wirft ihr Pausenbrot weg. Sie kippt das Mittagessen in eine Plastiktüte, die sie später irgendwo verschwinden läßt, ihre Mutter ist seit zwei Jahren wieder berufstätig, sie arbeitet bei einer Versicherung und ist mittags nicht da. Sie ist morgens und abends da, aber Susanne muß auch das Frühstück, das Abendessen nicht bei sich behalten. Die Mutter kann es in Susanne hineinstopfen, aber Susanne kann es wieder ausspucken. Sie kann das Essen ihrer Mutter rauswürgen in die Toilette und runterspülen, Susanne ist ein Strich in der Landschaft. Sie ist dünn wie ein Faden, der Faden ist straff gespannt: Er hat sehr vieles miteinander zu verknüpfen. Deswegen hungert Susanne: Der Faden hält um so mehr aus, je dünner er ist, Daß mir dieses Kind aber auch nichts als Sorgen machen muß!

Das sagt Susannes Mutter zu dem Arzt, der keine organische Ursache für Susannes Gewichtsverlust findet. Susanne hört es, sie kann es nicht fassen: Die Mutter sorgt sich um sie! Die Mutter sagt: Du bleibst hier sitzen, bis du aufgegessen hast, sonst setzt es was, wie kann Susanne ihrer Mutter nur solche Sorgen machen? Das Mitleid mit der

Mutter zerreißt Susanne das Herz. Susanne triumphiert! Sie ißt einen Teller Kartoffelstampf und erbricht sich hinterher in die Toilette.

Sie erlaubt sich weitere Freiheiten. Sie klebt Plakate über das Milchglasfenster ihrer Zimmertür, das Licht einer Taschenlampe dringt nun nicht mehr hinaus auf den Flur. Im Schutze von David Bowie und Jim Morrison liest Susanne bis spät in die Nacht hinein, Susanne ist in den Geschichten anderer Leute. Sie ist im Faust und im Zauberberg, in der Kosmetik für Teenager und in Freakbrother-Comics und Rilkegedichten und in Carl Gustav Jung und der Love Story, sie liest, wie Dicke essen: wahllos, interessiert vor allem an Menge. Susanne hat Zeit zum Lesen. Sie braucht wenig Schlaf, weil sie hungert. Sie braucht weniger Schlaf, weniger Essen als alle anderen in ihrer Klasse, sie läßt ihre Haare wachsen. Susannes Mutter verhängt Hausarrest, bis Susanne sich die Haare schneiden läßt. Susanne sitzt in ihrem Zimmer und liest. Susannes Mutter fordert den Großvater auf, mit Susanne zu reden. Susannes Großvater weigert sich.

So warst du immer! Susannes Mutter weint. Sie schreit ihren Vater an, Immer willst du dich aus allem raushalten! Du hast dich dein Leben lang immer nur rausgehalten, du hast uns alle allein gelassen, wozu bist du überhaupt auf der Welt?

Der Großvater läßt sich nicht mehr blicken. Susannes Mutter ist außer sich. Susanne kann nicht verstehen, wie ihr geliebter Großvater mit einmal so herzlos sein kann! Sie wünscht sich, daß er nachgibt, damit die Mutter aufhört zu leiden. Sie hofft, daß er durchhält. Daß er nicht kommt, daß er der Mutter widersteht und also beweist: Widerstand ist möglich. Er kommt auch tatsächlich nicht. Susanne fühlt sich so gemein! Sie bringt ihrer Mutter Blumen mit, die sie auf dem Schulweg gepflückt hat, die Mutter quittiert die Blumen mit einem Nicken und legt sie auf den Küchentisch, wo sie verwelken. Susanne kann das alles nicht mehr ertragen. Sie beschließt, sich die Haare abschneiden zu lassen. Am nächsten Tag wird der Hausarrest aufgehoben. Soll Susanne doch machen, was sie will! Soll sie ihre gräßlichen dünnen Fusseln behalten, Susanne wird nicht verziehen, daß sie nur Susanne ist.

Aber Susanne ist mager. Sie ist magerer als Ute oder als Gaby Hirmer, sie ist so mager wie Isa. Susanne kann die gleichen Klamotten anziehen wie Isa. Isa leiht Susanne ein Hemd, eine Samthose, was macht es da aus, daß Susannes Haar dünn und fisselig ist? Daß Susannes Regelblutung ausbleibt, weil sie verhungert.

Oder daß Isas beste Freundin nicht Susanne ist, sondern Irmi: ausgerechnet die eingebildete, aufbrausende Irmgard Bauer.

Isa und Irmi sitzen nebeneinander, ganz hinten in der Ecke des Klassenzimmers der 11c, eingeklemmt in eine Art Nische zwischen Fenster, Wand, Heizung und Schultisch, in die sie sich bis zum Äußersten zurücklehnen. Sie lesen oder zeichnen oder spielen Käsekästchen oder schreiben die Hausaufgaben für die nächste Stunde voneinander ab, wenn Irmi gerügt wird, wird sie frech. Es gibt jedesmal einen Heidenaufstand! Aber das ist Irmi völlig egal. Wenn Irmi einen Verweis kriegt, verschränkt sie die Arme und kreuzt die Beine und sieht den Lehrer an, ohne zu zeigen, daß sie überhaupt etwas gehört hat, nicht mal ihre Augenlider zucken. Aufsässig! Irmi und Isa sind aufsässig, Euer ganzes Benehmen, so geht es doch nicht, ihr setzt doch eure eigene Zukunft aufs Spiel! Die Deutschlehrerin, eine ältliche kinderlose Dame mit grauem Dutt und grauen Kleidern und einer schulbekannten Sympathie für problematische Schülerinnen, ist den beiden gegenüber neulich ins Du zurückgefallen vor lauter Engagement: Aber eigentlich ist nur Irmi aufsässig. Isa ist immer freundlich. Wenn Isa gerügt wird, lächelt sie: auf eine etwas zerstreute Weise, so, wie sie nun auch die Deutschlehrerin anlächelt, die den bei ihrem Beruf nicht unproblematischen Namen Vögler trägt.

Ach, Frau Vögler, sagt Isa. Wir modernen Jugendlichen sind immer so froh, wenn die Erwachsenen mal versuchen, uns zu verstehen. Wirklich, wie Sie sich bemühen, ein so fortschrittliches Konzept wie das einer Pädagogik der Zusammenarbeit in die Tat umzusetzen! Da kann man nur sagen: Weiter so! Dann nickt Isa Frau Vögler ermutigend zu. Und dann geht sie, mit Irmi im Schlepptau, die vor Lachen fast platzt.

Susanne läuft hinter den beiden her. Sie hat die ganze Zeit neben Irmi und Isa gestanden, aber sie ist nicht gerügt worden. Warum auch? Susanne ist eine gute Schülerin.

Aber sie lernt nicht zu Hause! Wirklich nicht, Susanne kann nichts dafür, sie hat von allein gute Noten. Sie hört im Unterricht zu: Es ist ihr so peinlich, wenn sie etwas gefragt wird und die Antwort nicht weiß. Außerdem geben die Lehrer sich Mühe. Gerade die schlechten geben sich Mühe: der Junglehrer Paulsen, auf dessen Backen eine Pickelarmee unbarmherzig gegen die alteingesessenen Sommersprossen vorrückt, die Vögler, in deren Stunden sich alle in der Klasse unterhalten, als wäre sie gar nicht da, Irmi bringt extra Kaffee und Kuchen mit für Frau Vöglers Stunden! Die schlechten Lehrer haben Angst, darum hassen sie ihre Schüler. Sie ahnen, ihnen wird nicht verziehen, daß sie sind, wie sie sind, Susanne bringt es nicht über sich, ihnen einfach nicht zuzuhören. Sie ist ein Waschlappen, das ist es: Sie bringt es ja auch nicht über sich, die Schule zu schwänzen.

Isa und Irmi schwänzen die Schule, obwohl ihnen schon mit Rauswurf gedroht worden ist, Isas Tante hat recht: Isa kennt wirklich Typen, die klauen. Es sind irgendwelche verkorksten Kerle, die den ganzen Tag im Park auf der Wiese herumhängen und Lambrusco aus der Flasche saufen und Drogen nehmen, und Isa und Irmi schwänzen die Schule und gehen in den Park und hocken sich zu ihnen auf die Wiese und warten dort auf Susanne.

Oder das würde Susanne gern glauben. Aber im tiefsten Inneren fürchtet sie, daß Isa und Irmi nur durch Zufall noch da sind, wenn Susanne nach Unterrichtsschluß endlich den Hang hochhetzt, die eilig gepackte Mappe offen unter den Arm geklemmt.

Irgendwer spielt Gitarre. Irgendwer spielt immer Gitarre, meist ist es uraltes Sechzigerjahrezeug, Blowing in The Wind und Whisky In The Jar und House of The Rising Sun, aber heute nicht. Der heute wird gar nichts Richtiges spielen, nur leises Geklimper, das klingt, als käme es von nebenan, und irgendeiner von den verkorksten Typen wird sagen, stelldirmavor, jeder Tag, den ich hier saufe, bringt mir 35 Mark zwanzig.

Das ist Uriel. Der hat vom letzten Gelegenheitsjob eine Krankentagegeldversicherung, abgeschlossen mit betrügerischer Absicht, ouh! Bin ich krank! Ich versteh euch nicht, Jungs, was meckert ihr rum? 35 Hühner und Kleingeld pro Tag, ist doch alles in Ordnung mit dem System! Gib mal die Pulle, ich muß mich kurieren. Sonst komm ich am Ende das System noch zu teuer, und echt! Das täte mir leid.

Das Sonnenlicht huscht durch die Blätter der Kastanie, unter der sie liegen. Susanne streift die mit Filzstift beschmierten Turnschuhe ab und pult eine Zigarette aus Irmis verknautschtem Camelpäckchen und trinkt aus der

Zweiliterflasche mit dem Drehverschluß, jemand lacht. Ein paar Leute lachen, nicht laut, eher verschlafen, beinahe zärtlich. Uriel ist viel älter als Susanne, er hat Locken und ein Mädchengesicht, schmal und blaß und hübsch. Uriel ist natürlich ein Spitzname, angeblich hieß irgendein gefallener Engel so. Uriel sagt, er ist verliebt in Irmi, aber Irmis Kopf liegt gerade auf dem Oberschenkel von jemand anderem, und so küßt Uriel jetzt Susanne. Uriels Atem riecht nach dem Drehverschlußfusel und schwarzem Tabak. Seine Spucke schmeckt salzig, das kommt von irgendwelchen Drogen. Er küßt Susanne, ohne dabei seine Lippen gegen ihre zu pressen, unaufgeregt. Susanne widerstrebt nicht, Uriel will überhaupt nichts von Susanne! Er will sie nur küssen. Susanne spürt nur die Wiese unter ihrem Rücken, unter ihren Beinen, und Uriels Zunge. Uriels Zunge ist ein kühler Fisch. Ein nasses Fischlein, ein roter Molch, der sich in der Höhlung unter Susannes Zunge langsam erwärmt, der Susannes Zähne erforscht und den welligen Gaumen, die Innenseite der Lippen und Susannes Zunge. Sauer salzig bitter süß. Uriel trägt ein dünnes rotschwarzes Indienhemd, es hat einen Riß unterm Arm. Wenn Susanne mit der Hand über Uriels Brustkorb streicht, über den Riß, fühlt sie seine Rippen. Magere Jungensrippen, sie fühlen sich an wie ein Strand bei Ebbe. Susanne war einmal mit ihrem Großvater am Meer, vor vielen Jahren: Uriels Brustkorb fühlt sich an wie der wellige, vom Wasser festgebackene Sandboden, der bei Ebbe sichtbar wird.

Das Sonnenlicht huscht durch die Kastanienblätter. Wenn Susanne die Augen öffnet, sieht sie das Sonnenlicht durch die Kastanienblätter huschen.

Glaubst du, du veränderst die Gesellschaft, wenn du mit diesen Typen herumknutschst?

Das sagt Erich. Der Susanne eines Tages auf dem

Schulweg angesprochen hat, Susanne war damals erst fünfzehn. Erich hatte gerade das Abitur bestanden: ein angehender Student, der eine Fünfzehnjährige von der Schule abholte! Es war sehr schmeichelhaft für Susanne. Sie saßen eine Menge in Hauseingängen und Eisdielen und geliehenen Autos herum und redeten, Erichs Augen sind blau. Wenn Erichs Augen leuchten, weil er sich selber beim Reden zuhört, sieht Erich sehr gut aus, No pasaran! sagt Erich.

Er redet eine Menge über Faschisten. Mal über spanische Faschisten, die schon tot sind, mal über südamerikanische, die noch leben, er erklärt Susanne, daß man aktiv gegen die Mißstände in der Welt vorgehen muß. Daß man die Gesellschaft verändern muß, ohne auf die Hilfe von denen zu warten, die Macht haben, Friede den Hütten, Krieg den Palästen! sagt Erich. Susanne findet auch, daß das schön klingt. Aber alle Paläste, die Susanne kennt, sind Museen! Das sagt sie natürlich nicht zu Erich. Erich hat Susanne eine Bücherliste gemacht, um ihre Lektüre zu strukturieren, ihren emanzipatorischen Prozeß voranzutreiben, Susanne überlegt, was sie, die Fünfzehnjährige, zu Erich sagen könnte. Schließlich erwähnt sie, daß ihr Großvater früher Maurer war und vor dreiunddreißig in der KPD.

Es ist die richtige Geschichte: Erich ist ungeheuer beeindruckt.

Erich studiert inzwischen in München, Sozialpädagogik. Susanne ist siebzehn. Sie ist immer noch seine Freundin, manchmal findet Susanne Erich schrecklich naiv. Manchmal findet sie, daß Erich Leute betrachtet wie Unterarten des Borkenkäfers, die er zu klassifizieren hat: Borkenkäfer, die ihn begeistern, zu denen er selbst aber nicht gehört, Susanne haßt es, wenn sie so etwas denkt! Es kommt ihr dann vor, als könnte sich nie mehr etwas verändern. Als könnte nie mehr etwas Unerwartetes passieren, Irmi sagt, das liegt an der Stadt. An diesem verfluchten Nest, was soll hier je Unerwartetes passieren?

Erich besucht Susanne, wenn er Zeit hat. Einmal in den Semesterferien, als ihm das Besuchen zu langweilig wurde, hat er ein paar Schüler mobilisiert und den AfS gegründet. AfS heißt Arbeitskreis für Sozialfragen, Erich hat gesagt, in München gäbe es so etwas Ähnliches: Studenten, die sich um irgendwelche verkorksten Typen kümmern. Um straffällig gewordene Jugendliche, sie gehen in die Jugendvollzugsanstalten und reden dort mit den Jugendlichen. Na ja, sehr oft gehen sie nicht dahin. Aber miteinander treffen sie sich häufig. Dann diskutieren sie den theoretischen Ansatz und die gesellschaftspolitischen Implikationen der Erkenntnisse, die sie bei den Besuchen in der Anstalt gewonnen haben. Das ist wichtig, hat Erich gesagt. Das ist ihm sehr wichtig.

Susanne versteht das. Sie findet es auch wichtig, daß man miteinander redet, vor allem, wenn man damit jemandem helfen kann. Irmi nennt den AfS Absolut frustrierte Sabbelbande. Gehst du schon wieder zu deiner Absolut frustrierten Sabbelbande? sagt Irmi. Echt, ihr kommt mir vor wie diese amerikanischen Hausfrauen, Lockenwickler in den Haaren und bis zum Hals voll mit Wut und Tranquilizern, und am Nachmittag stricken sie Socken für den Kirchenbasar, zum Kotzen!

Aber warum sagt Irmi so was? Susanne nimmt keine Tranquilizer. Sie findet es lediglich schrecklich, wenn Menschen leiden. Irgend etwas muß man doch machen, wenn einem die anderen nicht völlig egal sind! Man muß schließlich irgendwer sein, irgendwer werden, und Susanne will jemand sein, der aktiv mithilft, die Mißstände auf der Welt zu beseitigen: genau wie Erich es sagt. Was ist denn falsch daran, wenn man für spastisch gelähmte Fünfzehnjährige einen Diskoabend veranstaltet? Oder wenn man einer blinden Frau vorliest, einem alten Mann einen Kuchen backt, Susannes selbstgebackener Kuchen wird die Welt nicht retten, das muß ihr Irmi nicht extra sagen! Aber um Frau Hensel zum Beispiel kümmert sich niemand außer Susanne, Frau Hensel hat Krebs.

Sie wird bestrahlt. Sie hat strohiges graues Haargestrüpp und eine rosa Kopfhaut. Die Kopfhaut sieht empfindlich aus, wie die neue dünne Haut, die sich über Verbrennungen bildet, Susanne weiß nicht, wie alt Frau Hensel ist, Frau Hensel sieht sehr alt aus: Aber sie hat ja ein kleines Kind. Sie hat ganz magere Hände, die sie in Susannes Arm krallt, wenn sie erzählt. Sie erzählt, daß ihr Mann Arbeiter in einer Fabrik war, aber dann war er plötzlich kein guter Mann mehr, Susanne versteht nicht ganz, was passiert ist. Jedenfalls fing der Mann von Frau Hensel mit einmal zu trinken an, und er kam nachts nicht nach Hause, und dann ging er weg und nahm das Kind mit. Und dann kam er zurück und saß auf der Treppe, betrunken und weinend. Können Sie sich Ihr Kind nicht zurückholen? sagt Susanne. Mit einem Anwalt oder irgendwie, das müßte doch gehen!

Susanne ist siebzehn, sie hat keine Ahnung. Oder Frau Hensel hat keine Ahnung: Sie weiß ja nicht, daß sie stirbt! Aber Susanne weiß es, und ihr Mann weiß es auch. Ihr Mann ist ins Krankenhaus gekommen, in einem karierten Jackett mit Flecken drauf. Jetzt hast du es also endlich geschafft, hat er zu seiner Frau gesagt. Jetzt hast du gewonnen, jetzt kann ich nicht mehr weg, Frau Hensel hat ihre mageren Finger in das Revers mit den Flecken gekrallt und geweint. Herr Hensel hat auch geweint, Susanne hat am Fenster gestanden und nicht mehr hingesehen. Sie hat gedacht: Er wirft ihr vor, daß sie stirbt.

Wenn Susannes Vater käme, um Susanne zu holen: Würde Susannes Mutter sich dann in sein Jackenrevers krallen? Würde sie weinen: Mein Kind, mein Kind, wie Frau Hensel es tut? Herr Hensel hat die Wut auf seine Frau, weil er jetzt bei ihr bleiben muß, bis sie tot ist. Vielleicht ist Susannes Mutter aus demselben Grund immer so wütend auf Susanne: Bei der muß sie ja auch bleiben, ob sie will oder nicht, Susanne darf wirklich niemanden mehr belasten mit ihren Gefühlen. Es wäre Susanne nicht damit gedient, wenn jemand voll Zorn bei ihr bleibt, weil sie leidet. Susanne ist froh, daß sie den AfS hat. Im AfS kann sie über vieles reden. Natürlich wäre es falsch von Susanne, wenn sie sagen würde, daß die Hensels ihr leid tun. Die anderen wären befremdet, wenn auch voll Nachsicht mit Susanne, die schon wieder leidet, statt die Dinge in großen Zusammenhängen zu sehen. Aber Susanne kann über den Niedergang des proletarischen Selbstbewußtseins im Spätkapitalismus reden, oder über die Inhumanität des Krankenhausbetriebs oder über sonst irgendwas, was sie irgendwo gelesen hat, und dann, hinterher, kann sie auch von Frau Hensel erzählen: die nun ein Beispiel ist. Die Susannes Ausführungen illustriert, Frau Hensel ist eine Illustration: Ihre rosa Kopfhaut legt die immanente Menschenverachtung der gesellschaftlichen Verhältnisse in der BRD bloß. In die karierten Revers mit den Flecken krallt sich hilflos ein eklatanter Mangel an politischem Bewußtsein.

So geht es.

Erichs Münchner Gruppe, das Vorbild des AfS, gibt es inzwischen übrigens nicht mehr. Erich hat das in seinem letzten Brief berichtet: Die Gruppe hatte sich total überlebt, Erich gehört jetzt einer Anti-AKW-Gruppe an. Er ist aus der Stadt gezogen und baut mit irgendwelchen Freunden Gemüse an, alles biologisch-dynamisch natürlich, total ökologisch, sie haben sogar einen eigenen Brunnen. Die Wasserqualität ist allerdings ziemlich mies, weil sie die Sickergrube zu dicht daneben angelegt haben, aber das sind Anfangsfehler, sagt Erich, und ansonsten wäre es echt ein abgefahrenes Feeling, naturnah zu leben. Das würde das Bewußtsein total verändern, weil schon vom Mentalen her wäre es überhaupt nicht egal, was man ißt, und Legebatterien wären die Oberscheiße. Und deswegen hätten sie jetzt auch Hühner.

Susanne hat auf der Karte nachgesehen, wo Erich neuerdings wohnt. Sie findet auch, daß Hühnerfarmen die Oberscheiße sind. Susanne glaubt, daß sie immer versteht, was Erich meint. Oder fast immer, im Moment ist sie nicht ganz sicher: Sie fragt sich, ob sie nicht die Pflicht hätte, auch den AfS aufzulösen. Ob sich der AfS nicht auch überlebt hat, es kommen immer weniger Mitglieder zu den Meetings. Und die paar, die doch kommen, wollen immer möglichst schnell in die Kneipe, wahrscheinlich muß Susanne gar nicht mehr erraten, ob Erich meint, daß sie den AfS auflösen soll. Wahrscheinlich wird der AfS sich in den nächsten Wochen von selber auflösen, und was soll Susanne dann tun? Dann ist sie wieder allein. Dann hat sie niemanden mehr, der mit ihr gemeinsame Sache macht, Susanne kann doch nicht mehr wie ein Kind auf der Dachbodentreppe sitzen und an ihren Lippen pulen! Oder sich in den Garten des Großvaters retten und die Hühner und Goldfische füttern, sie war noch niemals bei Erich in München. Ihre Mutter würde das keinesfalls erlauben. Erich weiß das, vielleicht drängt er deswegen gar nicht erst darauf.

Oder vielleicht lebt Erich auf seinem Bauernhof auch

mit einer anderen Frau zusammen. Vielleicht zittert er in den Armen einer anderen Frau, so wie er zittert, wenn er Susanne mal am Wochenende besucht und mit ihr in der Gasse hinter dem Haus herumknutscht. Es ist kein gleichmäßiges Zittern, sondern eine Reihe von Schaudern: wie bei dem Hund, den Susanne einmal im Winter aus einem Bach gezogen hat. Sie hat ihn in ihre Jacke gewickelt, aber er zitterte weiter, vielleicht ginge Erichs Zittern weg, wenn Susanne mit Erich schläft? Aber es geht auch weg, wenn Susanne Erichs Hose aufknöpft und Erichs Penis herausnimmt und den Penis reibt und reibt, bis Erich endlich aufstöhnt und glibbrig in Susannes Hand kommt. Susanne findet es langweilig, Erichs Penis zu reiben. Vielleicht ist Susanne nicht ganz normal! Das befürchtet sie manchmal selbst, also reibt sie Erichs Penis vorsichtshalber weiterhin. Sie ekelt sich nicht vor dem Glibber, sie tut es ja für Erich: Erich findet, Susanne müßte sexuell freier werden. Nur eine sexuell befreite Gesellschaft ist eine friedliche Gesellschaft, sagt Erich, natürlich kann Erich Susanne keine Szene machen, wenn er erfährt, daß Susanne mit Uriel herumknutscht. Wie stünde Erich da, wie vertrüge sich das mit seinem Bewußtsein?

Isa sagt, hör auf mit diesem Erich. Was willst du denn bloß mit einem, den es gar nicht gibt?

Wenn Erich nicht da ist, versucht Susanne zu tun, als ob es Erich nicht gibt. Sie schiebt seinen indischen Silberring und sein Foto und seine Briefe in die Nachttischschublade, neben die Schachtel mit der Fledermaus, eigentlich gibt es ihn ja auch gar nicht! Erich ist etwas, das Susanne fehlt. Das sie aber dennoch mit sich herumschleppen muß, Susanne sitzt in der Kneipe unten beim Stadtbrunnen. Uriels Arm liegt um ihre Schultern, lose wie ein Schal oder eine Stola, ohne Druck. Als Uriel zahlt,

zahlt Susanne auch. Als er geht, geht sie mit, Uriel wundert sich nicht. Er ist nicht mehr nüchtern, er fragt sie nichts, auch Susanne schweigt: Sie ist immer noch Jungfrau. Sicher wird alles entsetzlich peinlich! Aber Susanne muß endlich normal werden, sie steigt den Hang hinauf zu den Büschen, unter denen Uriel seinen Schlafsack versteckt hat. Die Spaziergänger und die Hunde und die Mütter mit ihren Kinderwagen sind lange verschwunden. Uriel rollt den Schlafsack aus. Die Bäume rauschen viel lauter als am Tag. Es riecht nach feuchter Erde. Kleine Tiere stechen Susanne in die Fußknöchel, Uriel fängt an, Susanne zu küssen, dazwischen trinken sie Wein. Eine Fledermaus kommt hervor und schnellt eine Weile lang zwischen den Wipfeln umher. Uriel spreizt Susannes Beine und küßt ihre Schamlippen: wie er ihren Mund geküßt hat, seine Zunge erwärmt sich zwischen ihren Schamlippen, ein roter Fisch, Susanne fühlt nichts. Sie wagt kaum zu atmen: Sie wagt sich nicht vorzustellen, wie sie für Uriel schmeckt, später schmeckt sie auf seinen Lippen sich selbst: salzig sauer bitter süß, es tut nicht sehr weh. Es blutet kaum, am nächsten Tag geht Susanne im Park auf Uriel zu, Na, sagt Uriel, alles klar? Kurz darauf geht er weg.

Susanne bleibt im Park. Sie geht jeden Tag in den Park und wartet da auf Uriel. Der ihr die Weinflasche reicht, ihr Zigaretten dreht, hin und wieder sogar zärtlich zu ihr ist: auf seine unverbindliche Uriel-Art, Susanne kann ihm keinerlei Vorwürfe machen. Sie hat ja vorher gewußt, wie Uriel ist. Sie hat genau gewußt, daß Uriel nicht in sie verliebt ist, sondern in Irmi: die mit Susanne nicht mehr viel anzufangen weiß, jetzt, wo Isa weg ist.

Isa ist getürmt. Sie hat sich auf die Socken gemacht, Der Frühling kommt, wachen Sie auf, Frau Vögler! hat Isa zu Frau Vögler gesagt. Die mit offenem Mund dastand, weil Isa ihr ihren eigenen geliebten Brecht um die Ohren hieb, Der Schnee schmilzt weg, sagte Isa, Die Toten ruhn! Und was noch nicht gestorben ist, das macht sich auf die Socken nun!

Susanne geht die Schloßstraße entlang. Sie hat Angst vor dem Abend. Sie hofft inbrünstig, daß ihr eigenes Gesicht ein Loch geworden ist in den Klassenfotos aller anderen Mitschülerinnen, sie bemerkt gar nicht die Cocktailshaker und die teuren Lampen und die Designer-Aschenbecher in der Auslage des Ladens, an dem sie gerade vorbeikommt. Es ist natürlich Irmis Laden. Aber das weiß Susanne ja nicht.

Irmi, die im Laden steht und Susanne nicht vorübergehen sieht, ist froh, daß Samstag ist und sie jetzt zumachen kann. Sie ist müde, sie hat erst einschlafen können, als Hubertus kam, und Hubertus kam spät. Das Fest bei den Schelings muß ein Erfolg gewesen sein, den ganzen Tag über sind Kundinnen (Freundinnen) in ihren Laden gekommen, um zu berichten, und Irmi weiß alles. Sie weiß, daß das Büffett vom Hotel Goldener Schwan hervorragend war (Obwohl man beim Tintenfischsalat mit der halben Menge Knoblauch immer noch gut ausgekommen wäre), sie weiß, daß die Merkels sich noch vor Mitternacht in der Wolle hatten (Sie ist dann mal wieder mit seinem Wagen abgehauen, und er hat geschworen, daß er sich scheiden läßt, du, aber ich glaube echt, der hat was mit der Frau vom Thomas Scheling, nein *ehrlich*!) und daß der für seine Leichtlebigkeit stadtbekannte Autohausbesitzer

Hübner im Schelingschen Bad eine bis dato unauffällige Zwanzigjährige gevögelt hat.

Irmi nickt. Irmi macht das passende Gesicht: ungläubig, dabei atemlos vor Neugier. Und? möchte sie sagen. Hat er wenigstens die Klotür offengelassen, damit man seine Performance beurteilen konnte? Irmi ist gereizt. Wo ist bloß die Story, wenn der Hübner hinter verschlossenen Türen seine Freundin hernimmt? Und der Merkel mit der Anneliese Scheling, das ist doch schlicht Blödsinn. Dem Merkel gebricht es völlig an der inneren Größe, die nötig wäre für ein solches Unterfangen! Es fehlt ihm an Heldenmut, an Todesverachtung, Irmi kennt Anneliese. Anneliese ist eine übergewichtige frustrierte Ziege in Modellkleidchen, bekannt für Humorlosigkeit und unverbesserlich schlechte Tischmanieren. Sie schneidet Spaghetti mit dem Messer, Himmelherrgott! Es ist alles so idiotisch.

Irmi ist auf dem Weg zu Hubertus. Hubertus' Laden liegt nur zwei Straßen entfernt von Irmis. Es ist ein schöner Laden, hell und kühl und schlicht wie Irmis eigener, Hubertus' Kunden trinken ihr erstes Glas gern gleich vor Ort, im Garten hinter dem Laden. Wie immer am Samstag herrscht Hochbetrieb. Thomas Scheling nimmt Irmi in den Arm, dann besorgt er ihr einen Stuhl. Er bedauert sehr, daß Irmi gestern nicht auf seinem Fest war! Irmi bedauert ihrerseits, warum ist sie nicht gleich nach Hause gegangen? Gewohnheit: Samstags holt sie immer Hubertus ab und trinkt noch ein Glas mit den Freunden. Den Kunden. Der Auto-Hübner betastet die Brüste seiner Freundin, die aus ihrem Ausschnitt raus über den Tisch schwappen. Thomas Scheling starrt, dann schaut er weg. Er ist rot im Gesicht, aber wahrscheinlich ist das nur der Alkohol. Er ist unrasiert: Eigentlich sieht er aus wie ein Tramp. Er ist aber Millionär, seine Frau Anneliese grapscht sich mit allen fünf Fingern eine eingelegte Tomate und tropft dabei ihr orangefarbenes Outfit voll. Hochmodisch! Sie erinnert Irmi an eine von den gefärbten Würsten, die man rund ums östliche Mittelmeer ißt. Ob der Merkel sie wirklich vögelt? Hör mal, Liebling, könnte er zu Frau Merkel sagen. Was hältst du von einer offenen, aufgeklärten Beziehung? Wir nehmen uns jeder einen Lover und besuchen einander regelmäßig in unseren Wohnungen, Aber Merkel! sagt Frau Merkel. Was ist mit dem Kind? Nein, so geht es nicht, das sieht Merkel ein, cool! Echt cool ey, die Realität nach der sexuellen Revolution. Nach der großen Revolte: Die Phantasie an die Macht! Und zwar die vom mannigfaltigen Sex, während man in Wirklichkeit Familienvater ist und sich hin und wieder heimlich einen One-Nighter gönnt, neunzehntes Jahrhundert: Nichts hat sich verändert. Nichts wird sich jemals verändern, alles Teflonpfannen! Mondlandung, Raketen zum Mars, die Menschheit erobert den Weltraum, Ergebnis: die Teflonpfanne und der Unterwasserkugelschreiber. Respektive die Pille, der Minirock, Männer mit Ohrring und die offizielle Genehmigung, in Parks oben ohne auf dem Rasen zu sitzen, und jetzt kommt auch noch Hanno Feilgruber. Ein Lokalpolitiker: der Polithanno. Eine von diesen westergewellten Fönfrisur-Fressen, huhu, möchte man schreien, wohnt da einer, in diesem Anzug?

Nein, da wohnt keiner. Diese Person besteht nur aus dem Mäntelchen, das sie in den Wind hängt. Jemand zu Haus? Hallo! Keine Antwort. Anzug und Mäntelchen benehmen sich gleichermaßen befremdet, es ist wie im Märchen von des Kaisers neuen Kleidern, nur umgekehrt: Die Kleider sind wirklich da. Absolut! Sie sind sogar Hugo

Boss. Aber der Kaiser steckt nicht mehr drin. Er ist nur von den anderen erfunden worden. Wenn sie aufhören, an ihn zu glauben, fällt der Anzug zusammen. Hubertus bringt mehr Prosecco, einen Teller mit Antipasti.

Die Stimmung ist aufgeräumt, Polithanno quatscht Hübner und Merkel voll. Es ist ein ernstes Gespräch, deswegen löst Hübner jetzt die Hände von seiner Freundin, Unerträglich! hört Irmi. Eine vollkommen inakzeptable Situation! Allerseits Mienen monumentaler Betroffenheit, Ich bin sensibel! brüllt der Anzug und schlägt sich auf die Brusttasche. Ich fühle! Ja, wenn ihm einer auf den Slipper latscht. Aber wenn er selbst das Treten besorgt, dann ist er beleidigt, wenn der Getretene Au! schreit. Ich habe doch gar nichts getan!

Soviel ist immerhin wahr, bedauerlicherweise. Vielleicht noch etwas Sex, ein wenig Literatur vor dem Einschlafen, auf dem Klo noch ein, zwei Linien Cocain? Alles erlaubt! Nur nicht der Ernstfall. Was wäre der Ernstfall? Die Bedrohung des Lebens. Na ja, aber sobald einer darüber redet, ist wieder nicht mehr das Leben bedroht, sondern nur das Gequatsche.

Aber hinter dem Gequatsche sind die wirklichen Dinge immer noch da. Sie sind nicht davon verschwunden, daß man sie wieder und wieder besprochen hat, warum beunruhigt dieser Gedanke offensichtlich nur Irmi? Was ist überhaupt los mit Irmi? You makes your choice and you pays your price! Dies ist die Welt, in die Irmis Laden gehört, ihre Altbauwohnung. Die Normalität, hat Irmi das immer noch nicht begriffen? Irmi hat eine ihrer Stimmungen. Dann bröselt Irmi die Welt weg. Die Wände der Normalität: die retinadünn sind, innerhalb eines Lidschlags verschwinden können, dahinter wartet das Pferd.

Das mitten auf der Straße stand. In einer Winternacht,

in einem gottverlassenen Nest in den Anden Perus, es war riesig. Es stand ganz still: ein weißer Schatten vor der Nacht dahinter, gleich würde es sich in Bewegung setzen. Klipp klapp klippklapp klippetiklapp, die Hufschläge würden ihren Rhythmus verändern, je näher sie kommen würden, Irmi weiß wirklich nicht, wie sie weiterleben soll, wenn sich ihr dieses Pferd nähert! Also lebt sie einfach weiter und betrinkt sich: wie alle anderen, Anneliese Scheling schenkt noch mal die Gläser voll.

Sie lacht zu laut, sie beugt sich rüber zu Merkel. Sie legt beim Reden die Hand auf sein Knie: Anneliese gehört zu den Leuten, die kein Wort sagen können, ohne ihren Gesprächspartner zu betatschen, Irmi lehnt sich zurück und versucht sich Anneliese Scheling und den mageren Merkel im Bett vorzustellen.

Erstens, Merkel auf Anneliese: Ein Grashüpfer auf einer Luftmatratze. Zweitens, Anneliese auf Merkel.

Ein Fall für den Hartmannbund!

Aber vielleicht machen sie es ganz anders. Vielleicht hat der magere Merkel einen enormen Schwanz, riesig und rot, und Anneliese, die frustrierte, verfressene Anneliese mit dem zu lauten Lachen, die vom Scheling-Clan nie akzeptiert worden ist, obwohl sie sich den ganzen Tag in der Schelingschen Firma abrackert, die keine Kinder bekommen kann, obwohl sie welche wollte, die seit Jahren von ihrem Mann betrogen wird, kniet anbetend vor der riesigen Merkelschen Rute und fleht darum, gerettet zu werden.

Rette mich! sagt Anneliese. Gib mir einen Inhalt! Fick mich, bis ich funkle und sprühe wie eine Wunderkerze, gib mir mein Geheimnis zurück!

Irmi stellt sich oft Leute beim Vögeln vor. Den meisten Frauen täte es gut, genau das zu tun, was Irmi sich für sie vorstellt! Aber sie halten sich immer noch an den Codex, der von Frauen verlangt, daß sie nur dann mit einem Kerl schlafen dürfen, wenn sie ihn lieben. Grundgütiger Himmel! Irmi müßte ein Herz von der Größe eines Fesselballons haben, wenn sie alles hätte lieben sollen, was bei ihr im Bett lag! Aber wenn keine Liebe im Spiel war, kann man sich nur noch auf vorübergehende psychische Störungen berufen. Ich war damals so entsetzlich einsam! Ich war so unglücklich, ich wollte mich an YZ rächen! Ich war betrunken und wußte nicht, was ich tat!

Krampf.

Rette mich, sagt Anneliese zu Merkel. Laß mich ein Feuerwerk sein, an einem unendlichen schwarzen Himmel weit weit jenseits der Schelingschen Welt!

»**M**öchtest du noch etwas trinken, Liebes?« sagt Hubertus.

Er hat schrecklich viel zu tun, aber das hält ihn nicht davon ab, sich um Irmi zu kümmern: ihr beispielsweise jetzt noch einen Prosecco zu holen, obwohl Irmi sehr gut weiß, wo der Prosecco steht.

»Magst du ein paar marinierte Auberginenstreifen?« sagt Hubertus zu Irmi. »Ich habe wieder diese Auberginenstreifen besorgt, die du so gern ißt.«

Hubertus wirbt noch immer um Irmi, sogar wenn Irmi ihre Stimmungen hat. Gelegentlich nervt das Irmi sehr, aber wenn Hubertus es zwischendurch einmal läßt, dann nervt sie auch das. Dieses verdammte Leben im Doppelpack! Selbst wenn der andere weg ist, ist man nicht allein. Seine Abwesenheit ist spürbar: als Sehnsucht. Als Ärger. Als enorme Erleichterung, Irmi erträgt Nähe schwer, das ist das Problem. Sie hat als Kind zuviel davon abbekommen. Das sagt Irmi auch zu Hubertus. Sie sagt: Ich weiß, ich bin nicht der schmiegsame Typ!

Aber natürlich fühlt Irmi sich ungeliebt, wenn der Mann, mit dem sie lebt, nicht um ihre Nähe wirbt.

Der Mann, den sie liebt. Irmi hat Angst vor Nähe, aber sie liebt Hubertus. Irmi erklärt das Hubertus zuweilen. Sie erklärt es aus heiterem Himmel, ohne jeden äußeren Anlaß, sie sagt: Hubertus, du weißt doch, wie sehr ich dich liebe? Schließlich, ich wohne mit dir zusammen, das ist doch ein Beweis! Dann nickt Hubertus und sagt, Ich weiß das doch, Irmi. Ich weiß ja.

Aber es stimmt! Irmi hat vor Hubertus noch nie mit jemandem zusammen eine Wohnung gemietet, allenfalls ein Auto, ein Boot, ein Motorrad. Ein Hotelzimmer. Irmi, in Hubertus' Garten, während sie Hubertus anlächelt, sehnt sich mit einem Mal wie verrückt nach einem Hotelzimmer.

Was ist los mit Irmi, woher kommt diese Sehnsucht? Oder eigentlich ist es eine Erinnerung. Diese Sehnsucht nach einem Leben in Hotelzimmern ist eine Erinnerung, eine lästige, die nichts mit Irmis Leben zu tun hat: Wenn Irmi ihre Stimmungen hat, wird sie immer von unerwünschten Erinnerungen umschwärmt wie von einem finnischen Mückenschwarm im Juni. Aber sie denkt nicht daran, sich von ihnen stechen zu lassen! Und noch ist sie auch nicht gestochen worden. Noch ist es, als säße Irmi in einem hellerleuchteten Zimmer, und die Mücken kleben draußen an den geschlossenen Fenstern in der Dunkelheit, dicht an dicht, sehnsuchtsvoll wie vor dem Supermarkt angebundene Hunde. Wir müssen leider draußen bleiben! Aber sie wollen herein.

»Und, wann gehst du heute abend los?« fragt Hubertus. Sie sind auf dem Heimweg, Hubertus hat einen Arm um Irmi gelegt. Er meint das Klassentreffen,

»Um sieben«, sagt Irmi. »Oder vielleicht gehe ich auch überhaupt nicht.«

»Wieso nicht?« sagt Hubertus.

»Weil«, sagt Irmi.

Sie weiß nicht, wie sie weiterreden soll. Hubertus müßte wissen, warum sie nicht zu diesem Treffen will. Er weiß es! Aber Hubertus selbst geht natürlich schrecklich gern auf Partys, wo er jeden kennt. Er hält jeden noch so banalen Kontakt mit viel Mühe und über Jahre hinweg aufrecht, Vielleicht wird es nett auf dem Klassentreffen! wird Hubertus sagen. Schließlich, die Leute werden erwachsen. Sie verändern sich, du wirst überrascht sein, geh doch ruhig!

Hubertus hat natürlich recht mit dem, was er sagt: Warum nicht auf Harmonie machen, jetzt, wo sie alle allmählich alt werden? Es ist wirklich nicht immer leicht, mit Hubertus zu reden! Hubertus bemüht sich, Irmi zu verstehen, aber er versteht sie häufig zu schnell. Er deutet das, was Irmi sagt, so, wie es gedeutet werden müßte, wenn er selbst es gesagt hätte, und dann bewertet er Irmis Äußerungen genau falsch herum: Er hört Hilferufe, wo Triumph ist. Er hört Kälte, wo Verletzlichkeit ist. Er hört Schmeichelndes, wo Irmi subtil beleidigt, und Beleidigungen, wo Irmi erklärt.

Und dann denkt er natürlich, er hätte während des Gesprächs etwas über Irmi erfahren. Er hat etwas erfahren! Aber etwas Falsches. Und das paßt er nun in das Bild ein, das er von Irmi hat, wodurch das Bild ein bißchen falscher wird, aber er wiegt sich in Sicherheit: Er fragt nicht nach. Irmi redet, Hubertus denkt und deutet und schweigt, Irmi hat noch nicht einmal die Möglichkeit, zu überprüfen, ob er diesmal irgend etwas begriffen hat. Was er diesmal wieder falsch begriffen hat. Also, was soll Irmi Hubertus sagen?

Hubertus, der neben ihr hergeht und gelassen darauf wartet, daß Irmi ihm erklärt, was sie gegen dieses Klassentreffen hat. Der darauf vorbereitet ist, Irmi zuzuhören: ihr Müllabladeplatz zu sein.

Irmi ist ungerecht! Sie sollte sich schämen, was verlangt sie denn? Hubertus ist ein so liebevoller Mann! Liebe-voll, Irmi kann doch von Glück sagen, daß sie einen Mann wie Hubertus hat!

Manchmal möchte Irmi auf und davon.

Aber statt dessen gehen sie jetzt nach Hause. In ihr gemeinsames Zuhause, das Zuhause von Hubertus und Irmi.

Die Abiturientinnen des Jahrgangs 1977 sitzen im Wintergarten eines italienischen Restaurants, an einer langen Tafel. Zehn Leute sind gekommen, nicht alle, aber immerhin. Im Moment trinken sie Weißwein und Prosecco und Mineralwasser und loben Gaby Hirmer, die dieses Wiedersehen organisiert hat, für die Wahl des Lokals. Es ist eines der besten am Ort, Irmi wünschte, sie wären nicht ausgerechnet hier: Es gibt zu viele drapierte Vorhänge. Es gibt zu viele terrakottafarben marmorierte Säulen, die ihre Funktionslosigkeit damit beweisen, daß sie ein, zwei Zentimeter unter der Zimmerdecke enden, scheußlich! Irmi sagt das jedesmal, wenn sie mit Freunden von außerhalb herkommt. Aber wenigstens ist hier das Essen halbwegs genießbar.

Susanne sitzt Irmi gegenüber. Sie haben einander vorhin begrüßt, aber nur flüchtig: Kaum hatten sie einander die Hand geschüttelt, da kam auch schon Gaby Hirmer, um Susanne in die Arme zu schließen. Seitdem haben sie kaum drei Worte miteinander gewechselt. Aber es wird sich schon noch die Gelegenheit zu einem richtigen Gespräch ergeben, hofft Irmi.

Sie haben die Vorspeise allerdings bereits hinter sich. Mozzarella mit Tomaten, gemischte Vorspeisen aus der Vitrine. Das Zeug eben, das es seit Anfang der Achtziger überall gibt, was ist Deutschland? Saumagen oder Carpaccio. Übrigens ist es dem Tierkadaver egal, welchen Teil seiner Leiche man frißt. Auch Irmi ist es egal, Irmi hat einen Salat gegessen wie die meisten. Man achtet nach wie vor auf die Linie, kaum eine ist fett geworden. Während sie darauf gewartet haben, daß die Vorspeise serviert wird, haben sie sich gegenseitig nach ihren Berufen, Männern, Kindern gefragt. Vor allem nach ihren Kindern: Kaum versucht eine einen Themenwechsel, beginnt sofort eine andere mit einer weiteren Sprößlingsanekdote.

»Dieses Gezank, wer die besseren hat!« sagt Gaby Hirmer gerade. »Und wenn du die Bälger dann kennenlernst, sind sie genauso stinknormal wie deine eigenen!«

Gaby, der Völkerball-Mannschaftskapitän. Ihre Wangen glühen, sie genießt ganz offensichtlich diesen Abend, an dem sie den Vorsitz führt. An dem sie noch einmal als Klassensprecherin fungiert, wirklich, im Grunde ist es egal, in welchem Lokal sie sitzen! Wo Irmi die Fortsetzung des Geschwafels erträgt. Das sie auch selber wunderbar abspulen kann, es bedeutet ja nichts: Es sind nur Affen, die einander lausen.

Sie hätte Susanne privat einladen sollen!

Andererseits, wozu? Susanne sieht müde aus, findet Irmi. Aber vielleicht ist Susannes Gesicht immer so, Irmi kann das nicht wissen. Die gesamte 13c sieht müde aus:

angestaubt, obwohl alle so schrecklich guter Dinge sind, Susanne erzählt jetzt von ihrer Tochter Marie.

Es ist eine Kindergartenanekdote: etwas über Maries Rolle in einem Theaterstück, über einen vergessenen Text, Susanne hat die Geschichte schon oft erzählt. So oft, daß sie sich in ihr sicher fühlt, die Geschichte nun sogar diesen Frauen hier erzählen kann, Susanne kann schließlich nicht den ganzen Abend lang schweigen! Die anderen hören Susanne zu. Sie lachen über Susannes Pointen, das verblüfft Susanne. Es steigt ihr zu Kopf: obwohl sie ihre ehemaligen Mitschülerinnen durchaus wiedererkennt. Unter der Oberfläche aus erwachsenen Kleidern und Frisuren und Manieren sind die kleinen Mädchen noch immer vorhanden: aber so, wie alte Stuckverzierungen unter dicken Tüncheschichten vorhanden sind. Die ehemals scharfen Formen und Kanten sind nur noch zu ahnen, sie sind einander so ähnlich geworden! Erwachsene. Die nichts mehr miteinander zu tun haben, deshalb ist es ist nicht wichtig, was für Mädchen sie gewesen, ja nicht einmal, was für Erwachsene sie geworden sind: nur daß sie einander als Kinder gekannt haben, Susanne würde das gern Marie erzählen. Sie würde ihrer Tochter gern sagen, daß Marie nicht zu leiden braucht auf dem Schulhof, auf dem man sie im Herbst aussetzen wird, daß sie einfach abwarten soll. Aber hat Marie solchen Trost nötig? Marie, die sich in Ruhe streiten will mit ihren Freundinnen. Und wenn es ihr zu blöd wird, schwingt sie sich auf ihr Fahrrad und haut einfach ab: Ihr seid mir jetzt echt zu blöd! sagt sie, und die anderen stehen da und gucken ihr nach. Marie, singend auf ihrem Fahrrad, *Mein Vater war ein Graf ein Graf ein Fotograf und eine Fotogräfin die Mama*, ihre Haare fliegen, Marie, fahr nicht so schnell! Ach, Mama! Mir kann doch gar nichts passieren, misch dich nicht immer ein!

Als Marie noch ganz klein war, spielten Susanne und sie ein Spiel. Mama! Soll ich dir sagen, wie lieb ich dich habe? Ich hab dich... vierundsiebzig lieb!

Und ich dich hundertfünfzig!

Aber ich *dich* dreißigzweitausendhundertneunzehn, Mama! – Mama, ist das viel? Ist das furchtbar viel?

So hat Marie das Zählen gelernt: im Versuch, die Liebe zu beschreiben. Die Selbstverständlichkeit der Liebe, Marie findet nicht, daß sie ein Problem ist. Das jedenfalls hat Susanne ihr mitgeben können, Isa ist nicht da.

Oder noch nicht. Isa war niemals pünktlich, sie könnte durchaus noch kommen. »Erinnert ihr euch noch an den Paulsen?« sagt jetzt Ute Lang zu Irmgard Bauer. Ute sitzt wie zu Schulzeiten neben Gaby Hirmer, »Irmi, weißt du noch?« sagt sie. »Wie du dich immer mit dem Paulsen angelegt hast!«

Irmi versteinert. Sie kann es selbst fühlen, Ute hingegen lächelt. Natürlich lächelt sie, sie will den anderen zeigen, sie meint es humorig. *Always look on the bright side of life!* Ute hat sich nie mit irgendwem angelegt. Wozu? Sie hatte einen großen Bruder, der Gitarre spielte und gut aussah, drei bewunderte Tanten im Twenalter, die Ute auf ihre Partys mitnahmen, einen Stamm von Cousinen, mit deren Bevorzugung sie ihren besten Freundinnen jederzeit drohen konnte, Irmi und Ute können einander nicht leiden! Wobei Ute natürlich immer strahlend lächelt, wenn sie Irmi zufällig irgendwo begegnet. Ute ist verlogen durch und durch, das ist das Problem. Sie ist die Gegenpartei. Aber natürlich muß Irmi jetzt antworten, »Klar doch«, sagt Irmis Schwafelmaschine, »er hatte Ideen und gleichzeitig Akne, eine blöde Kombination an einer Mädchenschule«, alle lachen.

Nichts hat sich verändert! Hubertus hat unrecht.

Irmi erinnert sich sehr gut an den Mathelehrer Paulsen und seine Ideen von schülernahem Unterricht. Projekte, Kleingruppen, Kreativitätsförderung, irgendeine Stunde mit bunten Ballons, während der die halbe Klasse sich kreativ verdrückte, alle haben den Kerl gehaßt! Aber Irmi hat es ihm gesagt. Vier Verweise hat Irmi eingeheimst von dem hochdemokratischen, komplexzerfressenen Paulsen, alle vier Male bekam sie Hausarrest und heulte vor Wut und Demütigung und schmiß ihre Bücher gegen die Wand, »die Irmi hat sich eben immer mit den Lehrern angelegt!« lacht Gaby. »Irmi, echt, du hast es dir ganz schön schwer gemacht!«

Gaby Hirmer, der Klassenstar. Wenn sie neben Irmi säße, würde sie Irmi umarmen. Irmi kann das sehen, Gaby meint es nicht böse, sie meint es versöhnlich. Immer heiter, immer versöhnlich, sie beschwören die Wonnen der Jugendzeit herauf wie die Hundertjährigen. Die auf einmal alle eine glückliche Kindheit hatten. Die träumerisch in der Erinnerung schwelgen, wie der Papa sie immer mit einem Taschenmesser in den Garten geschickt hat, um sich die Haselgerte selbst abzuschneiden, mit der sie verdroschen werden sollten. Und wehe, die Gerte war zu dünn! Dann gab es zehn Hiebe extra, jahaha, mein guter Papa! So war er, ein Mann vom alten Schrot und Korn.

Sie haben alles vergessen. Sie haben einen Ballsaal gemacht aus dem von geburtenstarken Jahrgängen überfüllten Klassenzimmer, in dem man jahrelang zusammengepfercht war, die Heizungsluft flimmert durch das geöffnete Fenster nach draußen, wo die Krähen in den Bäumen hocken und die Straße direktemang weiter zum Friedhof führt, partielle Amnesie! Es ist, als hätten sie gar nicht gelebt. Als hätte Irmi gar nicht gelebt, aber Irmi sieht dieses offene Fenster. Sie sieht das Fenster mit den Krähen davor, durch das die Heizungsluft flimmert. Durch das die Mücken hereinkommen, die Erinnerungsmücken: Sie haben nur auf dieses geöffnete Fenster gewartet. Jetzt schwirren sie vom Dunkeln ins Licht. Jetzt fangen sie an zu stechen, hungrig.

Ausgehungert.

Irmilein, aufstehen, mein Kind!

Der Tag schon verdorben vom Moment des Erwachens. Die unvermeidliche Morgenfröhlichkeit der Mutter, Irmis Mutter ist nicht fröhlich, sie ist dauergekränkt. Aber sie gibt die fröhliche Mutter, warum hört sie nicht auf damit und ist einfach sie selbst? Dann könnte Irmi vielleicht auch einfach Irmi sein. Aber da ist nichts zu machen, Irmis Mutter ist liebevoll. Lie-be-voll, das Radio in der Küche dudelt, Saigon ist gefallen, der Vietnamkrieg ist zu Ende, der Prozeß gegen Baader-Meinhof hat begonnen, die KSZE-Schlußakte ist unterzeichnet, das Wetter ist schlecht, die Welt ist dunkel, Irmi ist siebzehn, und immer fröstelt sie, sogar unter der Dusche. Unter der sie nicht vorwill, Irmilein! Beeil dich bitte! Nicht etwa, weil noch einer ins Bad muß. Hier fertigen sich morgens alle gemeinsam ab, Irmi unter der Dusche, Papa am Waschbecken, Mama kuddelt sich an der Badewanne mit einem Lappen ab, Irmi! Es ist nach sieben, dein Bus geht!

Und vorher soll noch gefrühstückt werden. Irmi beißt genau einmal in ihr Brötchen. Kind, warum ißt du denn nicht! Es regnet eisig aus der Dunkelheit. An die beschlagenen Busfenster gelehnt, schlunzt Irmi Hausaufgaben in ein Eselsohrenheft voll brauner Tapser, wo der Cockerspaniel von nebenan drübergelaufen ist, natürlich ist sie nicht fertig, als der Bus hält, fluchend rennt sie mit offener Mappe über die Straße, natürlich kippen die Hefte in den Dreck, und sie verpaßt den Anschlußbus. Eine Station, Irmi, ich bitte dich, das kann man doch laufen, das tut dir doch gut! Irmi kann ihre Mutter hören, selbst wenn sie gar nicht da ist, aber es geht den Berg rauf zur Schule, wenigstens friert sie nicht mehr, als sie oben ankommt. Im Gegenteil, sie ist schweißgebadet, und in der ersten Stunde Französisch.

Merde!

»Mademoiselles! C'est l'absurdité de la vie!«

Die Luft im Klassenzimmer riecht schlecht, obwohl eines der Fenster gekippt ist. Vorn turnt der Französischlehrer herum. Monsieur L'Existentialiste! Er wirft sein Haar von links unten nach rechts oben, mit romanischer Leidenschaft. Er läßt seine Haare auf der linken Seite lang wachsen und drapiert sie dann quer zur anderen Seite rüber, um seine Glatze zu verbergen. Da bleiben die Haare aber nicht. Meist hängen sie ihm in langen dünnen Strähnen runter in den Hemdkragen, und dann greift sich Monsieur mit der rechten Hand hinten ums Genick herum und wedelt seine Fusseln wieder zurück über den Kopf.

Irmi kauert neben Isa in ihrer Ecke und starrt auf den Schulatlas. Ihr Herzschlag hat sich wieder beruhigt. Sie hat ihre Abreibung hinter sich: Eintrag im Klassenbuch, Wiederholt ohne Hausaufgaben erschienen, sie hat es aber geschafft, Monsieur eiskalt in die Augen zu sehen. Sie hat nicht mit der Wimper gezuckt, von Seite 75 des Atlas raucht ein niedriges Feuer auf. Der See ist jetzt am Morgen sehr hell und spiegelt Himalayagipfel. Die Luft ist kalt und riecht leicht metallisch, nach starker Sonne, hoher UV-Strahlung auf Schnee, und nach Holzkohlenrauch. In der Nacht hat es geregnet. Wassertropfen stehen in den

Blättern der Bananenstauden, rollen vom Schilfdach der Hütte. Einzelne Tropfen, jeder perfekt. Von der Veranda aus kann man die Mädchen am Feuer hören, die Milchtee kochen und sich dabei gegenseitig die Haare einölen.

»Mademoiselle! J'ai vous demandez une question!«

Die Tonbecher sind unglasiert. Der rauhe trockene Rand saugt sich beim Trinken an der Unterlippe fest, der Tee schmeckt nach Gewürzen und ein bißchen nach Staub. Irmi erinnert sich daran. Sie wird es kennenlernen, schon bald, der Tee schmeckt nach Kardamon und dem Staub, zu dem die Tonbecher zerfallen, wenn man sie wegwirft. Man kann die Becher einfach wegwerfen, wenn man den Tee getrunken hat, in den Garten oder auf die Straße: Clean dirt.

Super Name für eine Band wäre das, Clean Dirt.

»Irmgard! J'ai vous demandez une question!«

Ja doch, Monsieur, ja. Nicht schon wieder, verdammt!

Irmi schaut vom Schulatlas auf, das Feuer erlischt. Die Rockband hört auf zu spielen, Tonstaub wirbelt quer übers Pult, warum läßt man Irmi nicht einfach in Ruhe? Irmi tut niemandem etwas, sie will nur in Ruhe gelassen werden!

»Irmgard! C'est l'absurdité de la vie! Das wäre die simple Antwort gewesen! Und Sie hätten sie geben können, Sie hätten sie völlig problemlos geben können, wenn Sie ein Mal, ein einziges Mal nur im Verlauf einer Schulstunde die Güte besäßen, geistig tatsächlich präsent zu sein!«

Ja, Monsieur, durchaus, durchaus. L'absurdité de la vie, nun schreien Sie doch nicht so! Warum wird man dafür bestraft, daß man sich langweilt? Von denen, die einen langweilen, der Tonstaub wirbelt zum Fenster hinaus, eine rötliche Wolke, die Irmi an Wüstenstraßen denken läßt. An Kamelschritte, dicke Jeepreifen. Bemalte Überlandbusse, denen die Scheiben fehlen. Geistige Präsenz? Um Gotteswillen! Und ›L'Etranger‹, nun, recht hübsch ausgesucht, Monsieur, durchaus bemüht, aber entweder Existentialismus oder Grammatik, Monsieur, das müssen Sie einsehen. Man kann im Leben nicht alles haben, man muß sich entscheiden, es klingelt. Sie haben noch einmal Glück gehabt, Monsieur, Ihre Entscheidung ist aufgeschoben. Ihre Stunde ist nun zu Ende. Sie sind zu Ende, Vous êtes mort, Monsieur! Bitte begeben Sie sich zurück in die Kiste, zu den anderen Marionetten. Zackzack!

Patsch, Klappe zu. Die 11c verläßt das Klassenzimmer und geht nach Hause: wo Irmis Mutter ohne Zweifel schon wieder extra für sie gekocht hat.

Extra für Irmi, für dich, mein Schatz, du weißt ja, dein Vater verträgt so was gar nicht, nun iß doch! Iß doch wenigstens ein bißchen!

Irmi starrt auf ihren Teller mit dem Kotelett und den Erbsen in Mehlschwitze, an dessen Rand sich das Bratfett langsam verfestigt. Sie ißt nicht. Sie verweigert das Essen ihrer Mutter, hinterher stopft sie sich mit Marmeladebroten voll, die noch viel mehr Kalorien haben, Gott, Irmi ist undankbar! Sie weiß es überhaupt nicht zu schätzen, was man für sie tut, wie kann sie ihre Mutter nur immer dermaßen kränken? Wie kann sie ihre Mutter dermaßen enttäuschen?

Irmis Mutter ist dauerenttäuscht. Sie hat einen magenkranken Mann, Irmis Vater, sie lebt nur für die anderen! Für Irmi vor allem. Wenn Irmi nicht wäre, hätte sie sich doch längst scheiden lassen! Nur Irmi zuliebe ist sie bei Irmis Vater geblieben, nur damit Irmi eine schöne intakte Kindheit mit beiden Eltern hat, und nun das. Nun ist ihr Leben vorbei, nun ist ihr das Leben, ist Irmi ihr alles schuldig geblieben!

Irmi fühlt sich enorm schuldig.

Manchmal ist sie so wütend, daß sie einen Mord begehen könnte, dann tobt sie, aber was hilft das? Was hilft es, wenn sie ihre Mutter anschreit, von wegen intakte Kindheit, keiner liebt keinen und alles, was läuft, ist ein verbiestertes Pflichterfüllungsprogramm, und gib dich keinen Illusionen hin, ich werde nicht wie du, niemals! Ich mach, was ich will, und sonst gar nichts!

Es hilft nichts, gar nichts. Wenn Irmi solche Dinge sagt, dann weint Irmis Mutter und ist gekränkt. Und Irmi möchte auf und davon.

Aber warum kränkt sie die Mutter auch so? Sieht sie denn nicht, daß Irmis Mutter es schwer genug hat? Irmi sieht doch, wie der Vater die Mutter behandelt, er ignoriert sie oder meckert an ihr herum, und die Mutter strampelt sich ab, sie kümmert sich und kümmert sich. Wahrscheinlich würde der Vater zusammenbrechen, wenn die Mutter nicht da wäre! Er würde aufhören zu existieren, und dann sagt er zu Irmi, Ach, Kind. Ich hätte besser gar nicht heiraten sollen.

Es ist eine Unverschämtheit! Irmi kann es nicht glauben, daß ihr Vater dermaßen saudummes Zeug schwätzt. Sie ergreift grundsätzlich die Partei ihres Vaters, er erscheint ihr als der Schwächere: Wie könnte er sonst solchen Müll quatschen? Irmi denkt, daß der Vater recht hat: Es ist idiotisch zu heiraten. Aber warum zum Teufel will der Vater dann Irmi unbedingt unter die Haube bringen? Warum malt er sich bereits aus, was er für einen Schwiegersohn haben wird, später einmal, wenn Irmi geheiratet haben wird? Studiere was Nettes, Kind, vielleicht Lehrerin, wegen der Ferien, und dann heiratest du. Am besten einen Zahnarzt, du sollst es doch gut haben im Leben! Prinzeßchen. Mit der Anwartschaft auf eine Krone für den

Backenzahn links oben, warum kümmern sich die Eltern nicht um ihr eigenes Leben?

Haben sie keins?

»Das Weiche besiegt das Harte, das Schwache das Starke«, zitiert Isa für Irmi, frei aus dem Tao Te Ching. »Also, wenn du ihnen nichts mehr entgegensetzt, dann geht jeder Schlag glatt an dir vorbei.«

Isa glaubt das, deswegen nickt Irmi. Irmi nickt, wenn Isa was sagt, weil sie merkt, daß Isa sich ihre Worte selbst glaubt. Das ist Irmi neu! Das ist sie bisher nicht gewohnt gewesen, Irmi ist ja bisher nur belogen worden! Sie hat gerade erst herausgekriegt, wie die Welt wirklich ist. Sie war schließlich eine ewige Zeitlang ein Kind und hatte keine Ahnung von Hungersnöten oder politischen Gefangenen oder Kriegen oder Konzentrationslagern, aber jetzt hat sie davon erfahren, und sie ist empört. So hat sie sich das Ganze nicht vorgestellt. So hat man ihr das nicht geschildert, Irmi, sei nett zu den anderen, dann sind sie auch nett zu dir, Irmi, lerne zu teilen, benimm dich anständig, dann ist die Welt gut und gerecht. Alles Müll! Laß dir in die Schnauze hauen, sobald sie vorschriftsmäßig plattgeprügelt ist, darfst du damit kommandieren. Irmi will so eine Welt nicht, es ist eine Zumutung! Und ihr habt die Welt zu dem gemacht, was sie ist, sagt Irmi. Ihr seid doch schuld, dies hier zumindest könnt ihr nicht mir in die Schuhe schieben!

Irmi schließt sich in ihrem Zimmer ein. Sie hat die Kisten heruntergeholt, in die ihr kindlicher Spielzeugpark eingepackt ist. Bücher, Puzzles, Puppen mit verdrehten Gliedern, heulend und staubverkliert hockt Irmi auf dem Boden und reißt Klebebänder von Pappkartons. Puppenkleider, die die Mama gemacht hat. Winzige Puppenmöbel, die der Papa gemacht hat, so winzig, so perfekt, sie haben sich beide soviel Mühe gegeben! Und nun das. Auch Irmi hat sich Mühe gegeben, Irmikindchen winzig und perfekt, Irmi kommt aus ihrem Zimmer und macht Krawall. Sie attackiert ihren Vater, So! schreit Irmi ihren Vater an. So ist sie nämlich, eure Scheißwelt!

Irmi will nichts zu tun haben mit der Welt. Sie weiß ja überhaupt nicht, was in dieser Welt aus ihr werden soll! Sie will keine sein, die in einem Lager sitzt, weder als Häftling noch als Wachpersonal. Und? Bietet ihr einer andere Möglichkeiten an? Vielleicht könnte sich Irmi eine Knarre kaufen und die Terroristen fragen, ob sie Irmi nehmen. Aber auf wen sollte sie schießen? Irmi kann sich nur schwer entscheiden. Sie möchte eigentlich nicht auf jemanden schießen, wozu? Die Leute würden ihn doch sofort durch einen anderen ersetzen!

Sie muß ja auch nicht unbedingt schießen. Keiner zwingt sie! Man erwartet nur ein bißchen Entgegenkommen von Irmi. Nur ein wenig gutes Benehmen, ganz normale Freundlichkeit und Hilfsbereitschaft, hat man Irmi nicht alles geboten, Klavierstunden, Reitstunden, Tennisstunden, muß Irmi denn ewig auf Ärger aussein, sobald sie nur ihr Zimmer verläßt?

Irmi ist ausgetauscht worden. Die Gnome haben eine brave normale Irmi mitgenommen und dafür diesen kalten zornigen Wechselbalg zurückgelassen, jemand sollte Wasser in einer Nußschale kochen, dann würde Irmi sich als Gnom zu erkennen geben und kreischend und lachend durch den Schornstein entfliehen.

Das möchte Irmi.

Sie möchte raus aus dem verfluchten Nest an der Ostgrenze, an drei Seiten Stacheldraht und an der vierten die Ausfallstraße, Irmi schlägt in einer Brockhaus-Ausgabe von 1958 nach, um herauszufinden, ob es das Kaff überhaupt gibt. Stadt am Südhang des Thüringer Waldes gelegen, steht da, 1530 Aufenthalt Luthers während des Augsburger Reichstages, Industrie: Korb- und Spielwaren. Alles Quatsch!

Alles gelogen, wie üblich, nichts gibt es, nur faulenden Wald im Regen und Luther ist tot, die Industrie (Korb- und Spielwaren) geht langsam pleite und hat zurückgelassen, was sie immer zurückläßt, Müll, einsame Grenzlanddeponien, brüderlich küssen sich die Dreckwolken West und Ost über den Wachtürmen, das stinkt, egal wie der Wind dreht, hinter peinlich gereinigten, gemangelten, geschlossenen Gardinen linst es hervor, durch Türspalten lugt es, dann tuschelt es gierig Übles über den Gartenzaun, peinlich sauberer Garten, glatt und tot wie ein Resopaltisch, wie die Biertische in den Kneipen, wie das subventionierte Kleinstadttheater, in das Irmis Eltern mit ihren Freunden andauernd rennen. Das Pack! Hinter geschlossenen Gardinen träumt es von Gattenmord, dann setzt es ein süßliches Lächeln auf, stolziert untergehakt über hochglanzgewichstes Parkett, begafft das Übliche in drittklassiger Besetzung, als wäre es neu, und hinterher quatscht es geziert über Weingläsern und Salade à la Nicoise, bis es besoffen genug ist und die Pupillen sich wieder zurechtquetschen zu Hakenkreuzen. Und an Pfingsten besaufen sich hier die korporierten Studenten und kotzen über ihre Pfingstochsenbänder auf den pittoresken Marktplatz.

You makes your choice and you pays your price! Wem es nicht paßt, der soll doch nach drüben gehen. Aber drüben sieht es doch genauso aus, derselbe Stacheldraht, dieselben Wachtürme, Mensch, wie bei uns zu Hause, sagt der Berliner Onkel, der zu Besuch ist und witzig sein will, es ist Irmis vierzehnter Geburtstag und zwei Tage nach dem Bombenanschlag der RAF auf das US-Hauptquartier in

Heidelberg, und Irmi und die Ihren sitzen gemütlich auf der Terrasse eines Waldgasthofs zwanzig Meter entfernt von der Selbstschußanlage. Die Krawallmacher und die Gammler, die sollten sie alle nach drüben! sagt der Onkel. Dann würden die schon sehen, diese Lumpen! Onkelchen, reg dich nicht auf, dein Herz, sagt Irmis Mutter, iß mal lieber was von dem Kuchen, sowas kriegst du in Berlin gar nicht, die machen hier nicht nur den Kuchen selber, sondern sogar den Quark. Sogar die Milch, sagt die Bedienung. Sogar die Kuh, brüllt der Onkel und schlägt sich auf die Schenkel.

Irmi sitzt dabei und möchte schreien. Schreien und toben. Sie kann das alles nicht mehr ertragen, am liebsten möchte sie tot sein, oder weg, ganz weit weg, irgendwo, wo niemand einen ausfindig machen kann, wo man Luft hat zum Atmen und Platz zum Rennen, eine Ebene, Hochebene, über die der Wind pfeift, Wind und Regen peitschen ihr ins Gesicht, eine Savanne, goldenes Gras bis zum Horizont, über ihr reißen die Wolken auf, und im heißen Wind wellt sich das Gras endlos wie ein Meer, Irmilein! sagt Irmis Mutter. Galopp! sagt Irmi zu ihrem Pferd, Galopp! Das Pferd schnaubt und schüttelt die Mähne, es bäumt sich auf. Irmi lacht vor Glück, ihr Pferd prescht voran, das goldene Gras reicht ihm bis zur Schulter, peitscht Irmis Beine, Irmgard bitte, sagt Irmis Mutter, beteilige dich doch wenigstens ein bißchen an der Unterhaltung! Was ist denn bloß mit dir los, schließlich ist doch dein Geburtstag!

Aber deine Mama ist doch so lieb! sagt Susanne sehnsüchtig, wenn Irmi auf ihre Mutter schimpft.

Natürlich ist Irmis Mutter lieb! Das weiß Irmi selber, was will Susanne von ihr? Die magere Susanne mit ihren Fisselhaaren, die Irmi zum Wahnsinn treibt mit ihrem AfS, wozu braucht Susanne denn eine Mutter wie Irmis? Susanne ist doch selber wie Irmis Mutter. Sie provoziert Irmi zu einem Maximum an scharfzüngiger Bosheit, irgendwann wird Susanne ihr, Irmi, doch mal irgendwas krummnehmen? Aber Susanne nimmt niemals etwas krumm. Susanne leidet. Susanne hat es gut! Susannes Mutter ist eine kalte gemeine herzlose Ziege, Irmi will genau so eine Mutter haben, wie Susanne sie hat, dann wäre Irmi frei. Dann wäre Irmi ihrer Mutter nichts schuldig.

Manchmal sieht Irmi die Eltern glücklich. Bei einem Fest vielleicht, einer Einladung, Irmis Vater hat ein neues Medikament gegen seine Magenschmerzen gefunden und kann ausnahmsweise ein warmes Bier trinken, er lacht mit irgendeinem Onkel, und Irmis Mutter lacht auch, sie schunkelt lachend Arm in Arm mit ihren Schwestern und kriegt ein Mädchengesicht, dann später auf der Heimfahrt im Auto streichelt sie die Wange des Vaters: nicht weil sie lie-be-voll, sondern weil sie glücklich ist. Weil sie den Vater in diesem Moment wirklich mag. Irmi hält die Luft an, Irmi betet: Hoffentlich sagt der Vater jetzt nicht etwas Falsches! Hoffentlich zerstört er nicht alles – aber wenn er es doch tut, dann soll Irmis Mutter ihm sofort vergeben. Sie ist die Stärkere, sie soll still sein und ihm vergeben und nicht schon wieder unglücklich sein, warum können die beiden sich nicht einfach selbst glücklich machen, jeder für sich? Warum soll Irmi nachts im Bett heulen, weil sie die Eltern nicht glücklich machen kann, weil sie versagt hat? Und immer weiter versagen wird, Irmi läßt es sich nicht mehr bieten! Sie wird Gerechtigkeit und Geradheit gebrauchen, um in ihre Einsamkeit zu gehen. Von nichts zurückgehalten, fern und ungebunden, wird sie aus ihrer Einsamkeit Nutzen zu ziehen wissen. Sie wird einen großen Flußlauf überqueren: bald.

Irmi starrt auf ihre Seezunge. Der Hauptgang wird soeben serviert: Fleischstücke, tote Fische rollen auf weißbetuchten Wägelchen heran, werden fachmännisch zerlegt, von der Mittelgräte befreit. Aber niemand zollt der Geschicklichkeit der Kellner die verdiente Achtung: Irgendwer hat von den Glockenbällen angefangen. »Erinnert ihr euch noch an die Glockenbälle?«

Gelächter brandet auf: natürlich! Jeder erinnert sich an die Glockenbälle, Tanzveranstaltungen der Schülerzeitung, schließlich haben drei oder vier der Anwesenden dort ihre späteren Ehemänner kennengelernt. Erster Alkohol, Zukkungen des Sängers irgendeiner lokalen Popgruppe. Geknutsche im Park hinter der Tanzhalle. Perlrosa Lippenstift in der Damentoilette, später brauner Lippenstift, Hotpants, hektisches Austauschen von Informationen, der Uwe hat zu mir gesagt, ich würde toller tanzen als alle anderen, der Gerd ist hinter der Uschi her, aber die Uschi heult wegen dem Bernie, Väter, die zu früh vor dem Haupteingang aufkreuzen und ihre Tochter ertappen bei irgendetwas Verbotenem, küssen, rauchen, mein Gott, wir waren ja auch erst vierzehn, fünfzehn damals! Aber trotzdem, verglichen mit jetzt, wo man ständig Angst haben muß um die Kinder –

Sie lachen, sie reden durcheinander. Sie haben nichts vergessen. Sie erinnern sich ganz korrekt, Irmi hat unrecht! Nur hat Irmi in einer anderen Welt gelebt. Sie hat von Anfang an woanders gelebt, na und? Irmi hat nichts dagegen, es ist ihr nur recht so! Man wird, was man wünscht, was denn sonst?

Irmi starrt die Seezunge an. Die Seezunge ist fachmännisch filetiert und kann nicht zurückstarren. Die Glockenbälle?

Irmi, die Schlampe. Läßt sich mit vierzehn von einem Säufer entjungfern, hinter einem Klohäuschen.

Irmi lehnt an der Wand, an dem Klohäuschen im Park, und irgendwer küßt sie.

Irgendwer preßt sich an sie, er ist älter als Irmi. Er ist kein fünfzehn-, sechzehnjähriger Gymnasiast mit Pickeln, der vor seinen Freunden großspurig rumtönt und bei Irmi anfängt verlegen zu werden und noch nicht einmal weiß, wie man anständig küßt. Es ist einer von den verkorksten Typen im Park. Irmi hat schon ein paarmal mit ihm geknutscht. Sie ist froh, daß sie endlich soweit ist! Daß die ziellosen Beunruhigungen vorbei sind, die Versuche, die Balgereien auf dem Hof mit den Nachbarsjungen, die Jungen rempeln Irmi an, sie raufen, sie wollen Irmi nahekommen, gleichzeitig sind sie grob. Sie starren hinter ihr her. Sie rufen ihr Frechheiten nach. Irmi ist unsicher: Ist sie so anziehend oder so abstoßend, daß die Jungen mit ihr raufen müssen? Die Jungen sind anziehend. Sie sind anziehend und gleichzeitig albern. Doof, sagt Irmi. Die sind wirklich doof! Die Jungen haben feine Härchen auf den Armen. Sie haben feine Härchen im Nacken, unter borstig-harten Kurzhaarschnitten, die Härchen sind naßgeschwitzt nach einem Ballspiel. Warum hat Irmi das niemals zuvor bemerkt? Es ist eine Art Schreck! Ein schwindliges Erschrecken, über die Art, wie Jeans abgewetzt sein können an Oberschenkeln und Reißverschluß. Wie diese Jeans mager auf Hüftknochen hängen können, lässig und prekär, es geht Irmi durch und durch! Dann ist es wieder weg, und die Jungen sind doof. Beim Raufen mit ihnen unten im Hof nimmt Irmi einen Geruch wahr. Es ist der salzig-saubere Geruch von Jungensschweiß: ein beunruhigender Geruch, von Zukunft und Gefahr. Es ist der Geruch der anderen Welt, er läßt Irmi an ihren eigenen Achseln schnuppern, wie riecht sie? Wie riecht sie für die Jungen?

Es ist der Geruch der Welt, in der Irmi bereits erwartet wird.

Der Mann drückt Irmi an die Wand des Klohäuschens. Er preßt sich an sie, Irmi spürt den Druck seines erigierten Glieds an ihrem Oberschenkel. Irmi mag das. Sie mag seine Zunge in ihrem Mund. Sie mag seine Hand auf ihrer Brust, Irmi hat kleine Brüste, aber die Hand des Mannes hält Irmis Brust und hebt sie an wie etwas Kostbares, Schweres. Sie mag seinen Atem an ihrem Hals. Sein Atem fliegt. Er ist so atemlos, als hätte er Irmi hetzen müssen! Irmi, die doch ganz stillsteht und Hände über seinen Rücken wandern läßt. Dann preßt der Mann seinen Schwanz zwischen Irmis Beine.

Es ist ein Funkenschlag, süßscharf und durchdringend. Es ist ein Flirren, ein Sprühen winziger glühheißer Funken, das jeden Nerv, jede Zelle in Irmis Körper erfaßt, während der Mann jetzt aufstöhnt und sich zwischen Irmis Beinen zu winden beginnt, Irmi selbst ist es, die funkelt und sprüht. Die jetzt zu funkeln beginnt, zu sprühen, wo sie den harten Penis des Mannes zwischen ihren Beinen fühlt, an ihrem Kitzler.

Es ist die Welt drüben auf der anderen Seite, die funkelt und sprüht. Irmi weiß das, wenn sie ihre Augen öffnet, die Hände des Mannes graben sich jetzt in Irmis Hintern und heben sie hoch. Irmi schlingt ihre Beine um seine Hüften, sie könnte jubeln! Jubelnd begrüßt sie die andere Welt, in der es nichts gibt außer Irmi. In der es Luft gibt zum Atmen und Platz zum Rennen, eine Ebene, Hochebene, über die der Wind pfeift, Wind und Regen peitschen ihr ins Gesicht, eine Savanne, goldenes Gras von einem Ende der Welt bis zum anderen, über ihr reißen die Wolken auf, und heißer Wind wellt das Gras wie ein Meer, und es gibt nichts außer Irmi in dieser Welt: vielleicht nicht einmal den Mann, der Irmi jetzt ins goldene Gras legt. Nur noch Irmi, die halbnackt neben dem Klohäuschen liegt und den halbnackten Mann mit Armen und Schenkeln umklammert, die aufstöhnt und sprüht und blutet und frei ist.

Wer war der Mann? Irmi denkt selten an ihn. Uriel, oder so wurde er genannt, wie er in Wirklichkeit hieß, weiß Irmi nicht. Sie hat es nie gewußt, es ist egal! Irmi hat sich nicht eingeredet, sie wäre in ihn verknallt, wozu?

Natürlich kommt Irmis Mutter dahinter. Schließlich wird Irmi überwacht! Liebevoll und von morgens bis abends, Irmis Mutter hat den blutigen Slip im Müll gefunden, sie ist außer sich. Irmi hat keinen Festen-Freund! Sie hat keinen Jungen-Mit-Dem-Sie-Geht, den sie der Mutter präsentieren könnte, es muß ein vollkommen unpräsentabler Mann sein, der das getan hat. Ein Fremder: einer, von dem die Mutter nichts weiß, Wer war es?

Ich! schreit Irmi die Mutter an. Nicht irgendein anderer hat das getan, nicht der Kerl, sondern ich! Nimm mir doch nicht immer alles weg, verdammt noch mal!

Die Mutter heult. Ihre Tochter ist eine Verlorene! Du bist noch so jung, Irmi, viel zu jung, ja schämst du dich denn gar nicht? Um Gottes Willen, Irmi! Schämst du dich denn überhaupt nicht?

Schämen, das Lieblingswort.

Warum hast du Frau Schmidt von nebenan nicht gegrüßt, man muß sich ja für dich schämen! Wasch dir sofort das Gesicht ab, Schminke in deinem Alter, schämst du dich nicht?

Wo hast du das überhaupt her, das Zeug, mit dem du dich bemalst? Gib mir das, aber sofort, du siehst aus wie eine Schlampe!

Nichts gibt Irmi der Mutter, nichts.

Nicht ihre im Kaufhaus geklauten Lippenstifte, nicht ihre geklaute Wimperntusche, sie hat alles im Fahrradschuppen versteckt, in einem Kistchen hinter den Mülltonnen.

Zwei, drei Jahre später wird Irmis Mutter Irmi übrigens zum Schminken auffordern. Sie wird darauf drängen, daß Irmi sich darum bemüht, Jungen zu gefallen, Irmi! Mach dir doch wenigstens die Augen ein bißchen zurecht, wirklich, du hast Augen wie ein Kaninchen mit den blassen Wimpern, es gibt doch Mascara! Und sei nicht immer so ruppig, Männer mögen das nicht! Aber Männer haben Irmi immer gemocht.

Männer, Jungens laufen Irmi nach, Irmi gibt ihnen nichts. Nichts! Irmi nimmt. Irmi, die sich nach Gleichgültigkeit sehnt wie Susanne nach Liebe: Irmi wirbelt, sie glüht, was wollen die alten Weiber von Irmi? Irmis Mutter, die Vögler, sie hatten ihre Chance und haben sie vertan, Irmi weiß doch, wie es den liebevollen Beschämten ergeht! Sie hat doch gesehen, wie Susanne sich zornig und heulend in einer Ecke des Schulhofs verkroch mit ihrer Verzweiflung und ihrem letzten bißchen Stolz, während all die niedlichen Urselchens, die netten Babsis mit ihren glatten grinsenden Kinderfressen Hand in Hand standen und lachend zu Susanne hinüberblickten: und am nächsten Tag kicherte Susanne mit Babsi über das Urselchen. Schuldbewußt, elend auch jetzt noch! Aber mittendrin und dabei, Irmi weiß längst, wie es denen ergeht, die unbedingt dazugehören wollen. Wie Leute im AfS landen oder in Sekten oder bei den Terroristen oder den Kaninchenzüchtern oder in irgendwelchen Parteien, von wegen Ideen! Von wegen Weltanschauung! Es ist alles Schulhof, nichts weiter, Irmi ist raus aus dem Kokon. Sie breitet die Flügel zum Trocknen aus und fliegt los in knallengen Hosen, sie braust ihnen allen davon, auf dem nächstbesten Mopedsitz.

Irmi, die Schlampe: die in schlechte Gesellschaft gekommen ist. Arbeitslose, Drogensüchtige, Trinker, Diebe, Gammler, Irmi tanzt in der Küche. Sie hat Hausarrest, weil sie eine Schlampe ist, sie soll Kartoffeln schälen, aber sie tanzt zum Rhythmus eines Popsongs im Radio: Sie ist allein in der Küche. Sie trippelt, sie wiegt sich. Sie hebt die Arme, sie gestattet es, daß ihr Tanz zu einem wilden Stampfen ausartet, einem Kriegstanz, Irmi ist barfuß und schwingt ein Messer, die Haare fliegen, Schweiß sammelt sich auf der Oberlippe, sie weiß genau, was aus ihr werden soll! Eine, die sich der Liebe entzieht. Die nicht von der Liebe zurückgehalten wird, der die anderen nichts anhaben können. Eine, der die anderen völlig egal sind.

Am Tisch der ehemaligen 13c wird jetzt abserviert. Verschmierte Teller, Fischgräten verschwinden, Kaffee wird bestellt, Tiramisu, Espresso, »Sag mal, Irmi, wie war es denn überhaupt in Indien? Du bist doch damals nach dem Abi nach Indien gefahren«, Susanne sagt das.

Susanne, die lacht, redet. Schon den ganzen Abend lang redet Susanne: mit Gaby Hirmer, Ute Lang. Mit der dicken Helga, die gar nicht mehr so dick ist; ist jetzt der Moment gekommen? Wird Irmi jetzt mit Susanne sprechen: wie sie es vorhatte, Susanne ist lebhaft. Ihre Wangen glühen, Irmi kann sich nicht erinnern an diese Susanne, »Die An- oder Abwesenheit eines Mannes bestimmt nun mal das Leben einer Frau, noch immer«, sagt die gar nicht mehr so dicke, im übrigen frischgeschiedene Helga soeben zu Ute Lang. »Männer bestimmen die weibliche Selbstwahrnehmung, das scheint sich nicht ändern zu lassen«, in das folgende, unbequem tiefsinnige Schweigen der anderen hinein ruft Gaby Hirmer: »Ach kommt! Aber andersherum ist es doch noch viel schlimmer, was täten die Kerle denn ohne uns Frauen? Die wüßten doch noch nicht einmal, daß sie leben!«

Befreites Gelächter am Tisch. Susanne lacht mit, Irmi kann jetzt einfach aufstehen. Irmi, die Indienfahrerin: Sie muß aufstehen, sie darf hier nicht weitermachen. Sie weiß, was passiert, wenn sie weitermacht, Irmi geht in die Damentoilette. Sie stellt sich vor den Spiegel, betrachtet ihr Gesicht. Sie legt das Gesicht in die Hände, dann nimmt sie die Hände wieder herunter, Irmi hat keine Handtasche einzusammeln. Geld und Schlüssel sind in ihrer Hosentasche wie immer, sie kann abhauen, so wie sie ist, Irmi lehnt sich dem Spiegel entgegen und schaut ihr Gesicht an.

Aber es ist nicht Irmis Gesicht, das zurückschaut. Es sind fremde Augen, die Irmi anschauen. Wenn Irmi sich in die Augen schaut, weiß sie, daß sie diese Augen nicht kennt, aber das ist doch nichts Neues! Es ist abgedroschen, eine Filmszene: Zutiefst verwirrte Frau versucht das eigene Gesicht im Badezimmerspiegel wiederzufinden (ein Kindergesicht. Ein Lächeln, das sich ausprobiert. Blaßwimpern, die erforschen, ob ihre Schläge einem Mann Schmerzen zufügen könnten, wirres Haar, in das Perlen und silberne Glöckchen geflochten sind: ein Kindergesicht, solange man hinschaut. Aber sobald man wegschaut, sieht man eine andere. Eine Abgebrühte, Ausgekochte, eine mit allen Wassern Gewaschene: Das hat Irmi zu hören bekommen, Gino packt die wirren Haare und gräbt seine Nägel hinein, Verdammte Lolitavisage! Gino leckt die lächelnden Lippen, die Blaßwimper-Augen. Die Nase, das Innere der Nase, das Innere der Ohren, Gino hält eine Kamera vor die verdammte Lolitavisage, drückt ab), Visagentrümmer! Überall liegen sie herum, auf samstaggewienerten Kühlerhauben, in Schaufensterscheiben, überall gibt es hinterhältig spiegelnde Materialien, in denen Irmi auf ihr Gesicht trifft. Irmi braucht immer einen Moment, bis sie begreift, daß es ihr eigenes Gesicht ist, das ihr entgegenblickt, sie ist nicht häßlich, o nein. Sie sieht noch nicht alt aus, die Irmi, nicht mal wie Mitte Dreißig. Sie macht was aus sich, sie möchte gar nicht mehr zwanzig sein! Irmis Mutter ist stolz auf Irmi. Irmi ist stolz auf ihre Mutter, Irmis Mutter ist eine sehr selbständige Frau geworden, seit der Vater tot ist. Sie reist, sie hat einen netten Freundeskreis. Sie hilft in Hubertus' Laden und auch in Irmis, sie tut es gern: Andere in ihrem Alter hüten Enkel, sie hütet Läden. Sie hat Ahnung von Wein, von Design, sie hat Stil! Irmis Mutter ist glücklich: Irmi hat keine Ahnung, wie die Mutter das hingekriegt hat. Irmi, die jeden Morgen liebevoll von Hubertus geweckt wird: turnen Bürstenmassage Wechseldusche fünf verschiedene Cremes, Irmi, Frühstück ist fertig! Irmi erscheint, schlank und braun und geschickt unfrisiert und mit sorgfältig getuschten Wimpern, sie trinkt nur den Saft und den Kaffee, sie trägt ein weites hauchdünnes Hemd, das zipfelt und knautscht und enorm teuer aussieht. Es ist enorm teuer! Schlampig auf hochexklusive Art, das ist Irmis Stil. Lässig! sagt die Boutiquebesitzerin, die Irmis enorm teure Garderobe betreut, Irmi geht dosiert ins Solarium. Sie fährt zum Haareschneiden nach Hamburg, sie verdient ihr eigenes Geld. Sie hat Hubertus. Sie hat ein Abo im Fitneßstudio, über ihre Augenwinkel sind Krähen gelaufen, ihre Wimpern sind getuscht, das Wirrhaar geschnitten, die Wangenpartie fängt zu sacken an, von den Nasenflügeln zum Mund ziehen sich feine Falten, als wäre die Haut dort gesprungen: Und sie lebt hier, in dem verfluchten Kaff an der ehemaligen Ostgrenze.

Irmi schlägt mit der Hand gegen den Spiegel, aber nicht allzu fest: Sie will nichts kaputtmachen.

Sie gehört auf dieses Klassentreffen, soviel ist klar.

Gaby Hirmer nimmt gerade den letzten Schluck Kaffee. Ein paar Leute sind schon gegangen, die nicht mehr so dicke Helga verlangt ihre Rechnung. Susannes Hochstimmung hat sich verflüchtigt. Gaby und Ute möchten jetzt ebenfalls zahlen, Susanne überlegt, ob sie noch einen Grappa bestellt. Sie kämpft mit den Tränen, was soll das auf einmal? Susanne hat zuviel getrunken, das wird es sein. Isa ist nicht gekommen.

Natürlich nicht! Wie hat Susanne auch nur eine Minute lang annehmen können, Isa würde zurückkommen? An den Tisch der ehemaligen 13c: Wo niemand Isabella Niemann vermißt hat, Susanne hat Isa nicht vermißt! Susanne war den ganzen Abend lang damit beschäftigt zu reden und noch mehr zu reden, getragen von diesem idiotischen Hochgefühl: als hätte man ihr etwas verziehen.

Als hätten die anderen ihr etwas zu vergeben statt umgekehrt, was hat Susanne eigentlich alles erzählt? Diesen kleinen Mädchen, die sie von früher kennt, wo ist Irmi? Die den Abend über kaum etwas gesagt hat, Irmgard Bauer ist längst gegangen. Von den anderen unbemerkt hat sie sich verkrümelt, genau wie früher, Isa ist nicht da, Susanne kämpft mit den Tränen: Es ist alles genauso wie früher. Nichts hat sich verändert.

Die Suche

Susanne liegt in ihrem Hotelbett. Sie möchte zu Hause sein. Jetzt, sofort: ohne vorher noch einmal durch die Stadt gehen zu müssen, sie kann sich nicht einmal zum Aufstehen zwingen, Aber was würdest du denn zu Hause machen? sagt Scribbo. In deiner baufälligen Kate, mutterseelenallein, Marie ist nicht da! Der alte Mann ist nicht da, er wird nie wieder da sein, was würdest du denn tun?

Heulen wahrscheinlich: genau wie hier, Warum gehst du nicht in den Park? sagt Scribbo zu Susanne. Das Wetter ist schön, geh in den Park, wo du immer mit Isa warst. Oder geh dir das Haus ansehen, in dem dein Großvater gewohnt hat!

Den zubetonierten Garten: der an einem Weihnachtsabend voller Goldfischchen war, Susanne heult in ihr Kopfkissen. Scribbo seufzt. Scribbo gibt auf, man kann nichts anfangen mit Susanne, solange sie heult, Also gut, sagt Scribbo und fängt an, in Susannes Nachttischschublade nach der Schachtel zu kramen. Beruhige dich bitte, Susanne, hör mir einfach zu: Wenn du jetzt zu Hause wärst, auf deiner Insel, dann würdest du Fahrrad fahren. Du würdest durch den kühlen blaßgelben Sonnenschein radeln, der nach Heckenrosen riecht. Den Wind hast du im Gesicht. Aus dem hohen Gras am Wegrand lassen sich kleine Vögel herausfallen und flattern vor dir her, ihre Flügelspitzen streifen den sandigen Boden. Du würdest zum Strand fahren, nehme ich an. Ich denke, du würdest dich irgendwo in den Dünen in eine Sandkuhle legen, mit einem Buch und einer Decke und einem Fernglas.

Susanne liegt auf dem Bauch und schaut hinunter zum Strand. Der Himmel über der See ist bezogen. Irgendwo in der Nähe gibt ein unsichtbarer Sandregenpfeifer seinem Hang zur Melancholie nach, büüip büüip, die Dünen sind von Pflanzen bewachsen. Salzmiere Meersenf Strandroggen Silbergras Kriechweide Krähenbeere: Es sind die schwermütigen Namen der Unscheinbarkeit. Namen für etwas, was unter Schutz steht, worüber man aber dennoch hinwegtrampelt: wieso, hier ist doch nichts. Am Strand unten tauchen jetzt ein Mann und ein Kind auf. Sie haben einen Hund dabei, eine Dogge. Die Dogge fegt über den Sand, ein schwarzer Streifen parallel zur Wasserlinie. Weit draußen über den Booten bricht sehr plötzlich an drei, vier Stellen das Sonnenlicht durch die Wolkendecke, fällt aufs Wasser wie das Licht von Bühnenspots, das Kind hebt den Arm und deutet hinaus. Es ruft etwas. Hell und glücklich kommen die Vokale bei Susanne an. Die Konsonanten schaffen es nicht bis zu ihr herauf, das Kind breitet jetzt die Arme aus und beginnt sich zu drehen. Es dreht sich und dreht sich, während der Mann schon hinter den Dünen verschwindet, es kreiselt und trudelt über den Sand bis zum Schwindligwerden, bis zum Weltvergessen. Bis zum Umfallen. Das Kind fällt.

Ins Gras.

Liegt auf dem Rücken im Gras, irgendwo in der Nähe fällt eine große Zwetschge vom Baum, schlägt dumpf im langen gelben Gras auf. Zieht die Wespen an. Wirklich, Papa! sagt Susannes Mutter zu ihrem Vater. Zu Susannes Großvater, Susannes Opa. Susanne schließt die Augen, um ihre Mutter nicht mehr zu hören, aber das funktioniert nicht, Du läßt den Garten völlig verkommen, hört Susanne ihre Mutter zum Großvater sagen. Wenigstens das Gras könntest du doch mal mähen!

Susannes Großvater antwortet nicht. Er hackt drüben am Holzblock Küken. Die Küken sind für die Falken. Es gibt Falken in Opas Garten, zwei Turmfalken. Sie sind auf einer Stange festgebunden. Manchmal haben sie Lederhauben auf gegen ihre Wildheit. Manchmal schreit einer, es ist das fremdeste Geräusch der Welt, das wildeste das wunderbarste, Susanne hat einen Falken auf der Hand. Das ist deiner, sagt ihr Großvater. Du hast einen Falken.

Wie heißt der denn? fragt Tante Herta. Sie fragt nach dem Namen des Falken wie nach dem eines Stofftiers. Susanne antwortet nicht, sie weiß nicht was. Tante Herta ist eine von Opas Schwestern, sie betrachtet den Vogel auf Susannes Hand mit unverhohlenem Widerwillen. Na? Wie heißt er denn nun, dein Falke? Susanne sieht zu Boden, dann wieder die Tante an. Sie ist perplex. Sie ist noch nie auf die Idee gekommen, dem Falken einen Namen zu geben, ihn mit einem Namen zu beschweren. Falke, sagt sie schließlich, damit die Tante endlich woandershin blickt mit ihren wäßrigen Augen. Er heißt einfach Falke. Die Tante lacht. Sie lacht wie über ein sehr kleines Kind. Als hätte ein sehr kleines Kind eine altkluge Bemerkung gemacht, Susanne ist elf, und die Tante kichert, als hätte Susanne etwas kindlich Ungeschicktes gesagt.

Etwas Niedliches. Vielleicht etwas Dummes.

Susanne sagt oft Sachen, über die andere lachen. Sie sagt die falschen Sachen, wahrscheinlich kann sie nicht sagen, was sie meint. Sie kann sich nicht ausdrücken, sie drückt etwas Falsches aus, und dann hören die anderen nur das Falsche und nicht, was Susanne wirklich gesagt hat.

Das gilt natürlich nicht für Susannes Opa, der drüben am Holzblock die Küken hackt und dabei tonlos durch die Zähne pfeift. Er holt sich die Küken von der Hühnerfarm, sie sind billig. Es sind nur Hähnchenküken. Die Hühnchen kommen in Käfige, die Hähnchen in einen Plastiksack, den Opa kurz an einen Autoauspuff hält. Dann sind sie tot, und Opa legt sie in das Gefrierfach. Wenn Susanne Opas Gefrierfach aufmacht, starren ihr die gefrorenen Kükenbeine entgegen. Tante Herta, die in Opas Gerfrierfach nach Eiscreme für Susanne sucht, kreischt beim Anblick der vielen starren Kükenfüßchen. Sie kreischt jedesmal, Susanne versteht es nicht, die Hähnchen sterben doch sowieso! Wenn Opa sie nicht holt, kommen sie auf das Fließband. Das Fließband ist voll mit piepsenden Hähnchenkükenbällen, die strampeln und übereinanderklettern, um nicht herunterzukullern. Das Fließband ist nämlich abschüssig. Da, wo es zu Ende ist, steht der Mixer. Die Bällchen weiter oben können genau sehen, wie die Bällchen weiter unten in den Mixer kullern, während sie selber noch gegen das Fließband anstrampeln. Sie kämpfen wie wild, um nicht runterzufallen! Aber sie werden müde, und das Band läuft und läuft, egal wie lange sie sich wehren, und von oben kullern immer neue Küken heran. Also fallen sie in den Mixer. Piepsende Bällchen kullern in den Mixer hinein, blutige Matsche kommt aus dem Mixer raus. In der Hühnerfarm haben sie gesagt, die Matsche wird weggeschüttet. Opa sagt, die Matsche kommt in die Wurst.

Susanne ißt keine Wurst. Sie denkt nicht gern an die Hühnerfarm. Es wäre nicht so schlimm, wenn das Fließband nur laufen würde, solange sie zusieht, aber die Sache ist die: Es läuft immer. Es läuft, während sie ißt und trinkt und schläft und zur Schule geht, immer, und die ganze Zeit fallen Küken herunter und kämpfen darum, nicht herunterzufallen, auch wenn Susanne schon längst nicht mehr dabeisteht und zusieht. Auch wenn sie überhaupt nicht mehr an die Hühnerfarm denkt.

Susanne sieht zu, wie Opa die Falken füttert, mit aufgetauten Kükenstücken. Er füttert alle Tiere: die Hasen und Meerschweinchen in ihren Käfigen, die Tauben im Taubenschlag, die Goldfasane und Zwerghühner, die Goldfische in ihrer eingegrabenen Badewanne, die Wespen, die den wackligen Tisch vor dem Schuppen umkreisen. Die Wespen bekommen Wurststückchen von den Broten, die Susannes Mutter hingestellt hat. Opa hält ein Stückchen Wurst zwischen den Fingern, dann kommt eine Wespe, und Susanne kann zusehen, wie die Wespe etwas von dem Wurststückchen abbeißt.

Schöne Tiere! sagt Opa.

Schöij-ne Tie-re, er singt, wenn er spricht.

Opa füttert auch die Stadttauben. Sie kommen auf sein Fensterbrett, daheim in seiner kleinen Wohnung. Sie kommen auf seine Hand. Opa füttert sie, bis sie zahm sind, dann packt er sie und dreht ihre Hälse um. Tauben schmecken gut, Opa rupft sie und legt sie in das Gefrierfach zu den Küken, für sich und Susanne und für die Falken.

Und die nicht? fragt Susanne. Warum tötest du die nicht?

Die hat Junge, sagt Opa. Dort drüben, in dem gelben Haus. Die müssen erst groß werden.

Und wenn sie groß sind?

Dann kommen sie auch hierher, zum Fressen.

Die Luft riecht süß, Septemberluft, pflaumfleischfarben.

Bei Müller drüben war ein Marder im Taubenschlag, sagt Susannes Opa. Ich würd den gerne fangen, den Marder.

Sie sitzen am Tisch vor dem Schuppen, Susanne, Susannes Mutter und Susannes Großvater, um einen Teller mit Wurstbroten. Susannes Mutter hat Servietten mitgebracht, Besteck, Teller. Sie legt Wert auf ein bißchen Benehmen, sie hat es gern ein wenig gepflegt. Opa pult die Wurst von seinem Brot und füttert damit die Wespen. Marder töten Tauben. Opa hat auch einen Taubenschlag, genau wie der Müller.

Machst du den Marder tot, wenn du ihn fängst? fragt Susanne.

I wo, Suschenkind, sagt Suschens Großvater. Ich hätt wohl gerne einen Marder.

Susannes Mutter verdreht die Augen.

Sie tut das wirklich, sie verdreht wirklich die Augen. Susannes Mutter tut oft Dinge, die normalerweise nur Leute in Büchern tun: Sie runzelt die Stirn, sie zuckt die Schultern. Sie kratzt sich am Kinn. Die Leute in den Büchern tun sowas meist, weil sie etwas sagen möchten, ohne dabei zu reden, das hat Susanne schon spitzgekriegt. Weil sie damit stumm ein Gefühl ausdrücken möchten: Ärger, Zweifel, Gleichgültigkeit. Susanne hat es selber schon ausprobiert, vor dem Spiegel: Sie hat erstaunt die Brauen gehoben, sich zweifelnd die Nase gekratzt. Das Komische daran ist, daß es auch umgekehrt geht. Wenn Susanne lange genug die Brauen emporzieht, beginnt sie sich zu wundern. Wenn sie die Stirn lange genug in Falten legt, kriegt sie schlechte Laune.

Susanne fragt sich, ob das auch bei anderen Leuten funktionieren würde, zum Beispiel bei ihrer Mutter. Würde Susannes Mutter Susanne von Herzen liebhaben, wenn sie sich nur dazu zwingen könnte, Susanne liebevoll zu betrachten? Wenn sie Susanne anlächeln würde mit einem ganz weichen Gesicht, wenn sie den Muskeln rund um die Augen befehlen könnte, das Lächeln bis in die Augen hinaufsteigen zu lassen. Susanne weiß nicht, ob ihre Mutter so ein Gesicht machen kann, aber sie könnte es vielleicht üben, vor einem Spiegel. Vielleicht würde sie dann eine lächelnde Mutter. Eine, die Susanne lächelnd verzeiht, daß sie bloß Susanne ist.

Susannes Mutter verdreht die Augen, aber zusätzlich redet sie auch noch. Was willst du mit einem Marder, ich bitte dich, Papa! sagt sie. Bring lieber erst mal den Garten in Ordnung. Dein Garten ist der einzige in der ganzen Kolonie, der dermaßen ungepflegt ist, man muß sich ja schämen!

Der Garten ist verwahrlost, Susannes Mutter hat vollkommen recht. Nesseln umwuchern das Taubenhaus. Moos bepelzt die Bretter des Schuppens, in dem die Kaninchen und die Meerschweinchen wohnen. Buschwinde und Brombeergestrüpp ziehen den Maschendraht der Zäune zu Boden. Aus dem langen gelben Gras voller Zwerghuhneier und Pflaumen ragen ungestutzte Obstbäume. Wenn Susannes Großvater durch das Gras stapft, heften sich Unkrautsamen an seine Joppe. Dornenranken halten sich an ihm fest. Holzböcke fallen auf seinen Hutrand.

Tötest du heute wieder ein Kaninchen? fragt Susanne.

Wenn Opa ein Kaninchen getötet hat, dann hängt er es an einem Haken in seiner Küche auf. Die toten Kaninchen haben das Fell noch an. Wenn man es ihnen auszieht, ist die Haut darunter glasig. Zuerst ist sie blutig, aber nach dem Waschen ist sie rosa und weiß. Glasigrosa, glasigweiß. Man bespritzt sich dabei mit Blut, deswegen zieht Susanne ein altes Hemd von Opa an, bevor sie beim Ausziehen der Kaninchen hilft. Susannes Mutter schlägt Susanne ins Gesicht, wenn Susanne ihre Kleider blutig macht. Es tut nicht sehr weh, Susannes Mutter schlägt nicht zu fest zu. Schließlich mißhandelt sie ihr Kind nicht! Aber es ist trotzdem ein ekliges Gefühl. Susanne macht vorher immer die Augen zu, damit sie die Hand nicht auf sich zukommen sieht, aber Susannes Mutter wartet, bis Susanne die Anspannung nicht mehr aushält und blinzelt. Sie wartet mit erhobener Hand, und deshalb kann Susanne die Augen nicht mehr schnell genug zumachen, wenn sie blinzelt. Sie sieht dann die Hand auf sich zukommen, sieht die Finger der Hand wachsen, schrecklich schnell größerwerden, dann prallt die Hand auf. Susanne fühlt den Aufprall überall, nicht nur auf der Backe, die heiß wird, obwohl Susannes Mutter ihr Kind nicht mißhandelt. Sie fühlt ihn auch in den Beinen, die schwach werden, in den Ohren, die summen, ganz innen im Bauch, wo ihr flau wird und weinerlich und sehr elend. Sie möchte lieber eine Spitzmaus sein, in einem von Opas Käfigen! Lieber möchte sie einer von den Guppys im Aquarium sein oder eine kleine grüne Eidechse oder sogar die dicke Kröte voll Warzen, als von ihrer Mutter geohrfeigt zu werden.

Darf ich heute bei dir schlafen, Opa?

Ja, Suschen, du kannst mein Bett haben, Kind.

Aber wo schläfst denn dann du?

Im Kohlenkasten, Kind. Im Kohlenkasten.

Susanne betrachtet den Kohlenkasten. Sie überlegt, wie ihr Großvater da hineinpaßt. In der Nacht steht sie auf, um sich anzusehen, wie der Großvater im Kohlenkasten schläft. Sie schleicht sich durchs Wohnzimmer, das im Tiefseelicht des Aquariums liegt, am Wohnzimmerbüffet vorbei, unter dem sich die Mehlwürmer in ihren Kisten räkeln, und sieht ihren Großvater.

Der Großvater sitzt auf seiner Veranda, umgeben von seinen Finken und Zeisigen. Er ist wach und sitzt einfach da, inmitten seiner Vögel, die festgekrallt auf den ausgestopften Iltissen und Waldeulen an den Verandawänden sitzen und schlafen. Er bemerkt nicht einmal, daß Susanne hinter ihm steht. Er pfeift durch die Zähne, tonlos.

Susanne schleicht sich wieder zurück, mit klopfendem Herzen. Sie ist froh, daß sie nicht erwischt worden ist, obwohl sie nicht sagen könnte warum. Aber es ist, als hätte sie den Großvater bei etwas Zweifelhaftem erwischt. Bei etwas Verbotenem.

Am anderen Morgen, während der Großvater Frühstück macht, Milch erwärmt, Saft aus Orangen preßt, geht Susanne zurück auf die Veranda. In dem Vogelbecken, das auf dem Verandatisch steht, treibt eine Fledermaus. Susanne berührt sie mit einem Finger, sie regt sich nicht. Ihr Körper fühlt sich weich an, pelzig. Susanne nimmt die ertrunkene Fledermaus in die Hand. Ihre Flügel lassen sich auseinanderziehen wie ein Fächer, Susanne kann das Licht der Morgensonne durch die dünne Haut scheinen sehen. Es ist ein Dämmerungslicht.

Susannes Opa hängt die Fledermaus auf dem Dachboden auf, zum Trocknen, dann legt Susanne sie in eine Schachtel. Ein schöijnes Tier. Sie versteckt die Schachtel unter den Taschentüchern in ihrer Nachttischschublade, sie weiß, ihre Mutter würde sie wegwerfen, wenn sie sie fände. Die Mutter hätte Angst vor Susannes Fledermaus, sie fände die Fledermaus eklig. Aber warum? Die Fledermaus ist trocken und sauber. Sie ist tot, sie tut nichts! Sie ist luftgetrocknet, wie roher Schinken. Ihre Flügel sind aus Dämmerungshaut. Aus Nachthaut.

Du hast dich nie geekelt, Suschen, sagt der alte Mann, der neben Susanne auf der Düne hockt. Die Molche und Frösche aus unseren Teichen, die hast du immer in der Hand gehalten, du bist nicht wie deine Mutter, weißt du noch, unsere Teiche?

Aber die Teiche sind längst zubetoniert! Der Garten,

der an einem Weihnachtsabend voller Goldfischchen war, ist zubetoniert, der alte Mann schüttelt den Kopf.

Schöijne Teiche! sagt er, ohne eine Spur von Wehmut. Statt Wehmut hat er ein Lachen. Es ist ein nach innen gewandtes Lachen, das die Lippen nicht braucht. Das niemanden braucht, das leise in der Nase schnaubt und um die Augenwinkel Faltenstrahlen legt, wenn der alte Mann es lacht, sieht er Susanne nicht dabei an. Er sieht niemanden an, er blickt über die Wasseroberfläche.

Mücken tanzen. Susanne und ihr Großvater kauern im Gebüsch am Teichufer, sie haben einen Eimer dabei und einen Käscher. Sie fangen die Molche und Frösche, weil das Feuchtgebiet zubetoniert wird. Sie müssen vorsichtig sein: Es ist verboten, Molche und Frösche zu fangen, wegen des Naturschutzes. Es ist nicht verboten, sie einzubetonieren, aber man darf sie nicht vorher aus dem Wasser geholt und in der Hand gehalten haben. Es ist ein schwüler Abend, Mückenwolken hängen über den sumpfigen Wiesen. Susanne holt die kühlnaßglibberigen Sumpftiere aus dem Käscher und hält sie in der Hand. Molche sind dunkel am Rücken, mit noch dunkleren Flecken, und rot oder flammend orange am Bauch. Frösche sind graugrün. Susanne hält die Molche in der Hand, bis sie sich erwärmen, dann läßt sie sie in den Eimer schlüpfen.

Schöijne Tiere! sagt der alte Mann. Er nickt. Er meint Wespen, Molche. Fledermäuse. Die Fledermaus ist noch immer in ihrer Schachtel, in Susannes Nachttischschublade. Einmal hat Susanne Marie die Fledermaus gezeigt. Marie war drei oder vier, sie war entzückt von der Fledermaus. Sie hat ihre Mutter gefragt, ob sie die Fledermaus erben wird, wenn Susanne mal stirbt. Wenn Susanne mal tot ist. Susanne ist glücklich, Marie hat keine Angst vor der Nachthaut. Sie verlangt manchmal nach der Fledermaus: Sie will ihre Flügel gegen das Licht halten, durch die Flügel sehen, Susanne in ihrem Hotelbett setzt sich auf.

Sie reibt sich das Gesicht ab, mit beiden Händen, wird sie jetzt aufstehen, losgehen? Sie kann einfach irgendwohin gehen, sie hat Ferien. Sie kann in den nächstbesten Zug steigen: der nach Norden fährt oder sonstwohin, das Telefon auf Susannes Hotelnachttisch klingelt. Es ist Irmgard: die Susanne für den Nachmittag zu sich einlädt.

Auf ihre Dachterrasse. Die nachmittags voll in der Sonne liegt, Irmi hat einen Sonnenschirm aufgespannt, sie sitzen in Liegestühlen. Sie rauchen, trinken eisgekühlten Kaffee mit Vanilleeis, Irmi hat Susanne ihre Wohnung gezeigt. Sie hat von Hubertus erzählt, von ihrem Laden, Susanne hat von ihrer Insel berichtet: Es waren dieselben Themen wie gestern abend, Irmi ist unruhig. Irmi springt auf, zupft an den Blumenkästen herum, dann setzt sie sich wieder hin, Susanne weiß nicht, was mit Irmi los ist. Sie hat das Gefühl, Irmi möchte über etwas Bestimmtes reden: aber worüber? Und warum tut sie es nicht? Susanne betrachtet Irmi, die raucht. Irmi kneift gegen Sonne und Rauch die Augen zusammen, sie wird Susanne gar nicht zuhören, wenn Susanne jetzt etwas sagt! Jeden Moment kann Irmi wieder aufspringen, Susanne sagt: »Ein merkwürdiger Abend gestern, nicht wahr«, Irmi nickt.

Susanne rührt in ihrem Kaffee. Sie sagt: »Ich habe vorhin mit Isas Tante telefoniert.«

»Ach ja?« sagt Irmi. Sie lacht auf. Sie schüttelt den Kopf, »Isas Tante!« sagt sie. »Der alte Besen. Sie muß doch inzwischen mindestens siebzig sein, weißt du noch, wie sie uns immer zu dieser widerlichen Frittenbude geschickt hat? Eigentlich ulkig, daß ich ihr nicht manchmal durch Zufall begegne, in diesem Nest! »

»Sie ist krank«, sagt Susanne. »Sie geht kaum noch aus dem Haus, Irmi, weißt du, was sie gesagt hat? Sie hat seit sieben Jahren nichts mehr von Isa gehört. Stell dir das vor! 1985 hat Isa sie das letzte Mal angerufen. Aus München. Sie hat aus der Wohnung eines Mannes angerufen, sie hat gesagt, sie würde mit diesem Mann nach London gehen. Und danach hat sie sich nie wieder gemeldet.«

Irmi zündet sich noch eine Zigarette an. »Typisch Isa«, sagt sie. Ihr Ton ist locker: Konversationston, »Zuverlässig war Isa ja nie«, sagt Irmi, »wann hast du sie eigentlich zuletzt gesehen?«

»81«, sagt Susanne. »Da war sie bei mir. Vier Wochen lang hat sie bei mir gewohnt, dann ist sie plötzlich verschwunden. Einfach so, ohne Abschied.«

»Da hast du es«, sagt Irmi. Sie sieht Susanne von der Seite an, »was hast du denn damals so gemacht?« sagt sie. »81, als Isa bei dir war.«

Du wolltest dir das Leben nehmen, sagt Scribbo zu Susanne. Du wolltest dich umbringen, wegen Paul.

Diesem Bild von einem Mann!

Wie eine der vielen Frauen sagte, die Paul nachliefen, Susanne verspürt den üblichen Anflug von Trauer: Ein Bild, ja, aber schwer beschädigt. Und nicht restaurierbar. Oder jedenfalls nicht von Susanne, sie weiß es, sie hat es versucht, Susanne sagt zu Irmi, »Ach, nichts Besonderes. Ich habe studiert. Ich habe in einer WG gewohnt, eine Zeitlang habe ich Isas Sachen noch aufgehoben. Aber dann bin ich nach Hamburg gezogen, und da habe ich alles weggeworfen.«

Um mit Jens ein neues Leben zu beginnen, Susanne schiebt den Gedanken weg.

»Hast du denn noch einmal von Isa gehört?« sagt sie.

»Nein«, sagt Irmi, »jedenfalls nicht in den letzten Jahren.« Sie bläst Rauch durch die Nase, schaut nach nirgendwohin, »ich bin doch damals nach Indien gefahren«, sagt sie. »77, im Herbst, damals war Isa noch in Berlin«, Irmi sagt wieder nichts von der Karte!

Von Isas Karte. Der ersten Karte nach Jahren des Schweigens: die Irmi von Postamt zu Postamt nachgeschickt worden war, *Ich bin bei Susanne in München, aber ich muß hier weg. Susanne geht es beschissen, kümmere dich um sie! Melde dich möglichst sofort bei ihr. Und verhindere unbedingt, daß sie nach mir sucht*, Isa hatte Nerven! Im Herbst 81 hätte Irmi selber Hilfe nötig gehabt, vielleicht dringender als Susanne. Und weshalb sollte Irmi ausgerechnet jetzt Susanne von der Karte erzählen?

Nach all den Jahren, und Susanne geht es doch offensichtlich gut. Vielleicht besser als Irmi: obwohl Irmi damals Isas Bitte ignoriert hat. Die Karte enthielt jedenfalls nichts, was Susanne jetzt noch interessieren könnte, auch keinerlei Hinweise auf Isas damaligen Aufenthaltsort, Irmi geht auf der Terrasse hin und her. Sie zerquetscht ihre Zigarettenkippe im Blumenkasten, sie sagt: »Du hast Isa immer idealisiert, das ist das Problem. Du hast Isa nie so gesehen, wie sie wirklich war, sie hatte doch noch nicht mal ein eigenes Einkommen, Susanne! Sie hatte keinen Beruf, sie war überhaupt nicht selbständig!«

Das ist wahr: Aber sie war unabhängig. Isa war die unabhängigste Frau, die Susanne jemals gekannt hat: Sie tat nur, was sie selbst für richtig hielt, zahlte den Preis dafür mit einem Achselzucken, oder irrt sich Susanne?

»Ich weiß wirklich nicht, warum ich in letzter Zeit so viel an sie denken muß«, sagt Susanne. »Es ist so schade, daß sie nicht gekommen ist. Daß wir den Kontakt zueinander so völlig verloren haben, alles ist so leicht zu verlieren. Das ist das Schlimme. Das ist das Allerschlimmste«, Irmi schnaubt.

»Es ist alles so leicht zu verlassen«, sagt sie. »Das ist das wahre Problem, wenn du mich fragst.« Sie können es immer noch nicht: miteinander reden. Sich einander verständlich machen, Irmi steht auf, um neuen Kaffee zu holen. Susanne auf Irmis Dachterrasse denkt an Paul.

Eine Kneipenbekanntschaft: Er sprach Susanne in einer Disco an. Forderte sie zum Tanzen auf, Susanne war nicht daran gewöhnt, zum Tanzen aufgefordert zu werden: Die Männer, die sie kannte, tanzten allein. Entweder waren es Selbstdarsteller in John-Travolta-Posen oder Althippies, die mit extatisch verzerrten Zügen imaginäre Gitarren spielten, und meistens tanzten sie überhaupt nicht, sondern standen am Rand der Tanzfläche herum, ein Bier in der Hand, und sahen zu.

Paul tanzte. Mit Susanne, die er aufgefordert hatte, er lächelte Susanne dabei an. Später hockten sie auf den Treppenstufen der Disco und sprachen englisch miteinander, so gut es ging. Als die Kneipe zumachte, ging Paul mit Susanne in ihr WG-Zimmer. Als er sein Hemd auszog, sah sie seinen Rücken. Paul hatte Narben auf dem Rücken. Es waren winzige Narben, dicht an dicht, kein heiler Zentimeter dazwischen: Paul war mit Stacheldraht ausgepeitscht worden. Er sagte ihr das, während er ihre Brust küßte: They beat me with barbed wire, er sagte es, weil er ihr Erschrecken gesehen hatte. Dann schwieg er. Scheinwerferkegel huschten durchs Zimmer. Das Geräusch von Autoreifen auf regennassem Asphalt drang herein. Sonst war es still. Susanne spürte Pauls Narben unter ihren Fingern, während Pauls Gewicht sie tief ins Kissen drückte. Er war sehr schwer. Susanne hielt die Augen geschlossen. Wenn sie die Augen geschlossen hielt, fühlte sie ihren eigenen Körper wirklich werden, unter Pauls Gewicht: dem ihre Muskeln und Sehnen nichts entgegensetzten. Die anschwellenden Schleimhäute wurden nachgiebig, damit Paul in ihrem Körper versinken, in ihrem sich dehnenden Körper geborgen sein konnte, wenn sie die Augen öffnete, sah sie Pauls Gesicht über sich, dunkler als die Dunkelheit in ihrem Zimmer.

Susannes Freunde waren natürlich begeistert von Paul: Ein echter Neger, und sogar gefoltert!

Das sagte Scribbo.

Denn damals entstand Scribbo, oder damals erhielt Scribbo einen Namen: Als Susanne versuchte, mit Paul zu leben. Als sie versuchte, darüber zu schreiben, wie begeistert ihre Freunde von Paul waren, Susanne hatte ein Tagebuch gekauft, es war rot und gold und mit chinesischer Seide bezogen, auf jede Seite war in feinen Linien ein Reiher gedruckt, aber Susanne konnte nichts hineinschreiben. Sobald sie ein Wort über ihre Freunde aufschreiben wollte, die von Paul begeistert waren, wurde ihr Kopf leer. Sobald sie ein Wort über sich selbst schreiben wollte, über ihre Liebe zu Paul, fiel ihr überhaupt nichts mehr ein, Scribbo nahm Susanne den Stift aus der Hand und begann zu schreiben. In dicken Strichen schrieb Scribbo auf die glatten Seiten, schrieb über die zarten Reiher hinweg: Und wie der tanzt, der Paul! schrieb Scribbo.

Scribbo äffte die Frauen nach, die Paul nachrannten. Die Freunde dieser Frauen: Ja, schrieb Scribbo, die haben das eben einfach im Blut, die Schwarzen! Der ist echt total spontan, der Paul, wie der lacht! Wie der sich bewegt, also da kommen die Weißen doch niemals ran!

Susanne liest, was Scribbo geschrieben hat. Sie ist einigermaßen schockiert, so kann das nicht bleiben, Romantik-Rassisten! sagt Scribbo. Das sind deine Freunde, warte nur, demnächst werden sie fragen, ob Schwarze tatsächlich einen Größeren haben. Ob sie den von Paul mal eben nachmessen dürften, Susanne würde Scribbo am liebsten das Schreiben, das Reden verbieten! Aber das geht nicht, es gibt Scribbo jetzt. Scribbo hat einen Namen bekommen, Susanne kann Scribbos Geschreibsel höchstens noch redigieren. So kann sie zum Beispiel schreiben, daß es wahr ist: Paul kann wirklich wunderbar tanzen! Susannes Freunde bewundern Eigenschaften an Paul, die Paul tatsächlich hat, Susanne weiß nicht, was daran schlecht sein soll, ihre Freunde haben keinerlei Vorurteile gegen Paul!

Stimmt, schmiert Scribbo über die blaßlila Reiher hinweg. Statt dessen haben sie ein politisches Bewußtsein. Paul, kannst du nicht mal wieder für uns kochen? Du kochst so lecker, Paul, echt afrikanisch! Und spätestens beim Nachtisch gehen sie in die Knie und erflehen Pauls Vergebung für ihre Hautfarbe: Sie sind schließlich an den Verhältnissen in Südafrika schuld. Sie sind an allem schuld, an allen Weltkatastrophen und Unmenschlichkeiten, sie sehen doch die Zusammenhänge! Andauernd sehen sie Zusammenhänge und im Zentrum immer sich selber, sie haben Paul das auch schon erklärt. Paul muß ihnen gar nichts erklären, Pauls Geschichte ist ja ihre eigene! Wo wäre denn Pauls Geschichte ohne die Schuld der Europäer? Paul wäre nur ein Wilder im Urwald, tja! Das ist eben die Bürde des weißen Mannes. Erst mußte er die Welt christianisieren, jetzt muß er erklären, daß die Christianisierung ganz überflüssig war: Alle Götter sind gleich. Alle Menschen sind vollkommen gleich, es gibt keine Fremde, keine Fremden, das Wort selbst ist verpönt: Als wäre es eine Beleidigung, in Europa fremd zu sein. Sie hoffen sehr, daß

Paul einsieht: Im Grunde ist er genauso wie sie, Hurra! Es gibt eben doch nur Europa, der Rest der Welt ist unsere Erfindung. Paul, krieg ich eine Kopie von der Kassette da? Echt starke Musik, da hört man doch gleich die Wurzeln der europäischen Musik, im Prinzip ist es alles die gleiche Musik, im Grunde stammen sie alle aus Afrika! Also sind sie im Grunde doch alle schwarz. Das ist prima, weil die Schwarzen nun mal die besseren Menschen sind. Vor allem die gefolterten, Paul ist schließlich ein echter Widerstandskämpfer. Der wirkliche Kämpfe überstanden, wirkliche Schmerzen gelitten hat, Paul hat ihnen noch längst nicht genug gelitten: Aber zum Glück fügen die deutschen Behörden Paul mit großer Zuverlässigkeit weiteres Unrecht zu, und dann dürfen sie Paul ein Bier ausgeben. Dann rauscht das Adrenalin durch die Adern, während sie mit Pauls Wirklichkeit mitfühlen, und der Abend in der Kneipe ist glücklich und erfüllt, kein Schatten darf jemals auf Paul fallen! Während Paul, der wirkliche Paul, schon längst hinter seiner Hautfarbe und seinem Asylbewerberstatus verschwunden ist.

Susanne sieht sich an, was Scribbo in ihr Tagebuch geschrieben hat. Sie muß weinen, während sie liest, ihr schönes rotes Tagebuch! Es ist ganz kaputt, Scribbo hat es kaputtgemacht. Scribbo hat es zerstört, Susanne weiß nicht, wie sie es ertragen soll. Susanne wirft das Tagebuch in den Müll, Scribbo wird alles zerstören. Wenn Scribbo so weitermacht, wird Susanne bald wieder völlig allein sein, Du verachtest die Menschen! sagt Susanne zu Scribbo. Ich will nicht werden wie du, du bist gräßlich!

Du brauchst nicht zu werden wie ich, sagt Scribbo. Es reicht für uns beide völlig aus, wenn ich so bin, wie ich bin: Und du schau währenddessen gefälligst mal durch die Nachthaut!

Aber das tut Susanne ja.

Sie sieht, die Welt ist dunkel und grau.

Aber sie ist ja auch selber schuld! Sie selbst ist es doch, die ständig eine dicke Lippe riskiert, es ist wirklich schrecklich mit Susanne. Kann sie nicht ein bißchen großmütiger sein, ein wenig verständnisvoller? Was ist denn so schlimm daran, wenn Paul Susanne anlügt, wenn er ihr Geld klaut, muß sie ihm deswegen jedesmal Vorwürfe machen? Sie weiß doch, daß er das nicht erträgt. Daß Paul Susanne anschreien muß, wenn Susanne ihm Vorwürfe macht, und wenn sie dann auch noch losheult, erträgt er das natürlich erst recht nicht, es ist wirklich kein Wunder, daß ihm die Hand ausrutscht! Susanne sollte Eis auf die Lippe legen: Bis Paul wieder da ist, ist Susannes Lippe bestimmt längst verschorft. Bis Paul Susanne vergeben hat, ist Susanne bestimmt wieder hübsch.

Schmeiß ihn raus, sagt Sonja Zeller.

Susannes Studienfreundin: ein fülliges, immer heiteres Mädchen mit hennaroten Haaren und wallenden Hippiekleidern, das bei jeder Bewegung klingelt wie ein Silberschmuckständer vor einem Andenkenladen. Der ist kein edler Wilder, dein Paul, sagt Sonja. Begreif das doch bitte! Der betrügt und belügt und bestiehlt und verdrischt dich, schmeiß den Kerl bitte endlich raus, Folteropfer hin oder her!

Aber das bringt Susanne nicht fertig. Sie weiß selbst, wie es ist, wenn man alte Wunden dadurch heilen will, daß man sich neue reißt! Sie arbeitet selber so hart daran, ihre Verletzungen zu heilen: und hat sich prompt in einen Verletzten verliebt, ihre Liebe wird die Welt nicht retten, das weiß sie selber, aber warum nicht wenigstens Paul?

Von dem sie so wenig weiß. Susanne liest Bücher über Südafrika, Fachbücher, Sachbücher, Geschichte Südafrikas,

Bevölkerung Südafrikas, Musik, Landschaft, Kultur Südafrikas, Apartheid Ausbeutung Rassenhaß, sie liest auch Nadine Gordimer und Doris Lessing, sie fragt Paul nach schwarzen Schriftstellern, sie will etwas erfahren! Sie lernt eine Menge. Aber was hilft ihr das bei Paul? Es gibt kein Buch über Paul. Der ein Mann ist und aus einem fremden Land, Susanne kann Pauls Geschichte nicht lesen: Er ist ein Fremder, in einem fremden Land. Er spricht fast nie über sich, jedenfalls nicht zu Susanne. Er hat Heimweh. Oder ist es überhaupt Heimweh? Und ist es Heimweh nach Südafrika? Vielleicht ist es Schuld. Paul ist hier, er ist nicht mehr in Soweto: Aber Soweto ist immer noch da, in Soweto wird noch immer gekämpft und gelitten, das sagt Paul. Paul lacht. Er lügt. Unter der Dusche singt er manchmal, in einer fremden Sprache. Er prügelt Susanne. Er tanzt, einen ganzen Abend lang, eigentlich heißt er gar nicht Paul! Das sagt er zu Susanne. Paul sagt, er nennt sich nur Paul, für die Weißen, die seinen richtigen Namen ohnehin nicht aussprechen können, Susanne bittet Paul um seinen wirklichen Namen, schließlich gibt Paul nach. Susanne hört Pauls wirklichen Namen. Es ist ein sehr fremder Name, sehr fremde Laute, Sag ihn noch einmal? bittet Susanne. Paul lacht.

You see? sagt Paul. Ihr könnt es nicht aussprechen.

Er wiederholt seinen Namen nie wieder. Wenn er unter der Dusche singt, lauscht Susanne: Wird Paul in einem Lied seinen wahren Namen erwähnen? Würde Susanne dann seinen Namen wiedererkennen? In manchen Nächten bricht plötzlich etwas aus Paul hervor. Dann spricht Paul über Angst. Er spricht über Hunger, über Demütigung. Das jedenfalls hört Susanne. Susanne weiß nicht genau, worüber Paul spricht: Paul drückt beim Sprechen sein Gesicht in Susannes Bauch. Sie versteht nur die Hälfte von dem, was er sagt! Oder nicht mal die Hälfte. Vielleicht schämt sich Paul vor Susanne. Die weiß ist, eine Frau. Eine Fremde in einem fremden Land, Paul hat Narben auf dem Rücken. Susannes Finger lesen die Narben, während Paul in Susannes Bauch hineinspricht. Blind lesen Susannes Finger eine Geschichte über den Schmerz: Paul hat Narben auf der Seele, steht da, winzige Narben dicht an dicht, Paul hält Susanne in seinen Armen. Er weint, sie ertrinkt, sie klammern sich aneinander. Er bittet sie um Verzeihung, sie ist doch sein einziger Halt! Er wiegt sie, sie bittet ihn um Verzeihung: Sie weiß schon nicht mehr wofür. Von dem Geld, das er ihr geklaut hat, bringt er ihr kleine Geschenke mit: ein geflochtenes Armband, eine Kassette mit afrikanischer Musik. Oder sie hofft, daß er diese Geschenke von ihrem Geld zahlt: Er selber hat ja gar keins. Sie liebt ihn, ihre Liebe könnte sie beide retten! Bloß macht Susanne so viele Fehler, Susanne weiß, daß Sonja das nicht versteht. Froh zu sein bedarf es wenig! Und wer froh ist, der ist König, es muß langweilig sein für Sonja, wenn sie Susanne wieder und wieder dasselbe erzählen muß. Besser, Susanne behelligt Sonja nicht mit ihrem Kummer! Mit Paul. Sonja muß nicht bei Susanne bleiben, nur weil Susanne leidet, Susanne zieht sich von Sonja zurück.

Susanne sitzt auf ihrem Sofa und wartet darauf, daß Paul ihr vergibt. Es dämmert. Im Haus gegenüber sind ein paar Fenster erleuchtet, Kinderbasteleien kleben auf den Scheiben: ein Mond, ein Stern. Ein Schmetterling. Es sind die Fenster einer fremden Wohnung. Susanne macht in ihrem Zimmer kein Licht. Hinter den Gardinen der fremden Wohnung kann sie sich Menschen vorstellen. Eine Familie: Vater Mutter Kind. Vielleicht ein Hund, ein Wellensittich, Ruf jemanden an! sagt Scribbo. Scribbo hat recht, sie muß jemanden anrufen. Susanne muß überlegen, wen sie anrufen könnte, vielleicht Erich? Von dem sie natürlich schon lange getrennt ist. Aber sie sind gute Freunde geblieben, Erich hat ihr das Zimmer in der WG besorgt. Erich ist hilfsbereit, er kümmert sich um andere: Alle Freundinnen Susannes gehen mit ihren Sorgen zu Erich, Scribbo sagt: Ja, genau, Erich. Das ist eine gute Idee. Geh zu Erich und schütte ihm dein Herz aus, Laß alles raus, Mädchen, wird er flöten, und dann trinkt er dir die Tränchen von den Wangen. Klar, eigentlich würde er auch lieber mit irgendeiner gutgelaunten Tusse schlafen, statt sich die Ohren über einen anderen Kerl vollheulen zu lassen! Aber so glatt kriegt er es ja nicht hin. Also streicht er durch die Savanne mit der Nase im Wind, und kaum nimmt er Witterung auf von irgendeinem waidwunden Reh, kriegt er ein sensibles Gesicht und fummelt in seiner Jacke nach Taschentüchern. Und während er tut, als ob er zuhört, befühlt er Händchen und Ärmchen und Schultern, und hin und wieder fällt sogar mal ein Schenkel für ihn ab dabei, eine Hyäne! Das ist dein Erich.

Susanne sitzt auf ihrem Sofa. Sie wartet auf Paul. Paul soll Susanne von Scribbo erlösen, Scribbo ist hundsgemein! Erich ist hilfsbereit von Natur aus, was kann er denn dafür, daß er ist, wie er ist?

Freilich ist es wahr, daß er von Anfang an gegen Paul war.

Was willst du denn jetzt: mit dem Unterleib rebellieren? sagt Erich zu Susanne. Ich habe ja nichts dagegen, daß du mit einem Schwarzen schläfst, aber lies doch wenigstens erst mal 1984 von Orwell. Dann begreifst du vielleicht, daß man mit Sex nicht die Welt verändert, entwickle doch mal ein bißchen Bewußtsein!

Was soll Susanne da antworten? Natürlich hat sie 1984 längst gelesen, und zwar im Original: Aber es geht ja um etwas ganz anderes. Es geht darum, daß Susanne mal Erichs Freundin war, und deswegen wird Erich sich noch nach hundert Jahren verhalten, als gehörte Susanne ihm und er hätte sie nur zeitweilig ausgeliehen: Das haben die Frauen in Susannes Selbsterfahrungsgruppe gesagt.

Susanne ist bis vor kurzem regelmäßig in diese Gruppe gegangen. Sie hat an sich gearbeitet: Die Frauen in der Selbsterfahrungsgruppe haben Susanne erklärt, daß sie endlich mal aufhören soll, immer alles in großen Zusammenhängen zu sehen. Susanne soll mehr mit sich in Kontakt bleiben, sie muß mehr aus dem Bauch heraus leben: Sie ist viel zu verkopft! Susanne bemüht sich nach Kräften, ein ganzheitlich erfüllter Mensch zu werden. Ein Mensch, der mit sich im Kontakt ist, der die eigene Betroffenheit zuläßt, Susanne war beliebt in der Selbsterfahrungsgruppe. Sie war auch beliebt in der Stadtteilgruppe, sie weiß inzwischen, wie solche Dinge funktionieren: Zum Beispiel muß man immer möglichst schnell etwas sagen. Es ist egal, was: Nur wer zu lange schweigt, muß höllisch aufpassen mit dem, was er sagt, von seinen Äußerungen wird Bedeutsamkeit erwartet, aber wie soll Susanne reden, wenn sie eine geplatzte Lippe hat? Soll sie Paul in ein schlechtes Licht rücken, einen Schatten auf Paul fallen lassen?

Auf Paul, der nicht da ist.

Der Susanne noch immer nicht vergeben hat, daß sie bloß Susanne ist, Susanne sitzt auf ihrem Sofa und starrt auf die erleuchteten Fenster im Nebenhaus. An einem Fenster erscheint jetzt ein Kind. Ein Mädchen, es hat tatsächlich einen Wellensittich auf dem Finger. Es zeigt dem Wellensittich die Straße. Vielleicht zeigt es ihm auch die dunklen Fenster gegenüber. Hinter denen Susanne sitzt und das Kind ansieht, das Telefon klingelt in der Dunkelheit. Es ist Bruno. Der Germanistik-Hiwi, Experte für

Aufklärung und Humanismus, er lädt Susanne zum Essen ein. Susanne geht mit Bruno zum Essen. Sie geht schon zum vierten Mal mit Bruno essen, Bruno fragt nicht nach der Lippe: Er leckt nach dem Essen im Auto an Susanne herum. Er betastet ihre Brust, Susanne ist fällig: vier Einladungen! Das kostet ja auch ein paar Mark, Susanne bemüht sich nach Kräften, Bruno entgegenzukommen. Sie will nicht auch noch Bruno verlieren, Bruno schiebt seine Hand in Susannes Slip. Als sie aus dem Auto springt, schreit er ihr nach: Bei dir muß man wohl einen Negerschwanz haben!

Am nächsten Tag ruft er an und entschuldigt sich. Bitte, Susanne, sagt er, mir ist eben der Kragen geplatzt, aber das ist doch verständlich. Ist doch verständlich, daß ich so reagiert habe.

Susanne sitzt auf ihrem Sofa. Irgendwann steht sie auf und fischt das Tagebuch wieder aus dem Müll. Sie schiebt es in die Nachttischschublade, zu der Schachtel mit der Fledermaus und zu Erichs Bild und seinem indischen Silberring. Pauls Bild liegt nicht in der Nachttischschublade. Es steht auf dem Nachttisch. Pauls Duschgel steht in der Badewanne, seine dreckigen Socken liegen im Flur, seine sauberen in Susannes Schrank, seine Gewürze stehen in der Küche, der Schal, den er Susanne geschenkt hat, liegt auf Susannes Bett. Pauls Schal ist nicht da: Paul ist nicht da. Er ist gestern nacht aus dem Haus gerannt, wütend auf Susanne, weil sie ihn schon wieder dazu getrieben hat, daß er sie schlägt. Er ist abgehauen: weiß der Kuckuck wohin.

Susanne möchte zu ihrem Großvater. Sie möchte in den Garten des Großvaters: den alten Garten hinter dem Haus, der an einem Weihnachtsabend voller Goldfischchen war. Susanne hat schreckliche Sehnsucht nach diesen

Goldfischen. Nach ihrem Flirren und Flimmern tief drinnen im schmutziggrauen Schmelzwasser des Flusses, der einst über die Ufer gestiegen war, das Wasser stand bis ins Hochparterre und der Großvater konnte am Weihnachtsabend nicht kommen, zähneklappernd und heulend watete Susanne durch die Stadt und erklomm das Hügelchen drüben auf der anderen Seite von Opas Haus, Alles Gute, lieber Opa, schrie sie, fröhliche Weihnachten, Opa, sei bitte bitte nicht traurig, Opa!

Und der alte Mann an seinem Küchenfenster legte die Hände an den Mund und rief zurück: Suschen! Das macht alles gar nichts! Schau mal, mein Garten, da sind jetzt lauter Goldfischchen drin!

Susanne war sieben, sie konnte die Goldfischchen sehen. Sie flimmerten dicht unter der Wasseroberfläche, glühten tief unten zwischen den abgeblühten Pflanzenstengeln und fauligen Vorjahrsblättern und den Geistern längst verstorbener Löwenmäulchen: Aber alle Gärten sind zubetoniert. Alle Teiche sind zugeschüttet, die Molche und Frösche und Fische begraben unter den Fundamenten von Hochhäusern, wo es im Flur nach Pisse riecht und die Fahrstühle nicht funktionieren und überlastete Mütter ihren Nachwuchs anbrüllen, weil die Fünfziger für die Waschmaschinen acht Stockwerke tiefer im Keller verschwunden sind, Susanne sitzt auf ihrem Sofa. Sie sitzt auf dem Sofa, später auf einem Küchenstuhl, sie geht nicht mehr in die Uni. Susanne schließt manchmal die Augen. Wenn sie die Augen schließt, sieht sie den leeren Anzug ihres Vaters auf dem Dachboden hängen. Sie sieht eine Kinderhand, die sich vergeblich bemüht, den Klingelknopf zu erreichen, und das unbewegte Gesicht ihrer Mutter hinter dem Vorhang des Dielenfensters. Sie sieht ein Kind, das sich wieder und wieder nach dem

Klingelknopf streckt, die Augen starr auf das Dielenfenster gerichtet, hinter dem die Mutter steht und dem Kind zuschaut und nicht öffnet, solange es nicht klingelt. Sie sieht ein kleines Mädchen zusammengekrümmt auf einer Dachbodentreppe. Es hat einen Buntstift in der Hand, der Häuser malt: immer wieder dasselbe Haus, bunte Fenster Gardinen Blumen lachende Sonne, während die andere Hand die Haut von den Lippen des Kindes abzieht, damit sie bluten.

Sie sieht den Großvater.

Zu dem sie nicht gehen kann mit einer Lippe, die Paul blutig geschlagen hat, der Großvater kam in den Schuppen, in dem Susanne hinter altem Gartengerät kauerte. Auf dem Arm hatte er ein schwarzes Kaninchen. Das Fell des Kaninchens war weich, weich.

Wenn Susanne die Augen öffnet, sieht sie Pauls Bild auf dem Nachttisch. Sie sieht Pauls Duschgel in der Badewanne, Pauls Trommeln in der Ecke, sie sieht erleuchtete Fenster, Staubfahnen am Horizont. Es ist Staub, von Pferdehufen aufgewirbelt: Reiter fegen auf die einsame Farm zu. Susanne bleibt sitzen. Die Reiter kommen sehr schnell näher, Susanne kann sie schon beinahe erkennen, sie schwärmen zu einem weiten Halbkreis aus, sie riegeln die Farm ab. Susanne bleibt sitzen. Sie ist allein. Sie hat niemanden, der mit ihr gemeinsame Sache macht, sie hat nie jemanden gehabt: Sie hat es sich nur eingebildet. Während sie in die erbarmungslosen Augen der Reiter sieht, die jetzt aus den Sätteln springen, überlegt Susanne, daß Äther am besten wäre: Äther und eine Plastiktüte. Es wäre auch sauber, Susanne möchte den anderen keinen Dreck hinterlassen. Kein Blut, keine Kotze.

Jetzt schweigt Scribbo endlich.

Und dann kommt Isa.

Wie sie 1972 gekommen war: Isabella Niemann, die Neue, es war das Jahr 1981, und Isa stand vor Susannes Tür und fragte, ob sie eine Weile bei Susanne wohnen dürfte. Zog bei Susanne ein, rettete Susannes Leben, einen Monat später war sie verschwunden.

Schrieb von unterwegs eine Karte an Irmi: *Kümmere dich um Susanne. Verhindere unbedingt, daß sie mich sucht.* Aber das weiß Susanne ja nicht, Irmi kommt zurück auf die Terrasse, mit frischem Kaffee.

Mit Cognac, Gläsern, Susanne sagt: »Ich glaube, ich werde sie suchen, Irmi. Ich werde Isa suchen«, Susanne ist selbst verblüfft über das, was sie da gerade gesagt hat. Irmi starrt Susanne an. Sie setzt sich, sie sagt: »Aber Susanne, wie willst du das anstellen? Wo willst du sie denn suchen, willst du etwa nach London fliegen oder was, das ist doch alles Unsinn!«

»Vielleicht«, sagt Susanne. »Wahrscheinlich, aber Irmi: sieben Jahre! Und keiner von uns hat sie gesucht. In der ganzen Zeit nicht, sie hat keinem von uns gefehlt, das ist doch schrecklich! Und ich habe Zeit. Ich habe Ferien, ich denke, ich werde wenigstens mal nach München fahren. Vielleicht kriege ich raus, wo sie hingegangen ist.«

»Aber warum?« sagt Irmi zu Susanne. »Wahrscheinlich will sie gar nicht gefunden werden, was stöberst du in der Vergangenheit rum? Wozu soll das gut sein?«

Susanne weiß nicht, was sie antworten soll. Sie denkt an den Mann, mit dem Isa 1981 zusammen war. Wegen dem sie vielleicht nach München gekommen war, Susanne hätte das gut verstanden: Er studierte Kunst, nebenher arbeitete er als Model. Er war ein gefragtes Model: Zu seinen Vorfahren gehörten Ägypter, Senegalesen, er hatte eine Farbe wie Zimt und ein Pharaonengesicht, natürlich wollte er Isa heiraten. Er war verrückt nach ihr, trug sie auf Händen.

Jede Frau auf der Welt würde dich um einen wie den beneiden!

Das sagte Susanne.

Nimm ihn, verdammt noch mal! sagte Isa. Es ist ja unerträglich. Wir beide zusammen, wir haben den ästhetischen Reiz einer Fototapete. Wir sehen aus wie einer von diesen Pseudo-Schnappschüssen, Kind mit Kätzchen, Baby mit Küken, es ist widerlich!

Von wegen der liebt mich, sagte Isa. Der schmückt sich mit mir. Der hält mich wie eine Zimmerpalme, wie einen Sittich mit besonderer Farbgebung, weil ich zum Styling seines Wohnzimmers passe, sie wollte keinesfalls bei ihm wohnen. Wohnte also bei Susanne, verließ den Mann aber nicht. Ging dann eines Morgens mal eben hinunter, um Brötchen zu holen, kam nie mehr zurück.

»Lionel Hensley«, sagt Susanne langsam. »Der Typ, mit dem Isa 1981 zusammen war, hieß Lionel Hensley, vielleicht ist sie 1985 zu ihm zurückgegangen. Vielleicht ist sie mit ihm zusammen nach London gefahren, sein Vater war schließlich Engländer.«

Aber ich bitte dich, sagt Scribbo. Warum hätte sie ausgerechnet zu Lionel Hensley zurückkehren sollen? Von wegen der liebt mich, hat sie gesagt. Der schmückt sich mit mir, der hält mich wie einen Sittich!

Aber so war es doch immer. So war es mit jedem Mann, natürlich hatte Isa kein Glück mit Männern! Sie war immer von Männern umringt, das schon, von hingerissenen Männern, von ergebenen Männern, die um ihre Coolness kämpften, platzend vor Pfauenstolz und schwindlig vom Radschlagen, Isa konnte ja nicht einfach über die Straße gehen oder durch eine Kneipe: Sie wurde von einer Woge angespannter Stille getragen. Gespräche verstummten. Gesichter wandten sich Isa zu. Augen bettelten darum, von Isas Blick ausgezeichnet zu werden, jeder Versuch, Isa zu begreifen, erübrigte sich! Wer wollte ernüchtert werden? Wer hätte einen Schatten auf Isa fallen lassen: in deren Glanz die Männer um Isa erstrahlten? Während Isa selbst, die wirkliche Isa, hinter ihrer Schönheit verschwand, Lionel Hensley war zumindest nicht schlimmer als alle anderen!

Das Licht auf der Dachterrasse ist abendlich weich geworden. Es ist noch immer heiß, worüber reden Susanne und Irmi nun? Über Neutrales: Filme, Bücher, Susanne möchte gehen. Sie trinkt ihren Kaffee aus, die Terrassentür öffnet sich. Ein großer schlanker Mann tritt auf die Terrasse hinaus, er sieht gut aus: auf konventionelle Weise, er wird Susanne vorgestellt: »Hubertus«, er erkundigt sich nach Susannes Anreise. Ist Susanne mit dem Zug gekommen oder mit dem Auto? Es ist schließlich eine ganz schöne Strecke von dort oben hierher, Hubertus ist geschliffen, gewandt. Er ist nicht der Mann, den Susanne Irmgard Bauer zugeordnet hätte: Aber was weiß man schon? Was weiß Susanne von Irmi, wird Susanne denn noch ein paar Tage hierbleiben? Das fragt Hubertus,

»Ich fahre morgen weiter nach München«, antwortet Susanne. »Ich will ein bißchen Detektiv spielen. Einer alten Freundin nachspionieren, Isabella Niemann«, nun wirft Hubertus Irmi einen Blick zu. Einen raschen Blick, der besorgt ist: oder bildet Susanne sich das ein?

Als Susanne in der Garderobe ihre Windjacke vom Haken nimmt, legt Irmi plötzlich die Hand auf Susannes Arm.

»Ruf mich bitte an«, sagt Irmi. »Ruf mich gleich an, wenn du etwas über Isa erfährst«, Susanne verspricht es.

Welch rührendes Interesse von allen Seiten, sagt Scribbo. Und so plötzlich! Nachdem sich sieben Jahre lang keiner um Isa gekümmert hat. Keiner hat Isa vermißt. Keiner hat sie gesucht, du übrigens auch nicht, Susanne!

Aber Susanne sucht Isa jetzt. Es ist noch nicht zu spät, es ist der richtige Moment: Susanne hat sieben Wochen lang Zeit. Sieben lange Wochen, die nun einen Inhalt haben.

Es ist Nacht.

Susanne schläft, in ihrem Hotelbett. Sie träumt. Im Traum liegt sie auf einem Bett, in einem Hotelzimmer. Es ist das Bett, in dem sie tatsächlich liegt, im Traum weiß Susanne, daß sie von dem Hotelzimmer träumt, in dem sie liegt und schläft. Die Tür öffnet sich. Ihr Großvater kommt herein. Er muß gebückt gehen, er ist riesig. Eine orangerotgoldene Aura umgibt ihn, eine gewaltige Feuerkorona. Susanne hat Angst. Sie hat sich im Leben nie vor ihrem Großvater gefürchtet, aber jetzt hat sie furchtbare Angst vor ihm. Der Großvater kommt auf Susanne zu, gebückt. Er tritt an Susannes Bett und schlägt die Decke von ihren Füßen zurück, die Füße sind nackt. Der Großvater streichelt Susannes Füße. Es ist ein kühles Gefühl. Ein kühles Feuer, Susanne sieht ihre Füße brennen. Sie brennen blau, kühl. Susanne weint, sie kann nicht sprechen. Der Großvater sieht sie an, sein Gesicht ist voller Liebe. Er streichelt Susannes Füße, lange und voller Liebe. Dann steht er auf und verläßt das Zimmer. Die Tür schließt sich hinter ihm.

Susanne sitzt im Bett, sie ist wach. Sie weint, sie will, daß der Großvater wiederkommt. Daß er bei ihr bleibt. Sie sehnt sich nach diesem kühlen Feuer: danach, daß es ihren ganzen Körper erfaßt, die ganze Susanne. Füße sind Wurzeln, dieser Satz fällt ihr ein, während sie weint, sie weiß nicht warum.

Wer war der Mann, mit dem Isa 1985 in München zusammen war? Ist Isa wirklich nach London gefahren? Und wenn ja, mit wem? Mit Lionel Hensley?

Susanne sitzt wieder im Zug: Es ist Montag mittag. Draußen rattern Hopfenfelder vorbei, Susanne hat einen Stift in der Hand, einen Block auf den Knien, sie macht eine Liste. Sie trinkt Kaffee, den sie dem älteren Mann abgekauft hat, der sich mit seinem Wägelchen durch den von Reisetaschen, Aktenmappen, Kleinkindern verstopften Mittelgang quält, sie könnte schwören, es ist derselbe ältere Mann wie letztes Mal! Und warum auch nicht? Susanne sitzt im ICE Hamburg-München, Großraumwagen, Raucher. Es ist derselbe Zug, der sie von ihrer Insel nach Würzburg an Gleis 5 gebracht hat: Der Besuch ihrer Heimatstadt war also nicht mehr als ein Abstecher. Susanne schreibt: *Es gibt in München keinen Telefonanschluß auf den Namen Hensley oder Niemann. In London gibt es sechs Hensleys, aber keiner davon ist Lionel. Soweit also Pech gehabt.*

Dennoch ist Susanne zuversichtlich. Sie zweifelt absolut nicht daran, daß sie Isa finden wird. Isa war nicht gerade eine unauffällige Frau, es wird Leute geben, die sich an Isa erinnern. Sonja Zeller zum Beispiel. Susannes füllige, silberschmuckklingelnde Studienfreundin: Aus Sonja ist längst die schicke Zeitschriftenredakteurin Sonja Zeller geworden, Sonjahündchen. Isakatze, die beiden mochten einander nicht sonderlich: Aber Sonja war lange das Band, das Susannes Welt zusammenhielt. Hätte Sonja es nicht erwähnt, wenn sie irgendwann einmal von Isa gehört hätte?

Der ICE Würzburg-München fährt auf Gleis 16 des Münchner Hauptbahnhofs ein. Susanne steht auf und nimmt ihren Koffer. Es ist ein kleiner Koffer, Susanne wird sich etwas zum Anziehen besorgen müssen: Jeans, ein paar T-Shirts. Wäsche. Sie hatte ja nur für ein Wochenende gepackt! Und jetzt ist es schon Montag, und ihre Reise geht gerade erst los.

Es ist sogar schon Dienstag. Dienstag abend, Susanne ist nicht untätig gewesen: Sie hat ein Hotelzimmer gefunden, Wäsche gekauft. Sie hat telefoniert, heute morgen hat sie endlich Sonja erreicht. *Sonja sagt, Isa ist nicht mehr in München aufgetaucht, seit sie 1981 aus meiner Wohnung verschwunden ist. Lionel Hensley ist inzwischen auch nicht mehr da. Die Frau, mit der er nach Isa zusammen war, heißt Birgit Hofmayer. Sonja kennt Birgit.*

Wenn auch nur flüchtig. Birgit Hofmayer ist Fotoredakteurin, Sonja und Birgit verkehren mit ungefähr denselben Leuten. Sie arbeiten für verschiedene Blätter, aber sie begegnen einander auf Veranstaltungen, auf Festen, in Kneipen: zum Beispiel im Eighty Eight.

Susanne ist auf dem Weg ins Eighty Eight. Sie sitzt in der U-Bahn, alles kommt ihr ein wenig unwirklich vor: Die Stadt, die U-Bahn, wahrscheinlich liegt das daran, daß sie hier so lange gelebt hat. Und gleich wird alles noch unwirklicher werden: Susanne kennt das Eighty Eight von früher. Es war eine heruntergekommene Kneipe, die vor allem von Afrikanern, Kariben, schwarzen Amerikanern frequentiert wurde, Susanne war oft mit Paul dort. Sie hat sogar mal eine Zeitlang hinter dem Tresen gejobbt: Aber natürlich gibt es das alte Eighty Eight gar nicht mehr. Mitte der Achtziger verwandelte es sich in ein piekfeines Thailokal, das bald darauf Pleite machte.

Jetzt ist es eine Art Cocktailbar.

Sonja geht Susanne entgegen. Sie winden sich durch das Gedränge, schließen einander in die Arme. Sonja lacht, sie sagen die richtigen Dinge zueinander: wie gut die andere aussieht, wie sie sich freuen. Wie schön es ist, einander wiederzusehen, Birgit ist noch nicht da. Aber Christian Herbergh steht an der Bar, Birgits derzeitiger Freund. Er ist ein großer dünner Endvierziger, der nicht ganz hierher paßt, ein Pfeifenrauchertyp mit schwarzem Existentialistenrollkragen, Sonja macht ihn mit Susanne bekannt. Wenn er lächelt, sieht er aus wie einer von Susannes weniger sicheren Schülern, er hat gute Manieren: Er bietet Susanne seinen Barhocker an. Sonja bestellt Cocktails, Susanne sieht sich um. Metallbestuhlung, Marmortheke. Sie erkennt nichts wieder, natürlich nicht! In einer Ecke küßt sich ein schwarzgewandetes Paar vor einem weißen Flügel. Es ist eine Filmszene. Es ist dieselbe Ecke, in der einst Susanne geküßt worden ist, unter einer verstaubten Kunstpalme, die sich vergeblich mühte, Tropenflair zu verbreiten: Paul hat Susanne in dieser Ecke geküßt, Hör sofort mit diesem Unsinn auf! befiehlt Scribbo. Sonja stößt Susanne an.

»Da kommt Birgit«, sagt sie, sie weist mit dem Kinn zur Tür. Susanne dreht sich um. Birgit Hofmayer ist nicht schön. Oder sie ist nicht schön wie Isa, natürlich nicht! Aber sie ist langbeinig und lockenmähnig und schmollmundig und sehr selbstbewußt, Christian Herbergh geht ihr entgegen. Birgit begrüßt ihn flüchtig, dann rauscht sie weiter, links und rechts wangenküssend, sie küßt auch Sonja auf beide Wangen, »Birgit«, sagt Sonja, »das ist Susanne.«

Sie nicken einander zu.

Susanne versucht sich zu konzentrieren. Birgit und Sonja unterhalten sich über gemeinsame Bekannte, Susanne trinkt irgendwas Buntes mit einer Kirsche, was macht sie eigentlich hier?

Sie stand an der Bar und trank etwas Buntes mit einer Kirsche, sagt Scribbo, während sie auf eine Gelegenheit wartete, sich in das Gespräch einzuschalten. Warum sagt Susanne nicht, was sie von Birgit will? Warum fragt sie Birgit nicht einfach nach Isa?

»Birgit«, sagt Sonja, »Susanne ist übrigens auf der Suche nach jemandem. Nach Isa, erinnerst du dich an Isa? Was meinst du, könnte Lionel vielleicht wissen, was aus Isa geworden ist? Hast du denn noch Kontakt zu ihm?«

Birgit wendet Susanne ihr blasses Gesicht zu. Sie mustert Susanne wie etwas, das sie beim Umgraben im Garten gefunden hat, etwas Glitschiges mit vielen Beinchen daran, gleich wird sie es im hohen Bogen in Richtung Hecke schleudern! Birgit sagt, »Lionel? Nein, ich habe keinerlei Kontakt mehr zu Lionel. Sag bloß, du weißt nicht, was damals passiert ist, Sonja! Der Dreckskerl hat mich doch sitzenlassen. Er ist einfach abgehauen, und ich stand da mit der Wohnung, mit der Miete, mit dem ganzen Krempel, ich dachte, das wäre stadtbekannt!«

Sonja schüttelt den Kopf. »Männer«, sagt sie angewidert. »Mistkerle, einer wie der andere. Und du hast nicht mal eine Ahnung, wohin er damals gegangen ist?« Birgit hebt die Schultern.

»Doch«, sagt sie. »Nach London. Nicht, daß er mir das etwa selber gesagt hätte! Gerade mal einen Zettel hat er mir hingelegt. ›Ich gehe nach London, tut mir leid, Lionel‹. Das war alles.«

»Wann war das denn«, sagt Susanne. »Wann ist Lionel

nach London gegangen?« Birgit wirft Susanne einen kühlen Blick zu, dann sagt sie zu Sonja: »85. Und jetzt laßt mich bitte mit dem Scheißkerl in Frieden. Ich möchte mich amüsieren.«

Wenn Lionel 1985 nach London gefahren ist, warum hat er dann dort keinen Telefonanschluß? Vielleicht ist er ja inzwischen wieder weg. Oder vielleicht ist es reiner Zufall, daß Isa im selben Jahr nach London wollte.

Es ist der nächste Abend. Susanne steht schon wieder im Eighty Eight an der Bar. Sie weiß nicht warum, die Dinge verwirren sich. Susanne hat keine Ahnung, wie sie weitermachen soll, vielleicht ist es nicht die Stadt oder das Eighty Eight, die unwirklich sind, vielleicht ist es Susanne oder Susannes Suche, Sonja ist nicht da, sie hat einen beruflichen Termin. Birgit ist nicht da. Christian Herbergh steht neben Susanne. Er ist betrunken. Christian Herbergh sagt, »Vergiß es einfach, okay? Laß Birgit in Ruhe mit Lionel, sie weiß wirklich nicht, wo der Kerl steckt.«

Susanne nippt an ihrem Weinglas. Christian Herbergh bestellt noch ein Bier. Er bestellt einen Grappa dazu, »Herrgott!« sagt er. »Du stocherst in der Vergangenheit rum, und ich darf es ausbaden. Die letzte Nacht war die Hölle, verstehst du.«

»Das tut mir leid«, sagt Susanne. »Das wollte ich wirklich nicht. Aber ich verstehe nicht, was war denn so schlimm an meiner Frage?«

Christian Herbergh sieht Susanne an. Seine Augen schwimmen, »Nichts«, sagt er. »Sie ist bloß immer noch verrückt nach dem Kerl, das ist alles. Ich weiß Bescheid. Ich habe sie ja von Lionel übernommen! Ich habe Lionels verdammte Wohnung für sie aufgelöst, ich habe alles für sie geregelt, aber ich bin ihr scheißegal. Sieben Jahre! Und ich bin ihr vollkommen scheißegal, aber das ist ja sowieso klar. Frauen sind nur verrückt nach Kerlen, die sie nicht kriegen können. Oder hast du vielleicht schon mal von einer Frau gehört, die verrückt ist nach einem Mann, der sie liebt?«

Sie schweigen.

Nach einer Weile sagt Susanne: »Ich war mal mit einem Afrikaner zusammen.« Sie weiß nicht, warum sie das sagt, sie sagt: »Er hatte Folternarben. Man konnte nichts für ihn tun, nur unter ihm leiden«, Susanne sieht Christian Herbergh nicht an. Sie starrt in ihr Glas, Christian Herbergh legt ihr eine Hand auf die Schulter.

»Was willst du trinken?« sagt er.

»Nichts«, sagt Susanne.

Christian seufzt. Er bestellt sich ein Bier, einen Grappa, »Hör zu«, sagt er, »es tut mir leid.«

»Ja«, sagt Susanne.

»Du bist eine nette Frau, glaube ich«, sagt Christian Herbergh. »Leider gar nicht mein Typ«, er zieht eine Grimasse. Er sagt: »Entschuldige.«

»Ja«, sagt Susanne.

»Hallo Chris«, sagt Birgit Hofmayer. Sie steht hinter Susanne, sie starrt Susanne an. »Ich hoffe, ich störe euch nicht allzusehr«, sagt sie.

»Herrgott, Birgit«, sagt Christian. »Was soll das denn. Hör doch auf mit dem Scheiß, meinst du, so machst du es besser.«

»Ach halt den Mund«, sagt Birgit. Sie packt Christian am Arm, »Ich will gehen«, sagt sie.

Christian macht sich los.

»Ich aber nicht«, sagt er zu Birgit. Er spricht langsam, mit der Sorgfalt eines Betrunkenen, der nicht lallen will.

Er sagt: »Ich habe allmählich die Schnauze voll. Sieben Jahre! Sieben Jahre Hölle, wegen nichts. Wegen irgendwelcher Hirngespinste. Wegen deiner blödsinnigen Hirngespinste«, Birgit schlägt Christian ins Gesicht. Christian tritt einen Schritt zurück, er reibt seine Wange. Er sieht Susanne an, er schwankt. Er sieht Birgit an, dann lächelt er. »Victor Hellweg«, sagt er zu Susanne. »Er lebt in Berlin.« Er starrt Birgit ins Gesicht, er sagt: »Und, was machst du jetzt? Victor Hellweg, Victor Hellweg, Victor Hellweg. Der große Fotograf. Der riesengroße Kotzbrocken.«

Birgit antwortet nicht. Sie steht einfach da. Sie sieht mit einmal nach nichts aus, flachbusig, hüftenlos, Arme und Beine ungelenk wie Prothesen, Christian legt einen Schein auf die Theke. »Bezahl meine Zeche, der Rest ist für dich«, sagt er zu Birgit. Dann geht er.

Susanne sitzt auf ihrem Hotelbett. Es ist Donnerstag morgen, der vierte Tag ihrer Suche. Susanne hat den Hörer in der einen Hand. Mit der anderen wählt sie Victor Hellwegs Nummer. Das Telefon klingelt in Victor Hellwegs Wohnung. Es klingelt dreimal. Dann wird der Hörer abgenommen.

»Hellweg.«

Victor Hellwegs Stimme ist leise und gleichzeitig rauh. Es ist eine Stimme wie eine Katzenzunge, Susanne schluckt.

»Hallo«, sagt Victor Hellweg. »Wer spricht, bitte?«

Susanne holt Luft.

»Susanne Karcher«, sagt sie. »Mein Name ist Susanne Karcher, Sie kennen mich nicht, ich – suche jemanden. Lionel Hensley. Einen Engländer.«

Am anderen Ende der Leitung herrscht einen Moment lang Schweigen. Dann sagt Victor Hellweg: »Woher haben Sie meine Nummer?«

»Ich habe die Auskunft angerufen«, sagt Susanne, »und Ihr Name, ich kenne Lionel von früher. Er hat Ihren Namen früher einmal erwähnt.«

»Sie lügen«, sagt Victor Hellweg. Er lacht. Es ist ein leises Lachen, knisternd und dunkel wie ein Katzenfell. »Susanne Karcher«, sagt Victor Hellweg. »Sind Sie schön?«

»Wie bitte?« sagt Susanne. Die Härchen an ihren Armen richten sich auf.

»Sie haben mich doch genau verstanden«, sagt Victor Hellweg. »Sie behaupten, eine Freundin Lionels zu sein. Wenn das wahr ist, dann müssen Sie schön sein. Lionels Frauen waren immer schön. Sogar außerordentlich schön, in ein oder zwei Fällen.«

»Sie meinen Isa!« hört Susanne sich sagen. »Außerordentlich schön! Damit meinen Sie doch Isabella Niemann.«

Diesmal dauert das Schweigen sehr lange. Dann legt Victor Hellweg den Hörer auf. Er tut es sehr sanft.

Susanne sitzt auf dem Bett, den Hörer in der Hand. Sie geht ins Bad und trinkt Wasser. Über dem Waschbecken hängt ein Spiegel, aber sie sieht sich nicht an. Sie geht zurück ins Zimmer und setzt sich aufs Bett. Sie wählt Victor Hellwegs Nummer. Das Telefon klingelt einmal.

»Hellweg.«

»Ich bin es.«

Das Katzenzungenlachen, »Ja«, sagt Victor Hellweg. »Du bist es.«

Susanne spürt, wie ihr das Blut ins Gesicht schießt.

»Warum haben Sie aufgelegt?« sagt sie. »Kennen Sie Isabella Niemann?«

»Komm nach Berlin«, sagt Victor Hellweg. »Ich möchte dich anschauen.«

»Ich suche Isabella Niemann«, sagt Susanne. Ihre Wangen glühen, das Blut pocht in ihrem Hals. »Ich suche Lionel Hensley, weil er vielleicht etwas über Isa weiß. Können Sie mir weiterhelfen?«

»Es ist gefährlich, etwas zu suchen«, sagt Victor Hellweg. »Man weiß nicht, was man finden wird.«

»Warum beantworten Sie meine Frage nicht?«

»Komm nach Berlin, Susanne Karcher«, sagt Victor Hellweg. »Nimm einen Stift. Ich gebe dir meine Adresse.«

Susanne starrt auf den Zettel mit Victor Hellwegs Adresse. Sie erschrickt bis ins Mark, als das Telefon klingelt. Es ist Christian Herbergh.

»Hör mal«, sagt Christian. »Wie geht es dir? Ja. Also, ich rufe an wegen Victor. Ich wollte sagen – also, wahrscheinlich weiß er auch nicht, wo Lionel ist. Victor ist Fotograf, Lionel hat früher häufig mit ihm gearbeitet, das ist alles. Aber du wirst ja sehen. Nur damit du dir nicht allzu viele Hoffnungen machst. Du wirst ja sicher nur mit ihm telefonieren. Du wirst wohl kaum zu ihm fahren, oder?«

»Ich habe schon mit ihm telefoniert«, sagt Susanne. »Und er will, daß ich nach Berlin komme.«

»Aber das tust du nicht«, sagt Christian. »Oder?«

»Wohl kaum«, sagt Susanne.

»Gut«, sagt Christian. »Wenn er dir am Telefon nichts sagt, dann wird er auch in Berlin nichts sagen, ach Susanne, noch was. Hast du ihm gesagt, woher du seinen Namen weißt?«

»Nein«, sagt Susanne. »Nein, aber Christian, was soll das denn alles? Was ist überhaupt los?«

»Herrgott«, sagt Christian Herbergh. »Ich könnte mich in den Arsch beißen, daß ich von Victor angefangen habe, das ist los. Der Scheißgrappa! Paß mal auf, Susanne, es ist nicht so, wie du denkst. Birgit weiß wirklich nicht, wo Lionel steckt. Sie hat auch bestimmt nichts dagegen, daß du Lionel findest, aber Victor Hellweg – er ist echt ein bißchen sonderbar, ich meine – Susanne, ich habe noch andere Namen. Lionel hat für viele Leute gearbeitet.«

»Okay«, sagt Susanne. »Gut. Ja, ich schreibe mit.«

Susanne sitzt auf ihrem Hotelbett. Vor ihr liegt ein Blatt Papier: Nur Victor Hellwegs Name steht darauf. Victor Hellwegs Adresse. Das genügt. Susanne braucht keine weiteren Namen, sie braucht nur Victor Hellweg. Victor Hellweg ist in Berlin: Isa hat 1977 die Schule abgebrochen und ist nach Berlin gegangen. Vier Jahre später ist sie wieder aufgetaucht, mit Lionel Hensley. Der häufig für Victor Hellweg gearbeitet hat, als Model? Wahrscheinlich, Victor Hellweg ist Fotograf. Warum hat er aufgehängt, als Isas Name fiel? Warum hat Christian angerufen? Ein Teil von Christian möchte, daß Susanne herausfindet, was eigentlich los ist, das ist es. Ein anderer Teil von Christian hat Angst, aber wovor? Vielleicht hat auch Birgit Angst. Birgits Zorn ist in Wirklichkeit Angst, das ist möglich, aber wovor haben Birgit und Christian Angst, vor Victor Hellweg?

So scheint es. Der Hörer in Susannes Hand ist glitschig vor Schweiß. Susanne, während sie am Flughafen anruft, denkt, daß sie ebenfalls Angst hat. Sie bucht ihren Flug nach Berlin für den nächsten Morgen.

Nachthaut

Victor Hellweg ist ein häßlicher Mann. Oder nein, das ist nicht wahr. Eigentlich ist er ein ganz normaler Mittfünfziger mit Tränensäcken und Stirnfalten und schütterem Haar, er sieht vollkommen durchschnittlich aus: Aber nur, solange er sich nicht bewegt. Solange er Susanne nicht ansieht, Susanne kann Victor Hellweg nicht lange ansehen. Sein Blick ist nicht durchdringend, er bleibt durchaus auf der Oberfläche, aber es ist ein berührender Blick. Victor Hellwegs Blick tastet Susanne ab, Susannes Gesicht, Susannes Körper, mit allerdings völlig ungierigem Interesse: Susanne fühlt sich, als wäre sie eine Statue in einer Ausstellung und Victor Hellweg ein möglicher Käufer. Oder eher ein kunstinteressierter Ausstellungsbesucher, die Statue kann sich nicht dagegen wehren, von ihm betrachtet, von seinem Blick in Besitz genommen zu werden, Susanne sieht weg. Wenn sie wegsieht, hört sie Victor Hellwegs Katzenzungenstimme.

»Du warst keine von Lionels Frauen«, sagt Victor Hellweg. »Also lügst du mich an, aber warum?«

Sie kennen sich jetzt seit einer Stunde. Susanne hat Victor Hellweg vom Flughafen aus angerufen, sie sitzen in einem Café am Savignyplatz. Es ist früher Nachmittag. Es ist warm, es regnet. Sie sitzen dennoch im Freien, unter einer Markise, es riecht nach nassem Asphalt und Espresso. Victor Hellweg winkt der Kellnerin. Er bewegt sich sehr rasch, dabei präzise, er scheint vollendete Kontrolle zu besitzen über seinen Körper. Sein Körper beherrscht den Raum, in dem er sich bewegt, wie der eines Tänzers vielleicht. Oder wie der eines Karatekämpfers. Susanne kannte einmal einen Karatekämpfer, sie erinnert sich daran, wie er Schachsteine auf ein Brett stellte: In dem einem Moment war das Brett leer. Im nächsten standen ein, zwei, drei, vier Spielsteine darauf, ein jeder haargenau in der Mitte seines Feldes, die Kellnerin bringt noch einmal zwei Kaffee. Noch einen Cognac für Victor Hellweg, Susanne sagt: »Ich habe nie behauptet, eine von Lionels Frauen gewesen zu sein. Ich kenne Lionel nur durch Isabella Niemann, man muß selbst nicht schön sein, um jemanden zu kennen, der schön ist! Ich suche Isa, deswegen bin ich hier. Das habe ich doch von Anfang an gesagt.«

Warum verteidigst du dich? sagt Scribbo. Warum läßt du dich von diesem Mann in die Enge treiben?

Susanne ignoriert Scribbo. Sie hat Probleme genug damit, sich auf einen Mann einzustellen, der gleichzeitig ein Karatekämpfer mit Katzenzungenstimme und ein alternder Ausstellungsbesucher ist, Victor Hellweg betrachtet Susanne.

»Ich habe übrigens nicht gesagt, du wärst nicht schön«, sagt Victor Hellweg. »Du bist wunderschön, aber du bist einfach nicht Lionels Typ. Lionel steht mehr auf die Filmsternchen-Optik. Auf kanonisierte Schönheit, du verstehst, was ich meine? Deine Schönheit ist anders, man muß sie zuerst entschlüsseln.«

Susanne antwortet nicht. Sie wüßte nicht was. Sie weiß nicht, wo sie hinsehen soll, während Victor Hellwegs Blick über die Oberfläche ihrer Haut wandert, sie nimmt sich eine Zigarette, streicht das Haar zurück, sie hört Scribbo ihre Handlungen kommentieren wie immer, wenn sie nicht allein ist, so daß sie sich durch die Augen eines imaginären Beobachters sieht: *Mit ihren langen dünnen Fingern nahm sie eine Zigarette aus ihrer Packung, sagt Scribbo, und strich ihr Haar zurück.*

»Du hast zum Beispiel unglaublich schöne Finger«,

sagt Victor Hellweg in diesem Moment. »Ich würde gern deine Finger fotografieren. Ich würde gern sehen, wie deine Finger einen Stein halten oder eine Waffe. Deine langen dünnen verletzlichen Finger, die gerade eine Zigarette genommen und dein Haar zurückgestrichen haben.«

Susanne starrt Victor an.

»Ich würde dich nicht in Berlin fotografieren«, sagt Victor Hellweg. »Vielleicht würde ich dich auf einer südlichen Insel fotografieren, im Hochsommer. In einer Landschaft voll Dornen, Gestrüpp, wir haben ja gerade jetzt Hochsommer! Komisch, was?«

»Hören Sie«, sagt Susanne. »Ich weiß nicht, was Sie eigentlich reden. Ich weiß nicht, was das alles soll, ich habe Sie etwas völlig Normales gefragt. Ich wollte wissen, ob Sie sich an Lionel oder Isa erinnern. Ich wollte lediglich erfahren, ob Sie von einem der beiden in den letzten sieben Jahren einmal etwas gehört haben.«

»Wieso lediglich?« sagt Victor Hellweg. »Was soll das heißen, du wärst lediglich gekommen, um das zu erfahren, was ich weiß? Davon abgesehen solltest du dich fragen, warum du eigentlich hier sitzt, wenn du nur eine Auskunft brauchst. Warum du nicht bloß mit mir telefoniert hast.«

Das ist allerdings wahr. Susanne im Bad ihres Berliner Hotelzimmers fragt sich genau das. Sie hat ein neues Kleid an, sie hat es vorhin noch schnell gekauft: Susanne möchte gewappnet sein. Sie ist dabei, sich zu kämmen und zu schminken, sie ist mit Victor Hellweg zum Abendessen verabredet. Aber warum? Vielleicht einfach, um nicht in einer fremden Stadt allein essen gehen zu müssen. Susanne fühlt sich forschenden Blicken, mitleidiger Neugierde ausgesetzt, wenn sie allein in ein Restaurant geht: Die Arme, hat sie niemanden, der sich mit ihr verabreden möchte? Und allein in eine Kneipe zu gehen ist noch schlimmer. Wenn es sich nicht vermeiden läßt, nimmt sie zum Schutz ein Buch mit oder eine Zeitung, Susanne ärgert sich über sich selbst! Allerdings geht es den anderen Frauen nicht besser. Neulich hat sie in einer Zeitung gelesen, daß eine frauenfreundliche Hotelkette alleinreisenden Managerinnen als besonderen Service jemanden zur Verfügung stellt, in dessen Gesellschaft sich die Damen in Ruhe betrinken können. Managerinnen! Führungspersonal, das Angst hat vor einem einsamen Barhocker, Susanne wünschte wirklich, sie könnte es über sich bringen, in jede Kneipe zu gehen wie ein Mann, sich an die Bar zu stellen, nur um zu trinken, wie ein Mann: Aber heute abend wird Susanne jedenfalls nicht den neugierig-mitleidigen Blicken von Fremden ausgesetzt sein. Der einzige Blick, dem sie ausgesetzt sein wird, ist der Victor Hellwegs.

»**I**ch freue mich«, sagt Victor Hellweg zu Susanne, »daß du gekommen bist.«

Sie sitzen in einem französischen Lokal. Das Lokal ist sehr teuer, Victor Hellweg hat gleich zu Anfang klargestellt, daß er Susanne einlädt: mit einer so beiläufigen Selbstverständlichkeit, daß jeder Widerspruch lächerlich gewesen wäre. Er hat Vorschläge zur Menüfolge gemacht, nicht bestimmend, sondern bemüht, sorgfältig beratend. Er hat passende Weine gewählt. Sie beginnen mit Champagner. Das Licht ist gedämpft, der Champagner sieht in diesem Licht dunkel aus, wie ein schwerer Weißwein. Sie stoßen an. Die Gläser geben einen hohen schwingenden Ton von sich, der lange nachklingt: *Pinnggg.* Susanne nippt. Der Ton bricht ab. Victor Hellweg betrachtet sein Champagnerglas, dann hält er es an sein Ohr. Er bedeutet Susanne, dasselbe zu tun. Susanne hört den Champagner sprudeln. Die Gläser sind extrem dünn, oder vielleicht sind sie auf eine besondere Weise gearbeitet, jedenfalls hört Susanne das Zerplatzen der Bläschen am Glas. Die Bläschen klingen wie Strandkiesel, die eine zurückflutende Welle mit sich hinausnimmt, Susanne lächelt. Susanne und Victor lächeln, sie lächeln einander an, während sie lauschen, wie das Meer in ihren Gläsern die Strandkiesel bewegt, Austern werden serviert. Susanne und Victor essen Austern.

»Wunderbar«, sagt Victor und nickt. »Wenn man sich erst mal daran gewöhnt hat, daß die Dinger eigentlich schmecken wie Schnupfen.«

Susanne lacht. Sie verschluckt sich, sie hustet. Sie preßt eine Serviette vor den Mund, sie lacht, Tränen steigen ihr in die Augen.

Bitte werde doch jetzt nicht hysterisch! sagt Scribbo.

Susanne bemüht sich. Sie hört auf zu lachen, sie kann aber keine Auster mehr essen: Sobald sie es versucht, beginnt sie von neuem zu lachen. Victor Hellweg lächelt. Susanne kann sein Lächeln fühlen wie eine Berührung. Es ist eine sehr leichte Berührung, sie fordert nichts, deshalb kann sich Susanne nicht wehren. Die Austern verschwinden. Die Champagnergläser verschwinden, das Lammfilet wird serviert. Weingläser erscheinen, Victor Hellweg füllt sie, Susanne muß wieder lachen, Was ist so lustig? fragt Scribbo. Susanne ignoriert Scribbo. Victor Hellweg lehnt sich zurück. Er sagt: »Darf ich dich fragen, warum du Isa suchst?«

»Ja«, sagt Susanne. Sie legt die Serviette auf den Tisch, sie sagt: »Natürlich, es ist – Isa ist seit sieben Jahren fort. Und ich glaube, niemand hat nach ihr gesucht, es ist so traurig! Ich weiß auch nicht. Es ist schwer zu erklären.«

»Bist du«, sagt Victor Hellweg, »schon einmal auf die Idee gekommen, daß sie nicht gefunden werden wollte? Daß sie nicht gesucht werden wollte. Vielleicht wollte sie aufhören, Isa zu sein, warum läßt du sie nicht einfach in Ruhe?«

»Weil«, sagt Susanne. Sie hebt die Schultern, sie sieht Victor Hellweg an. »Ich kann nicht«, sagt sie.

Victor Hellweg betrachtet Susanne. Er schweigt. Das Schweigen Victor Hellwegs ist kein Verstummen. Es geht von Victor Hellweg aus wie sonst seine Stimme, Susanne hört ihre eigene Stimme dem Katzenschweigen von Victor Hellweg antworten, das hellwach ist, sie sagt: »Sie fehlt mir einfach. Ich habe lange Zeit nicht an sie gedacht, aber seitdem ich wieder an sie denke, fehlt sie mir. Man hat doch so oft das Gefühl, daß einem etwas fehlt, nicht wahr? Und es ist nicht so, als wäre es einfach nicht da, das Fehlende. Es ist – die Gegenwart ist das, was man hat. Und was einem fehlt, das ist die Antigegenwart, verstehen Sie?« Susanne ist über sich selbst erstaunt, was redet sie da? Sie hat nicht gewußt, was sie sagen würde, sie sagt: »Die Antigegenwart ist wie ein schwarzes Loch! Alles verschwindet darin.«

»Ein Loch«, sagt Victor Hellweg, er legt den Kopf schief. Er sagt: »Hast du mal eines dieser Bilder gesehen, in denen ein Loch ist? Als Sonne. Das Loch ist die Sonne des Bildes. Es ist sozusagen nicht aus dem Bild heraus-, sondern ins Bild hineingeschnitten worden. Jetzt scheint das Licht aus unserer Welt in die Welt des Bildes hinein. Verstehst du? Eine fremde Welt durchdringt den abgeschlossenen Kosmos des Bildes. Ein anderes Universum bricht in das Bild ein.«

Susanne antwortet nicht. Sie sieht ein Klassenfoto voller Löcher. Sie sieht das Bild von ihrer Küche, in dem ein Loch ist, das Loch hat genau den Umriß eines alten Mannes, Victor Hellweg lächelt. Er sagt: »Naja, ich gebe zu, ich bin ein Romantiker. Ich sehne mich nun mal nach fremden Welten. Nach einem anderen Universum, einem mit mehr Bedeutung«, Victor Hellweg tupft sich den Mund mit seiner Serviette ab. Er sagt: »Ich kannte einmal einen Mann, der ein Mädchen vergiftet hat.«

»Wie?« sagt Susanne. »Wirklich? Aber warum?«

»Er hat sie vergiftet und fotografiert«, sagt Victor Hellweg. »Er hat sie fotografiert, während sie starb, es sind hocherotische Aktfotos, was siehst du mich so an? Keine Beziehung ist so intensiv wie die zwischen Täter und Opfer. So intim.«

»Aber«, sagt Susanne. »Aber hinterher war sie tot!«

»Je nun«, sagt Victor Hellweg. »Das ist ja oft so, in diesem Beruf. Man macht eine Reportage über ein Kriegsgebiet, und noch bevor man für den Rückflug eingecheckt hat, lebt keines der Modelle mehr, die man fotografiert hat, nicht daß ich mich auf dergleichen einlasse. Ich bin Künstler. Ich versuche nicht, das Vorhandene abzubilden, ich erschaffe meine eigene Realität. Aber gerade dann greift man immer wieder mal auf überlieferte Motive zurück. Man spielt mit Mythen, der Tod und das Mädchen, das ist ein sehr altes, ehrenwertes Motiv.«

»Ich glaube Ihnen kein Wort«, sagt Susanne.

Victor Hellweg zieht eine Augenbraue hoch. »Warum nicht?« sagt er. »Vielleicht hast du eines dieser Bilder sogar selber gesehen. Schwarzweißfoto, karge südliche Landschaft, ein nacktes Mädchen, das sich am Boden windet, man sieht ihr Gesicht nicht. Man sieht nur den Körper mit dem durchgedrückten Kreuz, es erschien in vielen Zeitschriften. Als Werbung, für ein ziemlich exklusives Männerparfum, klar, die Todesverliebtheit ist mittlerweile geradezu Massengeschmack. Das macht die Sache ein bißchen trivial. Aber der Fotograf war wirklich besessen von seinem Model! Sie war das andere Universum für ihn. Das Loch in seinem Bild.«

Susanne hat aufgehört zu essen. Sie schiebt ihren Teller weg, sie sagt: »Das ist alles gar nicht wahr. Das haben Sie alles erfunden.«

»Habe ich das?« sagt Victor Hellweg. Er überlegt. »Das wäre möglich«, sagt er. »Es könnte alles erfunden sein! Und warum nicht? Jemand hat mal gesagt, wir wären die Summe dessen, was wir erinnern. Aber ich glaube das nicht. Ich glaube, wir sind die Summe dessen, was wir nicht erinnern wollen. Was wir statt dessen erfunden haben. Man revidiert und revidiert, bis die Geschichte stimmig wird. Man erfindet Unfälle, die die eigenen Narben erklären sollen, das ist überall so, und ich liefere die Bilder dazu, möchtest du ein Dessert?«

Victor Hellweg küßt Susanne.

Sie sitzen auf einer Mauer gegenüber von Susannes Hotel. Sie küssen sich, wie Teenager, Susanne hat keine Ahnung, wie es dazu gekommen ist. Sie sind nach dem Essen noch in eine Bar gegangen, um wieder Cognac und Kaffee zu trinken, worüber haben sie eigentlich geredet? Victor hat Susanne den ganzen Abend nicht aus den Augen gelassen. Wenn Susanne die Augen schließt, sieht sie Victors Augen, die blaugrün sind mit einem gelblichen Ring um die Pupille. Sie sieht innen auf ihren Lidern bunte Kreise und Kringel, und Victors Augen. Wenn sie die Augen öffnet, sieht sie ebenfalls Victors Augen. Victors Augen sind nicht geschlossen. Sie sind aber auch nicht ganz offen. Susannes Arme und Beine fühlen sich schwer an.

Susanne fragt sich, was Victor sieht. Irgendwann hört er auf, sie zu küssen. Susanne richtet sich auf, sie ist sehr müde. Erschöpft. Es ist Jahre her, daß du mit einem Mann im Bett warst! sagt Scribbo. Susanne weiß das selber, sie greift nach einer Zigarette, sie sieht, daß ihre Finger zittern. Victor Hellweg läßt sie anstandslos gehen.

»Ich rufe dich an«, sagt er.

Susanne, die endlich in ihrem Hotelbett liegt, schließt dankbar die Augen. In der Dunkelheit hinter ihren geschlossenen Lidern sind die bunten Kringel und Kreise immer noch da.

Dann schläft Susanne.

Im Traum befindet sie sich auf einem Schiff. Es ist ein blaues Schiff, das einen breiten Flußlauf überquert, Jens ist auch an Bord und Susannes Mutter: Aber keiner von beiden hört Susanne. Susanne ruft, sie streckt den Arm aus und berührt Jens, ihre Mutter, aber niemand sieht sie. Niemand nimmt sie wahr. Das liegt daran, daß Susanne tot ist. Sie kann die anderen wahrnehmen: Aber ihre Anwesenheit wird nicht bemerkt, sie ist diejenige, die fehlt. Sie ist es selbst.

Sie sitzen auf einer Wiese im Tiergarten. Sie sitzen unter Kastanien, auf einer Decke, es ist Nachmittag. Sie haben ihre Mahlzeit fast beendet: Victor hat einen Korb mitgebracht. Es ist ein Picknickkorb, Victor hat Champagner mitgebracht, Sushi, ein weißes Tischtuch. Gläser. Stoffservietten. Die Sonne scheint. Victor legt den Arm um Susanne und küßt sie. Sein Mund schmeckt salzig, nach Sojasoße und Wasabi, Victor nimmt Susannes Hand und legt sie auf sein Glied. Sein Glied ist groß und hart. Dann nimmt Victor Susannes Hand wieder herunter, er sagt: »Nur damit du nicht denkst, ich hätte dich gestern aus Desinteresse gehen lassen. Nur damit du nicht beleidigt bist.«

»Du bist verrückt«, sagt Susanne. »Du bist völlig verrückt.«

Victor Hellweg lächelt. Er greift zu seinen Stäbchen. Er taucht ein Oktopus-Sushi in Sojasoße, dann schiebt er es in den Mund. Jede Bewegung ist absolut präzise.

»Wann kommst du dir denn mein Studio ansehen?« sagt er.

»Ich weiß es nicht«, sagt Susanne. »Gar nicht!« sagt sie, »warum sollte ich? Du erzählst mir ja nichts. Warum kannst du mir nicht einfach sagen, ob du sie gekannt hast?«

Victor hört zu essen auf. Er seufzt.

»Du bist wirklich hartnäckig«, sagt er. »Also gut: Ich habe sie gekannt.« Victor trinkt Champagner, er sagt: »Lionel hat jahrelang als Model für mich gearbeitet. Und irgendwann hat er Isa angeschleppt, er hatte sie auf der Straße aufgelesen. Sie hatte versucht, seine Brieftasche zu klauen, eigentlich war sie eine ziemlich geschickte Diebin. Aber an dem Tag hatte sie wohl ein bißchen zuviel Pulver geschnupft. Glücklicherweise, sonst hätten wir einander womöglich nie kennengelernt. Sonst hätte ich Isa nie fotografiert, und das wäre wirklich schade gewesen. Es war wunderbar, Isa zu fotografieren! Sie war auf tolle Weise häßlich«, Victor Hellweg nippt von seinem Glas, er sagt: »Gelegentlich hat sie ja auch als Nutte gejobbt. Und sie hat ein bißchen gedealt, natürlich nichts Großartiges, sie war einfach nur ein ganz normales Straßenmädchen. Bis sie mich traf.«

Susanne packt Victors Teller und schleudert ihn ins Gebüsch. Sie schleudert ihren eigenen hinterher, Victor sagt: »Verzeih, aber ich glaube, du hast mich nicht recht verstanden. Ich habe Isa fotografiert! Isa war genau, was ich brauchte, sie war wie ich«, sagt Victor Hellweg und sieht Susanne an, die vor Wut schluchzt, »sie war ein Spiegel für die anderen, genau wie ich. Jemand, der den anderen zeigt, wie sie sind. Wie ein guter Therapeut. Oder wie jemand, der wirklich liebt.«

Susanne beachtet Victor Hellweg nicht mehr. Sie schluchzt, sie zieht ihre Schuhe an. Sie bückt sich nach ihrer Tasche.

»Lionel hat übrigens auch eine Weile mit dem Fotografen gearbeitet, von dem ich dir erzählt habe«, sagt Victor. »Du weißt schon. Der Fotograf, der das Mädchen vergiftet hat.«

Susanne hält inne.

»Und Birgit Hofmayer hat die Bilder verkauft«, sagt Victor Hellweg. »Kennst du Birgit Hofmayer?«

Langsam setzt Susanne sich wieder hin. Victor reicht ihr eine Serviette, als Taschentuch. Er reicht ihr einen Taschenspiegel,

»Dein Make-up ist verschmiert«, sagt er, Susanne beachtet den Spiegel nicht.

»Wußte sie, was auf den Bildern ist?« sagt sie. »Wußte Birgit, daß – daß das Mädchen auf den Bildern stirbt?«

Victor Hellweg betrachtet Susanne.

»Isa war die einzige, die je wichtig war«, sagt er. Er beugt sich zu Susanne vor, er sagt: »Sie war die einzige von Bedeutung. Die einzige überhaupt. Oder das habe ich bis gestern geglaubt«, Victor hebt die Hand und berührt Susannes Lippen. »Wie ungeheuer schön deine Verletzlichkeit ist«, sagt er. »Wirklich, ich verdanke Isa sehr viel! Ich verdanke ihr ja auch dich, bitte geh nicht gleich wieder weg. Verschwinde nicht gleich wieder aus meinem Leben, Susanne Karcher.«

Susanne ruft Sonja an.

Sonja kann ihr bestimmt das Werbefoto verschaffen, von dem Victor gesprochen hat, »Das Mädchen auf dem Bild ist vergiftet worden«, sagt Susanne, sie hört selbst, wie unwahrscheinlich es klingt. Wie idiotisch.

»Himmel, Susanne«, sagt Sonja. »Was machst du eigentlich in Berlin, spielst du Sherlock Holmes? Laß doch das Ganze. Hör auf mit dieser Suche, komm zu mir nach München, wir fahren ein paar Tage nach Italien, und dann gehst du heim zu deiner Tochter, wo du hingehörst.«

»Susanne«, sagt Sonja, »was ist los mit dir? Und was ist das überhaupt für ein Typ, mit dem du da zu tun hast? Es klingt, als wäre der nicht ganz dicht! Womöglich ist er gefährlich, ja doch«, sagt Sonja, »ja gut, in Ordnung, ja, ich kümmere mich um das Foto. Ja doch! Aber versprechen kann ich dir nichts. Susanne! Komm doch in die Realität zurück, was ist mit dir los?«

Susanne steht mitten in ihrem Hotelzimmer. Sie hat die Schuhe noch an, den Hörer in der Hand, Realität?

Susanne hat Angst vor Victor Hellweg, das ist die Realität.

Oder das ist nicht wahr: Susanne hat Angst vor Susanne Karcher. Vor der Verletzlichkeit Susanne Karchers, die Victor Hellweg so gut gefällt, Susanne hat Angst davor, Victor Hellweg gut zu gefallen, warum eigentlich? Sie ist für heute abend um neun mit Victor Hellweg verabredet. Was ist los mit Susanne? Sie kann doch jederzeit abreisen. Sie kann ihre Suche abbrechen, das Ganze einfach vergessen!

Susanne möchte Marie anrufen.

Marie, die weit fort und in Sicherheit ist. Das Telefon klingelt in Jens' Hamburger Wohnung. Katrin antwortet, Jens' Lebensgefährtin: Marie ist nicht da. Marie und Jens sind in den Zoo gegangen, Katrin notiert sich Susannes Nummer, ja, sie wird Marie sagen, wo sie ihre Mutter erreichen kann. Susanne sitzt auf dem Bett. Sie sieht sich um. Ein Bett ein Schrank zwei Stühle. Ein Spiegel mit einem Tischchen darunter. Ein Druck an der Wand, van Goghs Sonnenblumen, Vorhänge in der Abendbrise, Rush-hour-Lärm dringt ein in die Stille des Zimmers, in dem Susanne auf Maries Anruf wartet, was ist Realität? Die Wahrnehmung der Gegenwart ohne die Möglichkeit entspannter Distanz. Das hat Susanne einmal irgendwo gelesen. Es hat ihr gefallen: Marie ist die Realität, seit sie in Susannes Bauch anfing zu wachsen. Wie soll man entspannte Distanz halten zu einer Gegenwart in seinem eigenen Bauch?

Susanne ist im Vorfrühling schwanger geworden. Wenn die Schneeglöckchen und Märzenbecher zu keimen beginnen, der voraussichtliche Geburtstermin lag im Spätherbst, Susanne fand das wundervoll: Sie war mit der Welt im Einklang. Oder das Kind in ihrem Bauch war mit der Welt im Einklang, es wuchs und entwickelte sich im selben Rhythmus wie alles andere auch, wie die Knospen Blüten Hagebutten der Rosenbüsche an der Bushaltestelle, wie die Kastanienkerzen, die lange Straßenzüge erleuchteten, bevor ihre stachligen Früchte auf dem Herbstboden aufplatzen, natürlich sagt Susanne das keinem: Susanne ruht tief drinnen in ihrem Bauch.

Es ist Hochsommer, in Hamburg und in Susannes Bauch, Susanne schlendert über den Gänsemarkt. Sie geht viel durch die Stadt, seit sie schwanger ist: Sie muß alles noch einmal ansehen, mit neuen Augen. Sie kauft ein Eis am Gänsemarkt, wo es das beste Eis gibt, Susanne ißt. Sie achtet sehr darauf, was sie ißt. Was sie Marie gibt, Susanne setzt sich auf eine Bank. Aktenmappenmänner streichen an ihr vorüber, auf der Jagd nach einem Lunch. Susanne schnappt Gesprächsfetzen auf: Das hab ich dem Mayer aber klar zu verstehen gegeben, Also der Schulze, der hat einfach keine Ahnung von Synergie-Effekten, Hast du das Window Display gesehen? Und besitzt die Frechheit, unser Paper einfach nicht zur Kenntnis zu nehmen!

Susanne, beschützt von der Gegenwart in ihrem Bauch, ist verwirrt. Sie ist amüsiert, sie sind harmlos, diese Männer. Sie sind rührend, wie wichtig sie tun! Wie sie Spaß haben an ihren Spielzeugwelten: Hey, Cowboy, zieh! Hulululu, ich bin der große starke Indianerhäuptling, ich geb dir so ein Ding übers Ohr, daß du gleich in den Dreck fällst!

Susanne auf ihrer Bank denkt, daß auch Jens in einer solchen Spielzeugwelt lebt. Freilich, Jens verdient viel Geld. Er arbeitet hart, sein Job ist wichtig: Jetzt, wo Susanne schwanger ist und aufhört zu arbeiten, ist Jens' Job das Allerwichtigste. Aber Susanne auf dem Hamburger Gänsemarkt denkt, daß Jens' Leben deswegen noch lange nicht wirklich ist. Jens' Leben befindet sich hinter Glas. Sein Leben steckt fest auf Bildschirmen, in Faxleitungen. Im Büro: Wo der Abteilungsleiter stirbt, aber kurz darauf ist er wieder da, in nur leicht veränderter Gestalt, der Cowboy ist getroffen, er fällt tot um und zählt bis zehn, dann steht er wieder auf, und das Spiel geht weiter. Nichts ist passiert!

Aber was ist am Ende, wenn die Figuren weggepackt werden? Wenn das Leben vorbei ist, das Ende des Spiels kommt, und nichts ist passiert? Susanne denkt, daß Jens vielleicht deswegen die Fernbedienung nach ihr geworfen hat. Vielleicht haben die Männer deswegen sogar den Krieg erfunden! Um endlich ein bißchen Realität in ihr Leben zu kriegen. Die Fernbedienung hat Susanne zum Glück verfehlt. Allerdings knapp. Sie hat die Wand getroffen und ist in lauter kleine Plastiksplitter zerborsten, sie ist regelrecht explodiert! Jens war außer sich. Zum einen, weil Susanne ihn dazu bringt, sich dermaßen gehenzulassen. Zum anderen wegen der kaputten Fernbedienung, was soll er jetzt machen? Jetzt muß er jedesmal aufstehen, wenn er ein anderes Fernsehprogramm sehen will! Und das, wo er doch andauernd die Kanäle wechselt, jetzt muß er jedesmal aufstehen, wenn er vermeiden will, daß ihm etwas entgeht vom Leben!

Susanne hat die Teile der Fernbedienung aufgesammelt und sich dann in Maries noch unbewohntes Kinderzimmer verkrochen. Sie hat geheult, sie hat versucht zu begreifen, was eigentlich los ist. Was hat sie denn zu Jens gesagt?

Jens! Warum liebst du mich nicht mehr?

Vielleicht ist Jens so zornig geworden, weil Susanne an seinen Gefühlen zweifelt. Vielleicht liebt er sie doch noch: Vielleicht hat er die Fernbedienung nach Susanne geworfen, um ihr damit seine Liebe zu beweisen, aber wo ist nur der Jens hingekommen, der Susanne 81 in einer Münchner Winternacht auf der Straße geküßt hat? Sie kamen aus einem Konzert, Isa war fort, Paul war fort, dann kam Jens. Der große muskulöse Jens, mit seinen zuverlässigen, kräftigen Armen und Beinen, Ich bringe dich weg aus München, hat Jens gesagt. Ich nehme dich mit nach Hamburg, Jens war nicht nur irgend so ein glatter BWL-Fuzzi! Jens hatte Träume, im Grunde war Jens ein Hippie geblieben. Einer, der das Leben nicht so verbissen sah, nicht so verbiestert wie manche, Wir können uns unsere eigene Welt schaffen! hat Jens gesagt. Er rollte mit Susanne über das breite Bett, lachend, Wir können uns unsere Welt einrichten, wie wir wollen, du und ich, wir kaufen uns einfach unser eigenes Land. Marschland, im Norden von Hamburg, dort ist überall Wasser. Dort gibt es Orte, die heißen

Sommerland, Süderup, wir werden mit Freunden dort leben. Wir gründen einen Campong! Jeder wird sein eigenes Haus haben, und außerdem bauen wir ein gemeinsames Kinderhaus, ein Haus für Gäste, *You give me joy*!

Joy, joy, joy in the morning!

Die Zeile geht Susanne nicht aus dem Kopf, seit damals nicht. Es ist eine Zeile aus einem Love song, Susanne und Jens kamen aus einem Konzert, es war ein Winterabend in München: solange sie diese Zeile summt, sieht Susanne Jens' Gesicht vor sich. Das sich über sie beugte, es war dunkel vor dem Licht der Straßenlaternen und dem Gewirbel des Schnees, in seinen Wimpern schmolz eine Schneeflocke zu einem blitzenden Tropfen, eigentlich warteten sie auf ein Taxi, aber sie sahen einander an und küßten sich und die Welt wirbelte um sie beide herum wie der Rock einer Flamencotänzerin, sie froren gräßlich und ließen ein Dutzend Taxis vorbeifahren, weil sie sich immerzu küssen mußten, Susanne in ihrer Hamburger Wohnung, in Maries noch unbezogenem Zimmer, betrachtet das Bild. Es ist das Bild von Susanne und Jens, die einander küssen, Susanne kann die Straße sehen, den fallenden Schnee. Die geschmolzene Flocke, Susanne kann alles sehen! Außer den beiden, die einander küssen, wo sind sie hin? Wo ist Jens? Könnte Susanne ihn retten, mit einem Doppelklick auf die richtige Datei? Würde Jens zurück in die Welt kommen, zu Susanne, wenn Susanne die richtige Tastenkombination einfiele, der richtige Befehl?

Vielleicht. Aber es gibt nichts, was Susanne einfällt, das ist das Problem. Alles hat sich verändert, aber so wie im Traum: ursachenlos, es gibt nichts, was Susanne tun kann.

Das ist das Problem: Susanne kann nichts.

Sie kann ja noch nicht mal anständig Auto fahren. Vorsicht! schreit Jens auf dem Beifahrersitz, was machst du denn da, Susanne, das war ja haarscharf! Susanne, wo fährst du denn jetzt lang, links wäre es doch viel kürzer gewesen!

Jens hat recht. Es fällt Susanne auf, jetzt, wo Jens es gesagt hat: Bloß fährt Susanne eben immer so. Man kommt dann an der Außenalster vorbei: Aber de facto ist es ein Umweg, Susanne, bitte laß mich fahren, sagt Jens, Susanne gibt ihm die Schlüssel. Soll sie mit Jens darüber streiten, wer fährt? Jens braucht keine Frau, die mit ihm streitet.

Die an ihm herumredet, alles analysieren will, halbverdauten Psychoquatsch von sich gibt, Du hast doch keine Ahnung! sagt Jens. Du hast doch keine Ahnung vom wirklichen Leben, du mit deinem hochgestochenen Gerede, bei uns im Betrieb, da geht es zur Zeit ums nackte Überleben! Meinst du, das Zuckergeschäft wäre ein Honigschlecken?

Jens braucht eine richtige Frau. Eine starke Frau, die fühlt, und zwar mit ihm mit, im Grunde ist Jens ein Hippie geblieben! Er sieht die Dinge nicht ganz so verbissen, er ist nicht so verbiestert wie zum Beispiel Susanne, warum macht Susanne alles so kompliziert? Warum hat sie ständig eine Falte zwischen den Augenbrauen, wenn sie sich unbeobachtet fühlt?

Susanne weiß es nicht. Susanne, die bloß Teilzeitlehrerin ist, Jens schuftet sich ab! Er tut es für Susanne! Für den Campong, Jens spielt jetzt auch noch Tennis. Es hat wenig Sinn, daß Susanne da mitmacht, sie weiß es selbst: Sie hat keinerlei Ballgefühl, Jens spielt auch Golf. Es ist wichtig, daß er Tennis und Golf spielt. Es bringt eine Menge beruflicher Kontakte, das sieht Susanne doch ein? Susanne sieht es ein. Susanne muß sich wirklich ein bißchen mehr bemühen! Sie muß Jens mehr Zuwendung geben, mehr Fürsorge, irgendwann wird Jens merken, wieviel Susanne für ihn tut. Wieviel Liebe, Fürsorge Susanne sich inzwischen verdient hat, dann wird Jens nicht anders können, als Susanne zu geben, was Susanne zusteht, Susanne beginnt damit, Jens morgens den Kaffee ans Bett zu bringen. Das ist doch nicht nötig, sagt Jens, das mußt du nicht machen! Aber Susanne tut es ja gern. Ich tue es gern, sagt sie, und nach einer Weile ist es beiden ganz selbstverständlich. Ist der Kaffee schon fertig? schreit Jens aus dem Bett, Kommt gleich! antwortet Susanne, die Stimme voll Morgenfröhlichkeit.

Manchmal ist Susanne vollkommen ausgelaugt.

Warum ist sie ausgelaugt? Jens zahlt ihr sogar eine Putzfrau! Sie ziehen in eine größere Wohnung, Susanne hat es gut, was sollen denn die Fließbandarbeiterinnen in der Fabrik sagen? Was die berufstätigen Mütter mit vier Kindern? Wo ist Susannes Stärke, ihre weibliche Kraft?

Susanne ist wahrscheinlich beziehungsunfähig. Sie kann ja noch nicht einmal für Jens und sich ein richtiges Heim schaffen! Oder wie sonst läßt es sich erklären, daß sie noch immer sehnsuchtsvoll zu den beleuchteten Fenstern anderer Leute hochschaut? Im Dezember, die Straßen sind voller Schneematsch, Susanne sieht Kerzen auf Fensterbrettern, Adventsgestecke. Sie sieht die Fenster von außen, warm erleuchtet, Susanne hängt auch einen Strohstern in ihr Wohnzimmerfenster. Sie stellt Kerzen auf ihr Fensterbrett, sie betrachtet ihre eigenen Fenster von außen: Warum fühlt sie sich nicht geborgen, wenn sie ihre eigenen Fenster von außen sieht?

Susanne, mit ihren neurotischen Eßstörungen!

Das sagt Jens zu ihr.

Schau dir das Dickteil an! sagt Jens, von einer anderen Frau. Später fährt Jens mit der Hand über Susannes Hüftknochen, ich steh auf deine Hüftknochen, sagt Jens zu Susanne, er sagt: Ich glaube, du mußt mal in Therapie! Du mit deinen Eßstörungen!

Er sagt das am Tag nach dem Arztbesuch. Sie waren beim Arzt, weil Susanne nicht schwanger wird, der Arzt behauptet, Susanne könne unmöglich schwanger werden: Sie ist stark untergewichtig.

Du bist ja völlig neurotisch! sagt Jens zu Susanne. Mach mich bloß nicht für deine Eßstörungen verantwortlich!

Jetzt, wo Susanne einmal mit der Heulerei angefangen hat, kann sie nicht mehr aufhören. Obwohl Jens sie nun tröstet, er nimmt sie in den Arm, er murmelt irgend etwas, aber Susanne ist nicht zu trösten.

Es geht Jens auf die Nerven! Susanne macht Jens hilflos, Jens geht aus dem Zimmer, Susanne läuft hinter ihm her.

Ich kann das alles nicht mehr ertragen! schreit Jens sie an.

Aber was? Was kann denn Jens nicht mehr ertragen? Susanne ist fassungslos, sie sieht ihre eigenen Hände, die sich in Jens' Jackenrevers krallen. Sie läßt sofort los. Sie geht ins Bad, als sie aus dem Bad zurückkommt, lächelt sie. Sie sagt: Entschuldige bitte, Jens. Verzeih, daß ich dermaßen ausgeflippt bin.

Jens entschuldigt. Jens ist großmütig, er nimmt es Susanne nicht übel, daß sie bei jeder Kleinigkeit ausflippt, Entschuldige du schon auch, sagt er. Er sagt nicht, wofür er sich bei Susanne entschuldigt.

Die schwanger ist.

Der Arzt hat sich geirrt, Susanne ist schwanger: In Maries Kinderzimmer, das schon längst fertig eingerichtet, aber noch unbewohnt ist, steht Susanne vom Fußboden auf. Sie kann sich ihre Verzweiflungsanfälle wirklich nicht mehr leisten! Sie muß an Marie denken, an Marie in ihrem warmen Meer tief drin in Susannes Bauch. Marie, ständig umspült von Susannes Hormonen, Marie spürt alles, was Susanne spürt, will Susanne Marie traurig machen?

Susanne muß irgendwo Trost finden.

Sie muß Freude finden, sich auf Zuverlässiges besinnen, auf das, was es wirklich gibt: Morgensonne auf dem Küchentisch. Grünes Sonnenlicht, das durch Baumkronen huscht, der staubig-bittere Geruch von Sommerregen auf Asphalt, am nächsten Tag kommt Susanne an einem Laden vorbei. Sie hat einen Umweg gemacht, um die Rosenbüsche an der Bushaltestelle zu besuchen, dabei ist sie auf den Laden gestoßen. Es ist ein Juweliergeschäft. Im Fenster liegt ein kleines Fischchen. Es ist aus Gold. Es ist ein Goldfischchen. Susanne kauft das Fischchen, freilich, es gibt den Garten nicht mehr! Ende der Sechziger wurden alle Gärten planiert, betoniert, Garagen wurden gebaut, zehn Jahre später drillte man den Beton wieder auf und schob ein paar dünne Bäumchen durch die Löcher hinab in den Boden, der Trend ging nun wieder hin zu einer extensiveren Stadtbegrünung: Das sagte ein Mann von der Stadtverwaltung, Susanne betrachtet das Fischchen in ihrer Hand. Wenn Marie ein Bäumchen wäre und man würde sagen, sie sei die extensive Begrünung: Würde Marie wachsen?

Susanne hat den »Schimmelreiter« gelesen: Sie weiß, in jeden Deich muß etwas Lebendiges, sonst hält er nicht. Sie weiß, in ihrer Heimatstadt gibt es keine Überschwemmungen mehr, seit damals der Staudamm gebaut wurde, der Ministerpräsident kam zu seiner Einweihung, der Fabrikant, der ihn mit seinem Privatflugzeug abholen durfte, fühlte sich sehr geehrt. Er erweiterte vor lauter Ehre gleich seine Fabrik, steckte viel Geld in gemeinnützige Einrichtungen, in die Partei des Ministerpräsidenten, und in den

Siebzigern machte er Pleite. Wo war sein Freund, der Ministerpräsident? Suchend sah er sich um, der kleine Provinzflieger, wer weiß, was er sah? Kurz darauf erhängte er sich, Susanne in Hamburg betrachtet das Fischchen in ihrer Hand. Susannes Tochter wird keinen Ministerpräsidenten bewundern. Sie wird kein Hündchen sein, das lebendig begraben wird im Fundament eines Deichs, kein Bäumchen in einem zubetonierten Garten: Sie wird Goldfischchen sehen, wenn sie sich suchend umschaut. Susanne wird ihr die Goldfischchen zeigen, die in dreckigem Schmelzwasser unverhofft aufblitzen können tief unten zwischen den abgeblühten Löwenmäulchen des Vorjahrs, Susanne zweifelt keinen Moment daran, daß sie eine Tochter haben wird. Daß die Gegenwart in ihrem Bauch eine Tochter ist, Susanne schiebt das Fischchen in ihre Geldbörse.

Marie wird an einem Freitag im Herbst geboren.

Es ist Nebelwetter, feuchtklamm, nicht daß Susanne etwas vom Wetter merkt! Die Geburt dauert achtzehn Stunden: Marie steckt irgendwo fest. Marie will nicht raus aus dem warmen Meer im Bauch ihrer Mutter, nach zwölf Stunden des Gehens, Stehens, Hockens, Sichkrümmens ist Susannes Muttermund noch immer kaum einen Zentimeter weit auf. Nach vierzehn Stunden läßt Susanne sich eine PDA geben: Sie ist und bleibt eben eine Versagerin! Sie bringt noch nicht einmal eine natürliche Geburt zustande. Trotz Yoga, trotz Schwangerschaftsvorbereitung, wo ist Susannes weibliche Stärke? Susanne ist ein Waschlappen, wie soll sie den Frauen in der Schwangerschaftsgruppe, in der Stillgruppe erklären, daß sie um die verpönte Rückenmarksspritze gebettelt hat? Es ist Susanne egal. Susanne hat keinen Bock mehr auf die Geburt, Susanne will heim. Sie möchte das Unternehmen abbrechen: Sie hat es sich eben anders überlegt! Man wird doch seine Meinung ändern, den Job wechseln können, das Leben ist doch frei gestaltbar? Susanne möchte den Job wechseln. Sie möchte die Mutterschaft kündigen, oder sie möchte sich wenigstens krankmelden, vielleicht kann sie einen Tag Urlaub nehmen und morgen mit der Geburt weitermachen, wenn sie ausgeruht ist, das ist doch nicht unbillig? Aber die Realität in Susannes Bauch akzeptiert keine Krankmeldung. Es ist der Realität scheißegal, ob jemand sie unfair findet oder gemein, während der Preßwehen setzen Maries Herztöne aus. Pressen! schreit es auf Susanne ein. Pressen!

Susanne hört diese Schreie. Sie hört auch ihre eigenen Schreie, von außen, die PDA wirkt nicht. Oder es sind keine Schreie: Es ist ein rauhes Grollen, das in der Kehle anschwillt und weiter anschwillt, bis es ihr die Kehle fast sprengt, es sind Laute von einem gepeinigten Raubtier vielleicht, Susanne denkt das natürlich nicht. Sie denkt nicht: Sie hörte ihre eigenen Schreie von außen, Scribbo hat sich vorübergehend vom Acker gemacht. Es gibt hier nichts zu kommentieren für Scribbo. Es gibt hier und jetzt, wo die Realität ist, absolut nichts mehr zu prüfen, zu erwägen, Scribbos Kommentare haben ungefähr soviel Bedeutung wie ein Rattenfurz, der Schmerz ist ein blendendweißer Zustand weit jenseits der Angst. Durch den weißen Schmerz hindurch hört Susanne Maries Herztöne aussetzen: Ticktockticktocktick-tock-tick...tock... tick ... ... tock...... weit jenseits der Angst ist das Wissen, daß hier und jetzt gestorben wird. Susanne ist fest entschlossen, daß sie es ist, die stirbt, nicht Marie, trotzdem beißt sie den jungen griechischen Arzt in den Arm, als er und die Hebamme sich mit aller Kraft auf ihren Bauch lehnen, das Kind aus ihrem Bauch herausdrücken, eine Rippe bricht, Susannes Kopf wird wieder zurückgezwungen, einen Moment lang fließen die roten Schlieren vor Susannes Augen auseinander und geben den Blick auf die blutbespritzte Brille des Arztes frei, auf sein mitleidiges Gesicht weit jenseits der Welt, in der jemand zwischen Susannes Beinen Susannes Damm aufschneidet, mit der Zange an Maries Kopf zerrt, irgendwo in einer fernen Welt schluchzt Jens, jemand schreit,

Jetzt, schnell, da, die Schultern!

Marie miaut.

Marie liegt auf Susannes Bauch.

Maries Lippen schließen sich um Susannes Brustwarze. Als sie mit völlig unerwarteter Gewaltsamkeit saugt, ist der Schmerz in der Gebärmutter nicht zu ertragen. Susanne kann Marie nicht festhalten, sie kriegt die Arme nicht hoch, Marie ist glitschig, sie wird von Susannes Bauch rutschen! Sie wird sich erkälten, es ist hundekalt, irgendwo schluchzt Jens noch immer. Jemand nimmt Marie von Susannes Bauch und wickelt sie in ein Handtuch. Susanne bekommt eine Spritze und verliert das Bewußtsein.

Als sie zu sich kommt, ist Marie da.

Susanne liegt mit Marie in den Armen im Krankenhausbett. Marie ist nicht niedlich. Marie ist nicht entzückend, es ist unverschämt, sie zu vereinnahmen mit Verkleinerungsformen, das Schätzchen, das Herzchen, Marie ist ein neugeborenes Kind: Sie hat Respekt verdient, Achtung. Anbetung vielleicht, Maries Gesicht ist todernst. Es ist voll rotblauer Blutergüsse von der Zange, mit der Marie aus Susanne herausgezerrt worden ist, ihre Augen sind von dunklem Neugeborenenblau. Sie sehen Susanne an, mit einem fremden Blick. Was sieht Marie mit diesen neugeborenen Augen? Marie sieht ihre Mutter an, Susanne ist unendlich erstaunt: Woher kommt dieses Kind? Das nicht Susanne ist. Das jenseits von Susannes überquellender, überströmender Liebe existiert, ganz für sich allein, Susanne hüllt ihr Kind in ihre Liebe ein wie in eine Decke: vorsichtig, respektvoll, aus welchem fremden Universum ist das Kind auf die Erde gekommen? Zu Susanne. Ausgerechnet zu Susanne ist dieses Kind gekommen, es ist eine Ehre! Sternenkind, sagt Susanne zu ihrer Tochter. Meermädchen, du. Du kleine Fremde, du kleine Reisende, wie mutig du bist! Willkommen auf der Erde. Willkommen bei mir, kleiner Gast, verfüge über mich und alles, was ich habe. Bleib lange, lange.

Marie ist fünf Stunden alt.

Eine Schwester bringt Susanne Tee.

»Sie dürfen jetzt einen Schluck trinken«, sagt die Schwester zu Susanne. Sie sieht das Kind in Susannes Bett, sie sagt: »Was tun Sie da? Legen Sie das Kind in sein Bett!«

Susanne reagiert nicht.

»Legen Sie das Kind in sein Bett«, sagt die Schwester, »ich nehme es jetzt mit ins Säuglingszimmer, es ist Schlafenszeit.«

»Nein«, sagt Susanne. »Marie bleibt natürlich bei mir.«

Die Schwester baut sich vor Susanne auf. Ihr Gesicht ist aus ungebackenem Brotteig. Blondierte Dauerwellen quellen unter ihrem Käppi hervor wie dreckiges Stroh.

»Wie Sie wollen«, sagt sie drohend, »aber dann bilden Sie sich bloß nicht ein, ich komme zum Wickeln. Wenn Sie das Kind unbedingt hier haben wollen, dann sehen Sie auch zu, wie Sie damit fertig werden!«

»Wissen Sie was?« sagt Susanne. Sie sieht Marie an, sie blickt nicht mal auf.

»Bestellen Sie mir bitte ein Taxi. Und richten Sie dem Professor einen schönen Gruß aus, ich rufe ihn morgen an und erkläre ihm alles.«

Die Schwester sieht aus wie etwas Aufgeblasenes mit

einem Loch drin. Ein Schwimmreifen vielleicht mit einem Dinokopf vorne dran, pfffffft, macht der Schwimmreifen jetzt, aber an der Tür hat er doch noch einen Rest Luft.

»Gut«, sagt der Dinokopf am Schwimmreifen, »ich komme zum Wickeln. Aber das eine sage ich Ihnen: Wenn das Kind in der Nacht aus Ihrem Bett rausfällt und tot ist oder wenn es an einem Hämatom stirbt, während Sie schlafen, dann sind Sie selbst daran schuld! Dann haben Sie Ihr eigenes Kind auf dem Gewissen, Sie selbst!«

Ein winziger Teil von Susanne ist erschüttert. Ein winzig kleines Susannenfragment fragt sich verwirrt, warum diese Schwester so mit ihr spricht. Wie es sein kann, daß sie so gemein zu Susanne ist, nach allem, was Susanne heute schon durchgemacht hat: Aber Maries Mutter hört gar nicht zu. Maries Mutter legt Marie an die Brust, damit Marie Vormilch trinkt, Maries Mutter denkt noch nicht mal darüber nach, daß sie sich gerade gegen einen Dinosaurier gewehrt hat! Daß sie den Drachen besiegt hat: sie, Susanne, das kleine Kaninchen.

Jens derweil im Büro. Jens am Computer. Am Fax. Jens kommt jeden Abend für eine Stunde ins Krankenhaus, er hält Marie auf dem Arm und sieht sie an, wie er früher Susanne angesehen hat: liebevoll, glühend stolz. Susanne ist durchaus gerührt. Süße, sagt Jens zu Marie, meine Süße! Gott, Susanne, sie ist so niedlich, aber was will er eigentlich hier? Jens geht mit seinen Freunden zum Trinken, er gibt einen aus: Sie feiern das Baby. Sie gehen in dieselbe Kneipe wie immer, sie haben dort schon Jens' Beförderung, einen hart umkämpften Großauftrag und den Sieg einer Fußballmannschaft gefeiert, der Wirt macht so was immer sehr schön! Aber mit welchen Freunden feiert Jens eigentlich? Jens hat Kollegen. Er hat Bekanntschaften: zwei fürs

Golfspielen, zwei fürs Tennisspielen, immer zwei von jeder Sorte, falls einer mal krank ist: So etwas denkt Maries Mutter.

Sie denkt es ganz ohne Scribbos Hilfe, aber andererseits, Susanne hat nach wie vor keine Ahnung von Männern. Sie hat keine Ahnung von Vätern, sie hatte ja selber keinen! Aber jetzt ist sie mit einem verheiratet.

Mit Maries Vater. Der nach seinem zweiten Besuch im Krankenhaus an der Tür plötzlich umdreht, er kommt noch einmal zurück und sagt: »Susanne. Ich – ich hätte es nie geglaubt. Was du leisten kannst. Was du geleistet hast, was du durchgemacht hast, ich habe Respekt vor dir, Susanne. Du bist eine tolle Frau.«

Susanne ist wieder gerührt. Sie lächelt, sie küßt Jens. Jens küßt Susanne. Sie haben einander sehr lange nicht mehr geküßt, nicht mehr seit jenem Tag, an dem Jens die Fernbedienung nach Susanne geworfen hat. Nach einer Woche holt Jens Susanne heim. Er hat für Marie zehn Tage Urlaub genommen. Er hat ein Schild an die Tür gehängt: *Willkommen daheim, Marie und Susanne*, er hat Sekt kaltgestellt und Salate gekauft, Jens braucht sowieso mal ein paar Tage Urlaub. Er braucht eine Ruhepause vom Job, er ist ausgepowert, aber er deckt den Tisch, während Susanne Marie in ihr Zimmer trägt. In Ruhe essen können sie natürlich nicht: Marie quäkt.

Jens ist nicht enttäuscht! Es ist ihm ja klar, so ein Kind verändert das ganze Leben. Wahrscheinlich wird es jahrelang keine ungestörte Mahlzeit mehr geben, Jens fotografiert Susanne, die Marie stillt. Er fotografiert Susanne, die Marie wickelt, er fotografiert fortwährend: Er hat ja extra eine Kamera gekauft, um Marie zu fotografieren. Er sieht erschöpft aus, Marie hat noch keinen Rhythmus. Marie weckt Susanne alle zwei Stunden. Jens steht nicht auf, wenn Marie quäkt. Er ist es ja nicht, der Marie stillt, und wenn Susanne Marie gestillt hat, dann kann sie doch auch noch die paar Minuten im Flur mit ihr auf und ab gehen, bis Marie wieder schläft, nachmittags fährt dafür Jens Maries Kinderwagen eine Stunde lang um den Block: Da kann Susanne sich hinlegen. Susanne legt sich aber nicht hin. Sie duscht, dann bügelt sie die Hemden von Jens, wann soll Susanne sonst bügeln? Susanne hat Schatten unter den Augen. Sie hat Falten um die Augenwinkel, ihre Jogginganzüge sind ungebügelt und voller Milchflecken, sie sieht verboten aus! Nach einer Woche kehrt Jens in seinen Job zurück. Ein Krankheitsfall in der Abteilung, ein wichtiger Auftrag, Susanne versteht doch? Susanne versteht. Sie schiebt das Gästebett in Maries Kinderzimmer, wozu Jens jede Nacht aufwecken? Jens braucht seinen Schlaf, er muß schließlich Geld verdienen für zwei, Susanne arbeitet ja nicht mehr. Susanne putzt und überzieht Betten und poliert Fenster und schrubbt Bad und Küche und kümmert sich um die Wäsche, sie kauft ein, bezahlt Rechnungen, geht für Jens zur Bank, sie kocht und wäscht ab und hat dabei immer Marie auf dem Arm: Marie, die quäkt, wenn Susanne sie hinlegt.

Die vier-, fünfmal pro Nacht aufwacht und gestillt werden will, Susanne nimmt Marie mit in ihr Gästebett, Marie schläft dann viel besser. Susanne schläft besser, sie schläft nackt: Marie ist vier Monate alt, wenn Marie wach wird, findet sie Susannes Brustwarze ohne Susannes Hilfe. Susanne spürt den saugenden Mund Maries wie eine Liebkosung, die sie empfängt, ohne die Augen zu öffnen. Dann schlafen sie beide weiter.

Wenn Gäste da sind, ist es Jens, der Marie wickelt. Jens besteht darauf, wenn Gäste im Haus sind, schließlich hat Susanne dann genug in der Küche zu tun! Natürlich sind alle von Jens begeistert: Was für ein netter Mann, was für ein liebevoller Vater Jens ist! Wie glücklich Susanne sein muß mit einem wie Jens, aber es stimmt: Mit Marie ist Jens liebevoll. Wenn er abends nach Hause kommt, spricht er mit Marie, er kitzelt sie, bis sie vor Begeisterung gurgelt, er schmust mit ihr, singt ihr vor, während Susanne kocht. Susanne ißt rasch, dann bringt sie Marie ins Bett. Wenn Susanne die Küche aufräumt, sitzt Jens vor dem Fernseher. Dann nimmt Susanne ein Bad, mit geöffneter Tür, damit sie Marie hören kann, und geht ins Gästebett. Am Wochenende lädt sie meist Leute ein, Bekannte von Jens. Oder sie trifft sich mit einer Freundin, während Jens Tennis spielt oder Golf: Wenn Jens und Susanne allein sind, dann streiten sie sich.

Da hast du ja wieder eine Scheiße verzapft! sagt Scribbo. Scribbo ist ganz allmählich wieder zu Susanne zurückgekehrt, Zum Teufel noch mal, sagt Scribbo, du müßtest doch langsam wissen, wie Jens reagiert, wenn du dich so aufführst! Wenn du mit ihm redest, während er Fußball sieht, wenn du ihm Vorwürfe machst, daß er das Auto wieder nicht in die Inspektion gefahren hat, warum hältst du nicht einfach den Mund und machst es allein? Warum machst du nicht alles allein, manche Frauen haben vier Kinder und kommen gut klar!

Und dann, während Susanne erschöpft das Gesicht wegdreht, es hinter ihren Händen verbirgt, damit Jens nicht sieht, daß sie mit Tränen kämpft, dann sagt Scribbo: Sie verbarg das Gesicht in den Händen und kämpfte gegen die aufsteigenden Tränen an.

Theatralischer Schwachsinn. Kitsch! So etwas läßt Maries Mutter Scribbo nicht durchgehen. Also, sagt sie scharf, so geht es nicht, Scribbo, das siehst du doch ein! Hör zu, wie wäre das? Sie verbot sich das Losheulen, niemand mußte voll Zorn bei ihr bleiben, bloß weil sie litt. Sie stand auf und verließ den Raum. Und dann nimmt Susanne die Hände vom Gesicht, verbietet sich das Losheulen, steht auf und verläßt den Raum.

In dem Jens immer noch am Fenster steht, mit dem Rücken zu ihr, Susanne geht in Maries Zimmer, sie nimmt Marie auf den Arm und sucht das Goldfischchen hervor. Sie legt es in Maries Babyfaust, dann steht sie lange am Fenster und wiegt Marie und sieht hinaus auf den Hof.

Es ist Jens, der geht.

Jens zieht aus, Marie ist ein Jahr alt. Jens leidet, weil er ohne Marie sein muß, er kriegt jetzt Realität, das ist Jens nicht gewohnt: Jens inszeniert Drama. Er schickt Susanne Briefe, Du hast mein Leben zerstört, schreibt er. Du bist an allem schuld, Jens muß Susanne dafür bestrafen, daß sie Marie hat. Oder dafür, daß er versagt hat: als Vater und Ehemann versagt. So sieht er das jetzt, so schreibt er es Susanne: die Jens noch jahrelang ertragen hätte, damit Marie eine intakte Kindheit hat. Damit Marie nicht auf den Vater verzichten muß wie Susanne, aber Jens ist gegangen. Susanne ist froh. Sie kann Jens' Briefe nicht übelnehmen, auch wenn sie sie verletzen: Seit Jahren hat Jens sie mit nichts mehr so glücklich gemacht wie mit seinem Auszug.

Im darauffolgenden Jahr finden Susanne und Marie ihre Insel, ihre baufällige Kate. Marie hat das Goldfischchen in ihrer Schatztruhe. Weihnachten steht vor der Tür. Susanne hat mit Marie Figuren aus Goldfolie ausgeschnitten, amöbenartige Gebilde, die Sterne sein sollen und Monde und Fische, Susanne hat sie an die Fensterscheiben geklebt. Susanne und Marie stehen im Garten ihrer Kate, es dämmert. Warmes Licht scheint durch die Scheiben, es sind Susannes eigene Fenster: hinter denen sie mit Marie wohnt. Und gleich werden Marie und Susanne durch den winterlichen Garten ins Haus gehen. Sie werden die Wohnung betreten, die hinter den Fenstern liegt, Susanne fühlt nach dem Haustürschlüssel, der Schlüssel ist in ihrer Manteltasche. Susanne schlägt die Hände vors Gesicht. Sie tut das wirklich: Sie ist fassungslos vor Glück. Sie ist in ihrem ganzen Leben noch niemals so glücklich gewesen.

Zu Weihnachten kommt Susannes Großvater. Er kommt für vier Wochen. Er bleibt, bis zu seinem Tod. Bis das Loch in Susannes Küche sich auftut, durch das er davongeht. Er geht den Sandweg zwischen den Gärten entlang, er dreht sich nicht um. Er pfeift durch die Zähne, tonlos, auch Marie wird irgendwann fortgehen, Susanne auf ihrem Hotelbett sieht Marie in ihrem Buggy sitzen. Sie haben Krabben von einem Kutter gekauft, mit den Schalen füttern sie die Möwen, Marie in ihrem Buggy juchzt vor Freude, Susanne denkt an die Möwen. Die einem Schiff folgen. Einem blauen Schiff, das verkehrt herum über eine Tasse fährt, die Tasse steht auf Susannes Spüle: verkehrt herum, in Susannes Küche, in der ein Loch ist, warum drehen sich Susannes Gedanken immer weiter im Kreis? Warum kann sie nicht aufhören?

Das Telefon klingelt. Susanne greift nach dem Hörer.

Es ist Victor Hellweg.

»Ich will nicht«, sagt Susanne zu Victor Hellweg. »Ich kann heute nicht mit dir essen gehen. Ich will nicht.«

Sie legt auf, bevor Victor antwortet. Bevor sie die Katzenzungenstimme hören muß, Susanne sitzt auf dem Bett, sie vergräbt das Gesicht in den Kissen, warum weint Susanne? Es ist nichts, Susanne hat bloß keine Lust auf Victor Hellweg. Sie hat keine Lust auf irgendeinen Mann, Susanne will nach Hause. Sie möchte zu ihrem Kind, in ihre baufällige Kate, wo die Goldfische und Monde an den Scheiben kleben: Oder sie möchte schlafen. Am liebsten möchte sie einschlafen und dann weiterschlafen, warum sollte sie nicht einfach weiterschlafen?

Das Telefon klingelt ein weiteres Mal.

»Ja doch,« sagt Susanne, »hallo? Victor?«

»Mama!« Es ist Marie. »Hallo Mama, bist du wütend? Du klingst ganz wütend, wer ist denn Victor? Kenne ich den? Mama, ich muß dir was erzählen, was meinst du, wo wir heute waren?«

Marie ist aufgeregt. Sie erzählt durcheinander, sie sind gerade erst aus dem Zoo gekommen, vorher waren sie Hamburger essen. Sie sind mit dem Fahrrad zum Zoo gefahren, Jens hat Marie ein neues Fahrrad gekauft. Jens hat ihr eine Barbievilla gekauft, es geht Marie gut! Daran besteht kein Zweifel. Es geht ihr ganz supertoll gut, sie darf jetzt gleich in die Badewanne, Jens hat ihr die Taucherbarbie gekauft, sie hat die Mama sehr lieb! Sie ruft wieder an, Küßchen und bis bald, Tschüssi Mama!

Einen Moment lang hält Susanne den Hörer in der Hand. Sie lauscht der Stimme Maries nach, Marie hat einen Vater. Susanne muß nicht niedergeschlagen sein, es gibt die beiden nicht mehr, die sich im Münchner Winter auf der Straße geküßt haben! So einfach ist das.

Susanne möchte Jens auch nie wieder küssen.

Aber sie wünscht sich, daß sie noch irgendwo stehen könnten, die beiden. Daß, wenn sie beide tot sind, sie sich so wiederfinden könnten: noch vorhanden, wie sie waren. Im Tod aufgehoben, in einer Umarmung, im Schneegestöber auf einer dunklen Straße, für diesen einen Moment jung und heil. Unverbogen. Nicht die mißglückten Werkstücke, zu denen sie einander gemacht haben voller Liebe, Susanne steht auf. Sonja hat recht. Es wird Zeit, daß Susanne in die Realität zurückkehrt, Susanne wird ihre Suche nach Isa abbrechen. Oder nicht abbrechen, aber aufschieben, sie wird Urlaub machen. Irgendwo im Süden, auf einer Insel mit einem warmen Strand, dann wird sie nach Hause fahren, Susanne holt ihren Koffer unter dem Schrank hervor. Sie hat gerade angefangen zu packen, als es klopft. Sie geht zur Tür und öffnet. Es ist Victor Hellweg.

Victor Hellweg steht in Susannes Hotelzimmer. Er sieht sich um, er sagt: »Ach! Du willst also abreisen.«

Susanne nickt, sie geht an Victor Hellweg vorbei zum Schrank. Halb und halb befürchtet sie, daß er sie festhalten, vielleicht am Arm packen wird, aber das tut er nicht. Sie hört nur seine Katzenzungenstimme, »Ich glaube, ich verstehe dich«, sagt Victor Hellweg. »Sexuelle Verweigerung! Das ist ein Machtmittel. Ein fast ebenso gutes wie die Möglichkeit, jemandem Schmerz zuzufügen, was?«

Susanne antwortet nicht. Sie nimmt ein Hemd aus dem Schrank und beginnt es zusammenzulegen. Victor Hellweg geht im Zimmer umher. Susanne gerät mit den Ärmeln durcheinander, kann sie noch nicht mal ein Hemd zusammenlegen? Sie schüttelt das Hemd aus, legt es aufs Bett. Sie fängt noch einmal von vorn an. Auf dem Boden liegt eine Zeitung. Susanne hat die Zeitung heute morgen gekauft, um sie in ein Café mitnehmen zu können, Victor Hellweg hebt die Zeitung auf. Er sagt: »Hast du die gelesen?«

Sein Ton ist jetzt locker: Konversationston, er sagt: »Ich selbst lese ja schon seit Jahren keine Zeitung mehr.« Er lacht auf. Er sagt, »Was meinst du, wie oft mir Redaktionen vor Beginn meiner Recherchen mitgeteilt haben, was für eine Geschichte am Schluß herauskommen sollte! Da verliert man den Glauben daran, daß die Zeitungen einem was Wissenswertes erzählen, aber klar, die meisten Leser verlangen nun mal stimmige Geschichten. Und die kriegt man nicht hin ohne ein paar Korrekturen an der Realität.«

Susanne legt das Hemd in den Koffer. Sie zieht einen Pullover aus dem Schrank, Victor Hellweg geht zum Fenster. Er sieht hinaus, er sagt: »Hast du mal versucht, über die Wirklichkeit zu schreiben, Susanne? Über Leute, die es tatsächlich gibt, was würdest du zum Beispiel über mich schreiben? Oder über Isa. Oder über dich selbst, was würdest du über Susanne schreiben?«

Victor Hellweg geht im Zimmer umher, er sagt: »Du bist doch hergekommen, um Isa zu suchen, Susanne! Du kannst doch jetzt nicht aufgeben! Du kannst doch nicht einfach so abbrechen.«

Susanne steht vor dem Bett und legt den Pullover zusammen. Die Ärmel des Pullovers sind nicht gleich lang. Oder wie sonst läßt es sich erklären, daß der Pullover so schwer zusammenzulegen ist, hat Susanne zwei linke Hände? Victor Hellweg lehnt an der Tür. Er schlägt mit der Zeitung leicht auf seine Handinnenfläche, er seufzt.

Er sagt: »Gut. Ich sage dir jetzt etwas. Du glaubst, es hätte nie jemand nach Isa gesucht. Aber du täuschst dich, jemand hat sie gesucht. Ich«, sagt Victor Hellweg. »Ich habe Isa gesucht. Damals im Sommer 81. Als sie aus deiner Wohnung verschwand. Und ich habe sie auch gefunden. Ich habe sie 1985 wiedergefunden. In München.«

Susanne starrt Victor Hellweg an.

Victor Hellweg sieht Susanne an. Er lächelt.

»Du?« sagt Susanne. Sie setzt sich aufs Bett. »Du«, sagt sie. »Du warst der Mann. Der Mann, mit dem sie nach London gehen wollte!«

»Ich habe sie 85 in München gefunden«, sagt Victor Hellweg.

»Du warst der Mann!« sagt Susanne. »Es war gar nicht Lionel, du warst es. Du warst da, als sie die Tante angerufen hat. Mit dir wollte sie nach London gehen. Du hast das die ganze Zeit gewußt! Und du hast es mir nicht gesagt«, Victor Hellweg lehnt nicht mehr an der Tür. Er steht mitten im Zimmer, »Wo ist sie?« sagt Susanne. »85 ist sie verschwunden, wo ist sie? Du weißt es genau! Nicht wahr? Victor, du weißt es, hat sie – ist sie – Victor, lebt sie überhaupt noch?«

Nun ist es heraus. Nun hat sie es gesagt, sie hat das Undenkbare gedacht, Victor Hellweg steht vor Susanne. Er hebt die Hand und berührt Susannes Wange mit einer Fingerspitze. Wo er Susannes Gesicht berührt, wird Susannes Haut kalt. Die Angst ist etwas, das in Susanne emporsteigt wie ein merkwürdiges Tier. Ein Wurm vielleicht, der tief in Susannes Bauch wohnt: Meist liegt er unter ihrem Nabel, zu einer harten Kugel zusammengerollt, aber jetzt richtet er sich auf in Susanne, steigt in ihr empor durch ihren Magen, in ihre Kehle, »Wie wunderbar du bist, Susanne«, sagt Victor. »Wie dünnhäutig, wirklich! Ich glaube, ich liebe dich«, Victor lächelt, er sagt: »Aber ich lasse dich jetzt besser allein. Du willst in Ruhe packen«, Victor Hellweg dreht sich um und verläßt das Zimmer.

Leise schließt sich die Tür hinter ihm.

Susanne läßt sich aufs Bett fallen.

Eine Weile liegt sie reglos, mit geschlossenen Augen, dann greift sie nach dem Telefon. Sie wählt, das Telefon klingelt.

»Birgit Hofmayer«, sagt Birgit Hofmayer.

»Birgit«, sagt Susanne. Das Sprechen fällt Susanne nicht leicht, der Angstwurm füllt ihr fett und glitschig die Kehle. »Ich habe Victor Hellweg getroffen«, sagt Susanne, »er hat mir von einem Mann erzählt. Einem Fotografen, der – es war eine Werbung für Männerparfum, Birgit, erinnerst du dich? Das Model war nackt, es lag auf dem Rücken –«

»Laß mich in Ruhe«, sagt Birgit. Ihre Stimme ist sehr leise. »Laß mich verdammt noch mal einfach in Ruhe! Ruf mich nie wieder an!«

Die Leitung ist tot. Susanne sitzt still. Im Zimmer wird es allmählich dunkel. Susanne wählt Sonjas Nummer. Sie läßt es lange klingeln, niemand nimmt ab. Sonja ist nicht zu Hause. Susanne sitzt auf ihrem Bett und wartet, worauf wartet Susanne? Einmal schluchzt sie auf, trocken, nervös. Sie schluchzt gegen den Angstwurm an, sie wählt Jens' Nummer. Sie legt wieder auf, bevor Jens' Telefon klingelt, was will sie von Jens?

Susanne ruft ihre Mutter an.

Was will sie von ihrer Mutter?

Susanne weiß es nicht, »Eine Parfumwerbung?« sagt Susannes Mutter. »Also entschuldige mal, aber was soll das denn heißen? Ein Fotograf hätte sein Model vergiftet, für eine hübsche Parfumwerbung? Das ist doch Unsinn. So ein Bild habe ich natürlich nie irgendwo gesehen, da hast du dir doch von jemandem einen Riesenbären aufbinden lassen. Himmel, Susanne, nun sei doch nicht immer so schrecklich naiv.«

»Mama«, sagt Susanne. Sie sieht sich in ihrem Hotelzimmer um. Stuhl Tisch Schrank. Sie hat seit dem Tod des alten Mannes nicht mehr mit ihrer Mutter gesprochen, »Was ist denn los, Susanne«, sagt Susannes Mutter. »Was ist denn nun schon wieder los mit dir.«

»Mama«, sagt Susanne. »Wieso bist du denn nicht zu seiner Beerdigung gekommen.«

Sie bereut diesen Satz in demselben Moment, in dem sie ihn gesagt hat.

»Seit wann muß ich mich vor dir rechtfertigen«, sagt Susannes Mutter. »Seit wann nimmst du es dir heraus, deiner Mutter Vorwürfe zu machen.«

»Ich mache dir keine Vorwürfe«, sagt Susanne, »ich wollte dir keine Vorwürfe machen, ich wollte nichts sagen – «

»Ganz recht«, sagt Susannes Mutter. Ihre Stimme ist eisig. »Was auch?« sagt sie, »schließlich war er mein Vater, nicht deiner. Du hast ihn ja immer schrecklich idealisiert«, sagt Susannes Mutter, »und ich habe mich da nie eingemischt, wozu auch? Aber jetzt, wo er tot ist, könntest du ihn ruhig mal so sehen, wie er wirklich war.«

»Wieso?« sagt Susanne. »Was meinst du damit?«

Susannes Mutter schweigt. Susanne überlegt, daß sie jetzt auflegen könnte. Sie könnte einfach einhängen, andererseits wäre Susannes Mutter dann wütend. Dann würde Susanne sich noch schlechter fühlen, dann würde sie ihre Mutter zurückrufen, sie kann genausogut gleich am Telefon bleiben!

»Er hat sich doch nie um irgendjemanden gekümmert«, sagt Susannes Mutter. »Hast du das niemals bemerkt? Er hat sich doch niemals um jemanden geschert, nur um sich selbst, alle anderen waren ihm völlig egal. Du bist so furchtbar naiv, Susanne! Du denkst allen Ernstes, er hat dich geliebt, dabei hat er dich immer nur ausgenutzt. Du warst eine billige Haushälterin, das ist alles! Sieh doch den Tatsachen wenigstens jetzt ins Gesicht.«

»Das ist nicht wahr«, sagt Susanne. »Warum sagst du solche Sachen?«

»Nicht wahr?« sagt Susannes Mutter. »Bezeichnest du mich als Lügnerin? Dein vergötterter Großvater! Soll ich dir sagen, was er gemacht hat, dein Großvater?«

Nein, denkt Susanne. Oder vielleicht sagt sie es sogar laut. Sie ist nicht ganz sicher, sie hat plötzlich einen hohen Ton in den Ohren. Es ist ein hohes Summen, oder vielleicht ist es eher ein Pfeifen. Es ist ein Fledermauston, Susanne müßte laut sprechen, um trotz des Pfeifens ihre eigene Stimme zu hören, »Er hat einen Mäusebussard gehabt«, sagt Susannes Mutter. »Warum soll ich es dir nicht erzählen, jetzt, wo er tot ist? Einen riesigen wilden Mäusebussard hat er gefangen, das war früher, vor dem Krieg. Zu Hause. Er hat ihn gefangen und in unseren Keller gesperrt. In einen Holzverschlag, in die Dunkelheit. Der Verschlag war gerade so groß, daß das Tier hineinpaßte. Natürlich wurde der Bussard verrückt. Wenn man in den Keller kam, hörte man ihn schreien. Man hörte ihn wie wahnsinnig auf den Verschlag einhacken.«

»Warum?« flüstert Susanne. Sie flüstert es durch das Pfeifen in ihren Ohren, »warum hätte er so etwas tun sollen?«

»Warum!« schnaubt Susannes Mutter. »Warum? Er fand den Vogel schön. Den wollte er haben. Männer wollen immer gleich alles haben, was sie bewundern, das ist nun mal so, Gott schütze uns vor der Bewunderung der Männer! Das hat mal meine Mutter zu ihrer Schwester gesagt, sie haben beide gelacht, meine Mutter wollte wohl einen Witz machen. Aber als er mich in den Keller gesperrt hat, da hat sie nichts unternommen. Er hat mich nämlich in den Keller gesperrt«, sagt Susannes Mutter, »ich weiß nicht mehr, was ich gemacht hatte, er hat mich ja immer verdroschen, bei jeder Gelegenheit, es muß schon etwas besonders Schlimmes gewesen sein damals! Ulkig, daß ich selber nicht mal mehr weiß, was es war. Jedenfalls hat er mich eingeschlossen, mit diesem Bussard, ich muß ungefähr sieben gewesen sein. Eine Nacht lang saß ich da unten im Keller in der Dunkelheit, mit einem Raubvogel, der die ganze Zeit schrie und auf seinen Verschlag einhackte. Ich konnte seine Flügel hören, die gegen die Wände stießen«, sagt Susannes Mutter, ihre Stimme ist jetzt ganz fremd. »Seine Flügel, die in der Dunkelheit an den Brettern des Verschlags entlangschrammten, ich wußte genau, jetzt würde er sich befreien, und dann würde er sich auf mich stürzen. Ich muß in Ohnmacht gefallen sein, am nächsten Morgen jedenfalls, als meine Mutter mich rauslassen wollte, war ich bewußtlos, ich hätte zu seiner Beerdigung kommen sollen?« sagt Susannes Mutter, »warum hätte ich auch noch auf seine Beerdigung gehen sollen! Jetzt, wo er tot ist!«

Susanne begreift, daß ihre Mutter jetzt weint.

»Und sag bloß nicht, er hätte sich verändert!« sagt Susannes weinende Mutter. »Du denkst natürlich immer, irgendwann wird jeder nett und gut werden, und dann muß man ihm alles Vergangene verzeihen. Aber das ist alles naiv und sentimental! Das ist eben typisch für dich, in Wirklichkeit bleiben die Leute immer die gleichen, schau doch dich selber an! Du bist noch genauso wie früher. Du bist eine Heulsuse, Susanne«, weint Susannes Mutter, »ohne Realitätssinn, zum Glück mußte er irgendwann in den Krieg! Er war ja so stur, an Führers Geburtstag hat er statt einer Fahne nur einen Fahrradwimpel aus dem Fenster gehängt, dann kam er nach Rußland, danach hat er mich nie wieder geschlagen. Zwei Jahre Kriegsgefangenschaft in Rußland, danach hat er niemanden mehr geschlagen, er war nicht verändert, bilde dir das bloß nicht ein! Er war nur weggegangen und ist nicht mehr zurückgekommen. Er war nicht mehr da, er war versteinert, oder ausgehöhlt, was weiß ich, soll ich dir sagen, was er gemacht hat, als er noch da war? Er hat Radio gehört. Jeden Abend hat er Radio gehört, in einem dunklen Zimmer, in einer Einzimmerwohnung, absolute Ruhe bitte ich mir aus! hat er gebrüllt, ich stand am Fenster und habe meiner Mama entgegengefiebert, aber die war bei ihren Schwestern. Obwohl sie genau wußte, was zu Hause los war, so war mein Leben!« sagt Susannes Mutter, »und dann ist meine Mama gestorben, und dann ist mein Mann gestorben, und ich stand allein da mit einem Kind, ich habe mir gesagt, das Kind wird nicht wie ich, sie wird ein bißchen Rückgrat haben, aber was ist aus dir geworden? Eine Heulsuse«, sagt Susannes Mutter, die jetzt nicht mehr weint. »Aber ich bin nicht schuld daran. Ich habe mir keinerlei Vorwürfe zu machen, ich habe mein Bestes versucht. Ich habe versucht, dich aufs Leben vorzubereiten, dich abzuhärten. Dich stark zu machen, und? Es war alles für die Katz.«

»Du hast mich nie gemocht«, sagt Susanne. Sie sagt es durch das Pfeifen in ihren Ohren, ihre Stimme hat eine Art Echo, das kommt von dem Pfeifen. »Du hast mich nie auch nur ein bißchen gemocht.«

»Was hat das denn mit mögen zu tun«, sagt Susannes Mutter. »Gefühlsduselei! Natürlich hätte ich mir eine andere Tochter gewünscht. Natürlich hätte ich lieber eine Frau mit Charakter gehabt als eine solche Enttäuschung! Meine einzige Tochter, eine einzige große Enttäuschung. Aber es ist ja auch kein Wunder. So war ja mein ganzes Leben. So war ja alles in meinem Leben.«

Susanne betrinkt sich. Sie hat sich eine Flasche Whisky kommen lassen, sie betrinkt sich methodisch, in ihren Ohren summt es. Sie trinkt den Whisky direkt aus der Flasche und pult an ihren Lippen, Scribbo hält ihr die Schachtel hin. Es ist die Schachtel aus Susannes Nachttischschublade, mach die Schachtel auf! sagt Scribbo. Susanne sieht die Schachtel an, es gibt nichts auf der Welt: nur die harten Narben des Fehlenden. Eine große Enttäuschung: die ein Kind ins Gesicht schlägt in einer leeren Welt, damit das Kind hart wird. Die auf einer Dachbodentreppe kauert und die Haut von den Lippen zieht, das ist Susannes Geschichte, wie sie gewesen sein wird: eine schreckliche Enttäuschung, Scribbo hält ihr die Schachtel hin. In der Schachtel liegt Susannes Fledermaus. Susanne ist kotzübel. Susanne taumelt ins Bad. Sie erbricht sich im Bad, sie schafft es nicht mehr rechtzeitig bis zum Klo, sie kotzt vorher noch auf den Boden. Es ist nicht das erste Mal.

Susanne ist betrunken, aber sie weiß, wie man kotzt. Susanne mit ihren neurotischen Eßstörungen, Susanne hat oft genug über einem Klo gehangen und die Unverdaulichkeit ihres Lebens ins Klo gekotzt, während ihr aus der Nase in langen Schleim- und Rotzfäden alle die ungeheulten Tränen liefen und die Augenlider unter den Würgeanfällen aufquollen, ihr endlich die Sicht auf die verstellte Zukunft nehmend, auf die verstellte Vergangenheit, Susanne wankt ins Zimmer zurück und läßt sich aufs Bett fallen und trinkt noch mehr Whisky, der Whisky brennt in ihrer von Magensäure rauhen Kehle, er brennt in ihrem Magen, das Bett hebt sich und dreht sich, Susanne schließt die geschwollenen Augen: Sie ist auf einem Boot. Sie ist tot, sie setzt über einen Fluß. Am anderen Ufer sieht sie ihren Großvater stehen. Er steht Hand in Hand mit der Großmutter, sie sehen Susanne entgegen. Langsam heben sie ihre Hände. Sie winken Susanne zu, das Boot wird bald anlegen: Dann wird Susanne angekommen sein auf der anderen Seite, wo die Toten sind. Wo die Fehlenden wiedergefunden sind, aufgehoben, Susanne sieht jetzt, daß sie im Boot nicht allein ist: Jemand steht im Bug. Sein Körper ist braun, gedrungen, wie aus Erde gemacht oder aus Lehm. Seine Züge sind unbewegt. Gleichmütig. Er war immer schon da. In Krankenzimmern steht er in den Schatten an einer Wand. In Kreißsälen steht er neben der Tür, geduldig, hinter den Vorhängen eines Hotelzimmers steht er, in einem Schuppen voll altem Gartengerät, auf einer Dachbodentreppe, er wartet, Susanne öffnet den Mund. Sie würgt. Es ist der Angstwurm, an dem sie würgt, der Angstwurm kann den Whisky nicht leiden, Susanne öffnet die Augen.

Susanne ist wach. Sie sitzt aufrecht im Bett. Susanne brennt. Es ist ein kühles blaues Feuer, das ihren ganzen Körper erfaßt hat, in ihren Ohren ist ein pfeifender Ton. Das Bett ist beschmiert mit Erbrochenem. Mit Blut. Susanne ist blutbeschmiert, sie hat keine Haut mehr auf den Lippen. Blut rinnt über Susannes Kinn, über die Finger, mit denen sie sich die Haut von den Lippen gezogen hat. Scribbo hält ihr die Schachtel hin. Susanne ergreift die Schachtel, es ist zwei Uhr früh. Susanne starrt einen Moment auf die Uhr neben sich. Sie greift nach der Uhr und schleudert sie gegen die Wand, jetzt öffnet sich die Schachtel.

Jetzt sieht Susanne durch die Nachthaut. Sie sieht durch den Fledermausflügel. In ihren Ohren ist ein hoher Ton. Alles ist dunkel. Aber das macht nichts, Susanne fühlt, wo sich die Wände befinden. Die Wände werfen den hohen schwingenden Ton, den Susanne hört, zu Susanne zurück. Susanne fühlt, wo sich die Stühle befinden, der Schrank, sie fühlt es an den Schwingungen des hohen Tons, der von allem abprallt. Der sie in der Dunkelheit trifft, zu ihr zurückkommt. Der ihre Flügel trifft: Es ist Susanne, die den hohen Ton produziert. Von Susanne geht der

Ton aus, er trifft ihre eigenen Flügel. Die Flügel enden in Krallen, es sind Susannes Flügel.

Die sich jetzt entfalten.

Die die Nachthaut entfalten, durch die Susanne nun nicht mehr sieht: Susanne trägt jetzt die Nachthaut. Sie hat sie übergestreift: Sie ist ihre Nachthaut. Susanne steht auf. Sie geht ins Badezimmer, sie steht unter der Dusche. Wasser läuft über ihren Körper. Wasser rinnt über die pergamentene Dämmerungshaut, die Susanne trägt. Die nun nicht mehr trocken ist. Die das Wasser aufsaugt, sich endlich satt trinkt, Wasser läuft in diesen Mund, den Susanne nun hat, über diese Zähne, Susanne streift Kleidungsstücke über diesen nassen Körper. Susanne geht aus dem Zimmer.

Sie weiß, wo Victor Hellweg wohnt.

Victor Hellweg ist zu Hause.

Er hält Susanne wortlos die Tür auf, er trägt nur einen Bademantel, Susanne tritt über die Schwelle. Sie geht an Victor Hellweg vorbei, der Raum hinter der Tür ist dunkel und weit. Susanne fühlt die fernen Wände, sie geht in den Raum hinein. Victor Hellweg umfaßt Susanne von hinten. Er streift ihr das Kleid über den Kopf, an einer Wand steht ein Kirchturm. Ein Stück eines Kirchturms, sehr nah hinter dem Fenster, von Scheinwerfern angestrahlt, Victor küßt Susannes Nacken. Susanne dreht sich um und schlingt einen Schenkel um Victors Hüfte. Victor hebt Susanne hoch. Als er in sie eindringt, hört Susanne die Stimme, die sie nun hat:

»Du wirst es mir sagen.«

»Ja«, sagt Victor Hellweg. Seine Stimme bricht in diesem Laut. »Ich werde es dir sagen.«

Sie liegen auf einem Bett. Auf einem Bett in einem großen Raum, oder eigentlich ist der Raum eine ganze Wohnung: Die Wände zwischen den Zimmern fehlen. Victor Hellweg muß sie herausgebrochen haben, Susanne kann in die Küche sehen, in den Flur. Es ist früher Morgen. Susanne setzt sich auf. Victor Hellweg liegt neben ihr, seine Augen sind offen. Susanne und Victor sehen einander an.

»Jetzt sagst du es mir«, sagt Susanne.

Victor Hellweg steht auf. Er stellt die Kaffeemaschine an. Er geht ins Bad, Wasser rauscht. Er kommt aus dem Bad zurück und füllt den Kaffee in hohe Tassen. Er bringt Susanne Kaffee ans Bett.

»Jetzt«, sagt Susanne.

»Ja«, sagt Victor Hellweg.

Er setzt sich auf die Bettkante.

»Ich habe sie hier kennengelernt«, sagt er. »In diesem Raum hier, Lionel hatte sie mitgebracht«, Victor Hellweg schüttelt den Kopf. »Er hat gesagt: Tolles Weib, was? Er war regelrecht geschwollen vor Stolz, na ja. Das war nun einmal Lionels Stil.«

Victor Hellweg verstummt. Er sieht in seine Kaffeetasse.

Susanne sagt: »Weiterreden.«

»Wir haben gevögelt«, sagt Victor Hellweg. »Was sonst? Auf diesem Bett hier haben wir gevögelt, noch am selben Tag, wir haben überall in dieser Wohnung gevögelt, ich habe sie fotografiert, und wir haben gevögelt. Das ist alles. Das ist es, was wir miteinander getan haben.«

»Und Lionel?« sagt Susanne.

»Lionel«, sagt Victor Hellweg. Er lacht auf. »Lionel konnte ich ficken, wann und wo ich wollte, meine Liebe. Lionel hatte ich in der Hand«, Victor Hellweg stellt seinen

Kaffee auf den Boden und läßt sich neben Susanne ins Bett zurücksinken, »als ich Mitte der Siebziger begann, die Bilder zu machen, die ich wirklich machen wollte, habe ich fast ausschließlich mit Lionel gearbeitet. Es bot sich an, Lionel hatte ein Drogenproblem. Er brauchte immer Geld.« Victor Hellweg liegt auf dem Rücken, er sieht zur Decke. Er sagt: »Ich habe dir ja gesagt, ich bin Künstler: Ich erfinde die Realität. Natürlich war das nicht einfach, in den Siebzigern. Die Computertechnik war noch nicht so weit entwickelt wie heute, man konnte Bilder nicht nach Wunsch verändern. Jede Szene mußte wirklich gestellt werden«, Victor steht auf. Er geht zum Schreibtisch. Er nimmt sich eine Zigarette, er sagt: »Heute ist das anders. Die künstlerische Freiheit ist dank der technischen Möglichkeiten enorm gewachsen. Alles, was man heute noch braucht, sind Rohformen. Und Rohformen sind leicht genug herzustellen.«

»Ich verstehe nicht«, sagt Susanne.

»Nun ja«, sagt Victor Hellweg. Wenn er spricht, strudelt Rauch aus seinem Mund.

»Nehmen wir an, ich entwerfe ein Bild von drei minderjährigen Asylanten, die alten Damen die Handtaschen rauben. Dann brauche ich erst einmal Material. Ich gehe also spazieren, im Wedding vielleicht oder in Kreuzberg. Ich fotografiere auf einem Streetballplatz, auf der Straße, dann scanne ich das Bildmaterial in den Rechner ein. Und nun beginnt die eigentliche Arbeit. Der kreative Prozeß. Das Material muß verändert werden. Aus den Rohformen entstehen langsam die Figuren meiner Geschichte, es ist natürlich ein mühevoller Prozeß! Aber das macht mir nichts aus. Man braucht Geduld, Einfühlungsgabe. Gesichter werden subtil verändert. Wo ein Ball geschleudert wurde, ist jetzt ein Stein. Die alte Dame, die Tage zuvor am

Kudamm erschrocken vor einem Bus zurückgewichen ist, steht mit einmal auf einem Streetball-Feld an der Hasenheide, natürlich hat sie eine andere Nase. Ihr Kleid, ihr Haar haben eine andere Farbe, nach und nach entsteht so mein Bild.«

»Aber«, sagt Susanne. »Das ist doch Betrug!«

Victor Hellweg lacht auf. Er lehnt an der Kante des Schreibtisches, nackt, zu wem spricht er? Er sieht aus dem Fenster, er sagt: »Das ist meine Freiheit. Meine Unabhängigkeit von Ort und Zeit, meine eigene Welt! Und die Redaktionen freuen sich über die Bilder, früher war das natürlich alles viel schwieriger«, Victor Hellweg lacht, er schüttelt den Kopf, er fährt durch sein schütteres Haar. »Wenn ich an meine erste Geschichte denke!« sagt er zu Susanne. »Es ging um Deutsche, die nach Thailand fahren, in Kinderbordelle. Heute würde ich Schauspieler im Studio arbeiten lassen, dann würde ich in Thailand ein paar nackte Kinder fotografieren, aber damals? Es war Pionierarbeit! Man mußte die Szenen noch wirklich stellen, also flog ich mit Lionel hin«, sagt Victor Hellweg. »Lionel kam sehr gern mit! Er freute sich auf die Drogen, das Wetter, natürlich ließ ich ihn nicht ins Freie. Seine Haut war ohnehin schon ein bißchen zu dunkel für einen richtigen Deutschen. Aber dann blondierten wir ihm die Haare, die Bilder waren eine Spur überbelichtet, sie sahen aus wie Laien-Schnappschüsse, das kam wirklich gut. Lionel sah aus wie ein Weißer, der sich in Phuket ein bißchen zu lange gesonnt hat. Ich ließ ihn also ein paar Minderjährige vögeln, natürlich klebte ich ihm hinterher schwarze Balken über die Augen, du erinnerst dich vielleicht an die Reportage? Riesenrenner. Du kannst mir widersprechen, aber ich glaube immer noch, daß ich seinerzeit einen Trend geschaffen habe. All diese Postbeamten und Versicherungsvertreter, die inzwischen nach Bangkok fliegen, meinst du im Ernst, die wären von allein auf eine solche Idee gekommen? Ich kann mir das wirklich nicht vorstellen. Und inzwischen fliegen sie auch auf die Philippinen, nach Schwarzafrika«, sagt Victor Hellweg, »es ist doch die Kunst, der wir unsere Träume verdanken! Ohne die Kunst würden sich die meisten Leute mit ihrem Alltag zufriedengeben. Mit nichts als ihrem stinknormalen stinkenden Alltag.«

»Du bist widerlich«, sagt Susanne. »Oder vielleicht bist du verrückt. Du bist verrückt, glaube ich.«

Victor Hellweg lächelt.

»Ich«, sagt Victor lächelnd, »ich bin die Liebe selbst. Ich kann alles vögeln, weil ich alles liebe, ich bin wie ein Spiegel. Wie ein guter Therapeut, meine Bilder geben den Leuten, wonach sie sich im tiefsten Inneren sehnen. Sie zeigen ihnen, wie sie wirklich sind.«

»Wo ist Isa«, sagt Susanne.

»Isa«, sagt Victor Hellweg. »Isa.« Er zündet sich noch eine Zigarette an, er sieht aus dem Fenster. »Isa war die einzige. Isa und ich, wir waren besessen voneinander, Isa war stark! Sie ist trotzdem nach München gegangen. Vielleicht wollte sie unsere Liebe dadurch vollkommen machen, sie vor dem Abstieg in den Alltag bewahren, was weiß ich? Du fragst dich natürlich, warum sie damals ausgerechnet zu Lionel gegangen ist. Ich gebe zu, daß ich das auch nicht verstehe. Lionel ist mies und eitel und dumm. Er wollte sich an mir rächen, indem er mir Isa wegnahm. Er wollte aufmucken. Er wollte mir zeigen, daß er mir Isa wegnehmen konnte, aber ich hatte ihn nach wie vor in der Hand. Ich habe ihn immer noch in der Hand, es gibt sehr viele Fotos von Lionel! Fotos ohne einen schwarzen Streifen über dem Gesicht.«

Susanne beißt die Zähne zusammen. Diese Zähne, die sie nun hat, »Isa wollte sich von dir befreien«, sagt sie. »Sie hat dich nicht geliebt, das bildest du dir ein. Sie wollte sich von euch beiden befreien, deswegen ist sie nach München gekommen. Zu mir, in meine Wohnung, und ich«, sagt Susanne, »ich habe es nicht mal gemerkt. Ich habe nicht einmal gemerkt, daß sie Hilfe brauchte.«

»Hilfe?« sagt Victor. »Red keinen Unsinn, Isa brauchte keine Hilfe. Ich habe sie ja problemlos wiedergefunden. Ich wußte ja, wo Lionel in München wohnte. Und Lionel wußte, wo Isa war, es ist sehr einfach, jemanden zu finden, wenn man den Spuren eines Dritten folgt!«

»Aber sie ist auch aus München verschwunden«, sagt Susanne. »Deinetwegen ist sie aus München verschwunden! Deinetwegen hat sie mir nicht gesagt, wo sie hingeht!«

»Ich konnte sie lange nicht finden«, sagt Victor. »Ich habe nach ihr gesucht, aber ich konnte sie lange nicht finden. Es wäre einfacher gewesen, wenn auch andere sie gesucht hätten! Jede Suche hinterläßt Spuren, aber nun gut. Ich habe allein gesucht. Vier Jahre lang habe ich sie gesucht, dann ist sie zu mir zurückgekommen.«

»Wie!« sagt Susanne. »Zu dir?«

»Nach München«, sagt Victor. »Sie ist nach München gekommen, 1985, Lionel hat sie auf der Straße getroffen, er rief mich sofort in Berlin an. Ich hatte ihm ja gesagt, was sonst mit seinen Bildern geschehen würde! Sie ist zu mir gekommen, zu mir. Glaubst du das etwa nicht? Was willst du, du selber wolltest doch auch verschwinden. Du hattest doch schon gepackt, du warst doch mit einem Bein schon im Flieger! Und jetzt bist du hier.«

Victor Hellweg schweigt. Er raucht. Er lehnt an seinem Schreibtisch.

»Was für Bilder hast du von Isa gemacht«, sagt Susanne schließlich. »Womit hast du sie erpreßt.«

Victor Hellweg löst sich vom Schreibtisch. Er tritt ans Fenster, er sieht hinaus.

»Durchwühl meinen Schreibtisch«, sagt er zu Susanne. »Los! Tu dir keinen Zwang an. »

Susanne steht auf. Sie geht durchs Zimmer, hinüber zu Victors Schreibtisch. Sie öffnet die Schubladen, sie beginnt zu wühlen, wonach sucht Susanne in Victors Schreibtisch? Es sind keine Bilder da. Nichts ist da, nur leeres Papier, Briefumschläge. Kugelschreiber. Büroklammern. Victor Hellweg greift an Susanne vorbei in eine Schublade. Er zieht einen Umschlag mit Fotos aus der Schublade, er schleudert ihn hinüber aufs Bett. Susanne geht durch Victors Raum zum Bett zurück. Sie öffnet den Umschlag. Im Umschlag sind Bilder von einem Mädchen. Es sind Aktbilder, das Mädchen ist nackt. Es steht vor einem Felsen. Es posiert nicht, es steht einfach da. Das Foto ist schwarzweiß und grobkörnig, man sieht nicht, daß die Haare blond sind. Susanne weiß es aber. Hüftlange Loreleyhaare, blond, Susanne erkennt das Mädchen. Es ist Isa. Die Bilder sind durchnumeriert, auf diesem ersten Bild ist Isa unbegreiflicherweise nicht schön. Sie ist flachbusig, hüftenlos, Arme und Beine sind ungelenk wie Prothesen, sie sieht nach nichts aus. Auf den späteren Bildern windet sie sich am Boden. Ihr Körper ist gespannt wie ein Draht, sie wölbt den Rücken, drückt das Kreuz durch, biegt den Kopf in den Nacken: Jetzt ist sie schön. Es könnte sich um Bilder einer Frau handeln, die unerträgliche Schmerzen leidet. Oder um Werbung, für ein Männerparfüm vielleicht. Das Parfum würde ›Extase‹ heißen oder ›Wild Spirit‹, möglicherweise auch einfach ›pour homme‹. Isas Haar ist auf diesen Bildern strähnig, zerwühlt. Es ist sonst niemand zu sehen, kein Mann.

Der Mann, der nicht auf den Bildern zu sehen ist, ist bekleidet. Er beobachtet Isa durch ein Kameraobjektiv, er ist der Fotograf. Er ist der Mann, der am Fenster steht und Susanne dabei beobachtet, wie sie die Bilder betrachtet: Er ist Victor Hellweg. Auf einem Bild kann man den Korb sehen, den Susanne kennt. Es ist Victor Hellwegs Picknickkorb, in dem eine Decke ist und eine Thermosflasche.

Auf dem letzten Bild ist Isa tot.

Susanne liegt in Victor Hellwegs Bett und betrachtet die Bilder. Victor Hellweg liegt nicht im Bett. Er steht am Fenster. Er ist nackt, er beobachtet Susanne. Er beobachtet sie genau.

Er sagt: »Da ist sie, deine Isa. Das sind die letzten Bilder.«

Susanne sieht auf. Victor Hellweg ist ein dunkler Umriß vor einem hellen Fenster.

»Du«, sagt Susanne langsam zu Victor Hellweg. »Du hast sie getötet. Du selbst bist der Mann, der sein Model vergiftet hat. Du bist es selbst.«

»Wie kommst du nur darauf?« sagt Victor Hellweg, er ist völlig gelassen. »Wie kommst du darauf, daß sie tot ist, wünschst du dir das?«

Susanne fliegt durch den Raum auf ihn zu. Sie schlägt ihm ins Gesicht. Victor Hellweg packt ihre Arme, er ist sehr kräftig, »Du willst, daß sie tot ist!« schreit er sie an. Er ringt sie nieder, sie liegt auf dem Boden. Victor Hellweg liegt auf ihr, er umklammert ihre Arme, »Du suchst sie, aber du willst sie nicht finden!« schreit er. »Was machst du, wenn du sie findest, willst du dein Leben umschmeißen, bist du dazu bereit? Jede Suche ist gefährlich, begreifst du das immer noch nicht, noch nicht einmal jetzt? Jetzt, wo du mich gefunden hast!«

Susanne hört auf zu kämpfen. Victor Hellweg steht auf. Sein Atem geht schwer. Er sieht auf Susanne hinunter, die am Boden liegt, nackt.

Susanne sieht Victor Hellweg an.

»Warum?« sagt sie.

»Ich habe es dir schon erklärt«, sagt Victor Hellweg. »Ich habe dir schon alles erzählt, hörst du mir denn nicht zu?«

Susanne steht auf. Sie geht zum Bett zurück. Sie sagt: »Ich will wissen, wo die Bilder gemacht sind.«

Victor Hellweg nickt.

»Gut«, sagt er. »Ich bringe dich hin.«

Er lächelt.

Susanne sitzt auf dem Bett und betrachtet die Bilder. Das Licht auf den Bildern ist Hochsommerlicht. Das Licht eines südlichen Landes vielleicht, wieviel weiß Susanne bis jetzt? Was hier wächst, muß Dornen haben. Vielleicht breiten Isa und Victor die Decke deshalb nicht aus. Victor reicht Isa die Thermosflasche. Isa trinkt. Sie trinkt Gift. Es ist undenkbar, daß dies gegen Isas Willen, ohne Isas Einverständnis geschieht. Aber wenn Isa ihr Einverständnis gegeben hat, dann springen Fische von nun an selber ins Netz. Falken legen die Flügel an und zerschmettern freiwillig zwischen den Felsen. Steine flehen um den Tritt, der sie hinab in die Schlucht stürzt, Susanne betrachtet die Bilder. Bild Nummer vierzehn zeigt Isas Hand. Es ist ihre linke Hand, die sich um einen Felsvorsprung krallt. Das Dunkle auf dem Gestein könnte Blut sein oder auch nicht, Susanne sieht von den Bildern auf.

Sie sieht Victor Hellweg.

Sie sieht ihn im Gegenlicht, vor dem Fenster, er ist unfaßbar schön. Er ist nackt, er trägt das Licht, das durch die Fenster fällt, wie einen Mantel. Sein Haar ist schütter, er ist höchstens mittelgroß, ein ganz normaler Mittfünfziger mit Tränensäcken und Stirnfalten, Susanne sieht das: Es ändert nichts an Victor Hellwegs Schönheit. Er steht dunkel vor dem Licht. Er trägt den Raum, den er geschaffen hat, wie einen Mantel, er macht den Raum wahrnehmbar: wie ein Falke den Himmel wahrnehmbar macht, in den er gehört. Wie ein Tiger den Dschungel trägt, den er beherrscht, Victor Hellweg trägt einen wandlosen Raum um die Schultern wie einen Umhang. So kommt er auf sie zu. Er berührt ihre Schulter. Die Stelle, die Victor berührt, wird kalt, Susanne spürt ihre Fledermausflügel. Sie spürt die Flügel, die sich entfalten, sie spürt die Krallen an ihren Flügeln. Sie läßt sich aufs Bett zurücksinken. Victor Hellweg beugt sich über Susanne. Sie spreizt die Beine, »Ich liebe dich«, sagt Victor Hellweg, sie sieht ihn an. Er lächelt. Sie weiß, daß sie ihn töten wird.

Es ist Sonntag.

Sonntag abend: Irmgard sitzt auf ihrer Dachterrasse und liest. Oder eigentlich starrt sie nur auf die Blumenkästen, ohne irgend etwas zu sehen, was ist denn nun wieder los mit Irmi? Es hat mit diesem verdammten Klassentreffen zu tun. Mit Susannes Besuch vor einer Woche, wo ist Hubertus? Sitzt im Wohnzimmer: mit dem Polithanno, der gerade gekommen ist, natürlich hätte Hubertus es gern, wenn Irmi dabeisäße. Wenn Irmi eine politische Meinung vertreten, ein aktiveres Leben führen würde, warum ist Irmi immer so negativ? Irmi könnte sich vielleicht irgendwo engagieren. In einer der unendlich vielen Parteien, Gremien, Interessengruppen, Organisationen, die zusammengenommen alle auf dieser Welt möglichen Meinungen vertreten, Irmi sollte ihren Senf unbedingt auch noch dazugeben. Irmi sollte endlich irgend etwas Sinnvolles tun. Aquarellieren vielleicht oder Chinesisch lernen, vielleicht hat Irmi sich noch nicht selbst verwirklicht? Irmi könnte jetzt aufstehen und fortgehen. Sie könnte sich irgendwo in der Weite verlieren: ob Irmi in Afrika erschlagen wird, in der verfluchten dunstigen Abgestorbenheit Mitteleuropas erstickt oder in der Wüste Gobi verhungert, ist doch völlig egal. Das Dumme ist nur, Irmi könnte sich nicht dabei zusehen, wie sich Irmi verliert. Sie hat es probiert, es geht nicht, Irmi selbst ist und bleibt ja, wo sie ist: hier nämlich. In einem sich zugegebenermaßen ständig verschiebenden Hier, Irmi könnte möglicherweise jetzt anfangen zu schreien und nicht mehr aufhören und dann ins Irrenhaus kommen und selig mit Murmeln spielen. Oder vielleicht könnten die Marsmännchen Irmi holen und sie in eine andere Dimension entführen? In ein Paralleluniversum, wo Irmi auf eine andere Irmi trifft und als Folge davon aufhört zu existieren, oder Irmi könnte über die Straße gehen und einen schweren Unfall haben, ein Lastwagen erfaßt Irmi, sie ist fortan ein Pflegefall, und ihre Pflegerin mißhandelt sie heimlich, oder Hubertus könnte Irmi umbringen, aus verletzter Liebe, Irmi muß aufpassen! Geschichten, die Irmi erfindet, tendieren dazu, sich tatsächlich zu ereignen. Irmis Geschichten sind Lebensentwürfe, Irmi hat immer Geschichten entworfen, weil sie eine Geschichte haben wollte, Irmi war dämlich, das ist das Problem. Sie wollte sich der Liebe entziehen und zugleich eine Geschichte haben, Mumpitz! Eine Frau hat ihre Ruhe und eine hübsche Wohnung und eventuell einen

Laden für Korkenzieher, oder sie hat einen Mann und eine Geschichte, Geschichten sind Flußbetten.

Sie sind uralte Wadis, ausgewaschen von Tausenden von Versionen der immer gleichen Geschichten: Noch während man glaubt, sich mühsam einen eigenen Weg zu bahnen, ist das eigene Leben längst schon Wasser geworden in so einem uralten Flußbett, Irmi mit neunzehn hatte davon natürlich überhaupt keine Ahnung! Sie sah nur, was sie umgab: die Ödnis aus Straßen im Regen, aus leeren Feldern, über denen im Nebel die Krähen schrien, verfluchten kleinen Städten, die in vergiftete Felder hinausschwappten, Dörfern, die ineinandersickerten, zusammenliefen wie Brei oder dünne Scheiße, und für alles brauchte man eine schriftliche Genehmigung in dreifacher Ausfertigung, Irmi würde das alles hinter sich lassen. Sie würde ihr Schiff hinaussegeln in den offenen Himmel, was würde sie finden?

Den Streifen einer fremden Küste vielleicht, milchig im Morgenlicht. Dschungel, tropfend von Feuchtigkeit, gelbe Steppen, sie würde ihren Flußlauf finden. Ohne andere Hilfe als die einer bis zur Unleserlichkeit verblichenen Karte, am anderen Ufer würde ihre Ebene liegen. Ihr Eldorado. Wo die anderen sie bestimmt schon erwarteten: ihr Stamm.

Die, die keinen Stamm bilden: *her tribe*. Zu denen Irmi gehört, immer gehört haben wird in Ländern, die sie wieder und wieder durchqueren auf Straßen, Wellblechpisten, Sandwegen, über die es weiter- und weitergeht, und solange es weitergeht, schreiben sich ihre Geschichten fort wie die Geschichten der indischen, afrikanischen Geschichtenerzähler, die gehen, um zu erzählen, erzählen, um weitergehen zu können, abends treffen sie sich in den Camps. In den Chaishops, Restaurants, am Morgen schlagen sie den

Staub aus den Kleidern und ziehen ihre Stiefel wieder an und ihre Einsamkeit, die sie tragen wie einen bunten lunghi, Wind fährt ihnen ins Haar und sie gehen weiter, allein, Irmi muß nie mehr ein kalter zorniger Gnom sein! Kein Wechselbalg mehr, sie kurbelt das Busfenster herunter und singt: I'm a three time *loooo-ser*, Irmi wollte nichts geschenkt!

Sie suchte die Welt, die dem Unerwarteten Raum gibt, sie rechnete mit Gefahren. Es ging darum, die Zukunft zu erfinden: Was will ich getan haben mit meinem Leben? Ich werde nach Indien gefahren, dann zurückgekehrt sein: Es war ein Leben im Futur zwei. Also die beendete, die von vornherein vergangene Zukunft: *Ich werde gelebt haben*, Irmi fuhr los.

Nach Osten, und weiter nach Osten, dies war zu absolvieren. Dann würde sie heimkommen. Dann würde sie ihre Ebene gefunden haben und das Gebäude ihres Lebens errichten, Irmi hat nicht gewußt, daß alles, was man tut, alles verändert, was man tun wird! Was ist denn geworden aus Irmis sogenannter Geschichte?

Überlandbusse voll Staubgeruch. Lastwagen. Straßen, die in glühender Leere unter ihr wegkriechen, Grenzposten. Fliegen. Gewehre. Magere Hunde zwischen Lehmhütten, verwitterte Colareklamen. Beinstümpfe. Rollbahnen. Häfen. Möwen, die einem Schiff folgen. Die Schreie von Möwen, die einem Schiff folgen, einem Geisterschiff mit zerrissenen Segeln, im Bug steht der Kapitän in seinem ewigen Hier, den toten Albatros um den Hals, augenlidlos, während die Welt an ihm vorüberflieht, die Zeit sich vor ihm teilt, sich hinter ihm spurenlos wieder schließt, keine Ankunft, keine Rückkehr, Irmi auf ihrer Dachterrasse stöhnt in ihre Hände.

Sie ist zusammengesackt in ihrem Liegestuhl, alle Geschichten sind abgehakt! Jetzt ist Irmi frei. Frei für was, Korkenzieher? Ja, natürlich, Irmi muß nur ihr Gleichgewicht wiederfinden. Morgen ist Irmi wieder die alte, Hubertus soll kommen! Und sie packen und küssen und wiegen und ihr die Klamotten vom Leib reißen und sie vögeln, bis sie aufhört zu heulen und hin und her zu schaukeln und in ihre Hände zu stöhnen, hier, auf ihrer Terrasse, die unter ihr zerbröselt, so daß Irmi fällt und fällt wie in einem Kinder-Alptraum, oder Hubertus soll abhauen und sie ihrem Schicksal überlassen, sie fallenlassen und sich zum Teufel scheren und nie mehr wiederkommen, allein wollte sie sein, ungebunden: Aber sie hatte nicht mit dem gerechnet, der das besitzt, was man sucht. Gino war der Ungebundenste. Er war am weitesten gegangen auf der Ebene. Er war der erste, der den großen Fluß überquerte: Es war der Fluß ohne Ufer, Ginos Gesicht, seine Beine werden von Bambusknüppeln zertrümmert. Seine Wangenknochen werden zertrümmert, Blut quillt aus seinem Mund und Kotze, Irmgard sitzt an Ginos Krankenhausbett und hört die Sterbenden stöhnen, das Licht fällt aus und der Ventilator, die Scheiben zum Gang sind mit schwarzem Papier verklebt, und dann? Was ist dann geschehen, Irmi? Irmi will es nicht wissen,

Irmi? Irmi!

Es ist Hubertus. Hubertus ist gekommen, um Irmi aufzusammeln von ihrer Terrasse, Irmi kauert auf dem Boden inmitten von Scherben. Sie hat dem Tischchen einen Tritt gegeben, damit es umstürzt und Scherben macht, sie hat sich in den Arm geschnitten, Irmi schaut auf.

»Ach, guten Abend, Hubertus«, sagt Irmi. »Ist er etwa schon gegangen, dein lokalpolitischer Freund?«

Es ist Nacht.

Irmi liegt im Bett. Sie schläft: Sie hat heißen Whisky mit Zucker getrunken, Hubertus' privates Beruhigungsmittel, Hubertus hat Irmis Hand verbunden. Er liegt neben Irmi im Bett, hat einen Arm um sie geschlungen, nebenan im Wohnzimmer klingelt das Telefon. Es weckt Irmi. Sie bleibt aber liegen, mit geschlossenen Augen, sie spürt, wie Hubertus aufsteht. Nebenan bricht das Klingeln ab. Einen Moment später steht Hubertus im Schlafzimmer. Er hält den Hörer in der Hand, »Irmi?« sagt er.

Es ist Susanne. Susanne Karcher: die ihr Versprechen hält. Die Irmgard Bauer vom Flughafen anruft, Susanne hat endlich erfahren, was aus Isabella Niemann geworden ist.

In der Wildnis

Irmi sitzt in ihrem Auto. Es ist ein schwarzer Alfa Spider, Irmi hat das Verdeck heruntergeklappt. Sie singt. Ihre Stimme ist hoch und dünn im Fahrtwind, sie ist auf dem Weg nach München. Auf dem Weg zum Flughafen, sie hat so gut wie kein Gepäck dabei. Wozu Gepäck? Alles, was Irmi braucht, kann sie sich unterwegs besorgen. Irmi weiß, an jedem Ort findet man genau das, was man an genau diesem Ort zum Überleben braucht. Darauf muß man auf Reisen vertrauen, sonst schleppt man sich womöglich mit einem Tropenhelm ab. Sonst endet man mit lila Zinkpaste auf der Nase, oder mit Shorts und Bikini in einem Land, wo die einheimischen Frauen nicht mal beim Baden ihre Beine zeigen, und dann wundert man sich über den Ober, der einen in den Hintern kneift! Irmi kann so etwas nicht passieren, Irmi hört Musik, *When the flood comes you have no home you have no warmth*, Peter Gabriel, eine uralte Kassette, *Stranded starfish have no place to hide*, warum hat sie sich ausgerechnet diese Kassette ausgesucht? Irmi hat keine Ahnung. Sie singt mit, dies ist keine Messetour, kein Urlaub! Kein Wochenendtrip, von dem man schon vorher weiß, wie es gewesen sein wird in London Rom Mailand, ein paar Restaurants, ein paar Läden, Museen, ein Abend im Theater mit Freunden, eine Nachtbekanntschaft in einem Coffee shop oder einer Trattoria: Irmi segelt noch einmal hinaus. Sie darf noch einmal aufbrechen, den dunklen Strand der Welt verlassen, der Wind zerrt an Irmis kurzem Haar, der Himmel sieht offen aus, Wolken strömen ihr entgegen, Irmi begrüßt sie jubelnd, während sie mitsingt. Irmi ist auf der Überholspur. *Life in the fast lane*, Irmi fährt viel zu schnell:

Sie hat enorme Lust auf einen Strafzettel. Irmi weiß nicht, was sie erwartet. Sie weiß noch nicht einmal genau, wo sie hinfährt! Oder wann sie zurückkommen wird.

Ob sie überhaupt zurückkommen wird.

Er ist da, dieser kleine hinterhältige Gedanke. Irmi nimmt ihn wahr wie die Autos, an denen sie vorüberflitzt, ist Irmi verrückt? Sie hat ihren Laden bis auf weiteres geschlossen. Sie hat noch nicht einmal ihre Mutter gebeten, sie während ihrer Abwesenheit zu vertreten, was würde aus Irmis Laden, aus ihrer Wohnung, wenn sie einfach nicht mehr zurückkäme?

Hubertus würde Irmis Laden auflösen. Er würde auch ihre gemeinsame Wohnung auflösen, er würde seine Sachen in Kisten packen und Irmis Sachen verschenken oder wegwerfen, und nach einer angemessenen Zeit würde er sich eine neue Frau suchen: Und das wäre alles.

Hubertus, der nicht einmal erstaunt darüber war, daß Irmi Susanne nachfährt. Gleich am Tag nach Susannes Anruf ist Irmi aufgebrochen, warum war Hubertus eigentlich nicht erstaunt? Es ist doch nicht gerade typisch für Irmi, daß sie sich darum schert, was mit anderen ist! Allerdings hat sie Hubertus nichts von Victor Hellweg erzählt. Sie hat gesagt, wo sie hinfährt, zu wem, sie hat sogar erwähnt, daß Susanne glaubt, Isa gefunden zu haben: Aber sie hat nicht verraten, daß Isa angeblich tot ist. Oder wie sie gestorben sein soll, Hubertus hätte ohnehin kein Wort geglaubt! Irmi kann es ihm nicht verdenken. Irmi würde sich nicht wundern, wenn an der Sache kein wahres Wort wäre.

Oder wenn jedes Wort stimmt. Irmi hat schon weit unwahrscheinlichere Dinge gesehen als einen nekrophilen Fotografen, der sein Model vergiftet! Aber das ist ohnehin nicht der Punkt, um den es Irmi geht. Der Punkt, um den es geht, ist Victor Hellweg: die Tatsache, daß Victor Hellweg offensichtlich nicht ganz richtig im Kopf ist.

Oder daß Irmi in ihrem schwarzen Cabrio jetzt blinkt, sich einordnet. Daß sie die Ausfahrt zum Flughafen nimmt, mit überhöhter Geschwindigkeit.

Fensterplatz, Raucher. Irmi nickt der jungen Frau auf der anderen Seite des Schalters zu, sie schiebt ihr Ticket in die Innentasche, die Boarding card in die Außentasche ihrer Jacke, sie sieht auf die Uhr: Sie hat noch genügend Zeit, um in der Cafeteria einen Espresso zu trinken. Um im Duty-free-Shop an Parfums zu schnuppern oder die amerikanischen und englischen Taschenbücher durchzusehen oder einfach nur ziellos durch die Abflughalle zu schlendern, einen Moment lang sieht Irmi die Skyline New Yorks im Abendlicht vor sich, wie sie sich von der Abflughalle des John F. Kennedy Airport aus darbietet.

JFK-DEL stand auf dem Ticket. Ein Nachtflug.

Single flight, no return.

Irmi auf dem Münchner Flughafen hat ein Return ticket in ihrer Jackentasche: Aber natürlich kann sie den Rückflug jederzeit canceln. Das denkt Irmi. Irmi denkt: *I can cancel it any time,* sie denkt *flight reservation, ticket counter. Bus schedule, air fare, nightflight New York–New Delhi,* sobald sie reist, beginnt Irmi automatisch englisch zu denken, weiß Susanne überhaupt, daß Irmi kommt?

Susanne hat keine Ahnung.

Nuts! Crazy, insane, out of her mind, Susanne muß total übergeschnappt sein: Am Telefon hat sie zu Irmi gesagt, daß sie ihn umbringen wird, diesen psychisch gestörten Fotografen. Daß sie Isas Tod rächen wird, und zwar genau dort, wo Isa ermordet wurde. Ausgerechnet Susanne! Die keinem Kaninchen ein Haar krümmen kann, Susanne ist und bleibt eine Romantikerin ohne Welt- und Selbsterkenntnis: Aber eine, die jetzt mit einem Psychopathen unterwegs ist. Wahrscheinlich plant der Kerl seinerseits längst, Susanne etwas Furchtbares anzutun! Wahrscheinlich will er sie auf dieselbe Weise umbringen wie vorher Isa, die Zeitungen sind ja voll von Berichten über Serientäter. Aber Susanne hat die Gefahr offensichtlich noch gar nicht erkannt. Sehenden Auges würde Susanne sich niemals in eine solche Gefahr begeben! Also muß Irmi Susanne finden. Irmi zweifelt nicht daran, daß sie Susanne finden wird: Die Insel ist winzig. Ein winzig kleiner Fleck auf der Karte, ein Fliegenschiß irgendwo links von Afrika, Irmi mußte erst einmal im Atlas nachsehen, wo sie überhaupt liegt!

Im Atlantik.

Right in the middle of nowhere.

Von oben ist das Meer eine silberglänzende Folie, facettig, schuppig wie Reptilienhaut. Die Insel selbst ist gebirgig, Wolkenschatten huschen über grüne, graue, graubraune Rillen. Sie setzen zur Landung an. Aus den Rillen werden Berge, Barrancos, dann sieht Irmi wieder das Meer.

Sie landen.

Über dem Rollfeld flimmert die Luft in der Nachmittagshitze. Dahinter graugrün verbranntes Gestrüpp, Kakteen. Sie warten. Als die Türen sich schließlich öffnen, dringt ein Schwall trockener Luft herein, Geruch nach Kerosin und Staub, Irmi geht die Gangway hinunter und über das Rollfeld, es gibt keinen Bus. Der Wind ist ein Riesenfön auf Stufe drei. Das Flughafengebäude ist eine Baracke, vor dem Eingang lehnt ein Soldat im Schatten einer verkümmerten Dattelpalme, die sich raschelnd die Finger reibt. Der Himmel ist weiß vor Hitze. Irmi spürt, wie der Schweiß unter ihrem Hemd herunterläuft. Unter ihrem schicken gebügelten Leinenhemd! Irmi beißt sich auf die Lippen. Sie tut das, um nicht laut aufzulachen vor Freude: Sie will kein Aufsehen erregen.

Die Sitze im Taxi sind aus schwarzem Plastik. Wo das Plastik aufgeplatzt ist, quillt Schaumgummi hervor. Irmi schaut nach, ob das Taxi einen Taxameter hat, bevor sie einsteigt. Sie nennt ihr Ziel: den Hauptort der Insel. Sie paßt auf, ob der Fahrer den Taxameter anschaltet. Sie tut das automatisch, sie denkt nicht darüber nach: Es ist eine Gewohnheit, aus einer anderen Zeit. Aus einem anderen Leben, jetzt kommt diese Gewohnheit zu Irmi zurück. Es kommt alles zurück zu Irmi, der Fahrer radebrecht englisch, Irmi sieht seine Augen im Rückspiegel. Dunkle Augen, Falten. Er erwidert ihren Blick, konzentriert, er fragt, ob sie eine Unterkunft hat für die Nacht, ob sie eine Pension braucht. Irmi spricht einigermaßen passabel Spanisch oder hat früher einmal Spanisch gesprochen, im Moment bleibt sie lieber bei Englisch. Sie braucht ein paar Tage, sie weiß: Auch ihre Spanischkenntnisse werden zurückkommen, der Fahrer empfiehlt Irmi eine Pension. Natürlich ist er ein Schlepper. Für jeden Gast, den er anbringt, bekommt er Geld, a percentage, und warum nicht? Das Leben ist hart und vor allem teuer, »Not very expensive place!« sagt der Fahrer. Er sagt nicht ›cheap‹, billig, er hat Irmi bereits eingeschätzt: Irmis Leinenanzug, Irmis kleine

Reisetasche aus Leder, »nice and quiet«, sagt der Fahrer, »very clean place. Very central, and with a nice bathroom«, Irmi nickt. Irmi stimmt zu, für die erste Nacht ist eine Pension so gut wie die andere, was der Fahrer sagt, ist wie ein Lied. Wie ein alter Song, fünfzehn Jahre alt, ein Ohrwurm, *The Rainbow Hotel*, hört Irmi, *best place in the town of Peshawar*! The Golden Paradise Guesthouse, near Ambassies, near markets, near old town, near new town! Miss Mary's Palace, best sunsets on the island! The Place With No Name, most nice place in Kabul! Nice music nice food nice people hot shower very cheap prices fresh fruit juice very friendly. Our speciality: no dissentry! Irmi sieht aus dem Fenster, warum hört Irmi jetzt die langgezogenen Rufe von Teeverkäufern? *Chaaaaiiii chaaaaiiiii panipanipanipani*, wo liegt der Busbahnhof, den Irmi jetzt sieht, bemalte Busse, staubiger Boden tief gefurcht wie ein Acker, die Taxifenster sind alle heruntergekurbelt. Draußen sind Berghänge, Geröll. Abgrund mit Kakteen, an dem sich die Straße entlangwindet, vor ihnen taucht manchmal das Meer auf, dann verschwindet es wieder. Manchmal Ziegen. Manchmal ein graues Steinhaus am Hang, ein paar Hühner. Kein Mensch ist zu sehen. Die Luft schmeckt nach Staub. Alle Dinge sind nahe. Der Staub, das Geröll, alles ist sehr präsent: die gegenwärtigen Dinge, die Irmi sieht. Die anderen Dinge, die Irmi sieht. Die nur Irmi sehen kann, hier, auf der Bergstraße einer kleinen Insel right in the middle of nowhere: Irmi, die allein ist.

Die Pension, die der Taxifahrer empfohlen hat, ist passabel. Sie gehört dem Schwager des Fahrers, es ist ein schmales weißes Haus in einer Seitenstraße, Zimmer mit Steinboden, Möbel aus dunklem Holz. Irmi liegt auf dem

Bett. Ein Bett ein Schrank ein Tisch, zwei Stühle. Ein Spiegel, nur wenig erblindet, Vorhänge, die sich im Nachtwind bauschen. Es ist sehr heiß. Irmi ist nackt, dennoch ist sie schweißglitschig bis in die Haare hinauf. Von draußen das Geräusch fremder Stimmen. Motorradlärm, der allmählich abebbt. Dann nur noch das leicht gespenstische Gequäke der Lachmöwen, die die Straßenlaternen umflattern wie Mücken eine Tischlampe. Der Ort ist klein, Irmi hat gleich nach der Ankunft einen Spaziergang gemacht, Gassen, die bergauf und bergab führen, Blumenkübel vor Türen. Ein paar alte Leute. Katzen. Ein paar Läden. Frauen, die einkaufen: Brot, Käse, Würste Oliven Tomaten. Bunte Plastikschüsseln in einem Schaufenster, Plastiksiebe, grellfarbige Kinderkleider aus Nylon. Ein paar junge Männer lehnen vor einer Kneipe an der Wand, sie rauchen. Sie sehen Irmi nach. Mütter mit Kinderwägen auf einem Platz, Bänke, der Schatten von vier Palmen, Kindergeschrei. In einem Lokal ißt Irmi eine kalte Suppe und Brot. Sie sitzt an einem Tischchen vor der Tür, eine alte Frau bedient sie. Drinnen läuft ein Fernseher: ein Fußballspiel, der Ton ist abgedreht, ein paar alte Männer sitzen an Resopaltischen, vor Gläsern mit Rotwein. An der Wand lehnt eine verblichene Eiscremereklame, darüber ein alter Kalender mit einem Heiligenbild: ein magerer Märtyrer, mit Speeren und Pfeilen gespickt wie eine Fünfziger-Jahre-Grapefruit mit Käsewürfeln, Irmi zahlt und geht zum Hafen hinunter. Es ist ein kleiner Hafen: eine Mole, Möwen. Ein paar Fischerboote, von denen die Farbe abblättert. Eine Anlegestelle für eine Fähre, dahinter das Meer. Das Häuschen, wo man die Karten für die Überfahrt kauft, ist verrammelt. Der Fahrplan flappt im Abendwind, Irmi betrachtet ihn: Die Fähre legt einmal am Tag an. Sie verbindet die Insel nicht etwa mit dem Festland, sondern mit der nächsten Insel, Irmi weiß nicht, wie viele solcher Orte sie schon in ihrem Leben gesehen hat! Dennoch ist dieser Ort nah, gegenwärtig. Alles, was Irmi sieht, ist leuchtend und unmittelbar vorhanden. Irmi ist ungeschützt: Keine Gegenwart an Irmis Seite schirmt Irmi ab von der Welt. Irmi kann nichts verdünnen mit einem Ausruf, einer Bemerkung, einem hinweisenden Finger. Sie kann sich nicht ablenken von dem, was es wirklich gibt: Von der Fremde, in der Irmi allein ist, für sich. Davon, daß es jetzt Irmi ist, die hier auf der Mole steht, Irmi allein: ungeschützt auch vor Irmi.

Irmi liegt auf dem Bett. Sie hat einen Plan von der Insel vor sich, morgen wird sie ihre Suche beginnen. Sie wird ein Auto mieten, einen Leihwagen: Es hat ganz entschieden auch Vorteile, nicht mehr zwanzig zu sein und bettelarm, Zahlenkolonnen ziehen an Irmis Augen vorbei, neun Rupees: ein Dollar, zwanzig Afghanis: eine Mark, sieben Rupees fünfzig ein Auberginencurry in Bombay, fünfundzwanzig Afghanis ein Bett in einem 6-Bett-Dormitory in Herat, egal ob man allein schläft oder sich das Bett mit jemandem teilt, Irmi hat oft ihr Bett mit jemandem geteilt. Mit irgend jemandem, der dann Rücken an Rücken mit Irmi auf einer schmalen Sisalpritsche lag, in seinen lunghi gewickelt wie Irmi in ihren, die Preise, an die sich Irmi erinnert, sind mehr als ein Jahrzehnt alt! Warum merkt man sich solchen Krempel? Warum bloß belastet man sein Hirn mit dergleichen?

Irmi würde jetzt gern einschlafen. Sie ist müde, es war ein langer Tag: Aber sie schläft nicht, es ist zu heiß. Sie denkt an Isa. Oder an Isas Karte. An die Karte, die Irmi im Herbst 81 in Amerika erreichte: *Kümmere dich um Susanne,* warum weiß Irmi eigentlich noch, daß das im Herbst 81 war?

Weil Irmi dieses Jahr niemals vergessen wird. Sie hat es versucht! Sie versucht es seit elf Jahren, Irmi allein in ihrem Hotelzimmer weiß, daß sie sich um nichts anderes so bemüht hat wie darum, das Jahr 81 zu vergessen: Aber es gelingt Irmi nicht. Warum nicht? Wo war Irmi im Herbst 81, als Isas Karte sie erreichte?

In New Orleans. In einer heruntergekommenen Bruchbude von einer Wohnung, mit Michael. Mit Michael Browne, diesem freigelassenen pawlowschen Hund: Irmis Ehemann. Den Irmi gerade geheiratet hatte, um in Amerika bleiben zu können.

Um einen Schlußstrich zu ziehen, um nicht mehr weitermachen zu müssen, womit? Damit, Irmi zu sein. Irmi hat keine Ahnung, warum Michael Irmi geheiratet hat. Sie hat nie darüber nachgedacht, irgendwer wollte Irmi eigentlich immer heiraten! Irmi erinnert sich sowieso nicht allzu klar an die Zeit ihrer Ehe: Alkohol, Drogen, irgendwelche Männer. Pillen. Überfüllte Kneipen, aus denen sie in die feuchtheiße Morgendämmerung hinausstolperte, Flußgeruch in der Nacht, auf dem Uferdamm des Mississippi, der sehnsüchtige Wunsch, nicht gelebt zu haben. Mittags die Dunkelheit hinter offenen Türen, aus denen Musik in die Hitze hinausquillt. Spanisches Moos an den Bäumen im Audubon Park, grau und schütter wie Greisinnenhaar. Isas Karte.

Die etwas Wirkliches war. Die Irmis Eltern Irmi nachgeschickt hatten, wohin? Nach New Delhi. Irmi hielt die Karte in New Orleans in der Hand, Irmi schlug mit der Hand gegen die Wand, bis der Putz sich rötlich verfärbte und anfing zu bröseln, die Karte war von Stempeln bedeckt. Von Stationsbezeichnungen, New Delhi – Panjim –

Bombay – New York – New Orleans: die Busstops der Linie Nummer Jenseits. Anlegestellen der Styx-Fähre, Single trip, keine Ermäßigungen, keine Return tickets, es war auch zu spät!

Die Karte war monatelang unterwegs gewesen, es war also sowieso für alles zu spät.

Das ist die Erfahrung, die Irmi 81 gemacht hat: Von nun an wird es immer zu spät gewesen sein, aber vielleicht hat sich Irmi geirrt. Vielleicht erhält Irmi jetzt eine zweite Chance, Susanne ist noch am Leben. Susanne hat sich vor keinen Zug geworfen, sie hat sich nicht die Pulsadern aufgeschnitten, ist in keiner Klinik gestorben, auch Irmi ist noch am Leben! Entgegen allen Erwartungen, Irmi sucht Susanne jetzt, auch Susanne hat schließlich erst jetzt mit ihrer Suche nach Isa begonnen!

Nach Isa, die tot sein soll.

Die sich hat umbringen lassen, Isa!

Die mit kaum neunzehn nach Berlin ging. Sich dem Kindergeburtstag einfach entzog, der Spieleliste, die von allen anderen abzuarbeiten war, die keinen sinnvollen Vorschlag parat hatte, an dem alle Spaß gehabt hätten: Ganz allein schlich sie sich raus in den Garten und türmte über die Mauer.

Auf der anderen Seite war die Wildnis.

Es war das Jahr 1977, Berlin war noch eine Insel. Irmi wohnte nach wie vor in der verfluchten kleinen Stadt an der Ostgrenze, aber sie besuchte Isa in Berlin: Sie erlaubte sich Ausflüge über die Gartenmauer. Ausflüge in die Nachtstadt: Irmi hat Berlin eigentlich nur bei Dunkelheit gesehen, in der Dämmerung, Irmi und Isa waren nie auf dem Funkturm. Sie waren nie in der Philharmonie oder in den Museen oder den Villen in Dahlem, Irmis Berlin ist eine dreckgraue, vormals rote Satinhose. Vielleicht hat sie mal einem glamourösen Musiker gehört, diese Hose. Oder einem Varieté-Artisten. Der in den Goldenen Zwanzigern hier war, inzwischen ist er längst weitergereist: Irgendwohin, wo das Klima freundlicher ist. Wo der Nahverkehr funktioniert und die Agenten und Impresarios einen nicht ständig abzocken und das Publikum genug Geld hat, um den Eintritt fürs Welttheater zu zahlen und man selbst nicht immerzu mit dem Mantel im Stacheldraht hängenbleibt, hier und da flappen an den Brandmauern noch die Plakate im Wind, die die Auftritte des Artisten angekündigt, gefeiert haben. Und seine alte Hose liegt noch herum: die jeder anziehen kann, der will. Brandmauern, vom Regen aufgeweichte Plakate. Hinterhoffluchten. Hausflure, grüne Ölfarbe, Laub vom Vorjahr in einer Ecke. Aufgebrochene Briefkästen ohne Namensschilder. Wind auf einem grauen leeren Platz, nachts. Blätter, Papierfetzen, die den Wind sichtbar machen, durch Pflasterritzen bricht gelbes Gras, ein Nachtvogel schreit. Über die Straße huschen Marder, auf der Jagd nach den Eingeweiden von Daimler-Benz. In den verlassenen S-Bahnhöfen pfeifen die Ratten, die Mäuse tanzen, eine Katze kreischt irgendwo, kein Haustier, sagt Isa zu Irmi: Die Katzen verwildern. Bald wird die Stadt Preise aussetzen auf tote Katzen, die Katzen haben sich mit den Ratten verbündet, sagt Isa zu Irmi, sie leben in der Kanalisation und fressen die unverdauten Delikatessen, die obendrüber einer in seiner Wohnung in die Toilette kotzt, mit Häusern besiegt man die Wildnis nicht, sagt Isa zu Irmi, man mauert sie höchstens ein. In einem Hauseingang sitzt eine Frau inmitten ihrer Plastiktüten und schaut Irmi an. Sie bewegt die Lippen, aber nicht für Irmi. Sie erzählt sich selbst eine lange Geschichte, Wasser strudelt durch ein uraltes Wadi und versickert im Sand, irgendwo fliegen Steine durch eine Fensterscheibe. An einer Straßenecke steht einsam ein Bus. Hinter den Vorhängen brennt Licht, Isa schlägt mit der flachen Hand gegen die Scheibe, die Tür wird geöffnet. Isa kriecht über Barrikaden in leerstehende Häuser. Hinter den mit Decken verhängten Fenstern brennen Lichter, jemand rutscht auf der Matratze ein Stück, damit Platz ist für Isa und Irmi. Isa und Irmi kriechen eine Nacht lang in der Zeltstadt beim Schuttplatz unter. Irmi lernt. Endlich lernt Irmi was, was man brauchen kann, Isa und Irmi kriechen für eine Nacht in der Bauwagensiedlung unter, Isa hat eine Tasche über der Schulter, da ist alles drin, was Isa braucht: eine Jeans, ein paar Hemden aus Baumwolle und zerrissener Spitze. Eine Haarbürste, Kekse, Tabak zum Selberdrehen und Blättchen. Ein Schulheft mit Telefonnummern. Zimtkaugummis, ein Kugelschreiber. Seife, Handtuch und das Ylang-Ylang-Öl aus dem Asienladen, das Isa mitnimmt, wenn sie in die Unterwelt der Charlottenburger Bäder hinabsteigt, wo der Schimmel in wunderlichen Blasen in den Ecken hochwächst und die Sozialhilfeempfänger und die kleinen Junkienutten vom Bahnhof Zoo vor den Türen Schlange stehen, Dampf quillt durch die engen Gänge und nährt den Rost, der die Emailleschilder zerfrißt: *Frauen Männer Wannenbäder Duschbäder Maximale Badedauer 30 min*, Stimmen hallen, robuste bekittelte Frauen schlurfen auf Gummilatschen über den rissigen Steinboden und ziehen Schrubber und Drecklappen hinter sich her, wild kraust sich ihr Haar im Wasserdampf. *Rauchen verboten Betteln verboten Wäsche waschen verboten*, im Neonlicht hier unten sehen alle Gesichter müde aus, hungrig, im Spiegel über dem Waschbecken betrachtet Isa ihr Gesicht oder das, was zwischen den blinden Flecken des Spiegels davon zu sehen ist, Isa hat keinen Paß. Sie hat keinen Personalausweis, keinen Führerschein, sie steht in keinem Telefonbuch, an keiner Türklingel. Sie ist nicht und nirgendwo gemeldet. Sie ist nicht zu erwischen, sagt Isa zu Irmi, keiner weiß, wo Isa ist in der Stadt, die man verwenden kann wie eine Tarnkappe, von Mauer zu Mauer umgibt Isa die Tarnkappe der Stadt, Irmi und Isa gehen in eine Kneipe. Im Qualm treiben ein paar Tische, angeschlagene Stühle vorbei wie Wrackteile, Schweiß und Atem kondensieren an den Wänden, rinnen über die Glasscheiben, von denen alle paar Nächte eine reinfliegt. Isa rennt über die Tanzfläche. Sie ist neunzehn. Sie lacht. Ihr Gelächter ist totenstill im ohrenbetäubenden Lärm, sie hat Lederhosen an und ein Männerhemd, ein mottenzerfressenes Samtcape vom Charlottenburger Flohmarkt. Ihre Haare sind ein Taifun, sie muß diesem chaotischen Schmetterling in die Quere gekommen sein, dessen Flügelschlag Unwetter auslöst.

Oder Isa ist selbst dieser Schmetterling, in der Dunkelheit hocken Irmi und Isa auf einem Autokühler. Sie trinken aus einer Bierflasche, in die jemand im Kneipenklo mit Leitungswasser gefüllt hat. Irgendein anderer blubbert und blubbert, von Makrobiotik und daß er sich gegen das Rauchen akupunktieren lassen will, aber dann kann er ja auch kein Hasch mehr rauchen und was wird dann aus seinem Bewußtsein, Happy und Schnauze kommen vorbei und um sechs gehen sie los in den Sommermorgen: Pit und Happy und Schnauze und Sheila und Käseotto und Isa und Irmi, leicht im Kopf, schwindlig lachend vor Morgensonne und Haschischrauch und Übermüdung, unterwegs stürzt sich Happy in einen Springbrunnen. Immer muß er das machen, jeden Morgen, Komm da raus Happy, sonst holste dir wat, Eispapierchen und Orangenschalen und Zigarettenkippen und Taubenfedern wirbeln in grauen Strudeln um Happys nackte Beine, seine Shorts sind zu weit und zu groß und man kann seine Eier sehen, wenn er durch den Brunnen stakst. Sie fallen immer durchs Beinloch raus und er stopft sie wieder zurück, Kommste dann endlich mal, Happy? Happy steht grinsend im Brunnen und popelt. Seinen Fund klebt er an den Marmorfrosch.

Später hocken sie in irgendeiner Küche und verschlingen Schrippen, Schusterjungen vom Bäcker. Jemand hat in Nachbars Garten Kirschen geklaut, die Kerne spucken sie in einen Eimer. Sheila macht Babyspielzeug daraus. Sheila hat hennarote Haare und afghanische Kleider, sie ist aus Kalifornien. Sie verkauft ihr Spielzeug an Läden, auf Flohmärkten, sie näht kleine Säckchen aus Samt und Jute und Seide und Filz und bestickt sie und füllt sie mit Reis, mit Sand, mit Kirschkernen, mit Schaumstoff, und Babys können Sheilas Säckchen anfassen und lernen, wie sich die Welt anfühlt. Wohnt Sheila hier? Irmi weiß es nicht, jedesmal, wenn Irmi kommt, sitzen andere Leute auf den Matratzen mit den bunten Tüchern und kommen und gehen und AFN dudelt und Happy schläft und Schnauze sagt zu Sheila, Komm, wir machen ein Gegenbett auf. Hier ist es zu eng für meine Liebe zu dir.

Irmi und Isa hocken bei den anderen in der Küche. Die Badewanne steht auch in der Küche, und da liegt der Billy drin und spielt mit einer Gummiente, und die anderen rauchen Dope und fressen den Käse auf, den der Käseotto im KdW hat mitgehen lassen. Wo er an der Käsetheke arbeitet, wenn er mal dazu kommt. Von den Wänden bröckelt der Putz, über den Löchern hängen Plakate von phantastischen Gebirgen. Von violetten Meeren, von Geisterinseln, die es nirgendwo gibt, Irmi blättert in einem von Sheilas Comics. Indische Comics, die von Gott Shiva,

Gott Krishna erzählen, Krishna ist der Gott der Liebe. Ein flötespielender Erotomane mit einer Krone aus Pfauenfedern, auf einer Dschungellichtung vervielfältigt er sich für die Milchmädchen, die ihn lieben. Für die Gopis, die Kuhhirtinnen, die auch mal mit einem Gott tanzen wollen. Welcher von diesen Rank-Xerox-Göttern ist nun der richtige Krishna? Der, der mit Radha tanzt. Milch-und Honig-Radha, die Schönste, sitzend zur Rechten Gottes, Krishna tauscht seine Kleider mit ihr. Schmückt sie mit seiner eigenen Pfauenkrone, Billy in seiner Wanne läßt die Gummiente quietschen und meckert über seine Alte. Das ist eine Lehrerin, die will ihm unbedingt das Berlinern abgewöhnen. Du hast überhaupt kein Sprachgefühl, Billy, sagt sie. Du bist überhaupt nicht lernfähig! Sie hat den dicksten fettesten härtesten Hintern diesseits des Orinoco, soviel steht fest. Der Billy findet ihn toll, den Hintern von seiner Lehrerin, Mann ey! Läßt der sich von seine Braut so anmachen, allet nur wejen den Arsch!

Alle suchen sie eine Frau, so ist das nun mal. Die Traumfrau, die Superfrau. Die Frau, die sie rettet, Irmi fährt andauernd hin und her zwischen Berlin und der verfluchten kleinen Stadt an der Ostgrenze, sie trampt oder läßt sich von Bekannten mitnehmen, im Gegensatz zu Isa hat Irmi Eltern. Irmi kann nicht einfach türmen, Irmi muß wenigstens noch das Abi machen, Bleib doch hier, Irmi! Mann ey, fahr doch nicht immer weg, wo willste denn schon wieder hin?

Boris hat immer seine roten Satinhosen an, er hat komische schräge Augen, die aber schön sind, und einen blassen Mund, Irmi hat ihn auf den Autokühlern kennengelernt. Er ist sehr jung, kaum älter als Irmi, am Wochenende darf er raus aus dem Knast, wo er drin ist wegen dem, was sie Beschaffungskriminalität nennen. Er hat ein schmales

Gesicht und schwarze Haare und eine tätowierte Knastträne auf der Backe und die ganzen Unterarme zerstochen, Ey Boris, merken die das denn nicht, bei dir im Knast? Boris läuft Irmi nach. Mann, sagt er zu Irmi, ick tue dir doch nischt… so daß sie nun daliegen auf Boris' Matratze, unter einer dünnen Häkeldecke. So eine mit lauter Löchern, wo überall Luft reinkommt, in einem leeren Zimmer, in dem nur diese Matratze ist und ein paar helle Flecken an der Wand, da hingen mal Bilder. Irmi friert. Die Scheinwerfer von vorüberfahrenden Autos kriechen oben an der Decke lang, blenden dann kurz ins Zimmer und sind wieder weg, einmal beugt Boris sich über Irmi und küßt sie, seine Spucke ist salzig. Dann liegen sie wieder da. Irgendwann sagt der Sprecher von AFN, es ist schon wieder sechs Uhr früh. Der Junge dreht sich zur Wand und heult. Irmi streichelt seinen Rücken, der vom Heulen zuckt, sie wartet darauf, daß er aufhört, damit sie gehen kann, als sie das nächste Mal nach Berlin kommt, ist der Junge tot, seine Hosen hat jetzt ein anderer an, aber dann stirbt der andere auch, und danach schmeißt irgend jemand die Hosen weg.

Isa geht frühstücken.

Sie nimmt Irmi mit, sie erklärt es vorher: Sie gehen ins Café Möhring. Isa wäscht sich Gesicht und Hände, ja genau, ins Café Möhring, da geht es zivilisiert zu. Wenn auch nicht so zivilisiert wie bei den Amöben! Amöben haben das Ding wirklich super gelöst: Fortpflanzung durch Zellteilung, Unsterblichkeit. Human und sauber! Während alles andere sich zur Arterhaltung auf Laken wälzt und hinterher wird gestorben und beides macht Flecken, Isa sagt solche Dinge im Café Möhring, während sie sich mit Rühreiern vollstopft, nicht daß dergleichen für Isas alternden Kunstprofessor gilt! Der krümelt sich noch nicht einmal mit seinem Butterhörnchen die Hose voll. Er sitzt im

Café, immer am gleichen Tisch, ißt mit Vorsicht ein Butterhörnchen und nippt an der Teetasse und wartet auf Isa, was macht Isa denn bloß mit dem?

Nichts. Isa frühstückt mit dem Kunstprofessor. Einmal die Woche, am Samstag, jour fixe, der Kunstprofessor lädt dazu alle seine Freunde ein, und dann gibt er mit Isa an. Mit seinem persönlichen Paradiesvogel, der ihm die Treue hält: weil er eben immer noch ein faszinierender Mann ist. Weil er ein Kenner ist, ein Ästhet, ein Mann von hoher Bildung, wenn auch gealtert, manchmal kommen noch zwei, drei andere Mädchen zu diesen Veranstaltungen, Kunststudentinnen, der Professor hat eben Beziehungen, er ist ein Kunstguru, sozusagen! Haha. Nun ja, er hat durchaus auch Humor. Er ist ein Herr. Ein soignierter Herr, der an der Teetasse nippt, ein Mann von Welt und ein Weiser, der seinem Gefolge das Leben erklärt und die Kunst, wer weiß, vielleicht kann er Isa bei Gelegenheit retten! Der Kunstprofessor würde Isa gern retten. Es wäre ihm ein großes Vergnügen und eine Ehre, Isa zu retten, ein so schönes Mädchen und klug dazu! Es ist wirklich schade um Isa. Es ist schade, wie sie ihr Leben vertut, manchmal muß Isa nach dem Frühstück noch auf einen Sprung mit in die Parisbar. Damit der Professor auch noch in der Parisbar mit Isa angeben kann, Isa hat ihr Flohmarkt-Cape an und trinkt Champagner, und wenn die Freunde des Professors gegangen sind, bleibt sie noch ein bißchen, damit der Professor nun mit den hohen Positionen seiner Freunde vor Isa angeben kann.

Und dann bekommt Isa Geld und haut ab.

Isa bekommt von vielen Leuten Geld. Sie muß nichts dafür tun, sie muß einfach nur dasein. Da ist zum Beispiel irgendso ein reicher einsamer fetter Fabrikbesitzer. Oder früher hatte er eine Fabrik, jetzt hat er gar nichts mehr: nur noch Geld. Er ist fett, sagt Isa zu Irmi. Aber er hat überhaupt kein Kinn. So groß und fett, bloß am Kinn, da hat er rein gar nichts, kannst du dir das vorstellen? Isa geht mit ihm einkaufen. Isa hilft ihm, Anzüge auszusuchen und Hemden: die er nie trägt, er trägt immer nur dieselbe alte Tweedjacke, dieselben Hosen, und dann kauft er irgend etwas für Isa. Ein paar Platten, die Isa verschenkt. Ein paar Schuhe, die Isa nicht braucht, einen Pullover, weil Isa friert, und dann gehen sie zusammen Mittag essen, und dann bekommt Isa Geld: hundert Mark, zweihundert Mark, keine großen Summen, sagt Isa zu Irmi. Er bezahlt mich nicht eigentlich, er macht es mehr, wie ein Vater sowas machen würde. Oder ich weiß nicht, ich habe ja keinen, aber er macht es mit so einem kleinen Kopfschütteln. Einem ganz freundlichen Kopfschütteln, er sagt, du hast doch bestimmt schon wieder kein Geld mehr, Mädel. Du bist bestimmt knapp, ihr jungen Leute, na komm her, hier hast du was extra. Er hat wirklich sehr viel Geld, sagt Isa, aber es gibt nichts, was er gern damit tut. Er ißt nicht mal gern, es ist ihm egal, was er ißt. Trotzdem ißt er immerzu, verstehst du? Manchmal faßt er meine Haare an. Aber nur ein kleines bißchen.

Es ist das Jahr 77, September. Es ist kurz vor Irmis Abreise nach Indien, Erika sagt, sie will mit. Irmi hat Erika in Berlin getroffen. Erika ist älter als Irmi, sie ist fünfundzwanzig und war sogar schon mal verheiratet. Mit einem Bullen, der Bulle war an sich ganz okay! Aber Erika ging trotzdem fremd. Was blieb ihr sonst übrig? Man konnte ihn ja nirgends mit hinnehmen. Man konnte doch nicht mit einem Bullen losziehen, was hätte Erika denn den anderen sagen sollen? Es war Adventszeit, sagt Erika zu Irmi. Dezember, Schneematsch, Ende des Fernsehprogramms, Erika war schon ins Bett gegangen, aber ihr Bulle blieb noch ein bißchen im Wohnzimmer sitzen, und gegen Morgen jagte er sich eine Kugel in den Kopf. Mit seinem Dienstrevolver, natürlich hatte der Dienstrevolver einen Schalldämpfer, damit Polizisten, wenn sie damit rumballern, nicht gleich die halbe Nachbarschaft aufwecken, aber Erika hörte den Schuß trotzdem. Sie stand auf, mit ungläubig-verzweifelter Ungeduld: Was hat er denn jetzt schon wieder angestellt? Er hing im Wohnzimmer über der Armlehne seines Lieblingssessels. Aber tot war er nicht. Also schlossen sie ihn an Maschinen an, bis sein Vater den Arzt bestach, damit der endlich abschaltete, Wenn du hier rauswillst, brauchste Kohle, so oder so!

Erika hat ein bißchen Kohle geerbt: Damit will sie abhauen. Irmi hat einen Monat lang in einer Fabrik am Fließband gestanden, haben sie genug Geld? Wieviel ist das: genug Geld? Eine Frage der Definition, Irmi hat keine Zeit mehr für Definitionen, was ist das überhaupt für ein Land, wo die Bullen sich schon selber erschießen? Da bleibt einem ja gar kein Lebensziel mehr! Am fünften September ist Schleyer entführt worden. Im folgenden Monat werden Palästinenser ein deutsches Urlauberflugzeug nach Mogadishu entführen, die GSG 9 wird in der Nacht die Geiseln befreien, Baader Ensslin Raspe werden tot in ihren Zellen gefunden, jeder Mensch, den Irmi kennt, geht achselzuckend davon aus, daß sie ermordet worden sind. Klar haben die Bullen die kaltgemacht. Ist doch logo! Und wenn nicht diese, dann machen sie demnächst eben andere kalt, es ist allen sowieso selbstverständlich: Daß sie in einem Land leben, wo Leute in ihren Zellen ermordet werden können, in den gemäßigten Zonen der nördlichen Erdhalbkugel fallen die ersten Blätter. Tagsüber ist es manchmal noch warm, heiß fast, aber morgens ist es meist neblig, und manche Tage sind völlig verregnet. Nachts kann es schon Bodenfrost geben. In Irmis Land nennt man diese Jahreszeit »Herbst«. Es ist der Herbst des Jahres 1977, den alle nun *Den Deutschen Herbst* nennen, was soll das, ersehnen sie sich für Deutschland seine alljährliche Wiederkehr? Wollen sie die Politik dem jahreszeitlichen Rhythmus anpassen, streng ökologisch, im Frühling versprühen wir Gift auf den Feldern, im Sommer schmeißen wir die Flüchtlinge raus, im Herbst beschneiden wir die Grundrechte unserer Bürger, im Winter nehmen wir denen, die immer noch hier sind, ihr Geld weg, von Irmi aus können sie die ganze Republik abfackeln, *The roof, the roof, the roof is on fire! We don't need no water, let the motherfucker BURN!*

Isa geht über den Kudamm und läßt sich von den Touristen beglotzen.

Es ist Abend. In der Dämmerung reißen die Straßen die Stadt auf wie blitzende Reißverschlüsse, die Haut darunter ist nasser Asphalt voller Neonlichter. Isas Atem ist eine weiße Wolke. Sie hat ihr Samtcape an und Sandalen, im Ohr hat sie einen Ohrring aus Fischgräten. Echt südamerikanisch! Ein Junge hat ihn gerade für Isa gekauft. An einem Stand, sie haben auch eine schwarze Kerze gekauft, Isa geht engumschlungen mit diesem Jungen, dessen Ohrring sie trägt, sie gehen schnell. Sie rennen fast, weil es kalt ist und sie nur dünne Jacken anhaben, über den Jacken haben sie Schals. Schals und weiße Atemwolken umstrudeln sie, wenn sie schnell gehen, sie lachen. Sie kommen aus irgendeinem Gegenbett. Sie sind ungewaschen, ungekämmt. Verschludert. Das Gesicht des Jungen ist blaß, sehr schmal. Er hat lange feine blonde Haare, genau wie Isa, ihre Haare vermischen sich mit seinen, wenn sie stehenbleiben und einander küssen. Isa und der Junge bleiben stehen und küssen sich und sehen einander an, während sich der Strom der Passanten vor ihnen teilt, sich hinter ihnen wieder schließt. Sie sehen einander andauernd an, ohne zu blinzeln: Mit keinem Wimpernschlag müssen sie ihre Augen vor Fremdkörpern schützen, wenn sie einander ansehen, sie lächeln nicht mal dabei. Der Junge faßt Isa ins Gesicht. Isa läßt es zu, das hat Irmi noch nie bei Isa gesehen. Isa erlaubt es, daß der Junge ihr Gesicht berührt, ihr Gesicht streichelt, sie schließt die Augen dabei, erst später wird Irmi begreifen, was der Junge gemacht hat: Er hat Isas Gesicht den Spiegeln entrissen. Ein einziges Mal hat jemand das Bild von Isas Gesicht den Spiegeln entrissen und es Isa zurückgegeben, unversehrt und lebendig. Heil.

Wenige Wochen später ist der Junge tot.

Obwohl er Boris' rote Satinhosen niemals anhatte, Isa hat Irmi angerufen in der verfluchten kleinen Stadt an der Ostgrenze, sie hat gesagt: Ich gehe jetzt für ein bißchen weg aus der Stadt. Vielleicht nach Spanien, oder nach Hamburg. Ich warte nur noch auf meinen Paß, ich habe einen Paß beantragt. Irmi hat Isa nie wiedergesehen.

Irmi in ihrem naßgeschwitzten Hotelbett, in ihrem Hotelzimmer auf der Insel, sieht Isa vor sich, wie sie auf ihrem Flokati sitzt.

Isa ist sechzehn, siebzehn vielleicht, sie hat das I Ging auf dem Schoß. Um ihre Augen herum ist alles blau und schwarz, der Rest ist kalkweiß. *Der Ratsuchende ist in der Notwendigkeit zu warten,* liest Isa. *Aber wenn er Vertrauen bewahrt, wird sich daraus für ihn eine große Handlungsfreiheit ergeben. Der begabte Mensch gebraucht Gerechtigkeit und Geradheit, um in seine Einsamkeit zu gehen. Fern und ungebunden in der Einsamkeit beobachtet er die steigende Wolke, die am Himmel wartet und endlich den Regen bringt. Es wird von Vorteil sein, einen großen Flußlauf zu überqueren.*

Irmi in ihrem Hotelzimmer weint.

Sie liegt auf dem Bett und heult in die Kissen, sie weint um Isa: die den Flußlauf ihrer Prophezeiung selbst überquert hat. Die fortgesegelt ist: auf der Styx-Fähre, Single trip, no return: Aber unmittelbar vor ihrer Abfahrt hat sie Irmi noch eine Karte geschickt. Isa stand schon an der Anlegestelle! Sie hatte ihren Fuß schon an Deck gesetzt, da sprang sie noch einmal zurück an Land, im letzten Moment, sie kniete auf der Mole nieder, kritzelte hastig ein paar Zeilen auf eine Karte. Die Fähre wartete. Der Fährmann stand im Bug, er blickte hinaus über das dunkle Wasser, er sah Isa nicht an. Isa beschwerte die Karte mit einem Stein. Sie ließ die Karte auf der Mole liegen, sie wußte: Irmi würde vorbeikommen. Irmi würde die Karte finden, *Kümmere dich um Susanne, stand da. Verhindere unbedingt, daß sie nach mir sucht.* Dann betrat Isa das Deck. Das Deck war regennaß, dunkel, der Fährmann löste die Leinen. Er sah nicht auf.

Irmi in ihrem Hotelzimmer schaltet das Licht an, war Victor Hellweg auch auf dem verdammten Kahn? Hat Isa Victor 81 bereits gekannt, ist Isa mit ihm weggegangen? Isa, die sich hat umbringen lassen! Von Victor Hellweg. Mit dem Susanne nun unterwegs ist.

Irmi könnte jetzt aufstehen.

Sie könnte sich anziehen und die Pension verlassen, durch den schlafenden Ort gehen, dann hinaus in die Dunkelheit, wo der Pfad durch die Terrassenfelder beginnt. Sie könnte auf diesem Pfad den Berghang hinaufsteigen bis zu seinem Kamm. Wenn sie von dort hinunterblicken würde, in das Tal auf der anderen Seite des Berges, würde sie wahrscheinlich vereinzelte Lichter sehen. Vielleicht würde sie inmitten der Bananenplantagen, irgendwo weitab von den anderen Lichtern, sogar das Licht eines bestimmten Hauses ausmachen können, es ist ein weißes Inselhaus, das an Touristen vermietet wird und nur aus einem Zimmer besteht – vielleicht würde Irmi das Licht aber auch nicht sehen.

Es ist nur ein Kerzenlicht.

Es ist das Licht einer einzigen Kerze, die in einem winzigen Innenhof brennt. Die Kerze flackert nicht, die Luft steht. Es ist kurz nach Mitternacht, aber der Innenhof glüht vor Hitze. Die Wände strahlen die Hitze ab, die sie tagsüber gespeichert haben, alle Topfpflanzen sind vertrocknet, es riecht nach Dürre. Nach Staub. Victor Hellweg steht mitten im Innenhof. Er ist nackt. Seine Arme umklammern Susannes Schenkel. Ihre Schenkel umklammern seine Hüften, *Ich will in dich rein*, spreizen sich über seine Arme. Seine Hände halten ihre Taille. Er taumelt ein paar Schritte, preßt Susanne mit dem Rücken gegen die Wand. Er flüstert Unsinn. Sie denkt daran, daß sie ihn töten wird. Sie umklammert ihn, drängt ihm entgegen, die Wand ist glühend heiß. Sie läßt den Kopf in den Nacken sinken, er geht in die Knie. Sie sagt: Gib zu, daß du sie umgebracht hast. Er zieht sie mit sich, die Wand ist rauh. Blut kommt. *Ich will dich riechen, Susanne! Wenn ich dich rieche*, er zieht an ihren Haaren. Ihr Kopf schlägt auf den Lehmboden auf. Sie lacht. Gib es zu, sagt sie, sein Gewicht auf ihr ist heiß, sie umschlingt ihn mit Armen und Beinen, um ihn schwerer zu machen. Um mehr zu kriegen von Victor Hellweg, von Victor Hellwegs Gewicht auf ihr, es reicht ihr noch nicht, was sie kriegt von Victor Hellweg, sie keucht, sie verbeißt sich, Gib das zu! Gib. Mir.

Das. Zu, Gib mir gib mir, der Boden ist wie eine Ofenplatte, ich töte dich! singt es in ihrem Kopf. Bald schon töte ich dich.

In der Nacht wird Susanne wach. Sie schlägt die Augen auf. Sie sieht in die Augen von Victor Hellweg, der über sie gebeugt im Bett kniet. Er hat seine Arme links und rechts von Susanne aufgestützt, sein Gesicht ist Susannes Gesicht sehr nah. Seine Augen sind weit geöffnet. Susanne schließt die Augen. Nach einer Weile spürt sie, wie Victor Hellweg sich aufrichtet. Sie hört seinen Atem: ein, aus. Ein. Aus. Sie spürt, wie er sich neben sie legt.

Am nächsten Morgen fahren sie wieder los.

Sie haben einen Wagen gemietet, einen roten Honda: Ein Jeep war nicht zu bekommen. Sie suchen den Ort, der auf den Fotos zu sehen ist. Den Ort, an dem Isa gestorben ist, wo sie begraben liegt, Victor Hellweg hat gesagt: Ich habe sie dort gelassen. Er hat gesagt: Wo ihre Geschichte zu Ende war, habe ich sie gelassen.

Es ist der dritte Tag ihrer Suche. Victor Hellweg behauptet, den Ort nicht mehr finden zu können, Susanne glaubt ihm kein Wort: Die Insel ist winzig! Aber Susanne, sagt er. 1985, sieben Jahre! Das ist eine lange Zeit. Alles hat sich seitdem verändert.

Sie sind unterwegs. Die Insel ist winzig, aber gebirgig: Die höchsten Gipfel erreichen fast tausend Meter. Alle Straßen schrauben sich an Berghängen hinauf, wieder hinab, sie müssen diese Straßen inzwischen alle schon einmal gefahren sein: Aber sie haben den Ort noch nicht gefunden. Sie haben den Picknickkorb dabei, eine Thermosflasche mit Wasser. Eine Decke. Victor hat seine Fotoausrüstung dabei, Ich will dich fotografieren Susanne, sagt Victor Hellweg. Genau dort, wo ich Isa fotografiert habe, Victor Hellweg sagt: Ich will deine Finger fotografieren, wie sie sich an den Vorsprung in einer Felswand klammern. Deine langen dünnen verletzlichen wunderschönen Finger, soll Victor Hellweg doch tun und sagen, was er will! Er wird diese Insel nicht mehr verlassen, Susanne weiß, sie werden den Ort finden. Victor wird Bilder von Susanne machen vor einem Felsen, in der Dürre, dann werden sie wieder zurückfahren. In das weiße Haus in den Bananenplantagen, fernab von allen anderen Häusern, Susanne wird kochen. Die Küche ist eine Nische in einer Wand des Innenhofes, sie ist nicht überdacht, offen für den Himmel, Susanne wird ein Feuer im Ofen schüren: wie sie es gestern getan hat. Victor Hellweg wird zusehen. Wie er es gestern getan hat: Ich habe dir zugesehen. Die Katzenzungenstimme, *Ich habe dir genau zugesehen*, sie wird ihm das Schlafmittel ins Essen mischen oder in einen Drink. Sie hat das Schlafmittel mitgebracht, es ist in ihrem Koffer. Sie hat auch einen Strick mitgebracht, Taschentücher. Eine Zeltplane. Wenn er schläft, wird sie ihn fesseln und knebeln. Sie wird ihn auf die Zeltplane rollen, dann wird sie sich neben ihn setzen und warten. Sie wird warten, bis Victor Hellweg erwacht, damit sie ihm alles erklären kann, in der Küche, in der sie gekocht haben wird, befindet sich ein Messer. Susanne hat es geprüft: Es ist ein scharfes Messer. Es ist scharf wie Gift, Susanne wird Victor Hellweg damit die Kehle durchschneiden.

Weiter geht der Plan nicht.

Er geht natürlich weiter: Susanne hat vor, Victors Leiche in die Plane einzuwickeln, seine Leiche ins Meer zu werfen und am nächsten Tag eine Vermißtenanzeige aufzugeben, aber das ist alles nicht wichtig. Noch nicht wichtig, Susanne betrachtet das Gesicht Victor Hellwegs, der neben ihr am Steuer des Honda sitzt, Victor Hellweg sieht nach nichts aus.

Am Steuer eines Autos sieht er nach nichts aus: Er sitzt still. Seine Augen mit dem gelben Katzenring um die Pupille sind auf die Straße gerichtet, seine schütteren Haare, die abstoßend sein können oder vielleicht manchmal rührend, flattern im Fahrtwind wie Spatzenflaum. Angezogen, in der Enge eines Autos, ist Victor Hellweg begrenzt, er ist nicht mehr als ein gerahmtes Bild: von Victor Hellweg.

Bis zu dem Moment, wenn sie halten. Bis zu dem Moment, wo sie sich ausziehen an irgendeinem Strand unterwegs, Victor Hellweg breitet die Decke im Sand aus, er reicht Susanne die Thermosflasche, Susanne trinkt, sie geht hinunter zum Wasser, Victor Hellweg macht die Kamera fertig. Sie dreht sich nach ihm um. Er ist nackt. Er steht weiter oben am Strand, auf einer Düne, den offenen Raum der Insel um seine Schultern wie einen Umhang. Nun ist Victor Hellweg das Bildmotiv selbst: Meer, Himmel.

Sie fahren.

Sie halten an einer Tienda. Perlenvorhänge, Treppenstufen voll Hühner. Drei alte Plastikstühle an einer Wand, ein Radio spielt Salsa. Fliegen. Der Himmel ist weiß vor Hitze. Vor Sand, es ist Saharasand, er kommt mit dem Wind aus der Wüste, *Ich war mit ihr in Mozambique*. Sie sitzen auf den Stufen der Tienda, in der Mittagshitze. Victor und Susanne sitzen hier. Victor sitzt zu Susannes Füßen, er sagt, *Ich war mit Isa in Mozambique, oder habe ich das geträumt?*

Isa ist tot. Susanne wird Victor Isa nachschicken. Über den Fluß ohne Ufer, Victor füttert Susanne mit Mangoeis.

Auf einer Sandpiste überfuhren wir eine grüne Schlange.

Das Meer ist wie Schlangenhaut so glatt, sie tauchen nackt, mit Schnorcheln und Flossen. Susanne sieht Victor Hellweg, der auf einen Fisch deutet. Victor Hellweg tippt den Fisch mit dem Finger an, unter Wasser. Der Fisch zuckt, aber er schwimmt nicht weg. Victor Hellweg lacht. Susanne hört Victor lachen, unter Wasser, er ergreift ihre Hand. Er zieht sie weiter, er hält ihre Hand. *Damit ich dich nicht verliere*, als sie sich dem Strand wieder nähern, hört Susanne die Strandkiesel: die das zurückflutende Meerwasser mit hinausnimmt.

»**I**ch war nicht immer Fotograf, Susanne.« Sie sitzen auf einer Mauer, vor sich das Meer. »Ich war mal Holzfäller in Finnland«, der Sand ist von glänzendem Schwarz, Sand von Vulkanen. »Ich war siebzehn, vor Wut habe ich geheult jedesmal, wenn ich die Motorsäge nicht mehr halten konnte«, Victor Hellweg reicht Susanne die Thermosflasche. Susanne trinkt, es ist weißer Rum mit Ananassaft, eisig. Wind kommt auf, es ist ein glühendheißer Wind. Niedrige Wolken über dem Wasser, drüben nach Norden zu.

Das Boot ist ein Dinghi. Es ist ziemlich schnell, aber es ist nicht für das offene Meer gedacht. Sie fahren aufs offene Meer hinaus. Gischt fliegt. Victor steuert. Susanne sitzt im Bug, das Boot fliegt von Wellenkamm zu Wellenkamm,

Susanne hält sich nicht fest. Sie breitet die Arme aus, das Boot hängt frei in der Luft, bevor es auf der nächsten Welle aufschlägt wie auf Steinen, Wasser sprüht, Wasser schäumt ins Boot hinein,

Hast du Angst?

Die Stimme ist gerade noch zu hören, über dem Sturm.

Nein, nie wieder.

Susannes Gelächter, die Schwärze des Wassers, sie wischt Gischt aus den Augen, einmal dreht sie sich nach ihm um. Er sitzt im Heck und steuert das Boot. Er ist in sich gekehrt, er sieht Susanne nicht an. Er sitzt still: einer, der den Rausch auslöst. Der selbst den Rausch niemals spürt, den er auslöst,

Wenn ich dich rieche, Susanne! Wenn ich dich rieche!

In der Nacht gehen sie durch die Bananenplantagen. Es ist pechschwarze Nacht, wo gehen sie hin? Zu Negrito, Rum trinken. Sie tasten sich durch die Plantagen, auf den Pfaden entlang, auf schmalen Dämmen, die die bewässerten Felder voneinander trennen, Victor geht voraus, *Komm, ich halte dich*, Zuckerrohr raschelt. Bananenblätter rascheln, *Ich halte dich, damit du nicht fällst*, er hat keine Taschenlampe. Es ist eine Nacht, so dunkel wie Blindsein, Victor Hellweg braucht keine Lampe. Negritos Kneipe ist eine Hütte mitten in den Plantagen. Es ist eine aus Strohmatten mit einem Wellblechdach, an der einen Wand bleicht Bob Marley aus, an der anderen eine Fußballmannschaft. Ein Kassettenrecorder dudelt. Sie trinken Rum, dann Caipirinhas, irgendein Betrunkener legt sich mit Victor Hellweg an. Er will Victor Hellwegs Stuhl, dann will er seinen Drink, seine Freunde versuchen zu begütigen, der Betrunkene wird prinzipiell. Susanne spricht kein Spanisch, aber sie versteht ein bißchen. Tierra, sagt der Betrunkene, der übrigens höchstens zwanzig sein kann. Nuestra tierra, ihr nehmt uns unser Land weg. Ihr kauft unser Land auf, No trabajo, seine Stimme hat jetzt etwas Jammerndes, Victor Hellweg seufzt.

»Ein Schnorrer«, sagt er zu Susanne. »Ein ganz normaler Schnorrer«, er gibt Negrito ein Zeichen, dem Jungen etwas zu trinken zu bringen, aber der wird jetzt wirklich wütend. Er ist in seiner Ehre gekränkt: Als hätte Victor Hellweg ihm sein Land für eine Caipirinha abluchsen wollen, er rempelt Victor an.

Victor schlägt zu.

Er tut das ohne Anstrengung, lässig, aber der Junge fällt dennoch um. Er springt wieder auf, er ist außer sich vor Wut, seine Freunde halten ihn fest, Negrito mischt sich jetzt ein und schreit. »›Bringt ihn doch endlich nach Hause!‹« übersetzt Victor für Susanne, während die Jungen ihre Zeche begleichen, ihren Freund noch immer festhalten. Als sie ihn hinausführen, sieht er Victor an und sagt etwas, *Cojones*, »Was hat er gesagt?« fragt Susanne.

Victor grinst.

Die Jungen greifen Victor und Susanne in den Plantagen an.

Sie sind zu zweit: Victors Feind und ein anderer, sie müssen hinter der Kneipe gewartet haben, Susanne schreit, als sie in die Bananenstauden gestoßen wird. Victor fährt herum. Susanne sieht Victor nicht kämpfen, es ist zu dunkel, aber einer der Jungen fällt über Susanne und keucht vor Schmerz und rappelt sich auf und rennt gebückt weg, auch Victor liegt jetzt am Boden. Susanne hört ihn aufstöhnen, es ist ein ersticktes Geräusch, in Susannes Ohren ist jetzt der hohe Ton. Das Fledermauslied, in der Dunkelheit springt sie den Jungen an, der über Victor kniet und ihn schlägt, sie krallt sich in seinen Rücken und gräbt ihre Zähne in seine Schulter, in die Beuge zwischen Hals und Schulter, wo die Haut freiliegt. Sie kann den Jungen riechen. Er riecht nach Schweiß und nach Wut und jetzt auch nach Schmerz, nach dem Metallgeruch seines Bluts, er läßt Victor los und packt Susannes Haare und wirft sich auf den Rücken, um Susanne loszuwerden, dann brüllt er auf und faßt sich zwischen die Beine. Victor hat sich aufgerappelt. Er steht, unsicher, und tritt dem Jungen zwischen die Beine. Susanne läßt los. Sie stößt den Jungen weg, er rollt sich zwischen die Bananenstauden.

Susanne steht auf. Victor schwankt. Er stöhnt, er ist verletzt. Er hat eine Hand auf den Brustkorb gelegt, sie stützt ihn. Er lehnt sich schwer auf Susanne. Er kann nur mit Mühe laufen, so daß es bereits dämmert, als sie das abgelegene Haus in den Plantagen endlich erreichen.

Nun sieht Susanne, daß Victors Lippe geplatzt ist. Victor hat Schwierigkeiten beim Atmen: Offensichtlich hat der Junge ihm eine oder zwei Rippen gebrochen. Susanne hilft Victor Hellweg beim Ausziehen. Sie hilft ihm aus dem Hemd, aus der Hose, sie kann Victor riechen: seinen Schweiß. Seinen Kot. Victors Hose ist kotbeschmiert, Susanne hilft Victor, sich zu waschen. Sie wäscht Victors Hintern, seine Beine, sein Geschlecht, Victor lehnt mit dem Gesicht an der Badezimmerwand. Er ringt um Atem, er spricht nicht ohne Not, »Wieso ein Arzt, Rippenbrüche kann man nicht schienen«, das ist allerdings wahr. Susanne bringt Victor Hellweg zu Bett. Sein Gesicht ist grau. Schweißperlen stehen auf Stirn und Oberlippe. Unter dem dünnen Haar sieht Susanne die Kopfhaut. Sie stützt seinen Rücken mit allen Kissen ab, die sie findet: Im Liegen kann Victor Hellweg nicht atmen. Susanne geht ins Bad. Sie spült sich den Mund aus, wäscht ihre Hände. Dann legt sie sich aufs Bett neben Victor Hellweg.

Dessen Augen geschlossen sind.

Die Augen mit dem Katzenring um die Pupille sind geschlossen. Die Katzenzungenstimme ist verstummt: Victor Hellweg liegt still. Er kann sich nicht bewegen: nicht ohne Susanne. Die ihn bewacht. Die ihre Beute bewacht, durch die offene Tür kann Susanne in den Innenhof sehen. Sie sieht die offene Küche, die Feuerstelle. Im ersten Sonnenlicht sind die Wände von gleißendem Weiß, die Schatten sehr scharf. Irgendwo kräht ein Hahn.

Irmi sitzt in ihrem Mietwagen. Sie fährt. Seit Tagen fährt sie und fährt sie, sie muß bereits jede Straße dieser Insel entlanggefahren sein! Irmi sieht in jedes Auto, das ihr entgegenkommt. Sie hält an jeder Kneipe, um nach Susanne zu fragen: Haben Sie eine Deutsche gesehen, Mitte Dreißig, sehr dünn, halblange Haare, in Begleitung eines Mannes? Bisher hat noch niemand bejaht. Natürlich hat Irmi auch längst schon alle Pensionen, Hotels angerufen, alle Leute, von denen sie erfahren hat, daß sie privat Zimmer vermieten: Aber keiner kennt einen Señor Hellweg, eine Señora Karcher. Sie müssen doch irgendwo schlafen? Irgendwo essen, einkaufen, sie sind hier! Das weiß Irmi genau, Victor Hellweg hat ein Auto gemietet. Der Vermieter hat sich allerdings geweigert, den Wagentyp zu verraten, Irmi wünschte, sie hätte ein Bild von Susanne, das sie den Leuten zeigen könnte! Sie hat keins. *Tough luck.*

Irmi hält an einer Tienda.

Perlenvorhänge, Treppenstufen voll Hühner. Drei alte

Plastikstühle an einer Wand. Ein Radio spielt Salsa, Irmi setzt sich mit ihrer Wasserflasche auf die Treppenstufen. Sie war schon einmal hier, um nach Susanne zu fragen, diesmal hält sie, weil sie Durst hat. Sie ist zuversichtlich, sie zweifelt nicht daran, daß sie Susanne findet. Wahrscheinlich wird Susanne ihr zufällig über den Weg laufen: genau dann, wenn Irmi es am wenigsten erwartet. Irmi kann sich an weitaus unwahrscheinlichere Zufälle erinnern! Irmi überlegt, ob sie das Mädchen in der Tienda noch einmal nach Susanne fragen sollte: Vielleicht waren die beiden in der Zwischenzeit hier? Aber das Mädchen ist fort, die Tienda ist leer. Irmi steigt in ihr Auto. Was wird sie tun, wenn sie Susanne gefunden hat? Irmi hat keine Pistole, die sie Susanne auf die Brust setzen könnte, um sie zur Heimkehr zu zwingen, wie ist Susanne überhaupt auf diesen Victor Hellweg gestoßen?

Wer immer Susanne Victors Namen genannt hat, hält wahrscheinlich den Schlüssel zu dieser ganzen Geschichte in der Hand.

Zu welcher Geschichte?

Irmi fährt. Sie muß aufpassen, daß sie nicht ins Meer rollt! Das ist die Sache bei Inseln: Man fährt im Kreis herum, wenn man immer weiterfährt, Irmi nimmt eine Straße, die hinab zum Meer führt. Es ist ein Schotterweg, der am Strand endet. Der Strand ist verlassen. Nur Sand und Geröll. Leblosigkeit, ein paar Felsbrocken. Staubiggrüne Gräser, die in die nackten Füße schneiden, dies ist kein Badestrand für Touristen, soviel steht fest. Es ist sehr heiß. Irmi legt ihr Handtuch in den Schatten eines Felsbrockens, sie ist erschöpft. Sie wäre vorhin beinahe am Steuer eingeschlafen, das Meer seufzt und schluchzt. Irmi schläft ein. Sie träumt von einer Landschaft, einer Ebene. Einer Wüste, die das Land verschluckt hat: Ödnis, Staubfahnen im Wind. Ein paar gebleichte Äste, die sich in der öden Hitze krümmen, die Überreste großer Bäume. Die Reste von Wäldern. Über den Sand kommen Menschen. Es sind Frauen und Kinder, sie tragen Körbe auf dem Rücken. Sie graben die Wurzelstöcke aus. Sie sammeln die letzten Holzstücke ein, scharren verdorrte Wurzeln aus dem erodierten Boden, wozu? Was soll das denn überhaupt für ein Traum sein? Dann Schnee. Viel Schnee, der auf eine Ebene fällt. Eine weite Ebene, Schnee, der fällt und fällt, knisternd in der Stille.

Als Irmi erwacht, ist die Sonne weitergewandert. Irmi liegt in der Sonne, ihr rechter Arm ist verbrannt. Er ist jetzt schon feuerrot, Irmi flucht.

Irmi hält an einer Kneipe. Das Dorf erinnert Irmi an Südamerika, die terrassierten Felder an Nepal, Irmi steht an der Theke und trinkt Wasser in großen Schlucken. An einem Holztisch sitzen Männer, die Irmi anstarren. Es sind normale Männer. Harmlos, wenn sie nicht gerade gewalttätig sind, Irmgard kann mit so etwas umgehen,

Du, mit deiner verdammten Lolitavisage, warum fällt Irmi jetzt Hardy ein? Ein Fernfahrer. Der ein Muttergottesbild in seinem Lastwagen hatte, er hatte Irmi von Istanbul bis nach Wien mitgenommen: Wo er ein Messer aus einer Küchenschublade holte, Zieh dich aus oder ich stech dich ab! Makeup-Utensilien seiner Frau waren über den ganzen Eßtisch verstreut. Sie selbst war nicht da, nachts um zwei. Hardy! sagte Irmgard. Mein Vater ist krebskrank, ich habe ein Keuschheitsgelübde getan bei der Heiligen Jungfrau Maria: damit ich ihn noch einmal wiedersehe, die Lüge kam glatt über ihre Lippen. Hardy sackte auf einem Küchenstuhl zusammen, Erzähl mir doch so was nicht! Du, mit deinem Kindergesicht, aber sobald ich wegsehe, weiß ich, du bist knallhart, abgebrüht bist du, er saß die ganze Nacht lang auf dem Stuhl, heulend mit weggedrehtem Gesicht.

Irmgard lag auf dem Sofa und rauchte seine Zigaretten, man wird, was man wünscht! Was denn sonst, Irmgard ist jedenfalls noch immer am Leben! Was, wenn Susanne schon tot ist?

Es ist das erste Mal, daß Irmi dies denkt: Was, wenn Victor Susanne schon umgebracht hat?

Wenn Irmi wieder zu spät käme.

Irmi fährt. Irmi darf keine Zeit verlieren, es dämmert bereits. Es wird hier so rasch dunkel, wie soll Irmi Susanne denn in der Dunkelheit finden? Die Straße führt in ein Tal hinunter, Irmi weiß nicht, wo sie ist. Zwischen Bananenplantagen, vor Irmi taucht jetzt wieder eine Kneipe auf. Eine Hütte mit Wellblechdach, an der einen Wand bleicht Bob Marley aus, an der anderen eine Fußballmannschaft. An einem roh gezimmerten Tresen stehen ein paar Männer und trinken. Irmi hält an. Irmi bestellt ein Bier, Wasser, sie ist wie ausgedörrt, die Männer beachten Irmi nicht weiter. Sie reden über einen Zwischenfall: Ein Tourist und ein Einheimischer hatten eine Schlägerei, Irmis Arm brennt wie Feuer. Der Barmann spült Gläser. Motten tanzen um eine Glühbirne an der Decke. Irmi trinkt ihr Bier aus, sie fragt den Barmann nach Susanne und Victor. Sie beschreibt ihm Susanne, die Männer am Tresen verstummen. Der Barmann hört auf, Gläser zu spülen, alle sehen

Irmi jetzt an, schweigend. Dann hebt der Barmann die Schultern. Er nimmt ein Geschirrtuch in die Hand, er beginnt seine Gläser zu polieren, »No se«, sagt er. Ich weiß nicht.

Es ist fast Mitternacht. Irmis Arm schmerzt. Ihre Zähne klappern, sie fährt und fährt, es ist hundekalt hier oben! Oder hat Irmi Fieber? Man kann bei einem Sonnenbrand Fieber bekommen, Irmi möchte jetzt gern zurück in ihr Hotel. Oder sie möchte nach Hause, in ihre Wohnung zu Hubertus, Heimweh, so plötzlich wie eine Ohrfeige

irgendwo zwischen Lucknow und Nirgendwo, nach Kartoffelpuffern. Tagelang besessen davon, wie Kartoffelpuffer aussehen, riechen, schmecken, Tränen über Kartoffelpuffer, nachts an irgendeinem Grenzübergang, die im Neonlicht flachen leeren Gebäude, jemand sagt: Hör schon auf, Mädchen. Besser ewig wandern als ewig warten, Irmi kann ohnehin nicht in ihr Hotel! Sie weiß nicht, wo sie ist.

Irgendwo an einem bewaldeten Berghang. Ihre Scheinwerfer erfassen ein Schild am Straßenrand. Der Name eines Gasthauses steht darauf, Irmi folgt dem Pfeil, der auf dem Schild ist. Sie fährt tiefer hinein in den Wald.

Irmi liegt im Bett. Sie hat die Laken und Decken bis zum Hals hochgezogen, sie hat all ihre Kleider an. Trotzdem friert sie. Sie hat den Wirt wecken müssen, Irmi ist der einzige Gast. Alle anderen Zimmerschlüssel hängen am Brett in der Rezeption, vielleicht hat ein böser Geist dieses Gasthaus entstehen lassen, nur für diese eine Nacht, nur für Irmi?

Ein Djinn. Derselbe, der Irmi schon einmal bewirtet hat, 81 in Indien, in einem riesigen Kasten von einem Hotel, das niemanden beherbergte außer Irmi. Es war Stromausfall. Irmi kauerte auf ihrem Bett, in der kleinen Lichtinsel ihrer Kerze, deren Schein die Wände, die Decke des Zimmers nicht erreichte, und betrank sich mit Fenny, irgendwann spätnachts irrte sie durch die Gänge, auf der Suche nach einem Klo, da hörte sie es: Jemand spielte Flöte. Dünne verlorene Töne, *Are you going to Scarborough Fair*, Irmi schrie auf. Irmi rannte die verlassenen Gänge entlang, *Remember me to the one who lives there*, sie stolperte Treppen hinauf, hinab, *Garda, True love of mine*, die dem verwehenden Ruf Krishnas folgt, die Flöte brach ab und sie stürzte, betrunkenes Milchmädchen mit verrenktem Knöchel, das auf allen vieren über die verlassene Lichtung Gottes kriecht, Radha, im Maul Krishnas zerstörte Pfauenkrone wie einen von einem Raubtier geschlagenen Vogel, schluchzend vor Entsetzen, weil der Schmerz nicht genügte. Weil er niemals genügen würde, nie das aus ihr herausbrennen würde, was sie getan hatte,

Schluß damit!

Irmi setzt sich auf und schaltet das Licht an. Irmi bricht diese sinnlose Reise ab! Sie wird morgen zurückfahren, es tut Irmi sehr leid! Aber Susanne ist schließlich erwachsen. Sie kann verdammt noch mal auf sich selbst aufpassen, Irmgard wird jetzt schlafen. Und morgen wird sie in ihr Hotel zurückfahren, sie wird zurückkehren in die verfluchte kleine Stadt an der Ostgrenze, zu Hubertus, ihrem Laden, Irmgard knipst das Licht wieder aus und rollt sich unter ihrem Laken zusammen: Irmi gibt auf.

Irmi schläft endlich ein.

Irmi träumt. Sie träumt, daß sie auf einer Ebene ist. Einer Wüste, Frauen und Kinder graben die letzten Holzstücke aus dem verödeten Boden. Sie schichten die Holzstücke auf und decken sie ab, dann zünden sie das Holz an: Aber das Holz flammt nicht auf. Es kann nicht atmen, es kriegt keine Luft, es verschwelt zu Holzkohle, während die Kinder den Meiler umtanzen. Sie lachen nicht. Sie singen nicht. Sie summen: böse wie Hornissen, die wilde Brut des Köhlers, die in der Asche gräbt, die in der Holzglut wühlt, ihre Augen sind weiß in ascheschwarzen Kinderfressen, im aufzüngelnden Licht der Flammen fährt Irmgard hoch.

Durchs Fenster dringt grau der Morgen.

Irmgard springt auf. Sie ist angezogen. Sie hat nichts zu packen, der Autoschlüssel ist in ihrer Tasche, sie geht die Treppe hinunter, sie wird nicht frühstücken: Irmis Arm ist von Blasen bedeckt. Von Brandblasen, Irmi muß Salbe kaufen. Sie muß sich nach dem Weg zurück in den Hauptort erkundigen, sie wird ihre Rechnung begleichen, dann verschwinden, Irmi trägt sich ins Gästebuch ein, das der Wirt ihr hinhält

Susanne Karcher

Victor Hellweg

Irmi starrt auf die beiden Namen. Auf das Datum: Es ist fünf Tage her. Vor fünf Tagen waren die beiden hier: für eine einzige Nacht.

Das weiße Pferd

Irmgard fährt. Sie hat Kopfschmerzen, vielleicht wird sie ernstlich krank? Irmgard möchte nicht mehr hier sein. Sie möchte in einem kühlen Land sein, einem kühlen Zimmer, ihrem Wohnzimmer vielleicht, Irmgard kann nicht zurück! Wohin soll sie gehen, jetzt, wo sie die Namen gesehen hat? Wo sie weiß, daß sie Susanne nur um fünf Tage verpaßt hat, soll sie nun vielleicht in ihren Laden zurückkehren, zu Hubertus? Hubertus weiß nichts von Irmi. Er weiß noch nicht einmal, warum Irmi ihn nie heiraten wollte: weil sie noch immer verheiratet ist! Mit Michael Browne, soll sie vielleicht zu Michael gehen? Niemand weiß das geringste von Irmi, keiner der Lebenden. Irmi muß sich besinnen. Auf das, was wichtig ist und wirklich, die Namen standen in einem Gästebuch. *Susanne Karcher Victor Hellweg*, nun muß Irmgard alle Hotels, Pensionen der Insel abklappern, um in weitere Gästebücher zu sehen, das ist eine gute Idee!

Das ist zumindest ein Plan, Irmgard kann nicht immer weiter umherirren. Ihre ganze Reise ist ein Fehlschlag: Aber sie geht dennoch weiter, solange Irmgard weitergeht, weiterfährt über die Insel in ihrem Mietwagen, Irmgard hält an einem Holiday Resort mit drei Pools, mehreren Bars im Schatten von Palmen, hier steigt doch sicher kein Mensch ab, der einen Mord plant? Aber warum sollte sich nicht auch ein Mörder nach ein bißchen Komfort sehnen, Irmi trinkt etwas Kühles aus einem hohen Glas, sie fragt an der Rezeption, an den Bars, Irmi fährt. Sie hat mit ihrem Kugelschreiber ein Auge an die Türbespannung ihres Mietwagens gemalt. Es ist ein kleines Auge, wimpernlos. Lidlos, es läßt sich nicht schließen im ewigen Hier, im Bug eines Schiffes, vor dem sich die Zeit teilt, um Irmi spurenlos durchzulassen auf ihrer Suche nach Susanne, die vielleicht schon längst tot ist, wie sieht Susanne aus?

Irmgard kann sich nicht erinnern. Ein anderes Gesicht schiebt sich dauernd vor ihre Erinnerung an Susanne: ein verschlossenes, vollkommen ruhiges Gesicht. Mit leeren Augen, ganz entspannt im Hierundjetzt, alles andere hatte das Mädchen vergessen: Namen, Herkunftsland, welche Seite von einem Löffel in den Mund gehört und daß das ihr eigenes Bein war, das die Hautinfektionen bis auf den Knochen aufgefressen hatten, sie sprach mit niemandem, sie hatte keine Papiere, kann Irmgard nicht an all die schönen Dinge denken, die ihr auf ihren Reisen passiert sind? An Sonnenuntergänge oder Palmwipfel im Wind vielleicht, hat denn Schuld keine Halbwertzeit? Es kann doch nach all diesen Jahren keine Schuld mehr übrig sein, die Irmi zu tragen hätte, was waren sie denn?

Travellers. Conquistadores mit Ameisen im Tee, der Westen wurde ihnen vom Leibe gerissen, schälte sich ab wie ein Sonnenbrand und drunter war rohes Fleisch, warum kriegt Irmi denn ausgerechnet dieses eine Mädchengesicht nicht aus dem Kopf? Ein totes Gesicht. Dead Hippie Number 32, Irmgard hat ihre Leiche gesehen. 1981 im Maharashtra Medical College Hospital. Trakt für Geistesgestörte, irgendein Mitleidiger hatte sie dorthin geschleppt, nicht daß es half: Sie verweigerte Essen, verhungerte, wo war denn Irmgard damals? Im Zimmer gegenüber. Auf der Intensivstation hinter den schwarzverklebten Scheiben zum Gang, wo ist Irmgard jetzt?

Irmgard, die auf der Suche ist nach Susanne. Die wieder im Hauptort der Insel ist, unten am Hafen, was will sie hier? Irmgard hält. Sie steigt aus, das Wasser schwappt an der Hafenmauer hoch. Irgendwo über dem Meer schreit eine Möwe, Irmgard muß sich konzentrieren! Auf das, was sie umgibt hier und jetzt, an der Mole warten ein paar Frauen mit großen Handtaschen auf die Fähre. Fünf, sechs Autos stehen auf dem Vorplatz herum, eine Familie ißt Sandwiches inmitten verschnürter Kartons. Holz knirscht: Zwei Fischerboote reiben aneinander. Vor dem Häuschen, wo man die Karten für die Überfahrt kauft, stehen Rucksacktouristen. Zwei Jungen und ein Mädchen, sie sprechen miteinander, das Mädchen nimmt nun einen Rucksack auf, die Fähre legt an. Es ist ein altes Schiff. Ein brüchiger Kahn mit einem Aussatz aus Rost, Irmgard könnte jetzt diese Fähre besteigen. Sie könnte Susanne aufgeben, an Bord gehen, auf der nächsten Insel das Schiff wechseln, Irmgard hat Ginos Stimme im Ohr.

Wirst du das tun? sagt Gino.

Auf dem Boot Bombay-Goa. Drüben in der warmen Dunkelheit lag die Küste von Maharashtra, ein Kassettenrecorder spielte einen alten Claptonsong: *The big boat is at the landing, and my baby is waiting to step on board*, Gino sagte, Wirst du auf das große Schiff steigen und mich an der Mole stehenlassen?

Was würdest du dann machen, Gino?

Ich würde sagen: wie schade. Und dann würde ich mir ein anderes Mädchen suchen, aber am wahrscheinlichsten ist es, daß du an der Mole stehst und ich fahre ab.

Ganz allein fuhr er fort. Über den Fluß ohne Ufer, Irmgard sieht das Schiff nicht mehr, das jetzt ablegt. Sie sieht die Mole nicht mehr und das Kartenhäuschen, das nun wieder geschlossen ist, der Fahrplan flappt im Wind, mit geschlossenen Augen starrt Irmgard das Pferd an. Es ist ein weißes Pferd, mager. Ein Klepper, der auf Irmgard zukommt, Irmgard hört Ginos Stimme, fremd, rauh. Irmgard sieht in Ginos Augen, die leer und tief konzentriert auf sie gerichtet sind wie die Augen sehr kleiner Kinder, *Endlich nähern wir uns der Küste*, Irmgard beginnt zu gehen.

Sie geht an der Hafenmauer entlang. Auf der anderen Seite der Mauer sind Felsen. Sie schützen die Mauer vor dem Atlantik, es sind scharfe Felsen. Irmgard klettert über die Mauer. Sie steigt über die Felsen, Irmgard passiert nichts! Sie ist verdammt noch mal noch immer am Leben, Irmgard läuft über die Felsen, schneller und schneller, sie hat dies so oft versucht! Bist du verrückt, Irmgard, den Rinjani rauf in der Regenzeit, das ist lebensgefährlich, Irmgard grinste und ging los ohne Ausrüstung und kam heil wieder an, am Ufer des Mississippi lag sie heulend im Dreck, weil sie schwimmen konnte und immer wieder zum Ufer zurückfand, in Miami hat sie in einem Dreckloch von Hotel geschuftet, das seinem kolumbianischen Besitzer als Cover für seine Cocaingeschäfte diente, abgehalfterte Seeleute wohnten da und Ausreißer und minderjährige Nutten und nachts hallten die Schüsse der Gangs auf den Straßen, aber Irmgard geschah nichts, sie kann nicht sterben! Sie wird sich doch wenigstens die Knie aufschlagen, ein Bein brechen können, Wasser gischtet ihr entgegen am Ende der Hafenmauer, am Ende der Steine, wo Irmgard schluchzend steht, Blut läuft ihr über die Beine und sie hat einen Schuh verloren, Irmi schleudert den zweiten Schuh ins Wasser. Sie steigt über die Hafenmauer zurück an Land, barfuß geht sie hinein ins Geröll, wo will Irmi hin? Nach Nirgendwoland. Irmgard kann nicht mehr ausweichen: Nun herrscht völlige Stille.

Und durch die Stille nähern sich Schritte.

Es sind Irmgards Schritte.

Die über einen Gang hallen mit hohen Fenstern. Fenster wie Arkadenbögen, die Bögen sind offen zum Hof. Die Tropensonne brennt in den Gang, Vögel schwirren von draußen herein und wieder hinaus, an der anderen Seite des Gangs öffnen sich Tore zu Krankensälen, dazwischen stehen Tragen: Es ist ein Krankenhausflur. Es ist der Flur, der zur Intensivstation führt, sie erkennt nicht einmal seine Kleider. Die blauen Afghanihosen, das blaue Hemd, sie hätte die Kleider erkennen müssen! Sie hätte nicht drei-, viermal an ihm vorbeilaufen dürfen auf der Suche nach ihm, seine rechte Gesichtshälfte war vollkommen eingedrückt. Die Beine waren zertrümmert, links stand der Knochen des Schienbeins weiß aus der zerfransten Wunde hervor, aus seinem Mund quoll Blut. Kotze, die nach Hummer stank, die Blutkrusten im Gesicht platzten wieder auf, wenn er erbrach. Sie griff mit dem Finger in seinen Mund, damit er nicht erstickte, fand Zähne, Zahnstücke, die sie an ihrem Hemd abwischte, Wir können nicht operieren, sagte der Arzt. Wir können nicht anästhesieren, solange er bewußtlos ist, durch einen Tropf lief Wasser in Gino hinein, Blut. Durch das Bein lief das Blut wieder aus ihm heraus, sie waren in einem fensterlosen Zimmer. Mit Scheiben zum Gang, die schwarz verklebt waren, um die Blicke Neugieriger abzuhalten, in der Nacht bäumte er sich auf. Seine Arme zuckten, die Beine, er würde aus dem Bett stürzen und sie schrie um Hilfe, von den Betten der Sterbenden eilten zwei Frauen herbei, die ihr halfen, seine Arme am Bett festzubinden. Tief schnitten die Binden in seine Handgelenke ein, während sie zum ersten Mal aufschluchzte, Ich kann dich nicht halten Gino verzeih mir verzeih mir, unter einem seiner Lider sah sie das Weiße. Das andere Auge war zugeschwollen, sie pulte die abgebrochenen Infusionsnadeln aus seinen Adern, wand mehr Binden um strömendes Blut und rannte nach einem Arzt, den sie nicht fand, in einem Krankensaal mit vierzig Betten stand eine übermüdete Schwester, die Irmgard hinter sich herzerrte, der Strom fiel aus, in der völligen Dunkelheit hielt Irmgard sein Gesicht. Oder eine Hälfte seines Gesichts, sie preßte die Lippen auf seine Haare, tastete nach unverletzten Stellen an seinem Körper, die sie berühren konnte, furchtbare sinnlose Zärtlichkeit für den kleinen tätowierten Halbmond auf seiner Brust, der noch immer die Landschaft des Bauches beschien: Die Wüstendünen, Wanderdünen, in denen Irmgard nie verlorengegangen war, in der Dunkelheit des Krankenhauszimmers, in dem Geruch von Exkrementen und Blut und Hummer preßte Irmgard mit aller Kraft seine zuckenden Arme und Beine gegen die Matratze, Ginos Lider wurden hochgezogen und Taschenlampen leuchteten in Ginos Pupillen, Gino! Do you know your name? Gino, deinen Namen! Weißt du deinen Namen: Gino!, aber man kann Gino nichts vorsagen.

Er plappert niemandem etwas nach, Er kann aufwachen oder sterben, sagt der Arzt. Er kann irreparable Schäden davongetragen haben, irreparable Schäden. Irreparable-schäden-ir-re-pa-ra-ble-schä-den, die Silben wiederholen sich in Irmgards Kopf bis zur völligen Sinnentleerung und darüber hinaus, während es Tag wird und Nacht und wieder Tag, wann ist es Tag? Wenn draußen Schritte über den Gang hallen. Fremde Worte, fremde Laute, die Frauen, die ihre Männer pflegen, holen Wasser, Essen. Wenn die Geräusche verstummen und die Frauen ihre Matten neben den Betten ihrer Männer ausbreiten, ist es Nacht. Die Frauen werden gelegentlich abgelöst von Söhnen, Töchtern, Irmgard hört und sieht alles, in der luziden federleichten Gleichgültigkeit der Übermüdung, irgendein Arzt sagt: Er ist sehr erschöpft. Im Koma schläft man ja nicht.

Nun hat Irmgard ein neues Wort für diesen zuckenden, sich aufbäumenden Körper: Koma. In dem man nicht ruhen kann, Ruh dich doch aus, Gino! Schlafe. Ach bitte schlaf doch, mach die Augen zu und schlafe, ir-re-pa-ra-ble-schä-den werden abgelöst von der neuen Tortur einer Zeile aus einem verdammten alten Beatleslied *Close your eyes and I kiss you, tomorrow I'll miss you* die sie nicht mehr los wird bei Tag und bei Nacht, Irmgard sitzt auf ihrem dreibeinigen eisernen Hocker und sieht Gino an. Sie flüstert, sie ruft ihn: in allen Sprachen, die er versteht, Gino stirb nicht Gino bleib hier, mit einer Hand, die beständig und beständig über die Mitte seiner Stirn streicht in immer wieder derselben Bewegung, dort wo die Haut der Stirn heil ist auf ein paar Quadratzentimetern, es ist ein immerwährender Monolog, der nicht abreißen darf, Gino stirb nicht Gino bleib hier Gino wo bist du Gino lieg still ruh dich aus quäl dich nicht so mach die Augen zu Gino I kiss you tomorrow I'll miss you Worte sind Irmgards immerwährende Kälte und wenn die Worte abbrechen, schmilzt das dünne Eis, das Irmgard trägt. Das Eis, über das sie ihn tragen muß in der Einsamkeit, du hast versprochen, mich nie zu verlassen! Wie kannst du mich so völlig verlassen, Gino, das hätte ich nicht von dir gedacht, manchmal kommt jemand.

Sie haben inzwischen in Anjuna gehört, wo Gino ist, sie schicken Delegationen. Es sind die Leute, mit denen Irmgard gelebt hat: *Her tribe*, Jerome betet an Ginos Bett zu Allah. Er ist zum Islam übergetreten, er importiert alten Chiffon nach Paris. Patty kauft Schnitzereien, Silber für die Londoner Flohmärkte, bei den Touristen in Fort Aguada gibt sie sich als balinesische Tempeltänzerin aus, Patty und Jerome bringen Honig und Brot. Sie bringen eine Matte für Irmgard, Handtücher. Seife, Kleider zum Wechseln,

Mimmo bringt Blumenketten vom Markt. Safranfarbene Marigolds, er beugt sich damit über Ginos Bett und wird ohnmächtig, Irmgard, die seine Füße hochlegt, erkennt die Schuhe: In einer anderen Welt hat Gino ihm in die Sohlen Opium eingebaut für Europa, es sind die Leute von Irmgards Stamm. Die sie nun nicht im Stich lassen.

Die ihn nicht im Stich lassen: Gino the Guru, sie kommen leise ins Zimmer. Sie umarmen Irmgard mit ernsten Gesichtern, dann weichen sie ihrem Blick aus: Irmgard lächelt. Irmgard antwortet, Ja, vielleicht wird er sterben, sie zuckt nicht mit der Wimper dabei, die Besucher gehen bald wieder: so bald wie möglich. Bevor sie gehen, legen sie Geld auf den Nachttisch, Irmgard sieht ihnen nicht nach.

Sie vergißt sie sofort, kauert sich auf ihrem Schemel nieder und flüstert, streichelt, starrt Gino ins Gesicht, nimmt den eisigen Monolog wieder auf. In dem es kurze bewußtlose Inseln gibt manchmal: so daß sie sich auf dem Fußboden wiederfindet oder über Gino gesunken, sie fährt hoch, beschmiert mit seinem Blut, sie versucht ihn zu waschen, aber er schlägt um sich, den Mund aufgerissen, als wollte er schreien, sie bindet ihn los.

Sie kann ihn halten. Er ist längst zu schwach, um sich gegen Irmgard zu wehren, sie bindet ihn nur noch an, wenn sie das Zimmer verläßt. Sie verläßt das Zimmer nur, um aufs Klo zu gehen: als sie zurückkommt, sieht er sie an. Es ist ein Blick, der sie nicht erkennt. Der leer ist, dabei von tiefer, todernster Eindringlichkeit, seine Augen sind weit aufgerissen, er öffnet die Lippen. Er sagt: *Avec la plume*.

Seine Stimme ist rauh. Ein Grollen tief in der Kehle, von bedrohlicher Fremdheit, Avec la plume, avec la plume, dann sagt er etwas in einer Sprache, die sie nicht versteht. Sie weiß nicht, zu wem er spricht, wie viele Tage sind schon vergangen, Gino! Gino, what is your name! Die weitaufgerissenen Augen sind die eines sehr kleinen Kindes, leer und verschreckt, er antwortet: I don't know.

And her name? What is her name, Gino, wer ist das? Wer ist Garda? Sie sehen sich an, lange. Schließlich antwortet er noch einmal: I don't know. She is good to me.

Seine Stimme ist tieftraurig.

Irmgard weint. Das Weinen will nicht aufhören, die Ärzte drücken ihr im Vorübergehen die Schulter: Gino hat geantwortet. Morgen wird Gino operiert, Irmgard rasiert seinen Kopf. Der mit einmal voller Blut ist, ihr Atem bleibt weg, aber es ist nichts Schlimmes geschehen: Es ist ihr eigenes Blut. Das aus ihrem Daumen strömt, sie ist mit dem Daumen über die Klinge gefahren, wieder und wieder, um Ginos Haare daraus zu entfernen: schwarzweiße Haare, die Haare eines Zauberers, sie operieren nachts. Es ist der zwölfte Tag. Irmgard ist allein.

Sie geht ins Bad. Das Bad mit den Betonwänden, den fünf Waschbecken für ein paar hundert Menschen, sie wäscht sich zum erstenmal in zwölf Tagen. Sie geht hinaus in den Hof, in der heißen Dunkelheit fühlt sie ihren Körper. Der immer noch ihr eigener Körper ist, *Master! What is the greatest miracle in the world? Hyakuio answered: I sit here all by myself.*

Leicht und gleichgültig vor Erschöpfung, in einem indischen Hinterhof. Auf einem Mäuerchen, rauchend und schwindlig, während Gino operiert wird, wenn Gino jetzt stirbt im Operation Theatre Number Four, hat Irmgard nichts mehr.

Oder sie hat niemals irgend etwas gehabt. Sie hatte nie mehr als ihren eigenen Körper, und den Boden unter ihren Füßen.

Den staubigen Lehmboden einer Grenzstation, auf den sie aufstampfte, erst mit dem rechten, dann mit dem linken Fuß. Dies hat Irmgard immer noch: ihre Füße. Die auf dem Lehmboden des Hospital-Hinterhofs stehen, in Sandalen. Sie hat diese Sandalen und das, woran sie denkt. Was sie erinnert, sie hat einen Fetzen Musik aus dem Radio des Night Watchman, der drüben an der Krankenhausmauer zusammengerollt auf seiner Matte liegt, das Radio spielt einen indischen Schlager. Irmgard hat diesen Schlager.

Aus dem Radio eines Jungen, der gegenüber der Grenzstation Nepal-Indien Betelrollen verkaufte, es war das Jahr 1978. Irmgard war seit Monaten unterwegs. Türkei Iran Afghanistan Pakistan Indien, wo hatte sie die letzte Nacht verbracht? In einem Nest in den Bergen, schlotternd vor Kälte. In einer Hütte an der Flanke des Himalaya, auf einer nassen Decke neben irgendeinem verhungernden Köter. *Pariah dog*: der sich hinter Irmgard mit reingeschlichen hatte aus dem Regen, das Dach war undicht, Irmgard hatte nun nichts mehr. Allenfalls einen verhungernden Pariah dog. Allenfalls die nasse Decke und die Eisigkeit des Regens, der durch das Dach tropfte in ihrer nepalesischen Hütte, die Dunkelheit und ihren einsamen Atem in der Dunkelheit und ihre zusammengekrümmte Schlaflosigkeit, ein paar Zigaretten und ihre Angst oder nicht einmal das, sie hatte gar keine Gefühle womöglich oder keine, die sie mit früher benutzten Worten beschreiben könnte, all diese netten sauberen europäischen Vorstellungen vom Schutz des Individuums! Vom Recht auf Privatsphäre, dem Lohn persönlichen Einsatzes, der Sikh in Goa hatte noch zwei Zähne.

Kochte Dhal, Chicken Curry unter einem Dach aus geflochtenen Palmblättern, wenn Irmgard bei ihm aß, hockte sie danach stundenlang hinter der Düne, mit Darmkrämpfen und ihrem Schälchen voll Wasser zum Abspülen und einem Stein, um sich das schwarze Schwein vom Hals zu halten, das grunzend hinter ihr stand und darauf wartete, ihre Scheiße zu fressen, der Sikh zeigte seine beiden Zähne in ständiger großer Heiterkeit. Während er einen Jungen in den Schatten zog, der barfuß und brüllend vor Schmerz auf dem glühenden Sand stand, dort einfach stehenblieb, freaked out. Ausgeflippt, einer von denen, die ihren Paß verbrannt und aus ihrem Rückflugticket ein Schiffchen gefaltet hatten, das sie über das Arabische Meer schickten, damit es ihnen ihre Mama herholen sollte, *Money finished – mind crazy*. Wie der Sikh sagte, er gab dem Jungen Wasser, etwas Reis. Es war kein Mitleid dabei oder vielleicht überhaupt kein Gefühl, einmal nachts in einem indischen Dorf flogen Farbbeutel in den Bus. Vor den Fenstern in der heißen Dunkelheit Augäpfel, Zahnreihen, Menschen Menschen Menscheninflation unterwegs zu Fuß in Rikshas auf Fahrrädern Lastwagen Bussen, Rot Blau Grün explodierte an den Wänden, *Chelo!* Chelo chelo chelo Baba, hau ab, Alter, these fucking Indians, verdammt, gib mir das Handtuch, ich jag sie weg, einmal in der Dämmerung durchquerten sie ein ausgetrocknetes Flußbett.

In dem viele Feuer brannten, weiter drüben unter der Brücke war ein Slum. Ein Kind rief und deutete und dann waren sie umgeben von Kindern, ihre Klagelaute, paisa paisa, die vom Hunger blondierten Haare, irgendeiner schnappte über und gab ihnen Geld. Drückte ein paar Münzen in Kinderhände, der Aufschrei der Kinder war rauh, wild. Rief mehr und mehr Kinder von den Feuern herbei, vierzig, sechzig Kinder, die sich in Röcke krallten, an Hemden zerrten, sich ihnen um Beine schlangen, Kindermorast, durch den sie sich mit Stiefeltritten, Schlägen durchkämpften zur Uferböschung, Irmi ist nicht mehr die, die sie war. Irmgard, die sich jetzt Garda nennt. Garda in der Dunkelheit: die ihren eigenen einsamen Atem hört, während der Regen durchs Dach ihrer Hütte tropft, am Morgen tritt sie in den Garten hinaus.

Wo die Mädchen am Feuer Milchtee kochen, die Tonbecher sind unglasiert: Clean dirt. Der See ist hell und spiegelt Himalayagipfel, *Master, what is the greatest miracle in the world? I sit here, all by myself,* Irmgard schlägt den Staub aus ihren Kleidern, fährt wieder los. Zertritt einen Tonbecher auf dem Boden, allein an der Grenze Nepal-Indien, sie hat gerade ihr allerletztes Geld ausgegeben: zwanzig Rupees für Tee, Four Square Cigarettes, sie hat ein Busticket nach Lucknow und Sehnsucht nach Kartoffelpuffern.

Tagelang besessen davon, wie Kartoffelpuffer aussehen, riechen, schmecken, irgendwo zwischen Lucknow und Nirgendwo, aber Irmgard geht zu keiner Botschaft, keinem Konsulat. Sie schreibt keinen Bettelbrief nach Hause, *Bitte schickt mir ein Ticket, ich habe Heimweh,* Irmgard läuft und läuft auf einer staubigen Straße, die Gegenwart ist ihr so nah wie eine physische Gefahr. Wie der Boden unter ihren Füßen, Geier zerreißen einen Kuhkadaver, daneben steht Irmgard und redet mit einem Lastwagenfahrer: You go Delhi? Irmgards Visum für Indien läuft in zehn Tagen ab. Wenn du nicht zahlen kannst, raus mit dir! Das sagen die beiden Fahrer zu Irmgard.

Die sitzen bleibt, mit den Händen den Sitz umklammert, die Fahrer halten an einer Kneipe. Madam, ißt du nichts? No. No money. Sie kaufen ihr zwei gekochte Eier.

Eine Schale Reis für diese Fremde, die beim Aufladen des Zuckerrohrs hilft in namenlosen Dörfern, Busch, der voll Lärm ist in der heißen Dunkelheit, nachts trinken die Fahrer Bier, Whisky. Whixy, Whixy! Sie wollen, daß auch Irmgard trinkt, es sind normale Männer. Harmlos, gutmütig sogar, wenn sie nicht gerade gewalttätig sind, sie wollen Irmgard berühren, verlangen die Haare, die beim Kämmen in ihrer Bürste zurückbleiben, blonde Trophäen: Look! I fucked this girl!, von Delhi fährt sie weiter mit einem Butterflybus, der Fahrer nimmt sie umsonst mit: Irmgard, 34 zahlende Fremde. Einen Haufen illegaler indischer Softpornos für den Iran, an der pakistanisch-afghanischen Grenze wird der Fahrer verhaftet, der Bus wird beschlagnahmt: Aber Irmgard fährt weiter, wo will sie hin?

Nach Europa. Um anschließend wieder zurückkommen zu können, Irmgard holpert auf der Ladefläche eines Pick-up-Trucks über den Khaiberpaß zwischen bärtigen verhüllten Männern mit Gewehren im Arm, Augen betrachten Irmgard ohne ein Lächeln, Wind zerrt an dem Schal, den sie um Kopf und Schultern geschlungen hat, was ist Realität? Was man erfährt. Sich erfährt Meile für Meile, Meter für Meter oder vielleicht das, was die Weiterfahrt unterbricht, unten in der Ebene liegen die Lichter Kabuls. Die in der Dämmerung aufflammenden Feuer der Vorstadt, an der Grenzstation springt sie gerade noch auf einen Bus auf, sie gibt dem Fahrer ihr Vorhängeschloß als Bezahlung: Nun kann sie keinen Unterschlupf mehr verriegeln.

Aber sie hat ja auch keinen mehr. Sie hat nichts mehr: nur ihre wilde Entschlossenheit, genau so weiterzumachen. Sich niemals mit Zusätzlichem, mit mehr als diesem abspeisen zu lassen, die Wüste ist braun und leer. Schnee liegt hier und da in schmutzigen Fetzen, die Gegenwart ist so dünn und eisig wie Irmgards Kleider und ihr ebenso nah, es ist Winter in Afghanistan, auf der Hochebene von Kabul.

Oder nicht mehr Winter, Vorfrühling. Es ist das Jahr vor dem Einmarsch der Russen, aber das weiß noch niemand. Wo tiefe Schatten sind, liegt Schnee in schmutzigen Fetzen. Irmgard hat keine Schuhe. Nur Sandalen. Sie hat kein Geld. *No have rupees no have paisa*, ihre Füße sind blau, wenn sie in die Halle des Hauses zurückkommt. In der Halle brennt ein Feuer. Unter denen, die hier auf Matratzen und indischen Tüchern herumliegen, ist Gino. Sein Haar ist schwarzweiß. Irmgard kennt ihn nicht. Er ist gerade erst angekommen, er ist der Fremde: Obwohl ihn alle kennen, seine Ankunft hier feiern. Er ist der Guru, sie nennen ihn so, sein Gesicht ist wunderschön und verkommen. Klare gerade Flächen, riskante Bögen, der Mund lose von Drogen. Pupillen wie Stecknadelköpfe, kleine schwarze Kiesel in einem algenschlierigen Teich. Irmi blickt in den Teich, in die Tiefe: Der Fremde schließt die Augen nicht, während er auf Irmi liegt. Sie sind noch bekleidet. Später zieht er sein Hemd aus. Ihre Haut und seine Haut reiben sich aneinander, mit einem trockenen Geräusch. Noch später zieht er die Hose aus. Sie schließt die Augen nicht, als er in sie eindringt, sie sehen einander an. Sie sind ernst und sehr still. Seine Augenbrauen ziehen sich zusammen. Es sind buschige Augenbrauen, schwarzweiß wie die Haare, die Brauen eines Zauberers. Sie ziehen sich zusammen, als hätte er Schmerzen, der Fremde schließt jetzt die Augen, er schreit aber nicht auf. Er stöhnt nur und er schaudert, bevor er auf Irmis Schulter stürzt wie aus einer großen Höhe. Sein Schmerz muß ein starker Schmerz sein.

Das denkt Irmgard. Garda denkt das, während der

Fremde schläft und sie ihn betrachtet. Seine Backenknochen stehen so weit vor, daß im Licht des Feuers die Schatten darunter blau sind. Die Schatten unter den Wangenknochen sehen aus, als hätte ihn jemand geschlagen. Sie weiß nichts von ihm! Nur daß sie sich für ihn in jedes Meer, in jedes Höllenfeuer stürzen würde. Sie brennt darauf, sich für ihn ins Höllenfeuer zu stürzen, sie wartet auf eine Gelegenheit.

Was ist aus Irmi geworden, die sich Garda nennt, aus Irmgard fern und ungebunden in ihrer Einsamkeit? Wer ist dieser Fremde? Der ihr weh tut, der ihren Schmerz füttern soll.

Ein Sträfling. Mit einem Sträflingshaarschnitt, im bulgarischen Knast haben sie ihm den Kopf geschoren. Er liebt sie nicht, das hat er ihr gerade gesagt. Sie glaubt es ihm, und es ist ihr egal.

Sie glaubt es ihm nicht! Sie glaubt ihm kein Wort.

Gino, dem Helden: Der sich mit Drogen fast umbringt, sie haben das Haus mit der Halle verlassen. Gino kauert vor einem Ofen in einem dunklen eisigen Zimmer. Er hat ihr Stiefel besorgt: so obenhin, daß keine Dankbarkeit möglich ist. Das also ist die Form, die sein Schamgefühl annimmt, über die Hochebene von Kabul fegt der Februarwind. Sie sind allein. Gino macht Feuer. Im Licht der Flammen, die unter seinen Händen wachsen, sind seine Augen eindringlich, von heller selbstgenügsamer Intensität wie die eines Tiers, ohne Glück. Unberührt. Er ist der steinerne Gott, dessen bizarre Kopulationen die Tempelwände Südindiens bedecken: tausendfach schamlos, vollkommen rein. Unberührbar in seiner Stille, Irmi liegt auf dem Bett. Wenn sie den Arm ausstreckt, könnte sie Gino berühren, sie streckt den Arm nicht aus. Sie hat sich die Finger verbrannt, der Schmerz wird nur von der Flamme gelindert, die ihn erzeugt. Schatten zucken über die Wände. Gino starrt ins Feuer. Er ist ein Gott: Er hat keine Ziele. Sie will sein Ziel sein.

Das Ziel eines Ziellosen, will Irmgard denn aufhören zu existieren? Auf einem harten Sisalbett, in einem Lehmhaus. In einer Seitenstraße des Basars von Altkabul. Auf einem hohen Plateau, das zum Himalaya gehört, über dem bald die Sonne aufgehen wird in der schwarzen Nacht, durch die es den Planeten wirbelt, ein tätowierter Halbmond bescheint die Landschaft eines Bauches. Die Wüstendünen, Wanderdünen, in denen Irmgard nicht verlorengeht, in dem ausgetrockneten Wadi zwischen Ginos Brustmuskeln sammeln sich Schweißtropfen zu einem Rinnsal, Irmgards Zunge folgt dem Rinnsal flußaufwärts, in den heißen duftenden Dschungel unter den Achseln. Folgt der Wegmarkierung aus schwarzen Härchen hinab, zum Meer, Tanggeruch, Algengeschmack, Salz, Wer hat dir das gezeigt, verdammt noch mal? Flüstern in der Dunkelheit. *Who the hell has taught you this*, draußen regnet es in Strömen. Die Sikhs ein Zimmer weiter grölen betrunken, Gino sieht selbst aus wie ein Afghane.

In wüstenfarbenen Afghanihosen, einer Jacke aus Nuristan: Land des Lichts, er kann einfach fortgehen von Kabul. Kann weitergehen, verzichten auf Gardas Liebe auf dem Weg nach Thailand, Ich kann dich nicht mitnehmen, Garda,

Das sagt er.

Gino, rede mit mir! Erzähl mir von dir,

But Baby! I live in silence,

Ohne Glück. Unberührt. Unberührbar in seiner Stille, Gino the Guru, silberblitzend in Satin und Lurex. Gino, der Heroinschnupfer, wo kommt er her? Aus einem

Straflager, an der bulgarischen Grenze hatten sie seinen Bus zu gründlich gefilzt.

Gino, sag aus! Wenn du aussagst, holen wir dich hier raus, Gino in den Schmerznebeln des Entzugs grinste den italienischen Botschafter mühsam an und kotzte ihm auf die Schuhe. Als sie ihn nach einem Jahr entließen, ihm seine Kleider zurückgaben, war er vollkommen clean. Höflich fragte er einen Aufseher, ob er noch rasch die Toilette benutzen dürften. Das Pulverpäckchen, das in seine Jacke eingenäht war, hatten sie nicht gefunden, Gino riß es auf. Mit Stecknadelkopf-Pupillen verließ er das Lager und fuhr zurück in den Himalaya: um dort ein zweites Mal seinen zornigen Trotz auszukotzen, auszuschwitzen, freiwillig diesmal und allein. In einer großen Halle mit einem Feuer darin.

Die Garda betrat: nackt unter ihren Kleidern, Irmgard hat die Stiefel an, die Gino ihr besorgt hat. Sie trägt Ginos Djapan: einen langen weißen Mantel aus Wolle. Gino ist ein Gott: Er hat keine Ziele, nachts in den leeren Gassen Kabuls, die sie erfüllen mit dem Geräusch ihrer Schritte, was soll danach kommen? Nichts. Nur das Ende dieser Zeit.

Das sie beide erkennen, ohne daß sie darüber sprechen, in den Stiefeln, die Gino ihr gekauft hat, biegen sich Irmgards Zehen vor Sehnsucht nach innen: während alle Papageien sterben.

Langsam, nacheinander, ihr Käfig steht ganz hinten in dem Butterflybus, der Irmgard weiter nach Westen zurückbringt, alle paar Tage ist wieder ein Papagei tot und wird aus dem Bus geworfen auf der langen Fahrt von der staubigen afghanisch-iranischen Grenzstation bis nach

Istanbul, nun markieren sie Irmgards Rückweg. Irmgard kann sie sehen, wenn sie an der Bar des Istanbul Pudding Shops zwischen Italienern auf dem Weg nach Indien und Australiern auf dem Weg nach Frankreich und kleinen türkischen Dealern und all dem restlichen Treibgut aus Ost und West die Augen schließt. Sie kann sie im Führerhaus des Lastwagens sehen, der sie nach Deutschland mitnimmt, und in den Kneipen der deutschen Fernfahrer zwischen den Trucker-Nutten, von denen die eine schielt, als wollte sie durch ihre Nasenlöcher in ihren Schädel hineinsehen, um rauszufinden, wieviel Gehirn sie noch übrig hat, ein Fahrer hat seine Tochter auf dem Schoß, sie hat ein Gesicht wie ein betrunkener Zwerg. Sie kichert, während sich seine Hose unter ihren Schenkeln auszubeulen beginnt, Irmgard schließt die Augen und sieht leuchtendrote Papageienleichen: auf dem Bett in dem Apartment, das ihr Vater für sie gemietet hat in irgendeiner trostlosen Universitätsstadt, Ich hoffe, du fängst dich nun wieder, mein Kind? Ich hoffe, du nimmst jetzt mit Lust und Ehrgeiz dein Studium in Angriff,

Federn wirbeln durch Irmis leere Küche. In der bitteren Unendlichkeit ihres leeren Apartments hört Irmi immer dieselbe Platte: *When the flood comes you have no home you have no warmth, Peter Gabriel, stranded starfish have no place to hide*, sie hat gar keine Gefühle außer Heimweh vielleicht, beständig wie eine schwere Verletzung: nach dem Geschmack von Tee aus unglasierten Tonbechern. Nach Hitze, endlosen Straßen im Staub, nach dem Mottenpulvergeruch in den winzigen dunklen Läden unter Arkaden: wo Gino Stoffe befühlt, Silber prüft mit ernstem Gesicht, Europa ist winzig. Europa ist während Irmgards Abwesenheit zusammengerückt, um die leere Stelle zu füllen, die Irmgard hinterlassen hat: Nun findet sie hier keinen Platz mehr. Als endlich Ginos Telegramm kommt, bricht sie sofort auf.

Hat hundert Mark in der Tasche. Hat einen Paß, einen Impfausweis. Ein Telegramm: *Ich warte auf dich in Delhi*, die Welt jenseits des Flusses wird sich Irmgard vollends eröffnen, sobald sie Ginos Ziel ist. In dunklen Läden unter Arkaden kauft Gino Stoffe. Befühlt Seide, Baumwolle: blaue Baumwolle für eine blaue Afghanihose, ein blaues Hemd, Irmgard steht neben ihm. Beobachtet, wie Gino mit Silberverkäufern verhandelt. Wie er den Schneidern in ihren Holzverschlägen Kleider-, Hemdenschnitte erklärt, Gino weiß, woran man die Qualität von Silber, von Brokat erkennt. Das Alter von Schmuck, er wird ihr beibringen, was sie lernen muß: auf der Straße gehend und weitergehend genug Geld verdienen, um weitergehen zu können, mehr will sie nicht.

Sie will Gino, oh Shiva! Mach mich nicht seßhaft. Laß mich nicht sitzen: besitzen wollen, so daß das Entzücken erlischt und nichts hinterläßt als Trauer und Gier: vor der allein das Entzücken bewahrt, sie fahren von Delhi aus nach Südwesten. In einer Hütte am Strand kniet Gino vor Irmgard auf der Bastmatte und flicht Ylang Ylang in ihr Haar. Flicht Hibiskus und Glöckchen und Federn in ihr Haar, wählt aus, was Irmgard tragen soll: Seidentücher, kostbar und zerlumpt. Spitzenblusen, Chiffon, er schminkt sie mit Kajal, Khol, Henna, streift schweres Silber über ihre Füße, die Arme, er mischt Parfümöle für sie und streut Goldpuder auf ihre Schultern, Irmgard läßt sich behängen: willenlos wie eine Puppe, wie eine Hure, mit Ohrringen, ironischen Obszönitäten, die Gino flüstert, während er sie küßt, während er ihr Gesicht leckt, ihre Ohren, das Innere ihrer Nase, sie läßt ihn den Effekt von Goldpuder und Blüten mit Zähnen und Händen zerstören und geht hinterher mit ihm auf die Full moon party am Strand oder auf ein Fest in einer der Kolonialvillen, die bessere Tage gesehen haben, bevor sie den Hippies in die Hände fielen, Irmgard sprühend und funkelnd mit geschwollenen Lippen und Bißmalen, in Haremshosen und mit Silberschlangen auf den Armen, Scheherezade, die sich erfinden läßt in der Geschichte eines anderen, wo ist er, der Sultan mit roter Schärpe und irmgardzerkratztem Rücken?

Pennt in einer Ecke des lampionerleuchteten Gartens. Hat sich den Kopf mit Opium zugeballert oder mit sonstwas, liegt da seit Stunden, reglos und unberührbar, Irmgard haut ab. Sie rennt durchs Gebüsch. Sie rennt durch die Dunkelheit, überall sind offene Brunnenschächte, plötzliche Mäuerchen, Irmgard springt blind. Sie hört das Brummen der Motorräder, die sie suchen. Sie sieht die Scheinwerfer einen Palmwedel, eine Hütte aus der Dunkelheit schneiden, Gino läßt das Motorrad umkippen und springt auf die Veranda und packt Irmgard und schüttelt sie, mit aufgerissenen Augen, This is dangerous! Verdammt noch mal, er zieht sie hinaus in die Dunkelheit, er hält ihr Gesicht in den Händen und küßt sie, Mach mich nicht wütend, Garda! Ich bitte dich, mach mich bitte nie wütend,

Aber du nimmst mich nicht ernst, Gino!

Dein Glück, verdammt! Wenn es so wäre,

Er könnte sie schlagen. Er kann nicht aufhören sie zu küssen, sie triumphiert,

Liebst du mich, Gino?

Du bist schön,

Ihre Zunge fährt über Brauenbögen, die sie im Mondlicht gerade noch sehen kann.

Über Jochbögen,

Liebst du mich, Gino!

Du bist schön. Du bist schön, ich begehre dich, bella bellissima,

Was ist schön, Gino! Verdammt noch mal!

Alles Sterbliche, mach die Beine auf, komm her, *komm her*,

Ein umgeworfenes Motorrad liegt auf der stachligen Erde. Stacheln zerschrammen Irmgards Rücken. Sie hat Haarsträhnen im Mund, den die Lust verzerrt, ihre Augen sind verdreht, Gewinsel durch lose Lippen, ist sie häßlich für ihn jetzt, der sie nicht sieht, sein Speichel tropft auf ihren Hals. Er bleckt die Zähne, er ist rein wie Shiva. Wie Krishna im Schmuck seiner Pfauenkrone, die Dorfköter heulen und die Büffel wälzen sich im Schlamm der Wassergräben, man wird, was man wünscht! Was denn sonst? Man wird, was man fürchtet, beides, Shiva tanzt. Eine Biegung der Hand, und das Entsetzen ist unsäglich. Ein erhobener Finger, und die Freude macht atemlos vor Furcht, sie wieder zu verlieren, Shiva, selbst dem Gesetz unterworfen, das er erschafft, Gott der Drogen und der Askese, Herrscher und Außenseiter, Befruchter und Zerstörer, noch sein auf steinigen Boden gefallener Samen bringt etwas hervor.

Einen Ameisenhaufen vielleicht, in einer Hütte.

Gino kniet auf dem Boden. Er hat eine Fackel in der Hand: Er rottet einen Ameisenstaat aus. Das Feuer flackert an der Wand hoch. Rauch zieht in die Ritzen der Wand, Irmgard lehnt in der Tür. Sie starrt Gino an. Trommelt mit den Fingern gegen den Türrahmen,

Du bist wunderbar heute, sagt Gino. Mit unbewegtem Gesicht. Er sagt, So reizbar heute, sehr weiblich. Very violent, very sweet,

Irmgard beißt die Zähne zusammen. Wenn sie aus Draht wäre, würde sie sirren, sie kann es nicht mehr hören. *Violent sweet beautiful ugly. Junkie straight sexy full of problems,* Gino hat Kategorien. Ist verborgen hinter seinen Kategorien: die so simpel sind, daß ihnen niemand entkommt, Irmgard knallt ihm seine verdammten Kategorien um die Ohren,

Mauro is beautiful, sagt sie. Sexy.

Du kannst vögeln, wen du willst, sagt Gino. Er sieht nicht auf. Such dir aus, wen du willst, ich bringe ihn dir. Aber eins ist klar: Ich lege mich dazu. Du machst nichts ohne mich,

Hey, Gino! Was bildest du dir denn eigentlich ein, wer du bist? Ein Gott?

Ameisen schwärmen über die Wände in panischer Flucht vor der Katastrophe, die über sie hereingebrochen ist. Sie tragen ihre Brut in den Mäulern, es gibt keinen Fluchtweg!

Der Boden ist schwarz von verbrannten Ameisen. Gino baut eine neue Fackel und entzündet sie.

Sometimes God is angry, sagt er. Er lacht.

Der Zug wartet schon. Er wartet auf einem Bahnsteig in Rom: während sie noch zusammenleben in unzähligen Hotelzimmern, Indien Pakistan Thailand Indonesien Italien, Algerien Mali Niger und wieder Indien, ihre Stiefel sind matt vom Staub vieler Länder. Sie springen aus Bussen, steigen von Motorrädern, kommen die Straße vom Bahnhof herauf, im Iran essen sie koreanisch, in Afghanistan türkisch, sie hausen in Absteigen mit grünen Wänden, Vierteltonmusik aus dem Innenhof, Kerosingeruch, an der Wand Reispapierbilder mit Löchern darin vom Aufhängen Abnehmen Aufhängen: Shakti selig bewußtlos auf Shivas Schoß, die Fußinnenflächen unversehrt hinter seinem Rücken zusammengelegt, erst wenn sie sich erhebt und tanzt, entstehen Geschichten. Erst dann gebärt sie die Welt, heult die Welt auf in Geburt und Tod,

Verdammte Lolitavisage!

Gino packt die wirren Haare und gräbt seine Nägel hinein. Gino leckt das Gesicht, leckt gierig die lächelnden Lippen, die Blaßwimper-Augen, die Nase, das Innere der Nase, das Innere der Ohren, hält eine Kamera vor die verdammte Lolitavisage, drückt ab, was für eine Geschichte haben Irmgard und Gino? Eine Nicht-mit-nicht-ohne-einander-Geschichte, der Zug fährt langsam an. Es ist ein Zug auf dem Bahnhof von Rom: wo ein scheißarrogantes Lächeln endlich erlischt, Irmgard steht am offenen Fenster ihres Abteils. Gino nimmt die Sonnenbrille ab und sieht sie an mit nackten Augen, Ich liebe dich, sagt er. Ich liebe dich,

Wie Irmgard es sich einst wünschte. Aber Irmgard geht nun.

Verläßt Gino: geht weiter. Geht nach New Orleans, zu Michael Browne, ihr Gesicht ist geschwollen. Sie hat blauschwarze Prellungen im Gesicht, violette Flecken am ganzen Körper von Ginos Fäusten, dafür wird Gino büßen.

In den Schneewehen Gharvals: Wo er seine Buße antritt, die Pässe sind alle gesperrt. Er geht dennoch weiter, zu Fuß. Tagelang begleitet ihn ein Raubvogel. Er trägt Turnschuhe, in Turnschuhen zu den Quellen des Yamuna, but Gino why? To make a knot after she left. Dhal and rice, rice and dhal, er schert sich den Kopf mit einem Messer. Er schläft auf dem Fußboden einer Kneipe, zusammengerollt unter einer löchrigen Decke, die ihm nicht gehört, der geschorene Kopf liegt auf der Tasche, die sein Handtuch enthält, seinen Paß, ein paar Rupees. Morgens pißt er Blut in den Schnee. Weiß wie Schnee rot wie Blut, aber eine Fee erscheint nicht. Er hat keinen Wunsch frei. Er nimmt seine Tasche, geht weiter: Die Fee hat ihn verlassen.

Der Gnom, der Wechselbalg ist durch den Schornstein davon, wohin? Wo steckt denn Irmgard? Grillt sie Meerschweinchen in Ecuador? Läßt sie sich in Cuzco vom Cocain das Hirn zerfressen, schlürft sie Cocktails auf einer Karibikinsel, macht sie auf einem louisianischen Raddampfer die Beine für Michael breit, für diesen freigelassenen pawlowschen Hund?

Die betrinkt sich in New Orleans. Mustert die Lolitavisage in einem Taschenspiegel, Du bist eine Nymphe, Irmgard! sagt Michael. Du bist transparent, durch dich kann man die Welt sehen, er redet nur Müll. Michael-kalte-Insel, der sich an Irmgard langsam erwärmt. Der sich von ihrer Sonne verbrennen läßt bis zur Blasenbildung, Du kannst hier in Amerika studieren! sagt Michael. Hier in New Orleans, du kannst etwas aus deinem Leben machen, Michael begreift nicht, daß es Situationen gibt, die nicht für alle Teile befriedigend zu lösen sind. Michael denkt, wenn alle sich anständig benehmen und ruhig miteinander reden, gibt es keine Probleme: Man muß nur tolerant sein. Michael hat seine Toleranz davon, daß er den Kopf gegen die Schranktüre haut. Wenn Ginos Name fällt, wird er hysterisch. Auf eine absichtliche, absolut kontrollierte Weise unkontrolliert, Michael-Fels-in-der-Brandung: Er haut seinen Kopf leise gegen die Schranktür, damit Irmgard sich nicht gestört fühlt, er läßt Irmgard doch tun, was sie will! Und dann kriegt er das pawlowsche Sabbern in Erwartung sciner Belohnung, wie kann es sein, daß Irmgard das, was er gerade großmütig gestattet hat, nun nicht aus Dankbarkeit freiwillig unterläßt? Irmgard bleckt die Zähne und schnappt nach ihm. Irmgard wirft ein Küchenmesser nach Michael, in einer Bruchbude in New Orleans: aus Jux und Dollerei, das Messer verfehlt ihn knapp und Irmgard nimmt den Bus nach New York. Kauft dann ein Ticket, endlich! Galopp!

Zurück zu Gino: den sie schon finden wird irgendwo in Indien, sie fliegt über einen sprühenden Himmel. Unter ihr liegt das Delta des Ganges. Die große Ebene, golden aus der Höhe, JFK-DEL steht auf dem Ticket, ein Nachtflug. Single flight, no return, über den Reisfeldern flimmert die Hitze. Ein Motorrad jagt auf das Brücklein zu, das den Wassergraben mit den Büffeln darin überspannt, statt zu bremsen, gibt der Fahrer Gas, fliegt, setzt schleudernd auf, jagt weiter, am Sikhrestaurant vorbei, *Boooom Shankaaaarrr!* Es ist Gino: der von Irmgards Rückkehr erfahren hat.

Sie ist zurückgekehrt. Liegt auf der Pritsche zwischen zerwühlten Decken, in der hitzeglühenden Strandhütte, er kniet vor ihr. Berührt ihr Gesicht. Berührt jede Stelle, die er verletzt, geschlagen hat: unendlich vorsichtig, Ameisen schwärmen über die Wände. Eine Papaya fault in der Hitze, Gino berührt ihren Nacken. Er sagt: Dein Nacken ist schön.

Staubige lunghis quellen aus einem Rucksack. Auf dem Boden liegt ein zerrissenes Hemd, Deine Schultern sind schön, sagt Gino und berührt ihre Schultern. Deine Kehle ist schön, sag nichts.

Draußen in der weißen Glut hocken Krähen in den

Palmwipfeln. Sie schreien. Irgendwo klappern Töpfe, es riecht nach Curry, nach Kerosin. Du bist meine Eitelkeit, sagt Gino, sag nichts. Du bist meine Schönheit, mein Stolz, laß mich zusehen, wie du dich schminkst, er packt ihre Schultern und dreht sie zu sich und küßt ihre Kehle, nicht gewaltsam, gerade noch nicht gewaltsam. Without you I hear the darkness, sagt Gino und küßt ihre Kehle. Kajal verwischt. The call of darkness, ihre Beine öffnen sich für ihn, umschlingen ihn, Ameisen schwärmen über die Wände. The tender call of darkness. Sonst nichts.

Draußen in der weißen Hitze spielt jemand Flöte: *Scarborough Fair.* An der Wand über ihnen steht *Haschisch und Brot.* Gino legt das Gesicht in ihren Schoß. Sie zieht ihn an sich, ihnen ist vergeben. Sie werden zusammensein: Gino und Garda. Auf einer südlichen Insel oder im Norden von Schottland, irgendwo weit weg, *Are you going to Scarborough Fair?*

Yes. Yes, Gino,

Garda? You want to be my friend?

Ja, Gino. Ja, yes, si Gino, ich schwöre es dir,

Sie sprechen leise, in der Dunkelheit. Sie bekennen, sie schlafen, es ist Einschlafen und Erwachen. Wenn sie die Augen öffnet, sieht er sie an. Wenn sich seine Augen schließen, schließen sich ihre. Sie schläft, wenn er schläft, wenn sie erwacht, ist sein Gesicht vor ihr mit offenen Augen, die sie ansehen. Die ihren Blick halten, während er sie an sich zieht, Milchmädchen, das dem Ruf Krishnas folgt. Radha im Schmuck von Krishnas Pfauenkrone, zur Göttin erhoben über die anderen Milchmädchen und auf der Lichtung des Gottes funkelnd und sprühend: endlich ein Sternbild am Himmel hoch über der Ebene von Eldorado.

Am nächsten Abend überqueren sie den Flußlauf in einem Boot.

Sie wissen nicht, wie der Fluß heißt, sie sind an der Grenze zu Maharashtra. Über den Felsen von Fort Terekol steht der Mond. Der Fluß mündet hier ins Arabische Meer, das schmutzigweiße Segel hängt schlaff. Es ist der Moment völliger Windstille unmittelbar vor Sonnenuntergang. Gino greift nach Irmgards Fuß auf der Bank, umspannt ihren Knöchel mit seiner Hand. Sie schließt die Augen für einen Moment, um diesen Griff zu spüren,

This is the right moment, sagt er.

Er meint ihre Weiterfahrt, sie wollen nach Europa zurück. Von Bombay aus werden sie fliegen: Afghanistan ist versperrt, der Iran ist nicht mehr sicher, aber noch sind sie in Indien.

Am Strand von Terekol, über dem blaue Kingfisher aufblitzen, schwarze Krebse fliehen über den Sand, der ihnen die Haut abreibt, in der schnell herabsinkenden Dunkelheit ist sein Gesicht über ihr. Es ist wunderschön und verkommen, ein ständiger Schmerz, ein Entzücken: unbesitzbar, sie sehen einander an. Sie sind ernst und sehr still. Schweißtropfen rinnen ihr brennend in die Augen, er leckt sie ab. Seine Zungenspitze berührt das Innere ihrer Augen: die Regenbogenhaut. Die hauchdünne Versiegelung der Pupille, durch die die Welt beständig in Irmgard eindringen kann, ihre Nägel folgen dem Verlauf seiner Lippen. Dem empfindlichen Verlauf seiner Augenlider, die er nicht senkt über geweitete Pupillen, Shakti umschlingt Shivas Rücken und nimmt die Schöpfung zurück in die Nacht: in der sie einander so nah sind wie einer großen Gefahr.

Die Tage sind heiß.

Sie fahren weiter. Über die Grenze nach Maharashtra, der Himmel ist weiß. Die Häuserwände reflektieren blendend das Licht, es ist ein Feiertag. Auf dem Markt, in den Gassen drängen sich Menschen, sie wollen die Prozession der heiligen Männer sehen, Gino hätte Irmgard mitnehmen sollen! Um ihr dies zu zeigen, es ist zu spät: Gino kommt nicht mehr durch zu Irmgard.

Die im Hof des Guesthouse ihre lunghis wäscht, pfeifend, allein, sie legt die lunghis zum Trocken aus, Menschen umdrängen Gino, keilen ihn ein, Menschen Menschen Menscheninflation, vor dem Ende kommt er hier nicht mehr heraus. Er muß das Ende abwarten: Wo es anfängt, kann Gino nicht sehen. Vielleicht kann er nicht einmal sehen, daß es anfängt, schon angefangen hat in einer Ecke des Marktes, wo jetzt dünne Schreie ertönen. Die Menge beginnt zu wogen, drängt in konzentrischen Wellen nach außen, fort vom Zentrum des Kornkreises: in dem Shiva tanzt. Während die Halme sich umbiegen, brechen, vielleicht geht es um eine Idee. Um ein politisches Ziel, eine religiöse Auffassung die New Delhi Times wird nichts berichten über ein paar Schwerverletzte in irgendeinem Grenznest in the middle of nowhere. Über ein oder zwei Tote in einem Land, das sich dehnt nach Osten, Norden, Süden in Unruhe, Qual, ist Gino inmitten der panisch fliehenden schreienden Menschen gestürzt? Hat er versucht zu entkommen, hat er gekämpft? Warum ist nicht Ginos Schädel zertrümmert worden, sondern Ginos Gesicht, hat er sich gegen den Polizisten gewehrt? Dessen Knüppel einen Moment lang über ihm hing, dann mit einem widerlichen Geräusch sein Gesicht traf, *Garda, Garda!*

Ein Neukaledonier. Er wohnte im selben Guesthouse wie Irmgard und Gino, Komm schnell, Garda, schnell, sein Gesicht war kalkweiß. Irmgard rannte los. Rannte hinter ihm her, der sie führte, Maharashtra Medical College Hospital, Vögel schwirrten von draußen herein in die offenen Gänge und wieder hinaus. Tore führten zu Krankensälen, dazwischen Bahren, sie erkannte nicht einmal seine Kleider. Die blauen Afghanihosen, ist Gino mit jemandem verwechselt worden? Gino, der aussah wie ein Moslem, vielleicht war Gino aber auch nur im Weg. Auf einem Marktplatz, den er allein überquerte, um Beedies zu kaufen, vielleicht stand er einem Einheimischen im Weg: in einem fremden Land, wo es niemanden kümmerte, wie er lebte. Ob er lebte oder starb, Irmgard weiß nichts.

Es gibt nichts zu wissen, sie operieren ihn acht Stunden lang.

Als sie ihn zurückbringen, liegt er endlich still.

Irmgard sieht sein sauberes weißes Gesicht. Sie sieht saubere weiße Verbände, Gino öffnet die Augen. Er sieht Irmgard an, seine Augen sind klar. Er schließt die Augen.

Sie sinkt über seinem Bett zusammen.

Dann zuckt Gino. Sein Körper bäumt sich auf, die Augen verdreht, Irmgard sieht nur das Weiße, es geht alles von vorne los. Irmgard hört ein Geräusch in ihrer Kehle: ein Grollen, sie läuft durch Gänge, durch Krankenhallen und sucht einen Arzt: Kein Arzt kommt.

Gino wird sterben.

In einem neuen Zimmer: Sie haben ihn in einen der Krankensäle gelegt mit zwanzig oder dreißig Betten darin, der Saal hat Fenster: wenigstens das. Gino wird in einem Zimmer mit Fenstern sterben, sie nimmt seine Hand und berührt ihr Gesicht mit seinen Fingerspitzen: Wie er es getan hat, nach ihrer Rückkehr. Wie er jede Stelle berührt hat, die er verletzt hatte: unendlich vorsichtig, Gino wird in einem Zimmer mit Fenstern sterben.

In der Morgendämmerung hört mit einmal das Zukken auf. Es ist ein Moment völliger Stille. Der Schweiß rinnt über Irmgards Rücken und wird eiskalt, dann spricht Gino. Er sagt: *Finally we are approaching the coast.*

Sie läßt ihn los. Sie beugt sich über ihn, im dünnen Licht sieht sie seine geöffneten Augen. Er sieht sie an. Dann schließt er die Augen.

Er schläft. Die indische Nacht weicht dem Morgen. Die Schwestern schalten das Licht an, der Tag beginnt. Der Tag erreicht seinen Höhepunkt, Irmgard sitzt auf ihrem Hocker. Sie ist zu erschöpft für Schlaf. Für Müdigkeit, Glück, für Gefühle, sie sitzt ganz still. Der Tag neigt sich.

Und Gino schläft.

Sie werden den Ort finden, der sie trägt. Ihre Insel in Scarborough Nirgendwo: Sie werden zusammensein. Meerwind wird in ihren Zimmern wohnen. Die Papageien werden zurückkehren und durch ihre Küche fliegen, Affen werden im Garten mit Sternen jonglieren und abends knipsen sie für ihre Gäste die Sonne an, sie werden heil sein, dies ist es, was Irmgard getan hat: Sie hat Gino getötet. Sie hat Gino sterben lassen.

Irmgard hat das getan.

Irmgard, die Susanne sucht auf einer Insel in the middle of nowhere oder vielleicht das Nirgendwoland, barfuß ist sie hineingegangen ins Geröll. Sie ist seit Stunden unterwegs, zu Fuß im Gebirge, als gegen Mitternacht endlich der Mond über der Insel aufgeht, ist sie schon hoch oben über den Barrancos.

Es ist eine heiße Dunkelheit.

Victor Hellweg ist nackt.

Er sitzt auf einem Stuhl im Innenhof, Susanne kniet vor ihm. Sie kniet auf dem Steinboden, sie hat Victors Hoden in der Hand. Sie drückt Victors Hoden, leicht. Victor Hellweg hält still. Susanne nimmt Victors Hoden zwischen Daumen und Zeigefinger. Susanne hält die Hoden zwischen den Fingern, sie hört Victor atmen: ein, aus. Sie preßt. Die Hoden gleiten zwischen Susannes Fingern hindurch. Dann gleiten sie wieder zurück in Susannes Hand, vom Meer rundgeschliffene Kiesel in einem dünnen verletzlichen Hautsack, sie entkommen Susannes Hand nicht. Ein, aus, *Wenn ich dich rieche*! Salzwasser, Algen. Susannes Zunge leckt an Victors Glied. Susanne nimmt das Glied zwischen ihre Zähne. Ihre Zähne liegen mit leichtem Druck auf der verletzlichen Haut, die Victors hartes Glied schützt, jetzt erhöhen Susannes Zähne den Druck. Ihre Zähne pressen sich in die Haut, die Victors Glied schützt. Victors Glied schiebt sich Susanne entgegen. Es schiebt sich in Susannes Mund hinein, am Gaumen entlang in Susannes Hals. Victors Eichel berührt Susannes Gaumensegel, an dem Punkt, der Brechreiz auslöst. Susanne drückt den hinteren Teil ihrer Zunge nach oben, sie macht ihre Kehle eng, ein-aus-ein-aus, Victor Hellweg atmet jetzt schnell, er legt seine Hände um Susannes Hals, an ihre Kehle. Er drückt, leicht. Er biegt Susannes Kopf zurück, er zieht sie hoch auf seinen Schoß.

Entspann dich. Ich mach das.

Seine Arme schieben sich unter ihre Schenkel. Seine Hände umfassen ihre Taille.

»Aber du kannst mich nicht halten!«

Victor Hellwegs Katzenzungenlachen.

»Du, dich halte ich noch.« Das Auflachen, leise, »dafür

brauche ich keine Rippen«, Victor Hellweg steht auf, er hält sie. Rizinussamen knacken unter seinen Füßen. Seine Hände umschlingen ihre Taille. Ihre Schenkel umschlingen seine Arme.

Ich mach das. Sie fühlt, was er macht.

Entspann dich. Mach nichts.

Über den Bergen im Osten färbt sich der Himmel rot. Er färbt die Wände des Innenhofs rot, Victor lehnt an der Wand. Er hält sie. Sein Gesicht ist über ihr, mit weitgeöffneten Augen. Schweißtropfen rinnen ihm in die Augen. Sein Gesicht ist grau, der Mund offen.

Hinlegen kann ich dich jetzt nicht mehr.

In seinen Augen kann sie sehen, bei welchen Bewegungen ihn die gebrochenen Rippen schmerzen.

Im Mittagslicht ist das Gleißen der Wände unerträglich. Die Hitze flimmert über dem Steinboden. Im Zimmer ist es fast dunkel. Susanne liegt auf dem Bett. Wenn sie den Kopf hebt, kann sie durch die offene Tür hinaus in den Hof sehen, sie hebt den Kopf nicht. Victor kniet zwischen Susannes Beinen. Er berührt Susanne. Victor ist konzentriert, seine Fingerspitzen berühren Nervenenden. Victor spielt mit Susanne. Er probiert sie aus. Seine Fingerspitzen wandern, tanzen. Susannes Nerven sprühen. Susanne hat nicht gewußt, daß ihre Nerven sprühen können, ihr Haar ist strähnig, zerwühlt. Ihr Körper ist hart und gespannt wie ein Draht, sie wölbt den Rücken, drückt das Kreuz durch, biegt den Kopf in den Nacken. Sie kann nackt sein für Victor: Sie weiß, daß sie ihn töten wird. Susanne windet sich. Sie wölbt sich Victors Hand entgegen, Victor kann sie nicht halten. Er ist es, der sterben wird.

Gegen Abend finden sie den Ort, den sie gesucht haben.

Die Straße windet sich einen Berghang hinauf. Es ist eine Straße, die sie schon ein- oder zweimal gefahren sind, rechts ist mit einmal ein schmaler Weg. Victor Hellweg fährt rückwärts in den Weg hinein, er hält.

»Was ist«, sagt Susanne.

»Hier«, sagt Victor Hellweg. »Wir müssen zu Fuß gehen. Komm.«

Sie steigen aus. Victor Hellweg nimmt den Korb aus dem Kofferraum des Honda. Er lächelt. Es ist der Picknickkorb, in dem eine Decke ist und eine Thermosflasche. Er geht voraus. Susanne folgt ihm. Der Weg führt für etwa eine Viertelstunde steil bergan, dann erreichen sie ein Plateau. Der Boden ist geröllig, was hier wächst, hat Dornen.

»Hier?« sagt Susanne.

»Da oben«, sagt Victor. Er hebt die Hand und zeigt auf die Felsen. Die Felsen liegen im Westen des Plateaus. Im Gegenlicht sind sie schwarz. Kakteen wachsen im Geröll. Victor Hellweg stellt den Korb ab. Er sagt: »Ich werde dich fotografieren.« Susanne nickt. Sie sieht zu den Felsen hinauf.

»Ich werde dich nackt fotografieren«, sagt er. »So, wie du heute mittag gewesen bist. So will ich dich haben. So will ich dich behalten.«

Susanne nickt. »Ja«, sagt sie.

Victor berührt ihre Wange. Dann berührt er ihre Lippen. Sehr leicht streichen Victor Hellwegs Finger über Susannes Lippen, er sagt: »Bist du glücklich?«

Susanne nickt. Sie sieht ihn nicht an.

»Ich auch«, sagt Victor Hellweg. »Ich bin sehr glücklich.« Er bückt sich und nimmt die Thermosflasche aus dem Korb. Er schraubt die Flasche auf. »Trink«, sagt er zu Susanne. »Du hast Durst.«

Susanne sieht zu den Felsen hinauf. Sie nimmt die Flasche. Victor stöhnt auf. Er legt die Hand auf Susannes Arm, er sagt: »Verdammt. Warte.« Er nimmt Susanne die Flasche aus der Hand, schraubt die Flasche zu. Er sagt: »Ich habe die Kamera im Auto gelassen, verdammt.« Er fährt sich mit der Hand über das Gesicht. Seine Hand verdeckt sein Gesicht, er sagt: »Ich muß noch einmal zurückgehen. Warte auf mich, Susanne. Eine halbe Stunde. Ich beeile mich.«

Er berührt sie an der Augenbraue, der Wange. Am Kinn. Er legt sein Gesicht in ihr Haar, von hinten, ohne Druck, *wenn ich dich rieche, Susanne*, Susanne dreht sich nicht nach ihm um. Sie sieht nicht, wie Victor durchs Geröll davongeht. Wie er hinter einer Wegbiegung verschwindet.

Sie sieht hinauf zu den Felsen. Sie ist vollkommen allein, die Felsen erheben sich dunkel vor dem hellen Himmel. Der Himmel ist wolkenlos, vollkommen leer, Susanne fühlt das Geröll unter ihren Schuhsohlen. Sie fühlt, wie ihre Beine ihren Körper tragen. Sie hört das Blut in ihren Adern rauschen, sie hört die Stille. Sie ist allein, die Stille ist nicht nur die Abwesenheit von Geräusch: Sie ist ein sehr lauter Ton, auf irgendeiner Skala jenseits des Hörbaren.

Lautlos stürzen Hunde aus den Felsen hervor.

Sie kommen aus einer Felsspalte, es sind große Hunde. Sie bellen nicht. Sie geben keinerlei Geräusch von sich, Susanne weiß, daß sie jetzt sterben wird. Das Wissen ist ein weißer Zustand, weit jenseits der Angst. Susanne kann sich nicht regen, während die Hunde ihr in großen Sätzen entgegenstürmen. Sie steht einfach da. Hoch oben in den Felsen ertönt ein Pfiff.

Die Hunde bleiben stehen. Sie sehen Susanne an. Es sind zwölf, fünfzehn Hunde von unbestimmbarer Rasse, ein weiterer Pfiff ertönt. Die Hunde gehorchen. Sie wenden sich von Susanne ab, Susanne sieht zu den Felsen hinauf. Dort steht jemand. Scharf zeichnet sich eine Silhouette vor dem Licht der sinkenden Sonne ab, detaillos wie ein Loch im Himmel, jetzt steigt die dunkle Figur über die Felsen herab. Jetzt kommt sie auf Susanne zu, inmitten des Hunderudels. In den Händen trägt sie zwei Ziegenköpfe. Es ist Isa.

Irmgard geht immer noch durchs Gebirge. Irmgard betrachtet vollkommen ruhig, was sie getan hat, es ist alles vertraut. Es ist alles wiedergekommen,

Wo bist du gewesen, Garda? Wo hast du dich herumgetrieben, verdammt,

Ich habe dir Essen geholt, Gino.

Du hast mich einfach vergessen!

Nein, Gino, nein,

Tu das nicht wieder, Garda! Hörst du, nie wieder, wo sind wir hier überhaupt, Garda,

In Indien. In einem Krankenhaus, du hast einen Unfall gehabt.

Er nickte verwirrt. Er verstand nicht, was mit ihm geschehen war, deutete in den Raum mit unsicherer Hand, Aber warum hast du mich hierher gebracht, Garda! Wo nur Säufer sind!

Auf jedem Nachttisch, neben jedem Bett standen Flaschen mit abgekochtem Wasser. Irmgard begann zu lachen, während ihr Tränen in die Augen schossen. Er wimmerte, wenn sie ihn auf die Seite rollte. Wenn sie ihn wusch: drei-, viermal am Tag oder öfter, seinen kotverklebten Hintern, das kotverklebte Geschlecht, sie rollte ihn auf die Seite und zog das Laken hoch, rollte ihn auf die andere Seite, zog das Laken unter ihm weg, breitete ein neues Laken aus, rollte ihn darauf, zog das Laken unter ihm durch, er hatte sich wundgelegen. An seinen Schulterblättern, dem Steißbein erschienen große runde Stellen ohne Haut, blutdurchsickert, sie puderte ihn, Garda! Ach, es ist mir wieder passiert, Garda, sie mußte noch einmal frische Bettwäsche besorgen.

Bettwäsche! Verdammt, ich brauche Bettwäsche, nein, nicht später, jetzt, eine Schwester für vierzig Patienten. Die keine Zeit hatte für Bettwäsche, Puder, Irmgard tobte erschöpft, sie bekam Bettwäsche, reinigte ihn, rollte ihn, ahnte Gino inzwischen, wer er war? Oder wer er jenseits der Schmerzen war, sie sah ihm in die Augen. Die Augen flackerten: an-aus-an-aus, jemand kam und ging wieder fort hinter Ginos Augen, vier Wochen lang hatte sein Kopf auf der linken Seite gelegen. Sie zwang ihn, den Kopf zu wenden, Millimeter für Millimeter, er weinte vor Qual. Er flehte sie an: Ach bitte bitte bitte tu mir nicht so weh! Anfangs weinte sie auch. Später nicht mehr, sie entwickelte eine Neigung zu scherzen.

Auf Klagen über Schmerzen mit einem Scherz zu reagieren oder doch mit einem scherzhaften Tonfall: der ihm die Schmerzen verkleinern sollte, die sie nicht fühlte,

Gino, iß jetzt!

Er sah sie an, reglos.

Iß, Gino! Du hast den Mund voll,

Mit milchgetränktem Brot. Mit Reis und Gemüse, das Irmgard aus der Stadt geholt hatte, extra für ihn! Extra für Gino, sie hatte es für ihn zerstampft,

Iß, Gino! Schluck das jetzt bitte runter, sofort!

Seine Augen füllten sich mit Tränen, Irmgard zwang Morgenfröhlichkeit in ihre Stimme, sie war gekränkt. Sie scherzte, sie hatte kein Recht dazu, gekränkt zu sein, in der Nacht zog er den Katheder ab,

Garda! Alles ist wieder naß!

Er weckte sie, wimmernd. Er weckte sie,

Bitte laß das verdammte Ding doch einfach, wo es hingehört, Gino! An deinem Schwanz!

Tränen liefen aus seinen Augen und sickerten in die Verbände. Irmgard stöhnte, sie war nicht liebevoll. Sie mußte liebevoller werden, lie-be-voll, sie kämpfte um Bettwäsche, wechselte die Bettwäsche und legte sich wieder auf ihre Matte, schwindlig vor Erschöpfung, er zog den Katheder ab und pinkelte über die Bettkante: auf Garda, die neben dem Bett lag, fast hätte sie ihn geschlagen. Ihre Matte war naß. Ihre Kleider waren naß von Urin, sie zog sich um, schob die Matte weg und ließ sich auf den nackten Boden fallen, er weckte sie. Um vier, um fünf Uhr: Garda! Ich bin wach,

Er weckte sie wie ein Kind seine Mutter: Die kein Recht hat, sich dem Kind auch nur für einen Moment zu entziehen, Irmgard taumelte hoch. Wenn sie Milch holen ging, sahen die Höfe des Krankenhauses kühl aus in den langen Schatten. Überall lagen die Leichen junger Katzen und Hunde, die Rattengift gefressen hatten, ein alter Mann mit einem Sack sammelte sie auf. Draußen sah Irmgard den Fluß zwischen den Stämmen der Palmen blitzen. Die Gerüche des Marktes strömten in sie hinein, durch sie hindurch, Räucherstäbchen und Abfall, Früchte, Fritiertes. Menschen gingen vorüber, es war alles normal. Hier war es geschehen: in dieser Normalität. Die Irmgard eben deshalb versperrt war, einen Moment lang hielt sie ihr Gesicht in die Sonne, mit geschlossenen Augen: Das war etwas Schwächendes. Oder es schwächte sie in dem Moment, in dem sie die Augen wieder öffnete, um zurückzukehren, ihre Kleider wusch sie im Hof unter der Wasserleitung. Die Hitze in den Sälen war unerträglich, Wo hast du dich herumgetrieben, Garda!

Wo bist du gewesen, du hast mich vergessen,

Nein, Gino, nein,

Seine Augen waren dunkel zwischen den Verbänden, geweitet. Reglos auf sie gerichtet: Als könnte sie sich die Dauer eines unvorsichtigen Lidschlags zunutze machen, um zu verschwinden. Um sich aufzulösen wie ein Gespenst, um wie ein Gnom durch den Schornstein hinauszufahren, Irmgard war krank! Gekrümmt vor Schmerzen taumelte sie über die Höfe des Krankenhauses, Schweiß lief ihr in die Augen. Blut lief ihr aus dem Darm, sie hatte Fieber. Sie hatte Medikamente, aber das war es nicht, was sie brauchte, sie mußte sich ausruhen! Schlafen, einen, zwei Tage Urlaub nehmen, danach würde sie weitermachen: Das war doch nicht unbillig?

Nein, Garda.

Nein Garda, nein, geh bitte nicht weg,

Verdammt, Gino! Es ist doch nur für zwei Tage. Zwei Tage Pause, was hast du davon, wenn ich zusammenbreche,

Stritten sie sich womöglich darüber, wer in ihrer Beziehung mehr litt? Wer die schlimmeren Krankheiten hatte, ein Recht auf das größere Leiden, Gino gewann den Streit: Er war zuerst tot,

Nein Garda nein, bitte nicht!

Ja, Gino. Ist ja gut, ich bleibe bei dir. Ich gehe nur mal kurz in die Stadt,

In ihrer Hand war ein Beutel. Mit Seife, einem Handtuch. Mit den Medikamenten, Geld, ihrem Paß.

Bitte komm schnell zurück. Versprich es mir, Garda!

Aber Gino, sei doch nicht dumm. Ich fahre doch nach nirgendwohin,

Draußen in der weißen Hitze stand der Jeep, den sie gemietet hatte. Sein Blick folgte ihr durch den langen Saal bis zur Tür, stumm. Sie hob die Hand, winkte. Dann schloß sich die Tür.

Sie ging den Flur entlang, durch Fensterbögen schwirrten Vögel herein und wieder hinaus. Der Jeep sprang sofort an. Sie fuhr zur Küste: Er ahnte noch immer nicht, wer er war. Hinter seinen Augen kam jemand und ging wieder fort, an-aus-an-aus, er würde gar nicht bemerken, wie lange sie fort war. Sie würde schlafen. Und weiterschlafen zwanzig, vielleicht auch dreißig Stunden irgendwo im Schatten von Palmen, weit fort von der Normalität dieser Stadt. Dieses Marktplatzes.

Von der Veranda aus sah man das Meer. Jemand brachte ihr Zitronensaft, Wasser mit etwas Salz, sie lag still. Wind wehte. Sie schlief, voll Gier nach Schlaf und mehr Schlaf, es war eine Tätigkeit, so zu schlafen, als sie endgültig erwachte, waren über vierzig Stunden vergangen.

Sie stand sofort auf. Sie konnte ihn rufen hören, jetzt, wo sie aufgewacht war, es war der Ruf der Finsternis. Ein hoher Ton, nicht sanft: scharfsüß und ziehend wie Zahnschmerz, sie raffte ihre Sachen zusammen. Der Jeep sprang nicht an.

Aber wie hätte sie denn ahnen können, daß der Jeep nicht anspringen würde?

Sie hätte es ahnen müssen. Sie hat es gewußt, während die Männer den Jeep zu reparieren versuchten, Irmgard von Hütte zu Haus rannte auf der Suche nach irgendwem, der sie in die Stadt fahren würde, während sie auf dem Beifahrersitz eines Pick-ups saß im Gewirbel von Pfauenfedern, endlich den Flur entlanghetzte und die Tür aufstieß, sein Bett war fort. Wo sein Bett gestanden hatte, war eine leere Stelle. Eine alte Frau kniete auf dem Boden. Sie hatte einen Wischlappen in der Hand, sie wrang den Lappen über einem Eimer aus. Sie wischte die leere Stelle.

Gino war seit drei Stunden tot.

Als nach einigen Tagen die Wirkung der Spritzen nachließ, die man ihr gegeben hatte, ging sie nach Norden. Nach Bombay, dann nach Delhi in das Hotel eines flötespielenden Djinns, *Are you going to Scarborough Fair?* Irmi rannte die verlassenen Gänge entlang. Die Flöte brach ab und sie stürzte, kroch weiter mit verrenktem Knöchel, wohin denn?

Zurück zu Michael Browne.

Zurück in die Bruchbude in New Orleans, Strafe mußte sein, mittags waren die offenen Türen schwarz in der Hitze und kotzten Musik. Spanisches Moos hing von den Bäumen im Audubon Park wie totes Haar, mit einer Flaschenscherbe schnitt sie sich in die Arme. Brannte sich mit einer Kippe ein Loch in den Schenkel, es war der Tag ihrer Hochzeit, Warum erträgst du bloß diese Schlampe, Michael?

Die sich in irgendwelchen Kneipen besoff, Radha true love of mine. Radha Raubtier, im Maul Krishnas zerstörte Krone wie einen getöteten Vogel, er war ganz allein gestorben. Im Gesang der Finsternis, dem er lauschte, bis sein Herz endlich nachgab. Bis es dem Fieber gehorchte und der Lungenentzündung, er starb allein in einem Raum voller Menschen: die nichts bemerkten. Am Ufer des Mississippi lag sie heulend im Dreck, weil sie schwimmen konnte und immer wieder zum Ufer zurückfand. Aus überfüllten Jazzkneipen taumelte sie in die feuchtheiße Morgendämmerung hinaus mit irgendwelchen Männern, die nach ihr griffen, lachten. Drogen, Pillen. Der sehnsüchtige Wunsch, nicht gelebt zu haben, dann kam Isas Karte. *Kümmere dich um Susanne*, die Karte war seit Monaten unterwegs. Sie war von Stempeln bedeckt: New Delhi – Panjim – Bombay – New York – New Orleans, die Busstops der Linie Nummer Jenseits. Anlegestellen der Styx-Fähre, Single trip, no return, keine Ermäßigungen, Irmi schlug mit der Faust gegen die Wand, bis der Putz blutete, es war viel zu spät! Zu spät für Susanne, für Gino, für Irmi, Irmi ging fort von New Orleans.

Nach Nirgendwoland. Nach Miami, in ein Dreckloch von Hotel, sie schrubbte Böden, holte Bier für abgehalfterte Seeleute. Nach Bangkok, Bali, Lombok, den Rinjani rauf in der Regenzeit ohne Ausrüstung, Willst du dich denn umbringen, Irmgard.

Überlandbusse voll Staubgeruch. Straßen, die in glühender Leere unter ihr wegkriechen, Grenzposten. Fliegen. Gewehre. Magere Hunde zwischen Lehmhütten verwitterte Colareklamen, Rollbahnen. Häfen. Möwen, die einem Schiff folgen. Die Schreie dieser Möwen, die einem Schiff folgen, einem Geisterschiff mit zerrissenen Segeln, im Bug steht der Kapitän in seinem ewigen Hier, den toten Albatros, um den Hals, augenlidlos, während die Welt an ihm vorüberflieht, die Zeit sich vor ihm teilt, sich hinter ihm spurenlos wieder schließt, im aufflackernden Licht eines Feuerzeugs spiegelte sich Irmis Gesicht einen Moment lang im Busfenster.

In einer Winternacht, draußen vor dem Fenster stand riesig der Mond. Oder sie fuhren über den Mond: seine zerklüftete Oberfläche, seine toten gefrorenen Steinwüsten, drinnen im Bus war der Atem von vierzig schlafenden Fremden. Irgendwann hielten sie in einer kleinen Stadt. Einem gottverlassenen Nest in den Anden Perus, die Passagiere taumelten auf die Straße, aus einem Bretterverschlag trat ein Mann mit einem Benzinkanister. Irmgard ging eine Gasse hinunter, allein. Sie umrundete eine dunkle Baracke, da stand das Pferd. Es war riesig. Es stand mitten auf der Straße, ganz still: ein weißer Schatten vor der Nacht dahinter, es sah Irmgard an. Es war nicht angebunden, Irmgard drehte sich um und ging fort. Sie wußte, gleich würde sie die Hufschläge hören. Hufschläge, die ihren Rhythmus verändern würden, je näher sie kämen, dann wäre die Geschichte zu Ende: Aber es blieb alles still, auf einem leeren Platz zwischen den Häusern brannte ein Feuer. Im Rinnstein hockten ein paar Indios, zusammengesunken unter ihren Decken. Meerschweinchen brieten über der Glut. Irmgard sah die Zähne der Meerschweinchen, dies hier war übrig. Dies war das Ende: Ratten an einem Spieß. Papierfetzen im Wind, brennender Müll, in dem Rattenfleisch zischt, verrostete Konservenbüchsen mit schillerndem Wasser, im nächsten Nest brach ihr einer das Schlüsselbein. Vergewaltigte sie, schlug ihr einen Zahn aus,

Komm zu dir, Kind!

Irmgards Mutter. Die Irmgard wissen ließ, was geschehen war: Irmi war gerettet. Von ihrem Vater. Vom Tod ihres Vaters, sie hatte nun nicht mehr die Freiheit, sich in einem verdammten Kaff an der peruanischen Grenze ermorden zu lassen, Irmgard, du kommst nach Deutschland! Du bleibst hier, in Deutschland, hast du ihm im Leben nicht genug Kummer gemacht, er war so enttäuscht von dir! Er ist an seiner Enttäuschung gestorben, aber er hat dir Geld hinterlassen, du mußt dich fangen, Irmgard. Das ist das mindeste, was du tun kannst, du mußt das Steuer herumreißen,

Einen Laden eröffnen. Ein anständiges Leben beginnen, für einen Toten: während sie selbst immer noch lebte, Irmgard stand an seinem Grab, heulend vor Wut.

Irmgard geht durchs Gebirge. Irmgard auf der Insel. Auf ihrer Suche nach Susanne: an deren Gesicht sie sich nicht mehr erinnert, sie geht dennoch weiter. Sie geht durch die Dunkelheit, dann durch die Dämmerung, wenn sie aufhört zu gehen, muß sie etwas anderes tun und was sollte das sein? Irmgard geht durch ein Dorf.

Sie weiß nicht, wo sie ist. Wie das Dorf heißt, es gibt kein Ortsschild, Irmgard steht in einer Tienda. Es gibt Zucker, Bonbons. Streichhölzer, Zigaretten, Seife, die Tienda befindet sich im überdachten Innenhof eines Wohnhauses. Ein Gang führt in einen Garten, Irmgard kauft Wasser und Brot. Sie legt Geld auf die Theke, Münzen, die sie in ihrer Hosentasche gefunden hat, dann geht sie weiter. Sie weiß, wohin sie geht: zur Anlegestelle der Styx-Fähre.

Wo Isas Karte lag, mit einem Stein beschwert: *Kümmere dich um Susanne*, es ist wahrscheinlich zu spät, aber das ist egal. Dies ist die letzte Geschichte. Nach dieser Geschichte sind alle Geschichten zu Ende, dann darf Irmgard sich in die Schlucht hinabstürzen. Dann darf sie sich endlich auf das Pferd schwingen, auf den weißen Klepper: der Irmgard zur Mole hinabtragen wird, wo die Styx-Fähre ablegt, Irmgard ist dünn wie ein Faden. Sie ist straff gespannt und vollkommen ohne Hoffnung, aber sie geht.

Die Tafel der Fehlenden

Isa kauert auf den Fersen. Sie hat Rindenstücke in der Feuerstelle vor sich aufgeschichtet, Holz bereitgelegt: Sie macht Feuer. Hin und wieder sieht sie zu Susanne auf, mit Augen, die fast weiß sind in dem meer- und sonnengegerbten Gesicht. Isa lächelt, die Falten um ihre Augen sind hell. Eine Narbe schneidet vom linken Nasenflügel tief in ihre Oberlippe hinein. Vielleicht hängt es mit dieser Narbe zusammen, daß Isa nicht spricht. Isa lebt. Der erste Schock ist inzwischen überwunden, Susanne sieht Isa an. Isa trägt ein zerrissenes Männerhemd. Sie trägt eine Männerhose, in Kniehöhe abgeschnitten, von einem Strick zusammengehalten. Unter der graugelben Kappe sind Isas Haare ein graugelber Flederwisch, salzverkrustet. Auf der Kappe steht *Harrod's – The London Experience*, mit Worten wird Isa Susanne niemals mehr etwas erklären: Isa spricht nicht. Susanne ist seit siebenunddreißig Stunden hier. Als sie ankam, hat sie geweint. Sie hat so stark gezittert, daß sie Mühe hatte zu laufen, Isa hat Susanne fast in ihre Höhle tragen müssen. Sie hat ein Nachtlager für Susanne gemacht: aus zerrissenen Decken, aus Stroh. Sie hat Susanne zu Bett gebracht, Susanne, die weint: Isa, du lebst, Isa, was ist geschehen? Isa, kannst du nicht sprechen? In der Dunkelheit der Höhle, im Geruch von Minze und Trockenfisch hat Isa den Finger auf Susannes Lippen gelegt.

Sie sitzen vor dem Eingang der Höhle, auf einer Plattform. Links unter ihnen liegt das Plateau, über das Susanne vorgestern gekommen ist. Zur Rechten stürzen die Felswände Hunderte von Metern in die Tiefe, fliegen auf der anderen Seite sofort wieder hoch, dahinter folgt Barranco auf Barranco. Die Sonne ist höher gestiegen, es wird allmählich heiß. Isa schneidet Kaktusfeigen auf. Sie hat die Kaktusfeigen gestern von den Kakteen am Hang des Barranco geholt, sonst gibt es nichts zu essen. Susanne überlegt, daß sie etwas kaufen könnte: Aber dann müßte sie Isa verlassen. Susanne weiß nicht, ob Isa bei ihrer Rückkehr noch hier wäre. Das Wasser im Topf kocht. Isa zieht den Topf von der Feuerstelle und wirft Kräuter hinein, dann läßt sie sich auf die Fersen zurücksinken. Sie ist barfuß. Zwei Zehen an ihrem linken Fuß sind verkrüppelt, sie lächelt Susanne an. Die Hunde sind nicht zu sehen. Sie folgen Isa nicht immer: Zu dem grauen Steinhaus, an dessen Pumpe Isa gestern ihren Wasserkanister gefüllt hat, sind sie nicht mitgekommen. Auch Susanne ist zurückgeblieben, sie hat eine alte Frau gesehen, die über den Hof gegangen ist, wo die Pumpe steht, die Frau hat Isa zugenickt, wortlos. Dann ist sie wieder im Haus verschwunden.

Isa füllt Tonbecher mit Tee. Die Becher sind aus ungebranntem, in der Sonne getrocknetem Ton, Susanne trinkt. Der Tee schmeckt nach dem Staub, aus dem die Becher gemacht sind, und nach einem Kraut, das Susanne nicht kennt. Das Kraut wächst hier oben im Geröll, Isa sammelt Kräuter und trocknet sie. Sie hat auch gestern Kräuter gesammelt, Susanne hat versucht ihr zu helfen. Es war nicht einfach, sie hat nicht gewußt, wonach Isa sucht. Sie kann Isa nicht fragen, wie die Kräuter heißen.

Isa, wenn du nicht sprichst, könntest du dann vielleicht schreiben?

Isa hat den Kopf geschüttelt, lächelnd.

Die Hunde liegen im Schatten der Felsen. Isa geht barfuß über das Geröll, einige Hunde stehen auf und begleiten sie. Susanne folgt Isa. Sie weiß nicht, wohin sie gehen, die Sonne ist beißend heiß, dabei undeutlich zu sehen: Der Himmel hängt noch immer voll Sand. Sie folgen einem Pfad, der ins Gebirge führt. In der Stille sind die Felstürme von beunruhigender Unnatürlichkeit. Vor ihnen liegt der Rohbau eines Hotels, halb verfallen. Über eine Holzleiter klettert Isa in den ersten Stock. Sie steigen über Bretter, Bauschutt, Isa betritt ein Zimmer. Das Zimmer hat nur drei Wände, aber es ist möbliert: eine kaputte Matratze, ein Stuhl ohne Beine. Backsteine, die ein Brett halten. Auf dem Brett steht ein Joghurtbecher mit einer kleinen Pflanze, Susanne begreift, daß Isa ihr dies zeigen möchte. Oder vielleicht irrt sich Susanne: Isa holt eine Plastikflasche aus ihrer Tüte, sie gießt die Pflanze, auf der Tüte steht *El Bar Granada. Tapas – Bocadillos – Helados*. Durch eine leere Türöffnung steigt Isa ins Nebenzimmer, sie winkt Susanne, ihr zu folgen. Mitten im Raum steht eine Badewanne. Isa beginnt sich zu entkleiden. Sie bedeutet Susanne, dasselbe zu tun. Susanne zögert, neben der Badewanne, in der Sonne, die durch die fehlenden Wände hereinbrennt, steht ein Eimer voll Sand. Es ist Vulkansand, tiefschwarz und glänzend. Isa wirft eine Handvoll Sand nach Susanne, lachend, sie steigt in die Badewanne. Susanne zieht sich aus und folgt Isa. Isa riecht nach ihren Hunden, nach Schweiß. Nach Staub, nach Kräutern, die Susanne nicht kennt, an Isas Armen und Beinen treten magere, harte Muskelstränge hervor, Isa füllt ihre Hände mit Sand, dann läßt sie den Sand über Susannes Schultern rieseln. Susanne schnappt nach Luft, der Sand ist brennend heiß. Isa läßt mehr Sand über Susanne rieseln. Sie beginnt Susanne mit Sand abzureiben, sanft, der Sand ist rauh wie eine Katzenzunge. Sie sehen einander an, Susanne fängt an zu lachen. Sie streckt sich nach dem Eimer aus und läßt Sand über Isa rieseln, sie haben Sand in den Haaren. Sie haben Sand im Mund, in den Ohren, der Sand ist kühl. Je leerer der Eimer wird, desto kühler wird der Sand.

In der Nacht ertönt Hundegebell. Susanne fährt hoch, in der Höhle ist es stockfinster. Isa steht am Höhleneingang, eine schwarze Silhouette vor dem mondhellen Himmel. Sie pfeift. Die Hunde verstummen, einen Moment lang ist es sehr still. Dann hört Susanne einen Ruf, leise. Es ist die Stimme eines Mannes, Isa dreht sich nach Susanne um. Sie geht ein paar Schritte auf Susanne zu, beugt sich über sie. Susanne regt sich nicht. Isa verläßt die Höhle. Susanne wartet. Susanne kriecht zum Höhleneingang, Isa ist fort. Im Mondlicht sind die Schatten der Felsen schwarz. Weiter unten bewegt sich etwas. Die Hunde sind unruhig, Susanne spürt, wie Schweiß an ihrem Bauch herabtröpfelt. Sie kriecht weiter über die Felsen. In den Felsenschatten hört sie ein Stöhnen. Es ist ein gepreßtes Stöhnen, das Stöhnen eines Mannes. Während Susanne lauscht, wird das, Stöhnen lauter, atemloser, *Amorcita! Amorcita*, Susanne kriecht in die Höhle zurück. Wenig später kommt Isa. Sie schleppt etwas hinter sich her, ein großes Bündel. Sie verstaut das Bündel an der Rückwand der Höhle, am nächsten Morgen gibt es Brot zum Frühstück, Ziegenkäse. Milch.

Sie sind am Meer. In einer Bucht, Isa sieht Susanne an, sie macht Schwimmbewegungen. Sie bedeutet Susanne, schwimmen zu gehen, »Kann ich dir nicht helfen?« Isa schüttelt den Kopf. Susanne zieht sich aus. Die Hunde liegen hechelnd im Schatten der Klippen. Susanne watet ins Wasser, es ist Ebbe. Der Horizont ist eine harte kobaltblaue

Linie an einem weißen Himmel. Susanne dreht sich um, sie sieht Isa, die langsam den Strand entlanggeht. Sie geht an der Wasserlinie, umtanzt von drei Hunden, sie hat ihre Tüte dabei. Von Zeit zu Zeit bückt sie sich und hebt etwas auf. Plastikbecher, den Riemen eines Kinderschuhs. Eine Bierdose, Isa birgt, was sie findet. Weißgebleichte Treibholzstücke: Rippen eines versunkenen Waldes. Einen Eimer von einem Fischerboot, ein Ende Schiffstau. Die Planke eines Schiffs.

Das der Sturm auf den Klippen zerschmettert hat, Brecher stürzen über das Deck, das Kreischen berstenden Metalls, am nahen, unerreichbaren Strand brennen Fackeln. Die Fackelträger stehen stumm in der heulenden Dunkelheit. Sie warten das Ende des Untergangs ab, Isa ist unter ihnen: Isa Strandräuberin. Beach scavenger. Möwe, langsam kommt Isa über den Sand zurück, ihre Tüte ist prall gefüllt. *El Bar Granada, Tapas Boccadillos Helados*, Isa winkt Susanne zu. Sie hat ein Messer in der Hand, das blitzt, Isa klettert in die Felsen und bricht Seeigel aus den Felsspalten. Sie bricht die Seeigel auf und hält sie Susanne hin. Das Innere der Seeigel schmeckt nach Meerwasser. Nach dem Wasser, das um ihre Füße schäumt, sie klettern weiter, in der nächsten Bucht liegt eine Fabrik. Eine Fabrik für Fischkonserven vielleicht, verlassen. Susanne steigt über Geröll, es ist alles noch da: korrodierende Maschinen, Plastikbehälter. Wohnhäuser. In einem Badezimmer hängt noch ein Waschlappen. Durchs Loch in einer Mauer sieht Susanne Dattelpalmen, ein Schaf, das zwischen zerbrochenen Möbeln nach Grünem sucht. Staub tanzt. Der heiße Geruch von Holz, von Erde. Susanne tritt hinaus auf die Mole, wo Isa Angeln auslegt. Susanne setzt sich in die Sonne, die Mole glüht. Nach einer Weile kommt Isa und legt sich neben Susanne. Das Meer saugt und schwappt. Der

Schirokko bläst Wüstensand. Die Sonne ist eine heiße Berührung, Susanne schwindelt es, sie hat die Augen geschlossen. Auf ihren geschlossenen Lidern sind bunte Kreise und Kringel. Ihre Stimme macht einen scharfen silbernen Schnitt durch die Stille,

»Isa. Hast du Victor geliebt?«

Susanne erschrickt vor ihrer Stimme. Sie öffnet die Augen, Isa öffnet die Augen nicht. Isa antwortet nicht, sie schüttelt nicht einmal den Kopf, »Isa, es war Victor Hellweg, der mich hierhergebracht hat!«

Schweiß läuft in Susannes Haare, in ihren Mund. Sie kann ihren Schweiß schmecken, salzig. Salzig bitter sauer süß, sie schluckt Schweiß, wenn sie schluckt,

»Er muß noch einmal zurückgekommen sein, nachdem er mich hergebracht hatte, er hatte seinen Korb auf dem Plateau gelassen, sein Korb ist nicht mehr da,« Susannes Herz schlägt schwer und langsam, es pumpt hitzedickes Blut,

»Isa, hast du jemals irgend jemanden geliebt? Irgendwen?«

Zu Susannes Erstaunen antwortet Isa: Sie nickt.

»Wen denn!« sagt Susanne.

Isa deutet auf Susanne.

Einmal weit draußen ein Schwarm fliegender Fische.

Sie schaffen es gerade noch rechtzeitig. Die Flut schäumt bereits hoch über die Felsen, beim Anbranden einer Welle klammert sich Susanne am Gestein fest. Wenn die Welle zurückflutet, wagt sie einen Schritt. Sie ertastet sich ihren Weg über Steine, die nicht mehr zu sehen sind unter der Gischt, selbst das zurückflutende Wasser reicht Susanne noch fast bis zum Knie. Schweiß und Meerwasser strömen an ihr herab. Blut läuft über ihren Arm, wo sie sich an den Felsen die Hand aufgerissen hat, der Schirokko reißt an ihrem salzverkrusteten Haar, Susanne lacht. Sie singt, weit vor sich sieht sie Isa. Isa hat sich die Fische, die sie gefangen hat, mit der Angelschnur um den Leib gebunden. Zwischen den Zähnen hält sie ihre Plastiktüte.

Die Sonne steht tief. Das Feuer brennt. Es riecht nach bratendem Fisch, Isa hat die Fische auf Holzstöckchen aufgespießt und über das Feuer gestellt. Susanne ist allein. Isa ist irgendwo am Fuße der Felsen. Die Hunde jaulen, Isa füttert sie mit Abfällen, die sie aus ihrem nächtlichen Bündel geholt hat. Susanne sitzt vor der Höhle über dem Barranco. Wenn Susanne sich vorbeugt, kann sie tief unter sich die Talsohle sehen: Palmen, drei, vier weiße Häuser. Weit hinten das Meer. Das Meer ist blau und glatt wie ein Himmel. Ein Himmel, von oben betrachtet, von einem Aussichtspunkt jenseits der Welt, die Hunde verstummen. Sie fressen. Nun ist die Stille vollkommen. Aus den Felsen tief unter Susanne gleiten zwei große Raubvögel. Es sind Bussarde. Sie gleiten durch die Stille des Tals wie Fische durch ein großes Wasserbecken. Susanne könnte ihnen folgen. Das Tal ist ein Becken, randvoll gefüllt mit Stille und Himmel, Susanne könnte in das Tal hineinspringen. Himmel und Luft würden sie tragen, wie Wasser.

Über dem Wald hängt Nebel. Es ist ein Urwald aus Lorbeerbäumen, der sich auf halber Höhe an einem Berghang entlangzieht, Feuchtigkeit tropft von den Ästen. Es ist kühl und still. Susanne und Isa treten aus dem Wald heraus, der Pfad führt bergan durch die Buschsteppe. Durch versteppte Felder, einmal ein krude gemaltes Schild: *No viendes tu tierra*! Sie gehen stetig. Sie steigen höher hinauf, der Boden ist hier wieder steinig-verbrannt. Sie haben die Hunde zurückgelassen. Isa hat ihnen durch Pfiffe befohlen zu warten, die Hunde verstehen Isas Pfiffe genau. Isa kann lachen. Sie kann den Hunden pfeifen. Aber sie kann nicht sprechen: Deshalb weiß Susanne nie, wohin sie geht, wenn sie Isa folgt. Der Pfad führt an einer Felskante entlang. Wenn Susanne sich umdreht, sieht sie den Urwald. Wolken fließen aus ihm heraus. Wolken fließen an der Flanke des Barrancos hinab, eine zähflüssige weiße Masse, die sich weit unten in der heißen Tiefe auflöst.

Vor ihnen liegt ein Dorf. Es sind nur ein paar Häuser an einem Hang. Die Häuser sind zum Teil verputzt, zum Teil nicht, obwohl sie nicht neu aussehen, Susanne weiß nicht warum. Sie sieht flatternde Wäsche, ein paar Kinder auf einem Hausdach. Ein Schwein an einem Strick, das auf einer Müllhalde herumstöbert, die unvermeidliche Kneipe mit drei alten Männern davor, die Rotwein trinken. Eine Kapelle auf einer Anhöhe. Susanne weiß nicht, wie das Dorf heißt, es gibt kein Ortsschild. Isa geht durch eine offene Tür, dahinter liegt ein Gang. Der Gang führt in einen Innenhof, von dem Türen abgehen. Hinter einer Tür befindet sich offensichtlich die Tienda des Dorfes, Susanne sieht Zucker, Bonbons. Streichhölzer, Zigaretten, Seife, der Gang führt wieder hinaus, in einen Garten. Im Garten sind viele Leute. Sie wenden sich um, als Isa und Susanne den Garten betreten, sie kennen Isa, sie grüßen. Ein Mann streckt Isa die Hand entgegen, er fragt Isa etwas auf spanisch. Isa nickt. Der Mann fragt Susanne etwas, er trägt eine blutige Schürze. Susanne lächelt. Sie schüttelt den

Kopf. Sie muß stumm bleiben, sie kann nicht antworten: Sie weiß nicht worauf.

Später schnappt sie ein Wort auf: *Fiesta.* Im Dorf soll eine Fiesta stattfinden, deshalb werden Ziegen geschlachtet. Sie werden im Garten geschlachtet, in der Sonne. Während Isa und Susanne das Fell von einem Ziegenkadaver abziehen, wandern am Gartenzaun vorbei Ziegen hügelan, unter dem Fell sind die Ziegen rosig und weiß. Glasigrosa, glasigweiß, Susanne bespritzt sich mit Ziegenblut. Susanne schleppt einen Eimer voll Ziegenfleisch. Einen Sack voller Ziegenköpfe.

Die Hunde jaulen. Sie riechen das Ziegenfleisch, das vor Isas Höhle brät, in Isas Topf kocht, Isa zertrümmert Ziegenschädel mit einem Stein, Susanne zerlegt die Kopftrümmer mit einem Messer, dann schleppen sie die Stücke hinunter. Die Hunde jaulen und toben. Sie springen an Susanne hoch, Susanne sieht ihre Zähne. Die Zähne wollen Ziegenfleisch. Susanne wirft ihnen Fleisch hin. Sie krallt ihre Hände in schwarzes Fell, graues Fell, heftig. Oben vor der Höhle zieht Isa ihre blutbeschmierten Sachen aus.

Susanne zieht sich aus. Ihre Finger hinterlassen blutige Abdrücke auf ihrer Haut. Auf ihren Schenkeln, unter denen der Felsen noch immer heiß ist, *Meister, fragte der Schüler, was ist das größte Wunder auf der Welt? Hyakujo antwortete: Ich sitze hier, ganz für mich allein.*

Susanne sagt das. Sie fragt Isa, »kannst du dich daran erinnern«, Isa lacht, sie hebt die Schultern in einer übertriebenen Geste des Zweifels, »daß du das immer gesagt hast, kannst du dich daran erinnern«, Isa berührt Susannes Haar, im Vorbeigehen. Sie stellt Susanne einen Teller hin, sie gibt ihr ein Messer. Es ist ein richtiger Teller, ein Teller aus Plastik, nicht aus einer alten Bierbüchse, »eine Fiesta«, sagt Susanne, sie lacht, schüttelt den Kopf, Isa stellt für sich selbst einen Teller hin. Sie schneidet Brot, »Isa, erinnerst du dich an Irmi?«

Isa hält inne. Isa blickt über den Barranco, sie nimmt ihre Kappe ab, *Harrod's – The London Experience*, Isa legt ihre Kappe neben sich auf die Felsen. Dann verschwindet sie in der Höhle. Als sie wieder herauskommt, hält sie einen dritten Teller in der Hand. Sie stellt den Teller auf die Felsen. Es ist Irmis Teller, Susanne starrt auf den Teller. Sie sieht einen alten Mann essen. Kaninchenbraten, Täubchen, sie sieht einen alten Mann einen Schuppen betreten, im Arm hat er ein schwarzes Kaninchen, »Isa«, sagt Susanne. »Kannst du dich an meinen Großvater erinnern?« Es ist Susannes Kaninchen. Unter dem Fell ist es rosa und weiß, glasigrosa, glasigweiß, *An meinen wunderbaren Großvater, er ist tot, Isa,* Isa steht auf und holt einen Teller. Susanne starrt auf den Teller in Isas Hand, Isa stellt den Teller hin. Ein alter Mann sitzt auf seiner Veranda. Er schläft nicht, er ist versteinert. Tonlos pfeift er durch die Zähne, Fledermäuse schwärmen durch das geöffnete Fenster herein und stürzen ins Vogelbecken, schöij-ne Tiere, der Alte ertränkt sie und fischt sie mit dem Käscher heraus und hängt sie an den toten Flügeln zum Trocknen auf, Susanne nimmt ihm seinen Teller weg. Susanne holt aus, weit, Isa hält ihren Arm fest. Sanft nimmt Isa den Teller des Großvaters aus Susannes Hand und stellt ihn zurück auf den Felsen, *Er hat meine Mutter mißhandelt. Er hat einen Mäusebussard gefangengehalten in seinem Keller,* Isa sieht Susanne nicht an, sie geht in die Höhle. Sie holt noch einen Teller für Susannes Großvater, der alte Mann hat zwei Teller, *Er war gar nicht da! Er hat mein ganzes Leben lang gefehlt, ich habe ihn nur für mich erfunden*, in Wirklichkeit ist er auf einem Foto geblieben. Auf dem er in der sibirischen Steppe kauert, vor einem Kaninchenkäfig, dann ist er durch das Loch im Bild davongegangen, weggegangen auf einem Sandweg, nun ist es zu spät, um den Bussard zu retten. Um ein Kind aus dem Keller hinaufzutragen in sein Bett, um in einer kleinen Wohnung das Licht anzuschalten und das Radio auszumachen und ein verängstigtes Kind in die Arme zu nehmen, es war immer zu spät: Susanne hat, sie hatte nie mehr als die Gipsformen endgültiger Abwesenheit. Die Versteinerung des Fehlenden, die Gesichter, die sie erfunden hat für die Löcher im Bild: Punkt-Punkt-Komma-Strich-Gesichter, Mondgesichter, die ihr Licht von der Sonne beziehen, die durch die Löcher im Bild scheint: Vollmond-Glücksgesichter für zwei, die sich im Schneegestöber auf einer dunklen Münchner Straße umarmen, ein schwarzes Neumondsgesicht für Paul, auf dessen Rücken ihre Finger Geschichten erfanden, um nicht zu spüren, daß es nichts gibt: nur die harten Narben des Fehlenden. Nur einen leeren Anzug auf einem Dachboden, eine schreckliche Enttäuschung, die Tränen zeichnen Spuren in den Staub, die Asche auf Susannes Gesicht, *Warum wollte er mir nicht begegnen! Warum hat er nie etwas über sein Leben gesagt*, Isa schweigt.

Sie stellt Susannes Großvater einen dritten Teller hin, Isa deckt die Tafel der Fehlenden. Sie deckt für ein Kind in einem Keller, für eine Frau am Dielenfenster hinter Gardinen. Sie deckt die Tafel mit Plastiktellern, mit Blechtellern aus alten Büchsen. Sie deckt einen Teller für eine Umarmung im Schneegestöber auf einer dunklen Straße, sie deckt die Tafel mit großen Blättern. Für einen, der Narben auf der Seele hatte dicht an dicht, für den leeren Anzug eines Toten auf dem Dachboden, Isa deckt die Tafel mit flachen Steinen, Teller um Teller stellt Isa hin, als Susanne endlich verstummt, bedecken die Reihen der Teller die ganze Plattform.

Isa steht still. Sie betrachtet die Tafel, an der die Fehlenden wiedergefunden sind. An der sie sich sattessen können, Isa schreitet die Tafel entlang. Am fernen Ende, dort, wo sich die Reihen der Gedecke in der rasch niedersinkenden Dunkelheit verlieren, stellt sie noch einmal Teller dazu.

Einen.

Zwei.

Drei.

Der Mond steht hoch. Das Feuer lodert, Isa hat ein großes Stück Treibholz in die Flammen geworfen. Susanne und Isa schreiten die Tafel ab. Sie essen Ziegenfleisch. Sie essen das Fleisch von ihren Tellern, dann das Fleisch von den Tellern der Fehlenden. Sie essen schweigend, mit den Fingern, Fleischsaft tropft an ihnen herunter, sie lecken die Teller ab. Allmählich brennen die Flammen herunter. Isa und Susanne liegen bei der Glut. Die Asche am Rande des Feuers ist nicht mehr heiß. Isa greift in die Asche und berührt Susannes Gesicht. Susanne schließt die Augen. Isa beginnt auf Susannes Körper zu schreiben. Sie schreibt mit Aschefingern, Susanne kann nicht lesen, was Isa schreibt. Susanne greift blind in die Asche, sie umfaßt Isa. Isa läßt sich über Susanne fallen. Isas Mund schmeckt nach Ziegenfleisch. Ihr Haar riecht nach Schweiß und Rauch und Bitterkeit, so rollen sie in die Asche: die nicht mehr glimmt.

Die Sonne geht auf. Das Licht fällt auf die Felswand, vor der Susanne steht. Susanne trägt Isas Kappe. Sie hält einen blutigen Ziegenknochen in der Hand.

Sie taucht den Knochen in die Asche und beginnt zu schreiben. Sie braucht lange, es ist eine mühsame Arbeit. Sie schreibt nur einen einzigen Satz: Dennoch steht die Sonne schon hoch, als Susanne den Knochen endlich weit in den Abgrund hinausschleudert.

Durch den Barranco gleiten Bussarde.

Irmgard folgt einem Pfad, der tiefer ins Gebirge hineinführt. Vor ihr liegt jetzt ein Hotel. Oder der Rohbau eines Hotels, bereits halb verfallen, eine Bauruine. Über eine Holzleiter klettert Irmgard in den ersten Stock. Sie steigt über Bretter, Bauschutt, *are you going to Scarborough Fair*, Irmi betritt ein Zimmer. Das Zimmer hat nur drei Wände, aber es ist eingerichtet: Irmgard sieht eine kaputte Matratze, einen Stuhl ohne Beine. Backsteine, die ein Brett halten. Auf dem Brett steht ein Joghurtbecher mit einer kleinen Pflanze, Irmgard starrt auf die Matratze, auf die Pflanze. Jemand gießt diese Pflanze, wer lebt hier?

Susanne Karcher

Victor Hellweg

So muß es sein. Hier also haben sie sich eingenistet, Irmgard setzt sich auf die Matratze. Sie zieht die Beine an auf der Matratze. Sie wimmert, wie lange geht Irmi schon? Sie weiß es nicht. Sie liegt auf der Matratze, sie wird gleich einschlafen, vielleicht wird Susanne zu ihr kommen, während sie schläft? In der Morgendämmerung steht Irmgard auf. Niemand ist gekommen, Irmgard geht die Flure der Bauruine entlang. Sie steigt die Leiter hinunter und folgt einem Pfad. In der Stille sind die Felstürme von beunruhigender Unnatürlichkeit. Der Pfad verliert sich auf einem Plateau. Die Felsen im Westen liegen hell in der Morgensonne, der Himmel ist wolkenlos. Irmgard geht über das Plateau, am Fuße der Felsen liegt eine Jacke. Es ist eine Windjacke. Der Ärmel ist eingerissen. Blut klebt am Ärmel.

Es ist Susannes Jacke.

Es ist die Jacke, die Susanne Karcher trug, als sie Irmgard Bauer auf ihrer Dachterrasse besuchte. Irmgard hat die Jacke an die Garderobe gehängt, sie hört das Blut in ihren Adern rauschen. Sie fühlt das Geröll unter ihren nackten Fußsohlen, Irmgard beginnt zu klettern. Hoch oben in den Felsen ist eine Höhle. Eine Feuerstelle, eine zerrissene Matte, Irmgards Herz schlägt sehr langsam. Sehr hart, sie hat die Jacke in der Hand. Susannes Jacke, blutig, Irmgard hat eine Höhle gefunden, wo jemand campiert hat, ein bewohntes Zimmer in einer Ruine, auf den Felsen ist Blut. Eine Menge Blut, es ist eingetrocknet, Irmgard läuft über die Felsen. Sie weiß nicht, wonach sie sucht, nach den Zeichen eines Kampfes vielleicht, sie beginnt die Felsen hinabzuklettern, unter ihrem Fuß bricht ein Felsbrocken weg. Irmgard stürzt über Steine. Sie schlägt auf dem Plateau auf, kaum Schmerz: Es ist ein blendendweißer Moment. Der erlischt.

Der Mann kniet neben ihr. Irmgard kann ihn nicht richtig sehen, erkennen, das liegt an der Übelkeit. Irmgard ist sehr durstig, wo ist sie? Sie versucht sich aufzurichten, es gelingt nicht. Der Mann hebt sie auf. Er trägt sie über das Plateau, über einen Hof. Im Hof steht eine Pumpe. Eine alte Frau pumpt Wasser, der Mann sagt etwas. Die Frau kommt heran. Sie sieht Irmi an, sie sagt etwas. Irmi versteht nicht. Der Mann trägt Irmi ins Haus. Es ist ein graues Steinhaus, er legt Irmi auf ein Bett.

Agua, sagt Irmi, ihre Stimme ist fremd. Der Mann versteht. Er verläßt das Zimmer, die alte Frau kommt herein. Sie bringt Irmi Wasser. Sie betastet Irmis Kopf, verbindet Wunden, Irmi schläft. Oder sie dämmert dahin, sie muß sich übergeben. Die alte Frau wechselt die Laken, sie fragt, ob Irmi einen Arzt rufen will. Irmi schüttelt den Kopf, es schmerzt,

Wen wollen Sie benachrichtigen?

Irmi schüttelt den Kopf, sie weiß niemanden. Irmgard ist in die Schlucht gestürzt: aber ohne zu sterben, es ist dunkel. Wie lange liegt sie schon hier? Im Nebenzimmer kann sie die alte Frau sehen, die vor einem Fernseher sitzt. Der Ton ist abgedreht, die alte Frau steht auf und kommt zu Irmgard. Sie lächelt, sie fragt, wie es geht. Irmgard versucht ebenfalls zu lächeln, sie kann nicht. Die Frau geht wieder hinaus. Sie kommt zurück und gibt Irmgard Brot, mehr Suppe, Irmgard dankt. Sie kann danken, die Frau fragt nach ihrem Namen: *Garda*, Irmgard hat diesen Namen zehn Jahre lang nicht mehr benutzt, Was ist Ihnen denn passiert? fragt die Frau, Irmgard beginnt zu weinen. Die alte Frau nimmt Irmgards Hand. Sie streichelt die Hand, dann beginnt sie zu singen, leise, während Irmgard weint.

»**H**ast du die Fremde besuchen wollen?«

Der Mann steht im Zimmer. Es ist der Mann, der Irmgard gefunden hat, sie kann ihn jetzt sehen: Er ist groß, kräftig. Dunkel, er ist jünger als sie: Es muß der Sohn der alten Frau sein, wie lange ist Irmgard schon hier? Zwei

Tage, drei Tage, ihr Kopf schmerzt noch immer. Irmgard sitzt aufrecht im Bett. Sie hält eine Tasse in der Hand, sie stellt die Tasse vorsichtig ab.

»Welche Fremde?« sagt sie.

»Ich weiß nicht, wie sie heißt«, sagt der Mann. Seine Stimme ist nicht freundlich, er sagt: »Sie spricht nicht, sie ist Ausländerin. Sie schläft da oben in der Höhle, bist du abgestürzt, weil du sie besuchen wolltest?«

»Wie alt ist diese Ausländerin, die in der Höhle schläft?«

Der Mann zuckt die Achseln.

»Mitte Dreißig? Ist sie ungefähr fünfunddreißig?«

»Kann sein«, sagt der Mann. »Sie ist sehr dünn. Sie holt Wasser bei uns. Sie hat erst gestern wieder Wasser bei uns geholt, ich habe ihr nicht gesagt, daß du hierbist. Wir reden nie miteinander, wolltest du zu ihr?«

Irmgard steht in der Höhle. Die Höhle riecht nach Trockenfisch und Minze, warum? Ein Stück von einer Matte liegt auf dem Boden, eine Feuerstelle ist da, jemand hat hier gewohnt. Eine Ausländerin, sehr dünn, Mitte Dreißig: Susanne. Mit Victor? Aber Susanne lebt. Susanne hat Wasser geholt in dem grauen Farmhaus, nachdem Irmi abgestürzt ist, das Blut auf den Felsen kann nicht Susannes Blut sein. Wessen Blut dann? Isa ist hier gestorben, aber das war vor vielen Jahren, Irmgard sucht die Felsen ab, systematisch. In einer Ritze am Rande des Plateaus findet Irmgard ein blutiges Männerhemd. Sie findet eine Inschrift. Die Buchstaben sind verwischt. Sie sind fast völlig unleserlich, irgendwo kann Irmi ein S ausmachen. Ein U, SU A NE ARC R. Und am Ende noch ein Wort: ALL N, Irmgard setzt sich auf die Felsen. Die Stille ist ein sehr lauter Ton jenseits des Hörbaren. Irmgard hat eine Windjacke in der Hand, es ist Susannes Jacke. Sie hat ein blutiges Männerhemd in der Hand, jemand hat geblutet: Aber nicht Susanne. SUSANNE KARCHER, ALLEIN, so endet die Inschrift, Susanne hat es getan. Die Inschrift ist der Beweis, Irmgard schluchzt auf. Es ist ein nervöses Schluchzen, Susanne hat Victor getötet, wie sie es sich vorgenommen hatte.

Was bleibt für Irmgard zu tun?

Jemand wird Victor Hellweg vermissen. Jemand wird Ermittlungen einleiten, Spuren suchen, so ist es normal: Irmgard muß die Spuren verwischen. Sie muß Susanne vor der Normalität beschützen, sie ihrem Zugriff entziehen. Irmi braucht Wasser, um das Blut abzuwaschen.

Sie braucht Holz, um Feuer zu machen, sie muß die Jacke verbrennen, das Hemd, Irmi hat eine Flasche. Sie schüttet Wasser aus der Flasche über den Felsen, das Wasser reicht nicht, Irmgard muß hinunter zum Meer gehen. Sie kann niemanden um Brunnenwasser bitten, dies hier muß heimlich geschehen, Irmgard sieht sich um. Es gibt einen steilen Pfad, der in die Schlucht hineinführt, Irmgard geht los. Sie geht barfuß über Geröll. Über glühendheißen Sand, der Pfad mündet in eine Bucht. Irmgard sieht sich nicht um, sie füllt ihre Flasche und geht wieder bergauf, was hat Susanne mit seiner Leiche gemacht? Sie irgendwo ins Meer geworfen vielleicht, wo ist Susanne?

Bussarde gleiten durch den Barranco.

Mit Blättern, Wasser schrubbt Irmgard den Felsen, das Wasser reicht nicht. Irmgard muß noch einmal zum Meer hinuntergehen, auf ihren Füßen, die geschwollen sind. Sie hat diese Füße. Sie hat diese Flasche, die sie mit Meerwasser füllt an einem einsamen Strand, Irmgard geht wieder bergauf. Ihre Füße hinterlassen blutige Spuren auf den Felsen, sie gehen nun zum fünften Male hinunter zum Meer, Irmgard füllt ihre Flasche mit Salzwasser, Tränenwasser, um die Blutspuren von den Felsen zu waschen: die Susanne hinterlassen hat. Die Irmgard hinterläßt bei jedem Schritt, Irmgard hat Holz gesammelt. Gebleichte Äste, die sich in der Hitze krümmen, die Überreste großer Bäume. Die Reste von Wäldern, sie kauert auf dem Plateau und entzündet das Feuer, die Flammen sind durchsichtig in der Hitze. Irmi wirft ein blutiges Männerhemd hinein, worüber heult Irmgard jetzt? Über ein fettes Kind. Das in einem Kinderheim voll düsterer Nonnen fett wurde, weil ein Hund nicht mehr lebte,

Es war das Übliche, sagte Gino. Seine Stimme war gelassen. Er lag neben ihr, in der Dunkelheit irgendeiner afrikanischen Nacht, Am Anfang haben sie mich damit aufgezogen, daß ich so fett war. Später nicht mehr, ich war zu brutal. Es war eine solche Freude, brutal zu sein. Angry.

Gino lag auf dem Rücken, während er sprach. Er sah zur Decke, zu den träge rotierenden Blättern des Ventilators, er berührte Irmgard nicht. Er sagte: Ich hatte den Hund von einem Jungen gewonnen, der draußen lebte. Es war ein kleiner Hund. Ein Mischling. Es war ein lieber Hund, ich durfte ihn nicht behalten. Die Nonnen nahmen ihn weg. Ich habe sie gefragt: Was habt ihr mit ihm gemacht? Sie haben gesagt: Wir haben ihn töten lassen.

Rotz läuft aus Irmis Nase. Irmi wirft eine blutige Windjacke ins Feuer, der Stoff brennt nicht, er schmilzt und macht stinkenden Rauch, hätte Gino doch einen Hund gehabt! Er hätte doch einen Hund haben können, als er erwachsen war, er hat auf den Hund verzichtet. Wie auf alles andere auch, mit fünfzehn ist er einmal seinem

Vater begegnet. Eine Cousine stellte sie einander vor, in einer Bar: Onkel, das ist Gino, ein Freund von mir. Gino, das ist Signor Vespucci, Gino trank einen Kaffee, dann trat er wieder hinaus auf die Straße, er gab sich nicht als Sohn zu erkennen. Wo ging er hin? Seine Freunde rissen sich darum, ihn aufzunehmen. Er hatte nie eine eigene Wohnung. Er kam, blieb eine Weile, wenn er wieder fortging, ließ er ein Fresko an einer Wand zurück. Eine Seidendecke auf einem Bett, niemals schrieb er von unterwegs. Er ging durch die Schneewehen von Gharval, vierzig, fünfzig Kilometer am Tag, Gino-Djan, Gino the Guru, manchmal sang er, laut. Tagelang begleitete ihn ein Raubvogel. An den Quellen des Yamuna nahm ihn ein Einsiedlermönch auf, sie teilten keine Sprache. Manchmal lächelten sie einander an durch den Dampf, der über den heißen Quellen aufstieg, in denen sie Reis kochten. Dort, wo um die Quellen der Schnee schmolz, blühten Blumen, Gino war wirklich. Er hat existiert, ganz für sich allein.

Ganz unabhängig von Irmis Gefühlen, von Irmis Schuld, allein im Mittelpunkt seiner eigenen, eisigen Geschichte wie jeder und weit jenseits von Irmgards nun überquellender, überströmender Liebe: die immer da war und in die Irmgard Gino jetzt einhüllt wie in eine Decke, unendlich vorsichtig, Du Fremder. Du Reisender voller Mut, bleib bei mir, lange, lange, wer kann Irmgard vergeben? Keiner der Lebenden. Irmgard hat ihr Leben verpfuscht. Nichts ist wieder gutzumachen, Irmi hat Stacheln in den Fingern. Sie hat Kaktusfeigen gepflückt, ohne Messer, jetzt bricht sie die Feigen mit einem Stein auf vor ihrem Feuer, das auf dem Plateau brennt: hier. Wo Isas Geschichte zu Ende war, Isa floh über die Gartenmauer hinaus in die Wildnis, Susanne und Irmi sind ihr gefolgt, Irmgard hat eine Kappe auf. Sie hat die Kappe am Strand gefunden, *Harrod's – The London Experience,* Irmgard wischt Rotz in den Ärmel, einmal saß ihr Vater auf ihrer Bettkante und hielt ihre Hand. In großer männlicher Hilflosigkeit, er hatte ihr etwas verboten und Irmi heulte vor Wut, sie hätte am liebsten nach ihm getreten. Sie hätte am liebsten stillgehalten, um diese Hand nie mehr zu verlieren, die die ihre umschloß, sie konnte beides nicht und zog ihre Hand weg, was ist Realität? Schmerz und Verantwortung für Schmerz, jetzt sind alle da, die Irmgard begleiten. Die sie begleitet haben werden, Irmgard steht auf.

Irmgards Füße schmerzen, sie hat diese Füße. Sie hat diesen Boden unter den Füßen und ihre Erinnerung: die nicht nur ihre Geschichte ist, sondern auch die anderer, Irmgard weiß, was sie zu tun hat: Dies ist erst der Anfang. Irmgard schlägt den Staub aus den Kleidern, sie zieht ihre Einsamkeit um sich wie einen Schal auf dem langen Weg nach *Scar Borough*: Grafschaft der Narben, Gino hat jede Stelle berührt, die an Irmgard verletzt war. Dies wird Irmgard niemals wieder verraten: Irmgard hat gefunkelt, gesprüht. Sie hat ihr Leben völlig verpfuscht. Dies steht nebeneinander, unvermischt. Unvermischbar, ohne erlösende Synthese. Es gibt überhaupt keine Synthesen. Es gibt nur die Geschichten. Die sich endlos fortschreiben wie die Geschichten der indischen, afrikanischen Geschichtenerzähler, die gehen, um zu erzählen, erzählen, um weitergehen zu können,

Garda? You want to be my friend?

Ja, Gino. Ja, yes, si Gino. Ich schwöre es dir.

Über dem Rollfeld flimmert die Luft in der Abendhitze. Das Flughafengebäude ist eine Baracke, vor dem

Eingang lehnt ein Soldat. Eine verkümmerte Dattelpalme reibt sich raschelnd die Finger, Irmgard hat telefoniert. Nun wartet sie auf ein Flugzeug. Sie wird am Flughafen bleiben, bis das Flugzeug landet. Sie wird sich nicht setzen, während sie wartet, der Ratsuchende ist in der Notwendigkeit zu warten: Aber wenn er Vertrauen bewahrt, wird sich daraus für ihn eine große Handlungsfreiheit ergeben. Dann wird das Flugzeug gelandet sein. Dann wird Hubertus durch die Schranke gekommen sein, Irmi hat Hubertus' Stimme im Ohr. Spiegelnde Materialien werfen Irmgard ihr Gesicht zurück, es ist ein Gesicht ohne Lächeln. Mit einem Verband. Mit blaßwimprigen Augen über einem verschmutzten Verband, wirrem Haar, einer Kappe auf wirrem Haar: *Harrod's – The London Experience*, Irmgard ist völlig erschöpft. Etwas in Irmi brennt lichterloh vor Freude, morgen abend wird sie mit Hubertus zurückfliegen. Hubertus hat lange gewartet, seine Abwesenheit ist jetzt spürbar: als Sehnsucht, Hubertus ist ein Reisender. Er ist allein, im Mittelpunkt seiner eigenen eisigen Geschichte wie jeder und weit jenseits von Irmgards nun überquellender Liebe: in die sie ihn einhüllt voll Vorsicht, Willst du mein Freund sein, Irmi?

Ja, Hubertus. Doch, für dich ja, Irmi wird nun zurückkehren in die kleine Stadt an der ehemaligen Ostgrenze. Sie wird ihre Sache gut machen. Sie wird Gerechtigkeit und Geradheit gebrauchen, um in ihre Einsamkeit zu gehen, gefaßt wird sie die steigende Wolke beobachten, die am Himmel wartet und endlich den Regen bringt: Und bis dahin geht Irmi. Jeder ihrer Schritte hinterläßt etwas Blut auf dem Steinboden des Flughafens.

Auf der Straße vor dem Flughafen: Der jetzt schließt für die Nacht.

Es ist niemand mehr da. Nur eine alte Frau kniet noch auf dem Steinboden. Sie hat einen Lappen in der Hand. Sie wischt, sie wringt den Lappen über dem Eimer aus, nichts bleibt, keine Spur: von Irmgard Bauer, Susanne Karcher. Von Isabella Niemann, über den Barrancos ballen sich Wolken zusammen. Asphaltschwarz.

Susanne ißt. Sie sitzt vor einem Lokal, an einem Tischchen, drinnen läuft ein Fernseher: ein Fußballspiel. Der Ton ist abgedreht, ein paar alte Männer sitzen an Resopaltischen, vor Gläsern mit Rotwein. An der Wand lehnt eine verblichene Eiscremereklame, darüber hängt ein alter Kalender mit einem Heiligenbild: ein magerer Märtyrer, mit Pfeilen gespickt, Susanne hat kein Buch dabei, keine Zeitung. Sie ißt eine kalte Suppe mit Brot, Ziegenkäse, eine alte Frau bedient sie. Susannes Flug geht morgen abend. Sie hat eine passable kleine Pension gefunden, ein schmales weißes Haus in einer Seitenstraße, Susanne fliegt nach Hamburg. Sie hat Marie schon angerufen, Susanne trinkt Wein und betrachtet eine Mappe mit Fotos. Sie hat die Fotos in dem kleinen weißen Haus weitab in den Bananenplantagen gefunden, es war das einzige, was Susanne gefunden hat: Der Wagen von Victor Hellweg war nicht mehr da. Der Koffer von Victor Hellweg war nicht mehr da, Susanne hat ihre Sachen gepackt, dann ist sie durch die Plantagen zu dem Vermieter gegangen: Die Rechnung für das Haus ist bis zum Ende des Monats beglichen.

Susanne könnte also noch bleiben. Sie könnte noch ein wenig Urlaub machen, Susanne starrt auf die Bilder in ihren Händen. Die Bilder zeigen ein nacktes Mädchen vor einem Felsen. Auf dem ersten Bild steht es einfach da: flachbusig, hüftenlos, Arme und Beine ungelenk wie Prothesen. Man sieht nicht, welche Farbe das Haar hat. Auf den späteren Bildern windet das Mädchen sich am Boden. Der Körper ist gespannt, sie wölbt den Rücken, drückt das Kreuz durch, biegt den Kopf in den Nacken. Ihr Haar ist strähnig, zerwühlt. Auf einem Bild kann man einen Korb sehen: eine Decke darin, eine Thermosflasche. Auf keinem der Bilder ist ein Mann zu sehen.

Susanne trinkt Wein. Sie fährt mit der Hand in die Hosentasche, als sie die Hand wieder herausholt, befindet sich eine Scherbe darin. Es ist eine kleine Glasscherbe, blau, rundgeschliffen vom Meer. Isa hat sie Susanne am Fuß der Felsen geschenkt. Sie hat Susanne bis zum Fuß der Felsen begleitet, dann hat sie ihr bedeutet zu warten. Sie ist noch einmal zur Höhle hinaufgestiegen, als sie zurückkam, hatte sie die Glasscherbe in der Hand. Isa, willst du nicht mitkommen? Zurück?

Isa hat Susanne umarmt. Sie hat ihr Gesicht berührt, ihre Wange, dann hat sie sich umgedreht. Susanne ist allein über das Plateau gegangen. Vor der Wegbiegung hat sie noch einmal zurückgeblickt, das Plateau war leer. Die Felsen waren leer, Susanne ist weitergegangen. Den langen Weg zurück ins Tal, in Kleidern von Isa: Alles, was sie bei sich gehabt hat, hat sie Isa gelassen. Es war nicht viel: Schuhe, Jeans, T-Shirt. Eine Windjacke, noch befleckt mit Ziegenblut. Etwas Geld, Isa hat dabeigestanden und zugesehen, wie Susanne alles bereitgelegt hat, sie hat gelächelt. Sie hat sich nicht bedankt.

Susanne betrachtet die Fotos. Bild Nummer vierzehn zeigt eine Hand. Es könnte Isas Hand sein. Es ist eine linke Hand, sie umklammert einen Felsvorsprung. Die dunkle Nässe auf dem Gestein könnte Blut sein, oder Meerwasser. Schweiß, es könnte Susannes eigene Hand sein: ihre eigenen dünnen verletzlichen Finger, mit denen sie nun ihr

Haar zurückstreicht, eine Zigarette entzündet. Mit denen sie die Fotos wegpackt, weil die ersten Tropfen aus den Wolken fallen, die sich über dem Barranco zusammengeballt haben, Susanne weiß nichts. Es gibt nichts zu wissen, Susanne gibt der alten Frau drinnen ein Zeichen: Sie möchte zahlen. Susanne Karcher will gehen.

Regen

Regen fällt.

Regen fällt auf das Dach einer Reetdachhütte. Auf braune schneelose Winterwiesen, Kiefern im Dunst, grau in grau regenschraffiert die leere Landschaft, Regen fällt auf das Dach einer baufälligen Kate auf einer Nordseeinsel, in dicken Schnüren rinnt Wasser vom Reetdach, unter dem eine Frau an einem Fenster steht, ein Mädchen im Arm, und den Sturmböen zusieht, die den Regenvorhang zerfetzen, ihn gegen die Fenster einer Hamburger Wohnung treiben, wo einst eine Fernbedienung an der Wand zerschmetterte. Wo ein neugeborenes Kind ein Goldfischchen in der Faust hielt, silberne Regenschnüre fallen auf Garagendächer, in Teiche auf Garagendächern voller Goldfischchen, roter Molche, Tropfen rinnen über ein blaues Schiff, das auf einer Tasse davonfährt, versickern im Sand vor einer verlassenen Fischkonservenfabrik, in der eine Plastiktüte in einer Pfütze treibt: *El Bar Granada Tapas Boccadillos Helados*, schwerer Winterregen schwärzt die Felsen des Barranco, wäscht Blätter, Asche in die Schlucht, aus der reiterlos ein weißes Pferd heraufkommt. Rinnsale sammeln sich in einem ausgewaschenen Flußbett. Monsunregen färbt eine milchige Küste grau, trommelt auf ein Hoteldach, unter dem die Flötenmusik verstummt ist, Regenströme stürzen in ein Boot an einem Flußufer in Maharashtra, schäumen ins Meer, fluten über eine Dachterrasse, von der die Liegestühle verschwunden sind. Regentropfen prasseln wie Kieselsteine gegen ein Fenster, hinter dem ein Paar atemlos ist: ineinander verschlungen. Regennaß ist das Deck der Fähre, die über den Dunklen Fluß setzt.

Dank

Öffentlich aussprechen möchte ich meinen privaten Dank an alle, die mehr zu der Entstehung dieses Buches beigetragen haben, als sie vielleicht wissen: Katja Fullard danke ich für ihre Freundschaft und lebenslange Geduld mit mir, meinen Eltern für ihre liebevolle und tatkräftige Unterstützung im Alltag, meiner Lektorin Doris Engelke für das Engagement und die Begeisterung, mit der sie dieses Buch aufgenommen hat, und natürlich vor allem meinem Agenten Joachim Jessen für seine Ermutigung, sein Einfühlungsvermögen und überhaupt für die Rolle, die er bisher in meinem Leben gespielt hat.

Dieses Buch geht auf eine Idee zurück, die gut fünfzehn Jahre alt ist. Jetzt habe ich es endlich geschrieben: in diesem Haus. Mit Alena und Philipp und den Tieren, und meinem Mann Matthias Loßmann: dem ich vor allen anderen danke.

Inhalt